Sibylle Luise Binder

Todesarie

Sibylle Luise Binder

Todesarie

Ein Baden-Württemberg-Krimi

Silberburg-Verlag

Sibylle Luise Binder, Mitte fünfzig und in Stuttgart zuhause, ist seit einem Vierteljahrhundert als Journalistin und Autorin tätig. Neben einer ganzen Reihe von Sachbüchern über Pferde und Reiten hat sie Mädchenbücher und Krimis geschrieben. Wenn sie nicht mit Tieren befasst ist, beschäftigt sie sich gerne und ausführlich mit Oper und Geschichte.

Nach »Tierisch giftig« und »Rosstäuscher« ist »Todesarie« ihr dritter Krimi im Silberburg-Verlag.

Jede Ähnlichkeit mit lebenden oder toten Personen ist rein zufällig und nicht beabsichtigt.

1. Auflage 2016

Umschlaggestaltung: Christoph Wöhler, Tübingen.
Coverfoto: © caracterdesign – iStockphoto.
Druck: CPI books, Leck.
Printed in Germany.

ISBN 978-3-8425-1484-3

Besuchen Sie uns im Internet
und entdecken Sie die Vielfalt unseres Verlagsprogramms:
www.silberburg.de

1. Der Auftrag

»Oh nein, Gerry, das ist nicht dein Ernst!« Ich zappelte auf dem unbequemen Stuhl im Büro meines Ressortleiters hin und her. »Kannst du nicht gehen?«

»Ich?« Gerhard Forster schaute mich an, als ob ich ihm etwas Unanständiges vorgeschlagen hätte. »Du weißt, dass ich mit dem Gejaule in der Oper nichts am Hut habe! Das ist dein Ressort, Juliane, und ich verstehe überhaupt nicht, warum du dich so anstellst. Was ist denn dein Problem?«

Ich seufzte. Da hatte ich schon vor zwei Wochen einen unserer freien Mitarbeiter auf die Premiere angesetzt und der war mehr als glücklich darüber, einen so schönen, wichtigen Job übernehmen zu dürfen. Doch eben hatte mich mein Boss mit der nicht so frohen Mitteilung überrascht, dass der Freie mit einem frisch operierten Blinddarm im Marienhospital lag, woraus sich logisch ergab, dass ich zur Premiere zu gehen hatte. Schließlich konnte die *Stuttgarter Allgemeine* ein solches Großereignis wie eine neue Produktion des »Rigoletto« zur Eröffnung der Wintersaison im Großen Haus der Stuttgarter Staatstheater nicht ignorieren, auch wenn die zuständige Musikredakteurin lieber überall statt dort hingegangen wäre.

»Ach, Gerry!« Ich hoffte immer noch, meinen Vorgesetzten überreden zu können, für mich zu übernehmen. »Ich habe da wirklich ein Problem. Die Hauptdarstellerin ist eine Freundin von mir. Wir kennen uns seit anno juck und wir haben sogar mal in einer WG zusammengelebt.«

Gerhard Forster lehnte sich zurück und faltete die Hände über dem Bauch. »Schatzi, wenn man das zum Kriterium machen würde, könnten wir ja nichts in der Region rezensieren! Ich kenne meine Jazz-Vögelchen und Literaten und bin mit vielen von denen seit Jahren befreundet. Das gehört doch zum Job! Woher würden wir Infos kriegen, wenn wir nicht so und so viele Freunde und Bekannte in dem Bereich hätten, in dem wir tätig sind?« Ich wollte etwas einwerfen, doch Gerhard hob die Hand und bremste mich. »Mädel, nu sträub doch nicht gleich wieder das Gefieder! Du hast doch deinen Leuten in den fünfzehn Jahren, die du jetzt diesen Job machst, auch schon beigebracht, dass sie mit Kritik leben müssen.«

»Ja, schon …«

Es half wohl nichts: Ich musste meinem Chef die Wahrheit sagen.

»Gerry, mein Hauptproblem ist in diesem Fall der Regisseur.« Noch einmal tief Luft holen. »Philipp Boch und ich – wir haben uns mal sehr gut gekannt, bevor er seine jetzige Frau geheiratet hat. Und unsere Beziehung ist damals mit einem ziemlichen Knall auseinandergegangen und …« Ich zögerte und setzte neu an. »Schau, wenn ich ihn verreiße, wird er denken, dass ich immer noch sauer wegen damals bin. Und wenn ich ihn lobe …«

»… glaubt er, du bist immer noch von ihm beeindruckt?« Gerhard grinste. »Verrat mir eines, Mäuschen: Wie bist du die letzten Jahre drum herumgekommen, deinen Ex zu rezensieren? Ich habe ja von Klassik nicht viel Ahnung, aber der Mann ist eine Institution in Stuttgart – den kenne selbst ich. Du erzählst mir jetzt hoffentlich nicht, dass der nur in unserer Klatsch- und Tratsch-Spalte, aber nicht im Feuilleton stattfindet?«

»Nein, natürlich nicht«, beruhigte ich meinen Ressortleiter. »Wir haben – ich zitiere aus unserem Blatt – ›Deutschlands besten Bariton seit Dietrich Fischer-Dieskau‹ des Öfteren abgefeiert. Und das Porträt von ihm, das wir vor vier Jahren zu seinem Fünfzigsten gedruckt haben, kam von Herrn Spatz, meinem geschätzten Vorgänger, der sehr beglückt darüber war, wieder einmal seinen Lieblingssänger interviewen zu dürfen.«

»Tja – aber den Spatz kannst du nicht zu dieser Premiere schicken. Der ist inzwischen so taub, dass er Wagner und Mozart nicht mehr unterscheiden kann!«

Ich seufzte und schaute Gerhard Forster so schmelzend wie möglich an. »Kannst du wirklich nicht?«

»Goldstück, deine Gewissensnot rührt sogar mein verhärtetes Herz. Aber ich habe heute Abend eine Verabredung.« Er federte mit einer Geschicklichkeit, die für einen so rundlichen Mann erstaunlich war, aus seinem Sessel hoch und kam um den Schreibtisch herum. Mit der Hand auf meiner Schulter sagte er: »Du wirst eine brillante und faire Rezension schreiben. Sollte es dabei nötig sein, dem Herrn Boch eine vor das sicherlich hochsensible Schienbein zu ballern, darf er sich bei mir beschweren, okay? Wenn du magst, erzähle ich ihm dann, dass du mindestens drei Liebhaber hast, die allmorgendlich den Boden küssen, auf dem du wandelst, und dass du es daher überhaupt nicht nötig hast, irgendeinem Sängerknaben – möge er auch noch so gut knödeln – hinterherzutrauern.«

* * *

Auch wenn die Parkplatzsuche in Stuttgarts Osten eine Pest ist, wusste ich, warum ich mir eine Wohnung im Dunstkreis der Musikhochschule gesucht hatte. Von der Kernerstraße aus waren es nämlich nur ein paar Schritte zum Eugensplatz, dann konnte ich am Galateabrunnen vorbei die Treppe – echte Stuttgarter »Stäffele« – zum Urbansplatz hinunterwetzen. Das tat ich zweimal in der Woche – immer am Montag- und Donnerstagnachmittag. Ich hatte nämlich meinen Job bei der Zeitung vor sechs Jahren auf fünfundzwanzig Stunden reduziert. Die restliche Zeit – eben Montag- und Donnerstagnachmittag – verbrachte ich an der Musikhochschule, wo ich mich bemühte, mehr oder minder gelangweilten Studenten etwas über Musikgeschichte (Montag) und Musikrezension (Donnerstag) beizubiegen. Und die Oper lag quasi gleich gegenüber.

Schließlich und endlich hat die Ecke, in der ich wohnte, noch den Vorteil, ausgesprochen »lärmtolerant« zu sein. Zum einen mussten hier alle damit leben, dass die Stadtbahn alle zwanzig Minuten quietschend die Kurve vom Eugensplatz zur Heidehofstraße hinauf nahm, außerdem wohnten rundherum lauter Musiker. Wenn mir einmal danach wäre, meine Anlage aufzudrehen und den »Walkürenritt« so richtig schön krachen zu lassen, würde sich niemand im Haus beklagen. Unter mir residierte ein Schlagwerker mit seiner ihm angetrauten Geigerin. Die beiden übten häufig und lautstark. Und über mir hatte sich Mischa angesiedelt. Er war Dirigent mit einer starken Neigung zum Pianieren – vor allem, wenn er mal wieder vergaß, dass er in mich verliebt war, und einer seiner Verehrerinnen durch eine gefühlvoll vorgetragene Chopin-Etüde imponieren wollte.

Ich stand dagegen eher auf Baritone – und das war auch der Grund, warum ich mich zwölfjährig entschieden hatte, Fagott zu spielen. Meine Eltern – mein Vater war Buchhalter in einem kleinen Verlag gewesen – waren sehr verwundert. Aber ich hatte zum Glück einen Großvater, der in Jugendjahren davon geträumt hatte, Sänger zu werden. Er unterstützte mich, obwohl er zuerst auch fand, dass Fagott kein Instrument für ein Mädchen sei. Später aber hatte er mir mein erstes eigenes Fagott gekauft und kam zu jedem Konzert, bei dem ich spielte. Auf jeden Fall dachte ich an ihn – er war Jahre zuvor gestorben –, als ich Philipp das erste Mal hörte.

Ich war als Fagottistin mit dem Süddeutschen Sinfonieorchester und den »Carmina Burana« auf Sommertour – ein idealer Ferienjob für eine Studentin. Das Geld dafür würde mir durchs halbe Wintersemester helfen. Dennoch war ich bei der Generalprobe nicht dabei – an dem Tag hatte ich meinen Lehrer noch an der Oper vertreten.

Als ich vor dem ersten Konzert zur Stellprobe kam und in der Gemeinschaftsgarderobe mein Fagott zusammenbaute, standen da drei Chorsängerinnen, die in den höchsten Tönen vom Solo-Bariton schwärmten, wobei sie offenkundig weniger an seinem Gesang als an seinem »Knackarsch«, den

»Samtaugen« und seinen »schnuckeligen Locken« interessiert waren. Der Herr hatte aber offenkundig nicht nur die Damen im Chor beeindruckt. Kaum hatte ich nämlich meine Kehrseite auf den Stuhl im Orchester verpflanzt, als sich schon die Bratscherin vor mir umdrehte und befand, dass der Sänger ein »richtiges Sahneschnittchen« sei.

Die Jungs um mich herum – ich war mal wieder die einzige Frau unter den Bläsern – verdrehten die Augen. Ich testete mit einem kräftigen Quietschen mein Rohrblatt, steckte es auf mein Fagott und beschied der Kollegin an der Bratsche, dass der Herr Bariton aussehen könne wie eine Kröte im Frack, solange er gut singe und einigermaßen musikalisch sei.

»Ich sehe ja eh nur seinen Rücken!«, sagte ich abschließend.

In diesem Moment hörte ich ein sonores Lachen neben mir und sah auf. Meine Augen wanderten über schmale Hüften in Jeans, einen flachen Bauch, eine muskulöse Brust und breite Schultern auf ungefähr 190 Zentimetern Höhe und trafen dabei ein Paar braune Augen, in denen goldene Fünkchen tanzten.

»Kröte«, sprach die dunkle Stimme, die zu den Augen gehörte, »ist nicht nett. Wie wäre es mit einem verwunschenen Frosch?«

»Und der möchte von unserer fagottierenden Prinzessin geküsst werden? Dafür müssen Sie aber verdammt gut singen«, feixte der Oboer, der neben mir saß.

Der Besitzer der braunen Augen deutete eine Verbeugung an. »Ich werde mein Bestes tun.« Dann sah er mich noch einmal an und obwohl es mir überhaupt nicht passte, fühlte ich ein Flattern im Magen. »Ich glaube, ich würde sehr gerne von Ihnen geküsst werden.«

Ich musste nur eine Viertelstunde warten, bis unser Dirigent mir Gelegenheit gab, des Wunderknaben Wunderhorn zu hören. »Aestuans Interius«, das Lied des von der Venus Getriebenen – und da war Kraft und Leidenschaft,

Eroberungswille und Männlichkeit, aber die Aggressivität durch Disziplin gebändigt und das Fortissimo durch Samt gepolstert. Die Stimme ging mir unter die Haut und ich musste mich zur Ordnung rufen. Himmel, ich war doch nicht da, um den Solisten anzusabbern – auch nicht, wenn er so sensationell sang …

Dann war die Probe vorbei.

Als ich mein Fagott einpackte, trat er neben mich. Er wirkte fast ein wenig verlegen und sehr jung, als er leise fragte: »Und?«

»Ich kann es nicht abstreiten: Der Frosch kann singen.«

»Gut genug für einen Kuss?«

Jetzt sah er aus wie ein Lausbub und als er sich über mich beugte, bekam ich einen Hauch von einem herb-frischen Rasierwasser in die Nase.

Er gefiel mir. Er gefiel mir sogar sehr.

Dennoch wich ich aus. »Aber doch nicht so öffentlich!«

Dabei musste ich mich zurückhalten, um nicht in seine weichen Locken zu fassen, die so sehr zum Wuscheln einluden.

»Fein – dann gehen Sie nach dem Konzert mit mir essen.«

»Danke, aber nein danke – ich bin schon mit meinen Kollegen verabredet.«

Das war eine glatte Lüge, aus meiner Verwirrung über die plötzlich aufflammenden Gefühle geboren. Es war erst ein paar Wochen her, dass ich den jungen Herrn, den ich für meine erste große Liebe gehalten hatte, mit einer anderen erwischt hatte, und ich war nicht willens, mich Hals über Kopf in eine Affäre zu stürzen – schon gar nicht mit einem Mann, der so umschwärmt war und wahrscheinlich bei jeder Tournee ein anderes Techtelmechtel hatte.

Dennoch nutzte ich die Pause bis zum Konzert, um ins Programmheft zu schauen, in dem nicht nur ein Bild von ihm, sondern auch sein Lebenslauf abgedruckt war. Dem entnahm ich, dass er Philipp Boch hieß, vor 36 Jahren als Sohn eines Kirchenmusikers in Lübeck geboren worden und mit zehn Jahren nach Stuttgart gekommen war, wo er im Hymnusknabenchor gesungen hatte. Nach dem Abitur absolvierte er ein Gesangsstudium in Stuttgart und am Mozarteum in Salzburg, sein erstes Engagement bekam er an der Volksoper in Wien, ein vielbejubeltes Debüt als Papageno, seitdem machte er eine steile Karriere: Figaro in München, Don Giovanni in Stuttgart, Barbier von Sevilla in Glyndebourne, Almaviva an der Met. Der Schlusssatz ließ mich die Stirn runzeln: »Philipp Boch ist verheiratet und Vater einer Tochter.«

Dementsprechend reagierte ich kühl, als er mich am nächsten Nachmittag auf der Probe wieder ansprach.

Doch Philipp war hartnäckig. Der dritte Tag unserer Tournee führte uns bei strahlendem Sonnenschein nach Konstanz. Wir wohnten sehr schick direkt am See in einem Hotel mit eigenem Badestrand, den ich nach dem Konzert noch einmal nutzte. Als ich aus dem Wasser steigen wollte, saß Philipp auf dem Steg. Er hatte seine Jeans ausgezogen und hängte die Füße ins Wasser. Mein Handtuch lag neben ihm.

Als ich aus dem Wasser geklettert war und es nahm, sprach er mich an. »Womit habe ich Sie verärgert, Juliane?«

»Sie haben mich nicht verärgert, Herr Boch«, antwortete ich und begann, mich abzutrocknen.

»Sie gehen mir aus dem Weg«, stellte er fest.

Ich atmete tief durch. »Herr Boch, es mag Ihnen vielleicht altmodisch und spießig erscheinen, aber eine Affäre mit einem verheirateten Mann steht auf meiner Wunschliste irgendwo zwischen Wurzelresektion und Furunkel an der Kehrseite.«

»Das finde ich weder altmodisch noch spießig, sondern vernünftig.« Er stand auf und schlüpfte wieder in seine Jeans. »Aber wie halten Sie es mit Männern, die in Trennung leben und deren Scheidung bereits eingereicht ist?«

»Sagen das nicht alle? Gleich nach ›Meine Frau versteht mich nicht‹?«, fragte ich und wickelte mir mein Handtuch um die Hüfte.

»Meine Frau versteht mich sehr wohl, doch leider bedeutet das nicht, dass wir unsere Lebensplanung in Übereinstimmung bringen können. Sie ist Ärztin mit Landpraxis, was, wie Sie sich wahrscheinlich vorstellen können, nicht unbedingt zu meinem Beruf passt. Meine Frau hat das erkannt und als Konsequenz daraus die Scheidung eingeleitet.«

»Zu deinem Missfallen?« Mir fiel gar nicht auf, dass ich ihn plötzlich duzte.

Er nickte und sah auf den See hinaus, in dem sich der Sternenhimmel spiegelte. »Ich weiß nicht, ob man das Missfallen nennen kann. Ich war traurig. Verena und ich waren zusammen, seit wir sechzehn waren, und wir haben eine Tochter, an der ich sehr hänge.«

Etwas in seinem Ton berührte mich so, dass ich bedauerte, ihn so aggressiv angegangen zu haben.

»Wie alt ist deine Tochter?«, fragte ich.

»Acht. Sie ist der Hauptgrund, warum Verena mit eigener Praxis aufs Land wollte.« Er schaute auf mich hinunter. »Sag, ist dir nicht kalt in deinem nassen Badeanzug? Du wirst dich verkühlen.«

Ich fröstelte tatsächlich im Abendwind, aber ich wollte die Unterhaltung nicht abbrechen. Ich räusperte mich und nahm Anlauf. »Äh – möchtest du vielleicht an der Bar noch was trinken? Ich ziehe mich nur schnell um, dann können wir uns dort treffen.«

»Fein.« Er strahlte mich an und legte die Hand für einen Augenblick auf meine Schulter. »Dann rauf und leg dich trocken! Ich warte an der Bar auf dich!«

Es wurde ein extrem langer Abend. Um genau zu sein: Er endete erst, als ich morgens gegen halb sieben – ich war wirklich nicht scharf darauf, dabei von irgendwelchen Kollegen gesichtet zu werden – aus Philipps Zimmer wieder in meines schlich.

Ab da waren wir zusammen und ich war glücklich. Es war ein wunderschöner Sommer, es war eine großartige

Tour und sie endete damit, dass Philipp mich fragte, ob ich nicht aus meinem WG-Zimmer zu ihm ziehen wolle. Ich wollte. Ich liebte ihn und ich konnte mir nicht vorstellen, ohne ihn zu leben.

Das allerdings musste ich schon bald üben. Opernsänger waren die Nomaden unserer Zeit: Heute hier, morgen da, vier Wochen in Venedig, sechs Wochen in Wien, dazwischen eine Woche zuhause, dann schon wieder auf dem Sprung nach Amerika. Und was das anging, hatte ich dann schon bald die erste Auseinandersetzung mit Philipp. Unser erstes gemeinsames Weihnachten würde er nämlich in Florenz verbringen.

»Da sind ja Semesterferien, also kannst du mitkommen«, sagte er dazu.

Das sah ich nicht so. Weihnachten ist Hochsaison für Musiker: Weihnachtsoratorium mit dem Kirchenchor Kleinkleckersdorf, Messias mit der Chorvereinigung Stuttgart-Gablenberg, Weihnachtskonzert in der Leonhardskirche, Vertretung in der Oper, weil der Lehrer beim Adventskonzert der Hymnuschorknaben engagiert war – ich dachte nicht daran, auf all diese Engagements zu verzichten, um in Florenz die Sängergefährtin zu geben.

Philipp verstand das nicht. »Wenn du Geld brauchst, kann ich es dir geben. Ich will nicht so lange in Florenz alleine sein!«

Ich machte ihm klar, dass ich keine Lust hatte, von ihm abhängig zu werden, und mir daher meinen Lebensunterhalt auch weiterhin selbst verdienen wollte. Das fand er »stur« und im folgenden Streit stellte er meine Gefühle für ihn in Frage.

Zu Weihnachten war ich für drei Tage in Florenz. Danach reiste Philipp mit nur kurzer Zwischenstation in Stuttgart nach Japan – für sechs Wochen. Während seiner letzten Woche dort war ich dann auch noch mit einem anderen Problem konfrontiert. Mein rechter Arm begann wieder zu schmerzen. Ich hatte schon dreimal wegen Sehnenscheidenentzündung links und rechts pausieren müssen, doch dieses Mal kam es noch übler: Tennisellbogen – ohne je ein Racket in der Hand gehabt zu haben. Das Verdikt des Orthopäden war knallhart: Operation – und ich solle mich darauf einstellen, mir einen Beruf zu suchen, der die Gelenke nicht so belastet.

Ich war am Boden zerstört. Seit ich denken konnte, war es für mich klar gewesen, dass ich Musikerin werden wollte. Wenn andere Kinder spielten, hatte ich geübt, erst auf unserem alten Klavier, dann auf meinem Fagott. Ich hatte nie über einen anderen Beruf nachgedacht – und nun stand ich da, zweiundzwanzig Jahre alt und am Ende meiner Zukunftsträume.

Philipp tröstete mich am Telefon und lud mich nach Kyoto ein. »Hier können wir in Ruhe besprechen, wie es mit dir weitergeht. Ich habe eine Idee …«

Diese seine Idee stellte sich als Heiratsantrag heraus, wobei er mir schwäbisch-pragmatisch erklärte, es wäre ja früher oder später sowieso in diese Richtung gegangen, ergo könnten wir es auch gleich tun. Und als seine Frau könnte ich sowieso keinen Job machen, weil er mich an seiner Seite haben wolle.

Wir hatten einen lautstarken Krach. Ich warf ihm Chauvinismus vor, er nannte mich eine Kampfemanze, der ihr Stolz wichtiger sei als die Zuneigung zu ihm.

In Japan berappelten wir uns wieder – so weit, dass ich sogar seinen Rat annahm, mit Musikwissenschaft weiterzumachen. Obwohl ich dies zunächst zähneknirschend tat, stellte ich bald fest, dass es mich wirklich interessierte. Schließlich promovierte ich sogar.

Vor meiner Promotion kam die Trennung von Philipp. Der Auslöser war »Onegin«. Wir waren uns darüber einig, dass das eine der ganz großen Opern war und vermutlich das Beste, was Tschaikowsky geschrieben hat. Für mich stand auch ganz außer Zweifel, dass Philipp ein toller Onegin war. Aber damit hatte es sich auch schon mit der Harmonie. Über Herrn Onegin an sich waren wir uns gar nicht einig.

Wir waren im Bett, als die Diskussion ausbrach, und ich erklärte: »Also ehrlich, wenn ich Tatiana wäre, würde ich ihn auslachen, wenn er nach Jahren daherkommt und ihr eine Liebeserklärung macht.«

»Das kann ich mir vorstellen!«, bestätigte Philipp und setzte sich auf. »Du stellst deinen Stolz und deine Unabhängigkeit ja immer über alles!«

»Was willst du damit sagen?«

Ich fand es im Bett plötzlich so ungemütlich, dass ich auf die Kante rutschte und nach meinem Bademantel angelte.

»Ich finde es ironisch«, fand er. »Du verurteilst Onegin dafür, dass er so in seiner Attitüde gefangen ist, dass er die Wahrhaftigkeit von Tatianas Gefühlen nicht mehr erkennen kann. Andererseits steckst du so in deinem Krampf-Emanzen-Stunt, dass du meine Gefühle und Wünsche missachtest. Dir ist es wichtiger, deine Unabhängigkeit zu beweisen, als mit mir zusammen zu sein! Dich rührt es nicht, wenn ich dauernd alleine bin und mich dabei miserabel fühle.«

»Ja, da wären wir mal wieder. Du willst der Mittelpunkt meiner Welt sein. Ich brauche kein Studium, ich brauche keinen Job, ich kann meine Zeit damit verbringen, deine Socken zu stopfen, deine Hemden zu bügeln und dich anzuhimmeln. Meine musikalische Betätigung bestände am besten nur noch darin, dir zum Einsingen einen Ton zu geben. Toll!«

»Und wie stellst du dir das vor? Du bastelst zuhause an deiner Karriere – woraus immer die auch bestehen wird – und wir sehen uns alle drei, vier Wochen, wenn ich mal wieder nach Stuttgart komme?« Er atmete tief durch und ich sah, dass sich seine Ohren gerötet hatten. »Du, das hatte ich schon mal. Meine Ehe ist daran kaputt gegangen, dass meiner Frau ihr Beruf wichtiger war als ich. Glaubst du, dass ich mir das noch mal antue?«

»Vielleicht solltest du endlich mal dein antiquiertes Frauenbild überarbeiten! Deines scheint direkt aus dem Mittelalter zu stammen.« Ich war so wütend, ich hätte am liebsten etwas Porzellan zerlegt.

»Und vielleicht denkst du mal über deine Prioritäten nach! Entweder dein Job oder ich! Beides kannst du nicht haben!«

»Sag mal, Maestro, hast du was an den Augen? Habe ich eine große Nase und ein wallendes Gewand?«, fauchte ich. »Ich bin doch nicht Cosima Wagner, die nichts Besseres zu tun wusste, als ihr ganzes Leben in den Dienst des ihr ehelich angetrauten Obergenies zu stellen! Ich studiere nicht, damit ich nachher in der Küche bei der Zubereitung deiner Lieblingsgerichte über die Symbolik der Bach'schen Fuge nachdenken kann! Zählt eigentlich bei dir auch mal, was *ich* will, oder reden wir hier immer nur über *dein* Glück und Wohlbefinden?«

»Wer ist derjenige, der seit zwei Jahren ständig alleine ist, weil Madame studieren muss? Denkst du eigentlich dran, dass ich unterwegs schon mal das eine oder andere Angebot bekomme?«

»Oh ja – und von mir aus kannst du es annehmen! Vielleicht findet sich ja darunter eine doofe Blondine, die bereit ist, ihren Job als Friseuse aufzugeben, um mit dir um die Welt zu reisen!«

Das war es dann. Wir brüllten noch ein wenig und am Ende packte ich in meinem Zorn meinen Klimbim und zog in die WG zu meinen singenden Freundinnen Blandine und Mirja.

* * *

Ich vermute, dass wir uns unter anderen Umständen wenigstens für eine gewisse Zeit wieder zusammengerauft hätten. Aber Philipp reiste am nächsten Morgen nach New York, um an der Met den Onegin zu singen, und als er nach sechs Wochen zurückkam, hatte ich – heulend und kreuzunglücklich, aber wild entschlossen – meine Besitztümer bereits aus seiner Wohnung geholt.

Immerhin fand ich dann einen Job: Einer meiner Professoren arbeitete ab und zu für die *Stuttgarter Allgemeine* und vermittelte mir ein Gespräch mit dem Ressortleiter Kultur. Von da an schrieb ich dann erst mal über ganz kleine Veranstaltungen – Kirchenkonzert in Stuttgart-Zuffenhausen, Chorabend in Bärstetten-Grötzingen – und dann wurden die Aufträge zunehmend größer und interessanter. Außerdem bekam ich eine ganze Menge CDs zum Rezensieren und verdiente endlich wieder einigermaßen Geld. Und mehr noch: Nach einem Jahr bot mir Gerhard Forster von der Zeitung an, nach meinem Abschluss ein Volontariat in seiner Redaktion zu machen und dann als Musikredakteurin einzusteigen.

An der Geschichte mit Philipp hatte ich jedoch noch eine ganze Weile zu knabbern – unter anderem dadurch, dass meine WG-Mitbewohnerin und Freundin Blandine – ihre Mutter Waldgunde-Adolfine hatte sie in ihrem Drang nach Höherem nach einer Tochter von Franz Liszt benannt – ungefähr ein Vierteljahr nach unserer Trennung anfing, in höchsten Tönen von ihm zu schwärmen. Sie hatte es geschafft, in seine Meisterklasse an der Hochschule aufgenommen zu werden, und hätte den Unterricht gerne in einem Privatissimum nach Feierabend fortgesetzt. Ich litt drei Wochen beim Gedanken daran, dass sie es schaffen könnte, war aber zu stolz, es einzugestehen, nachdem Blandine die Hoffnung ausgedrückt hatte, dass ich über ihn hinweg sei, da er mich offenkundig »total vergessen« habe. Als sie erwähnt habe, dass sie mit mir zusammenlebe, habe er »nicht mit der Wimper gezuckt«, dafür aber weiter mit ihr geflirtet.

Zum Glück ging dieser Krug an mir vorüber, doch dafür erwischte es mich weitere drei Monate später, als ich mal wieder im Wartezimmer meines Orthopäden – meine Handgelenke ärgerten mich immer noch – durch die Klatschpresse blätterte. In einem dieser hochwertigen Presseprodukte fand ich einen Bericht von den Salzburger Festspielen – und mitten darin prangte das Foto eines strahlenden Philipp, der händchenhaltend mit einer Blondine durch Salzburg bummelte. Der Bildunterschrift entnahm ich, dass es sich beim weiblichen Part dieser »Salzburger Sommerromanze« um die »Society lady« Amelie von Weßling handelte, geschiedene Gattin eines Schokoladenfabrikanten, 37 Jahre alt. Sie war – das musste der Neid ihr lassen – ebenso schön wie elegant und als ich das nächste Mal an einem Spiegel vorbeikam und meinen Bauchansatz in einem verwaschenen T-Shirt über der formlosen Cargo-Hose sah, überlegte ich mir, was Philipp je von mir gewollt hatte.

Im Dezember erfuhr ich dann aus dem eigenen Blatt – die *Stuttgarter Allgemeine* hat ja auch ein Ressort »Land und Leute« –, dass Philipp seine Blondine geheiratet hatte. Mit ihr würde er sicher nicht über ihre Karriere diskutieren müssen – Amelie von Weßling-Boch hatte zwar einmal in Paris ein paar Semester Kunstgeschichte studiert, sich aber ansonsten nie der Gefahr ausgesetzt, ihre perfekt manikürten Fingernägel bei so etwas Profanem wie Arbeit zu ruinieren. Stattdessen wusste sie aber wahrscheinlich, wo in welcher Metropole Cardin und Chanel ihre Boutiquen hatten.

Ein paar Wochen nach der Hochzeit lief ich bei einer Premierenfeier in der Oper dem Paar in den Weg. Dummerweise konnte ich mich nicht einfach verkrümeln – ich war mit dem an diesem Abend gastierenden Startenor für ein Interview verabredet. Da stand ich nun, mit dem Sektgläschen in der Linken und einem Häppchen in der Rechten und schaute zu, wie Madame von Weßling-Boch in einem Kleid, das wahrscheinlich mehr gekostet hatte, als ich in einem Vierteljahr verdiente, Hof hielt. Sie unterhielt sich gerade mit dem Dirigenten und der Blick, mit dem sie mich streifte, kündete von gelangweiltem Desinteresse. Doch das änderte sich zwei Minuten später. Da war ich nämlich Sekt und Tellerchen losgeworden und hatte mir dafür am Büfett Philipp zugezogen, der plötzlich durch eine Seitentür aufgetaucht und strahlend auf mich zugekommen war.

»Juliane! Wir haben uns Ewigkeiten nicht gesehen!« Er beugte sich über mich und küsste meine Wange. »Gut siehst du aus!« Er strich mit einem Finger über mein Handgelenk. »Was machen die Gelenke?«

»Deutlich besser, seit ich nicht mehr so viel übe.«

Ich atmete tief durch. Einen Augenblick überlegte ich, ob ich ihm zur Hochzeit gratulieren sollte, aber ich wollte nicht lügen.

»Du hast toll gesungen. Es war schön, dich mal wieder live zu hören.«

Ich sagte nicht dazu, dass ich froh war, ihn nicht kritisieren zu müssen, sondern nur wegen des Tenors da war.

»Danke, man tut, was man kann.« Er lächelte mich an – und mir wurden die Knie weich. Da war alles in seinem Blick: Zärtlichkeit, Begehren, Zugehörigkeit. »Juliane …«

»Phil, Liebling, willst du mich deiner Freundin nicht vorstellen?«

Seine Frau war zu uns getreten und in ihrer Stimme klirrten Eiswürfel. Sie legte ihre Hand auf seinen Arm, wobei der Brillant neben ihrem Ehering aufblitzte wie ein Warnsignal.

»Aber selbstverständlich. Amelie, das ist Juliane Pfeiffer – oder ist das jetzt schon Doktor Pfeiffer?«

»Die Promotion ist seit zwei Wochen durch, Herr Kammersänger. Aber ich höre immer noch auf meinen Namen – ganz ohne Zusatz«, lächelte ich.

»Und ich guck immer noch, ob Herr Fischer-Dieskau in der Nähe ist, wenn jemand ›Herr Kammersänger‹ sagt«, gab er zurück.

Die goldenen Fünkchen in seinen Augen tanzten und für einen Augenblick war da die alte Vertrautheit, dieses »Wir gegen den Rest der Welt«-Gefühl.

»Juliane, meine Frau Amelie von Weßling-Boch.«

Ich bekam eine kühle Hand und einen noch kälteren Blick.

»Wie nett, Sie kennen zu lernen! Mein Mann hat schon so viel von Ihnen erzählt!«

Ich wagte einen Seitenblick auf Philipp und sah, dass seine Augen für einen Moment schmal geworden waren. Doch dann war die freundlich-undurchschaubare Maske, die er bei solchen Anlässen meist zeigte, wieder fest an ihrem Platz.

Also übte ich mich auch in Konversation. »Sie kommen aus Salzburg, nicht wahr, gnädige Frau? Wie fühlen Sie sich denn in Stuttgart?«

»Ach je, was soll ich sagen? Stuttgart ist nett, aber ein bisschen provinziell«, antwortete sie. »Aber wir kommen so viel rum, dass ich damit leben kann.« Sie entdeckte irgendwo in der Menge Bekannte, winkte ihnen zu und zog an Philipps Arm. »Liebster, da drüben sind die Bergmanns!« Und in meine Richtung: »Sie entschuldigen uns, Frau Pfeiffer?«

Weg waren sie, aber während der nächsten Stunde, in der ich auf meinen Tenorissimo warten musste, konnte ich das junge Glück bewundern: Wie sie seine Wange küsste, ihr perlendes Lachen immer, wenn er etwas Witziges sagte, wie sie ihm ein imaginäres Stäubchen vom Smoking bürstete, sich an ihn lehnte und ihn anhimmelte. Es war offenkundig, dass sie total in ihn verliebt war und er ihr zumindest sehr zugetan.

Und so saß ich am nächsten Morgen in der WG-Küche beim Frühstück und fragte Blandine: »Was, um Himmels willen, will er denn mit diesem blonden Hohlkörper?«

Blandine knabberte an ihrem Toast. »Vielleicht ist sie gut im Bett.«

Ich verdrehte die Augen. »Das ist mir zu billig. Außerdem müsste er sie deswegen nicht gleich heiraten.«

»Hast du eine Ahnung, was Männer alles dafür tun, ihren Spaß im Bett zu haben!« Blandine zog ihre langen Beine auf die Eckbank, fing ihre Katze ein und kraulte sie. »Im Ernst, Jule: Sie betet ihn offenkundig an und ist bereit, alles für ihn zu tun. Und er hat zwei Frauen hinter sich, die nicht bereit waren, ihn an die erste Stelle zu setzen, sondern eben mehr an ihrer Karriere interessiert waren.« Sie kicherte. »Wundert es dich, dass er von Emanzen genug und sich für den nächsten Versuch so ein richtiges Weibchen gesucht hat?«

»Soll er glücklich mit ihr werden!«, fauchte ich.

»Weißt du, was ich an der Geschichte am witzigsten finde?«

Blandine holte sich das letzte Croissant aus dem Korb, schmierte ordentlich Butter darauf und krönte das Ganze mit einem Löffel Erdbeermarmelade. Ich unterdessen beneidete sie wieder einmal darum, dass sie futtern konnte wie eine neunköpfige Raupe und dabei doch tannenschlank blieb.

Kauend sagte sie: »Ihre Reaktion auf dich war interessant. Sie scheint mächtig eifersüchtig zu sein.«

Ich verdrehte die Augen. »Blandine, ich glaube, die ist auf alles eifersüchtig, was seine Aufmerksamkeit auch nur für Sekunden von ihr ablenkt! Das hat nichts mit mir zu tun!«

»Schätzchen, so wie du das erzählt hast, war es sehr persönlich. Glaubst du wirklich, dass er ihr eine Menge über dich erzählt hat?«

»Eher nicht«, gestand ich ein. »Er war bezüglich seiner ersten Frau bei mir nie sehr auskunftsfreudig.«

»Siehst du! Warum behauptet sie das also? Und warum muss sie ihn so schnell von dir weglotsen? Sie ist sich seiner nicht sicher. Ich wette, dass sie es genervt hat, dass zwischen euch immer noch Funken fliegen.«

»Du hast mal gesagt, ich sei ihm gleichgültig!« Ich klang trotzig und ärgerte mich darüber.

»Ich war in ihn verknallt – und hatte keine Chance«, gab sie zu. »Ich wollte es nicht sehen, aber es war eindeutig, dass er immer noch an dir hängt. So wie du an ihm! Ich bin gespannt, was da noch rauskommt.«

»Nix, Blandine!« Ich stand auf und begann, den Tisch abzuräumen. »Abgesehen davon, dass er verheiratet ist, hätten wir ja immer noch dasselbe Problem. Ich wäre immer noch nicht bereit, alles für ihn aufzugeben.«

Und das war es dann. Ich stürzte mich nach meiner Promotion in meinen Beruf als Musikredakteurin, außerdem schrieb ich zwei Bücher und bekam anschließend einen Lehrauftrag an der Musikhochschule in Stuttgart.

Nur zu einem Ehemann hatte ich es nicht gebracht. Klar, ich hatte in den sechzehn Jahren, seit ich mich von Philipp getrennt hatte, nicht wie eine Nonne gelebt. Da war die eine oder andere Affäre gewesen und da war der französische Cellist Yves, mit dem ich fast sieben Jahre zusammen war. Er kam mir schließlich abhanden, weil ich heiraten und Kinder haben wollte, während er an seiner Freiheit hing. Aber ich weinte nicht mehr jede Nacht ins Kopfkissen. Im Gegenteil. Ich arrangierte mich mit meinem Single-Leben innerhalb eines netten Freundeskreises.

Dennoch beschloss ich, Mischa für die »Rigoletto«-Premiere zu engagieren. Man wusste ja nie, wen man danach auf der Party traf, und in einem solchen Fall zierte eine Frau nichts mehr als ein hübscher junger Mann, der sie verehrte.

2. Ganz grosse Oper

Die Musik des »Rigoletto« war toll, aber die Geschichte ließ mich jedes Mal sinnieren, ob Giuseppe Verdi und sein Librettist zu viel Grappa intus hatten, als sie die zusammenbastelten! Von Logik und Glaubwürdigkeit konnte darin keine Rede sein und insofern tat mir jeder Regisseur leid, der sich damit herumschlagen musste.

Ich rekapitulierte die Handlung, als ich mich mit Mischa widerwillig auf den Weg in die Oper machte, um den Auftrag hinter mich zu bringen.

Herr Rigoletto, seines Zeichens Hofnarr in Diensten des lüsternen Herzogs von Mantua, hält in seinem Haus sein ebenso blondes wie holdes Töchterlein Gilda versteckt. Das nutzt nur nichts. Der Herzog kriegt sie dennoch in die Finger, worauf sich Gilda sofort total in ihn verliebt.

Rigoletto beschließt, den Herzog umbringen zu lassen, wozu er sich des stadtbekannten Auftragskillers Sparafucile bedient. Nur hat der dummerweise ein Schwesterlein, das auch mit dem Herzog rummacht. Der Herr muss echt gut sein, jedenfalls bittet Mörders Schwesterlein ihren Bruder, den Herzog zu verschonen.

Nun hat der Killer ein Problem: Rigoletto will erst bezahlen, wenn Sparafucile ihm den toten Herzog in einem Sack übergeben hat. Also muss eine Leiche her. Sparafucile beschließt, den Nächsten umzubringen, der zur Tür reinkommt. Das ist – Gilda, die mitgekriegt hat, dass ihr geliebter Herzog gemeuchelt werden soll, und beschlossen hat, sich an seiner Stelle zu opfern (sie ist blond und er sehr gut …).

Herr Sparafucile scheint als Killer aber ein echter Pfuscher zu sein. Er übergibt Rigoletto den Sack, und als der auspackt, lebt Gilda noch und das sogar lange genug, um ihrem Vater noch eins vorzusingen, auf Deutsch: »Ich täuschte dich, Vater. Meine Liebe ließ mich für ihn sterben.« Ansonsten bittet sie für den Herzog um Vergebung und verspricht, im Himmel für ihn und ihren Vater zu beten, bevor sie dann wirklich und endgültig das Zeitliche segnet.

Nun saß ich mit Mischa auf den Presseplätzen – dritte Reihe Parkett links – im Großen Haus der Stuttgarter Staatstheater und versuchte mich auf die Musik zu konzentrieren.

Gilda-Blandine hatte zwar etwas Intonationsprobleme und schien nicht immer zu wissen, wo sie auf der Bühne eigentlich hingehörte, aber Paolo Desiderato als Rigoletto riss es heraus – der konnte sehr gut singen und schauspielern. Luigi Tavatore als Herzog sah zum Anbeißen aus und schlug sich für einen Debütanten in der Rolle wacker. Und ich mochte die Inszenierung. Philipp als Regisseur hatte modernisiert – aber diese Oper vertrug das gut.

Das Setting des ersten Aktes erinnerte an einen Cluburlaub, Rigolettos Haus war im Gegensatz dazu richtig schön bürgerlich-spießig und in Sparafuciles Kneipe leuchteten an der Wand die Spielautomaten, während die Gläser aussahen, als ob das Spülwasser dringend mal wieder gewechselt werden sollte. Doch bei allen Modernisierungen hatte Philipp die Oper nicht gegen den Strich gebürstet, nicht übertrieben, dafür aber für die Zuschauer eine Möglichkeit geschaffen, sich mit den Figuren und der Situation zu identifizieren.

Im Orchestergraben regierte an diesem Abend Armin Müller-Rehling, der Herr, den Blandine ein paar Jahre zuvor geheiratet hatte. Ich konnte ihn nicht ausstehen – der Mann verband die Arroganz, die für seinen Beruf typisch ist, mit der Ausstrahlung einer Profimaschine zur Herstellung von Eiswürfeln –, aber ich musste ihm doch wieder einmal zugestehen, dass er ein verflixt guter Dirigent war. Sein Verdi war opulent und doch transparent und er hatte keine Angst, die großen Melodiebögen mit viel Gefühl auszuspielen.

Ich war also bis kurz vor Ende des dritten Aktes rundum zufrieden. Ich formulierte im Geiste schon meine durchaus positive Rezension – Blandines Intonationsprobleme würde ich zwar erwähnen müssen, aber nicht zu hoch hängen. Jeder

Sänger hat mal einen schlechten Tag, dafür muss man ihn nicht in die Pfanne hauen.

So schaute ich entspannt zu, wie Sparafucile Gilda erstach und sie mit einem gut gespielten Röcheln in sich zusammensank. Das Licht auf der Bühne ging aus, man hörte die Drehbühne rumpeln. Der letzte Aufzug folgte, nun vor Sparafuciles Haus am Ufer eines offenkundig ziemlich dreckigen Flusses, den es nur als Hintergrundprojektion gab. Rigoletto fuhr mit dem Kahn vor, Sparafucile half, den Sack mit der Leiche ins Boot zu verladen. Er bot auch noch seine Hilfe beim Versenken an, was Rigoletto aber ablehnte. So ging der Mörder ins Haus zurück, während Rigoletto sich in die Riemen legte – für einen Augenblick, denn dann hörte er aus Sparafuciles Haus die Stimme des Herzogs mit seiner großen Arie »La donna e mobile …« – »Trügerisch sind die Weiberherzen«.

Rigoletto glaubte zuerst, nicht richtig gehört zu haben, und sang sein »… illusion notturna è questa!« – »Es ist ein nächtlich Trugbild«. Doch dann wurde ihm klar, dass er wirklich den Herzog gehört hatte, und er beschloss, den Sack zu öffnen und nachzuschauen, wer oder was drin war.

Nun sollte man ja meinen, dass dem Herrn Hofnarren der Unterschied zwischen 186 Zentimetern und 90 Kilogramm Herzog und 166 Zentimetern und 47 Kilogramm Tochter schon bei der Sackübernahme hätte auffallen können, aber in der Oper beflirtet mancher ja auch die eigene Ehefrau, ohne was zu merken. Paolo Desiderato sang »Io tremo … È umano corpo! Mia figlia!« – »Ich zittere, ein menschlicher Körper! Meine Tochter!« dementsprechend mit Aplomb. Dabei streifte er den Sack nach unten.

Blandines lange, blonde Perücke kam zum Vorschein und dann – eine Fratze, dunkel verfärbt, die Zunge heraushängend.

Paolo erstarrte in der Bewegung, sein Mund zu einem stummen Schrei geöffnet. Er schaute hilfesuchend zur Seite, gleichzeitig drang ein Geräusch – ein Gurgeln, gefolgt von einem erstickten »Nein!« – aus dem Orchestergraben. Das Orchester verstummte – ein Musiker nach dem anderen drehte sich um, schaute zur Bühne und hörte auf zu spielen. Und dann, nach einem schrecklich langen Moment, gingen die Lichter aus und der Vorhang fiel.

Ich schluckte. »Ich glaube, da ist etwas passiert«, sagte ich hilflos.

»Wenn das ein Scherz sein soll, ist es ein verdammt mieser«, stellte Mischa fest.

Hinter uns begannen die zwei Damen, die die ganze Zeit mit Bonbonpapierchen geraschelt hatten, ihre Habseligkeiten zusammenzusuchen, wobei sie ihrer Katastrophenfantasie freien Lauf ließen. Ihr Katalog an Erklärungen, was passiert sein könnte, reichte von Herzinfarkt des Dirigenten über Todesfall hinter den Kulissen bis zum Feueralarm. Der war anscheinend auch noch ein paar anderen Leuten in den Sinn gekommen, die nun ohne Rücksicht auf Verluste und über die Knie anderer Zuschauer hinweg Richtung Ausgang drängelten.

Nach einer kleinen Ewigkeit tat sich etwas auf der Bühne. Ein Scheinwerferkegel tastete über den Vorhang, blieb dann in der Mitte stehen, der schwere Stoff teilte sich und eine breitschultrige, dunkle Gestalt trat ins Licht. Ich erkannte Philipp in schwarzer Hose und schwarzem Rollkragenpullover, das Gesicht darüber kalkweiß und angespannt. Er räusperte sich – und plötzlich war wieder Ruhe im Haus und selbst die Zuschauer, die an den Türen standen, drehten sich um und schauten zur Bühne.

»Meine Damen und Herren, ich muss Ihnen eine traurige Mitteilung machen: Unsere Gilda, Blandine Keller, hatte einen Unfall und ist tot. Ich denke, unter diesen Umständen werden Sie Verständnis dafür haben, dass wir die Vorstellung nicht fortsetzen können. Ich danke Ihnen!«

Eine angedeutete Verbeugung und dann war er schon wieder verschwunden. Dafür ging die Beleuchtung im Haus an und sämtliche Türen wurden geöffnet.

Ich konnte nicht fassen, was Philipp gesagt hatte. Blandine sollte tot sein? Diese Fratze im Sack sollte etwas mit Blandine zu tun gehabt haben? Das konnte nicht sein! Gut, wir hatten in den letzten vier, fünf Jahren wenig Kontakt gehabt. Ich vertrug mich nun einmal nicht mit Blandines Ehemann und ihre Affenliebe zu ihren Katzen war mir zunehmend auf die Nerven gegangen. Um genau zu sein: Wir hatten Streit bekommen, als Blandine von mir verlangt hatte, eine Tour nach Salzburg – und nein, ich hatte nicht beabsichtigt, zu meinem Vergnügen bei den Festspielen herumzuhüpfen – abzusagen, um mit ihr ihren Perserkater Florestan zu beerdigen. Und dazu sollte ich Blandine, die nie den Führerschein gemacht hatte, eine Stunde durch die Pampa an den Baggersee kutschieren, wo ihre Frau Mama und der Stiefvater ganzjährig einen Wohnwagen auf dem Campingplatz stehen hatten. Zum schon lange nicht mehr mobilen Zweitheim an einem See gehörte auch ein Inselchen und dort fand Florestan in einem mit Samt bezogenen Schuhkarton seine letzte Ruhe – ganz ohne meine Mitwirkung, denn ich war ja nach Salzburg gefahren, wo mich dann nicht nur ein Foto der Grabstätte, sondern auch eine Mail von Blandine ereilte, in der sie mir mitteilte, dass sie »menschlich schwer enttäuscht« sei, weil ich sie im Stich gelassen hatte. Sie zweifelte an meiner Freundschaft und litt darunter – sagte sie.

Warum dachte ich gerade jetzt daran? Blandine war tot!

Mischa und ich waren inzwischen in die Wandelhalle gegangen. Auf den ersten Blick sah es hier aus wie an einem normalen Premierenabend: gut gekleidete Frauen, die darauf warteten, dass ihre Begleiter ihre Mäntel holten. Doch auf den zweiten Blick sah man Schock und Ratlosigkeit in den Gesichtern. Und mir fiel auf, dass es sehr leise war. Die wenigen Opernbesucher, die sich unterhielten, sprachen mit gedämpften Stimmen.

Mischa kam mit meinem Mantel und seiner Jacke. Gemeinsam traten wir auf die große Freitreppe hinaus. Ich fröstelte in der kalten Nachtluft.

»Was machen wir jetzt, Jule?«, wollte Mischa wissen.

Ich kam nicht zum Antworten. Ich spürte, wie mein auf stumm geschaltetes Handy in meiner Hosentasche vibrierte, und nahm ab.

»Frau Doktor Pfeiffer?« Die Stimme war vage bekannt, dennoch konnte ich sie nicht gleich einordnen. Doch dann sprach der junge Mann schon weiter: »Alex Berlinger vom Nachtdienst. Sind Sie in der Oper?«

»Eben rausgekommen.« Ich ahnte schon, was der Redakteur von der *Stuttgarter Allgemeinen* von mir wollte, und blockte ab. »Herr Kollege, ich hätte mich schon gemeldet, aber im Moment weiß ich nichts – außer dass die Tote eine langjährige Freundin von mir war.«

»Oh, das tut mir leid«, erwiderte der Kollege und ich meinte zu hören, wie er dabei gelangweilt seinen Kaugummi von der einen in die andere Backentasche schob. »Ist ja auch kein Problem. Die Nachtausgabe ist raus, also reicht es, wenn wir morgen was kriegen.«

Einen Augenblick kämpfte ich gegen die Versuchung, ihn darauf hinzuweisen, dass ich als Musikredakteurin bestimmt nicht die Arbeit der Lokalredakteure machen würde, doch dann fiel mir ein, dass die Oper morgen bestimmt eine Pressemeldung herausgeben würde. Ich unterdessen würde wohl einen Nachruf auf Blandine schreiben müssen.

»Komm!« Mischa hatte sich, während ich mein Telefonat beendete, entschieden, was er tun wollte.

Er nahm mich an der Hand, führte mich die Freitreppe hinunter, nach links um das Haus herum und über den Parkplatz des Landtags in Richtung Künstlereingang in der Konrad-Adenauer-Straße. An den war aber nicht heranzukommen, denn davor standen mehrere Polizeiwagen und ein weißer Opel mit einem Blaulicht auf dem Dach. Dahinter fuhr gerade ein dunkelgrüner Kombi vor, aus dem zwei in schwarze Anzüge gekleidete Männer einen grauen Kunststoffsarg hoben und auf einen fahrbaren Untersatz stellten.

Sein Anblick traf mich wie ein Schlag in den Magen. Blandine war tot – und offenkundig war ihr Tod kein harmloser Unfall gewesen. Das Aufgebot an Polizei sprach dagegen – und in einem der Männer, die jetzt mit den Plastikboxen ins Haus kamen, erkannte ich den Chef der Spurensicherung der Stuttgarter Kripo, den ich während der Zeit, als ich Volontariat in der Lokalredaktion gemacht hatte, kennen gelernt hatte.

Mischa schaute mich an. »Mädchen, du siehst gar nicht gut aus! Komm, du musst ins Warme und brauchst etwas zu trinken!«

Ungeachtet des Polizeiaufgebotes rannten wir über die Konrad-Adenauer-Straße in Richtung Musikhochschule. An der Ecke davor schob Mischa mich in die Weinstube *Becher*. Der Wirt, der Mischa und mich in den letzten Jahren oft genug gesehen hatte und auch Blandine kannte, kam uns entgegen und nahm mir den Mantel ab.

»Mensch, Juliane, was ist denn passiert? Ich habe eben gehört, in der Oper sei die Vorstellung abgebrochen worden, weil Blandine Keller auf offener Bühne tot umgefallen ist!«

Ich konnte erst einmal nur nicken.

Dafür antwortete Mischa. »Das zwar nicht, aber sie ist tatsächlich tot. Mehr wissen wir allerdings auch nicht. Vor der Oper steht ein Riesen-Polizeiaufgebot. Die ermitteln wohl …«

Der Wirt führte uns zum Ecktisch. »Du siehst aus, als ob du erst mal einen Cognac brauchen würdest, Juliane. Warte, ich bring dir einen.«

»Danke, aber ein heißer Tee wäre mir erst mal lieber«, sagte ich. »Und dann ein Glas von deinem Roten.«

»Bring ich dir gleich. Und du, Mischa?«

»Dasselbe – aber kipp mir einen Schuss Rum in den Tee!«

Der Wirt verschwand, dafür öffnete sich die Tür. Zwei Männer kamen herein, brachten einen Schwall kalter Luft mit und steuerten direkt den Ecktisch an.

Den großen Blonden, der sich jetzt aus seinem Anorak schälte und zur Begrüßung mit dem Knöchel auf den Tisch klopfte, kannte ich: Claus Schlotterbeck, einstmals ein Kollege in der Fagottklasse, heute das erste Fagott an der Oper.

»'n Abend, Jule!« Er deutete mit dem Kinn auf seinen rundlichen Begleiter. »Das ist Hanno, unsere zweite Klarinette. Hanno, das sind Jule, die Kritikerin der *Stuttgarter Allgemeinen,* und Mischa, ihr zahmer Dirigent.«

Hanno nickte und streckte mir eine Hand hin. »Guten Abend – wie zahm ist der Pinsler?«

Mischa knurrte, ich zwang mir ein kleines Lächeln ab. »Er beißt zumindest nur, was er isst – und ich glaube nicht, dass er scharf auf dich wäre.«

Die beiden Musiker setzten sich und orderten Bier, dann fragte Claus: »Wart ihr in der Premiere?« Er wartete nicht auf eine Antwort, sondern sprach gleich weiter: »Da tobt jetzt richtig der Bär! Habt ihr das noch mitgekriegt?« In seinen Augen blitzte Sensationslust. »Die sagen, jemand hätte die Keller um die Ecke gebracht!«

»Wie bitte?« Ich verschluckte mich fast an meinem zu heißen Tee und musste husten.

Mischa klopfte auf meinen Rücken, starrte dabei aber die beiden Musiker an. »Wie kann das denn sein? Ich meine, in den zwei Minuten zwischen ihrem letzten Auftritt und der Nummer mit dem Sack?«

Der Klarinettist antwortete: »Da hat wohl auf der dunklen Hinterbühne jemand auf sie gewartet, sie erwürgt und dann in den Sack gesteckt. Ich habe zufällig ein bisschen mitgehört, was die Polizisten gesagt haben.«

»Und den Requisiteur, der der Keller in den Sack helfen sollte, hat der Mörder ins kleine Requisitenlager gesperrt!« Claus hatte sein Bier bekommen und trank einen kräftigen Schluck.

»Und jetzt ist richtig Rambazamba!«, erzählte sein Kollege. »Der Herr Intendant, das sensible Seelchen, hat anscheinend in der Proszeniums-Loge einen halben Nervenzusammenbruch erlitten, als er die Leiche auf der Bühne gesehen hat. Darum musste ja auch Boch raus, um die Meute heimzuschicken. Den hat es danach aber auch erwischt – Notarzt, Tatütata!«

Mein Magen krampfte sich zusammen. »Wisst ihr, was er hat?«

»Keine Ahnung.« Claus zuckte mit den Schultern. »Der Portier hat was von Herzinfarkt erzählt – er sei mit Sauerstoffmaske, EKG und weiß nicht wie vielen Schläuchen abtransportiert worden.«

»Unterdessen saß der Kotzbrocken – ich meine unseren Herrn Generalmusikdirektor Armin Müller-Rehling – auf der Bühne und bemühte sich als trauernder Witwer ein paar Krokodilstränen zu produzieren, aber ziemlich erfolglos«, berichtete Hanno. »Dabei hat jeder gewusst, dass die Keller und er in den letzten Wochen wie Hund und Katz waren! Ihr hättet mal hören müssen, wie die sich in den Sitzproben angemacht haben!«

»Was das angeht, war aber auch ihr Auftritt mit Boch in der Kostümprobe vom Feinsten!« Claus hatte sich mittlerweile einen Wurstsalat geordert und kaute mit Appetit.

»Ich dachte, er geht ihr an die Kehle!«, tratschte Hanno, bemerkte dann erst, was er gesagt hatte, und sagte schnell: »Ups! Hab ich nicht so gemeint. Ich wollte nur sagen, dass Boch stinksauer war, weil die Keller unverschämt war. Sie hat einen Mordskäse zusammengesungen, hat ständig seine Regieanweisungen vergessen und sich dann gewundert, dass Boch fast die Wände hochgegangen ist!«

»Immerhin hat sie es geschafft, dass der Kotzbrocken und Boch, die sich ja normalerweise mögen wie Zahnschmerzen, einig waren. Die beiden brüllten im Duett. War schräg! Von Müller-Rehling sind wir gewohnt, dass er cholerische Anfälle bekommt und mit knallroter Birne durch den Orchestergraben tobt. Aber Boch? Der ist doch sonst ein Ausbund an Liebenswürdigkeit und guten Manieren! Aber auf der letzten Probe ist er hochgegangen wie eine Bombe! Ich glaube, ich habe den noch nie so sauer erlebt.«

»Den Boch muss seine Madame geärgert haben. Der war während der ganzen Produktion mies drauf«, wandte sein Kollege ein.

Mischa streckte die langen Beine. »In Sachen Zickigkeit ist Frau von Weßling-Boch ja auch unüberbietbar. Bei der können Diven noch was lernen!«

»Woher weißt du das denn?«, fragte ich erstaunt. »Ich wusste gar nicht, dass du die Dame kennst.«

Ich biss mir auf die Unterlippe. Da war es nun also wieder, mein altes Problem: In all den Jahren seit der Trennung von Philipp hatte ich es nie geschafft, eine Begegnung mit ihm zu überstehen, ohne Herzklopfen und weiche Knie zu bekommen. Gleichzeitig hatte ich aber immer vermieden, mehr als unbedingt notwendig über ihn zu sprechen. Ich hatte ja oft mitbekommen, wie die weibliche Hälfte der Szene ihn anhimmelte, angefangen von seiner Stimme, die wie »flüssiger Samt« sei, seine »sensationell sexy Beine« über seinen »sinnlichen Mund« bis hin zu seinen abwechselnd »geheimnisvoll« oder »melancholisch« genannten braunen Augen. Die andere, männliche Hälfte der Szene unterdessen lästerte über die doofen Hühner, die wegen Philipp halb in Ohnmacht fielen und angeblich in der Oper nichts hörten, weil sie viel zu beschäftigt damit waren, ihm auf die – zugegeben – langen, tollen Beine und den knackigen Hintern zu starren.

Es wäre mir ohne Ende peinlich gewesen, zur Riege der Boch-Groupies gezählt zu werden, und mein Stolz hätte ganz sicher nicht zugelassen, mir diesbezüglich von Mischa irgendwelche Sprüche anzuhören. Deswegen hatte ich nie mit ihm über Philipp gesprochen und wusste folglich nicht, dass er Amelie von Weßling-Boch kannte und kein Fan von ihr war.

»Ich hatte vor drei Jahren in Glyndebourne das Vergnügen mit ihr. Da war ich zweiter Kapellmeister und habe einige Proben mit ihrem Mann und Harriet Spaning korrepetiert. Madame saß in jeder, langweilte sich tierisch, verbreitete schlechte Laune, wollte aber nicht gehen – wahrscheinlich hatte sie Angst, dass Harriet ihren Philipp vernascht. Im Jahr davor hatte ich in Salzburg mit ihr das Vergnügen. Da hatte sie Stress, weil Claudia Theodoru als Zerlina ihren ehelich angetrauten Don Giovanni beschäkert hat.« Mischa grinste. »Ich glaube nicht, dass es viele heterosexuelle Männer unter achtzig gibt, die Claudimaus von der Bettkante schubsen würden – außer Boch. Den hätte seine Angetraute gar nicht so bewachen müssen.« Mischa kicherte, trank seinen Tee aus und bestellte mit einem Wink des leeren Glases das nächste. »Das ›La ci darem‹ war ganz großes Kino! Boch schnappte sich Claudia, rangierte sie gegen die Wand, griff ihr unters Röckchen und zog ihren Oberschenkel hoch. Es war perfektes Timing: Beim letzten Ton hatte er sie so im Griff, dass er sie in die Abblendung reinknutschen konnte. Seine Madame erbleichte bei jeder Probe – und hat dann drei Tage lang jedem erzählt, dass mit diesem Regisseur Salzburg von einer Kulturstätte zu einem Nightclub verkomme!« Er seufzte. »Unterdessen behauptete Claudia, sie warte darauf, dass Boch ein Heiligenschein wachse. Sie habe nicht gedacht, dass jemand so distanziert-höflich grapschen könne.«

Claus war mit seinem Wurstsalat und Bier durch und bestellte Nachschub. Während er auf sein Bier wartete, sagte er: »Ich verstehe sowieso nicht, wieso die Weßling-Boch so eifersüchtig ist. Er hat doch einen blütenreinen Ruf! Klar, er sieht gut aus, er ist charmant, er hat jede Menge Verehrerinnen, aber anscheinend ist er seiner Zimtzicke treu – auch wenn's niemand versteht.«

»Immerhin, beim ›Rigoletto‹ ist sie uns erspart geblieben«, erzählte Hanno. »Sie scheint nicht in der Stadt zu sein – sie ist nicht mal zur Premiere aufgekreuzt. Aber ich denke nicht, dass jemand sie vermisst hat.«

»Ihr Mann vielleicht schon«, sagte ich.

Mischa hob eine Augenbraue, »Ich wusste gar nicht, dass du zu seinem Fanclub gehörst, Jule.«

Darauf wollte ich nicht antworten. Überhaupt fühlte ich mich zunehmend unwohl. Ich hatte die ganze Zeit versucht, den Gedanken an Philipp zu verdrängen, aber ich schaffte es nicht. Ich sah die ganze Zeit vor mir, wie er an die Rampe getreten war, um das Publikum nach Hause zu schicken. Er war schon da kreidebleich gewesen und ich erinnerte mich, dass er einmal mit der rechten Hand nach seiner Brust gefasst hatte.

Herzinfarkt. Vielleicht kämpfte er jetzt auf einer Intensivstation um sein Leben. Und Blandine war tot und lag nun in diesem grauen Kunststoffsarg, den die Bestatter ins Theater getragen hatten, während ich im *Becher* saß und mir Tratsch anhörte. Dabei war mir zum Heulen.

Ich trank meinen Wein aus. »Jungs, seid mir nicht böse, aber ich habe für heute genug. Ich möchte nach Hause.« Ich winkte nach dem Wirt und bezahlte meine Rechnung.

Mischa hatte ebenfalls einen Schein aus der Tasche gekramt und legte ihn mit einem »Stimmt so!« auf den Tisch. Dann stand er auf und lächelte die beiden Musiker an. »Gute Nacht – und ich hoffe, ihr habt wegen dieser Geschichte nicht zu viel Ärger.«

* * *

Ich hatte in der Nacht sehr wenig geschlafen und ab ungefähr sieben hatte ich mir am Computer die Zeit mit Spielen vertrieben. Die Konzentration zum Arbeiten brachte ich nicht auf und rechtfertigte das vor mir selbst damit, dass ich sowieso erst mit meinem Ressortleiter sprechen musste, den aber kaum vor neun anrufen konnte. Gerry würde natürlich einen Abgesang auf Blandine von mir erwarten. Doch so hartgesotten, dass ich den aus dem Ärmel hätte schütteln können, war ich nicht.

Um halb neun saß ich mit einem Becher Kaffee und dem Telefon auf dem Fensterbrett in meiner Küche und sah auf die schlafende Stadt hinunter.

Die Nummer war abgespeichert, beim fünften Klingeln meldete sich eine etwas genervt klingende Frauenstimme: »Staatstheater Stuttgart, guten Morgen.«

»Guten Morgen. Pfeiffer von der *Stuttgarter Allgemeinen*. Ich hätte gerne Frau Neidhard gesprochen.«

»Damit sind Sie nicht allein! Bei Frau Neidhard ist … halt, sie hat gerade aufgelegt. Ich verbinde Sie, Moment bitte.«

Es klickte, dann sagte eine dunkle Stimme, die recht müde klang: »Staatstheater Stuttgart, Pressestelle, Neidhard.«

»Guten Morgen, Nina.« Die Pressesprecherin des Theaters und ich hatten so oft miteinander zu tun, dass wir uns mittlerweile angefreundet hatten. »Wie geht es dir?«

»Frag nicht!«, stöhnte Nina. »Mein Telefon klingelt seit sieben im Minutenrhythmus, unten vor der Tür lauert ungefähr ein halbes Dutzend Fotografen, mein Intendant jault, weil er eine Pressekonferenz geben muss, und ich sollte eigentlich ein Statement basteln und rausgeben. Das Problem ist nur, dass ich keine Ahnung habe, was ich reinschreiben soll, und dass die ermittelnde Kommissarin, mit der ich mich abstimmen sollte, nicht erreichbar ist. Sind damit alle deine Fragen beantwortet?«

Ich atmete tief durch und rieb mit der freien Hand über meinen schmerzenden Magen. Ich bemühte mich dennoch, gelassen zu klingen. »Nur eine noch: Wie geht's eurem Regisseur? Ich habe gehört, den hätte es auch umgehauen.«

»Das ist die einzig gute Nachricht«, antwortete Nina. »Er hat sich vor einer halben Stunde gemeldet: Er ist aus dem Krankenhaus raus, soll sich aber noch ein paar Tage schonen. Es war zum Glück nur ein Kreislaufkollaps.«

Ich war sehr erleichtert und atmete tief durch. »Danke, Nina. Das ist gut zu hören.«

»Ja, aber wenn Boch hört, was hier los ist, und dass die Presse von seinem Zusammenbruch erfahren hat – frag nicht, wer da wieder getratscht hat –, fällt er gleich noch mal um! Du weißt doch, wie Sänger sind!«

Ja, das wusste ich. Die waren alle nicht scharf darauf, dass ihre Wehwehchen öffentlich bekannt wurden. Für jedes Theater und jeden Konzertveranstalter ist der Ausfall eines Solisten ein Alptraum, weshalb man jemanden, der gesundheitlich angeschlagen ist, nicht gerne engagiert.

»Kein Problem, Nina – wenn er schon wieder fit ist, werde ich natürlich nicht darüber schreiben«, versprach ich.

»Danke, du erlöst mich von einer Sorge.«

»Gern geschehen. Aber eine Frage hätte ich doch noch: Herr Boch sprach gestern von einem Unfall. Inzwischen wird aber von Mord geredet.«

Nina zögerte einige Sekunden, dann gestand sie ein: »Kommt ja früher oder später raus: Die Kripo geht davon aus, dass ein Gewaltverbrechen vorliegt. Frau Keller wurde erwürgt.«

»Holy Moly!«, rutschte mir heraus. »Ich hatte gehofft, dass das nur ein Gerücht ist.«

»Du hast schon davon gehört?«, fragte Nina. »Oh Mann, oh Mann – können wir hier eigentlich in der Nase bohren, ohne dass du davon erfährst?«

»Gut informiert zu sein, gehört zu meinem Job.«

Ich schloss die Augen und versuchte, durch festes Ausatmen den Schwindel zu vertreiben. Ich hatte am Abend davor nicht glauben wollen, dass Blandine wirklich ermordet worden war. Aber nun war es Realität. Und dann ging das Leben weiter – einfach so, ohne auch nur eine Sekunde innezuhalten und ohne mir die Chance zu geben, anders zu reagieren als professionell. »Wie geht es denn jetzt bei euch weiter? Habt ihr eine Zweitbesetzung für die Gilda?«, fragte ich.

»Ich weiß nicht, ob wir heute überhaupt spielen. Wir bräuchten ja nicht nur einen Ersatz für Frau Keller, sondern auch für unseren Generalmusikdirektor. Herr Müller-Rehling ist natürlich fix und foxi.«

»Kann ich mir vorstellen.« Ich zwang mich, kühl zu bleiben. »Macht ihr eine Trauerfeier im Haus?«

»Keine Ahnung. Ich muss erst mit dem Intendanten reden. Und der muss sich wohl mit Müller-Rehling ins Benimm setzen. Ich weiß bis jetzt nur, dass es bis zur Beerdigung noch eine Weile dauern kann, weil die Polizei eine Obduktion durchführen lässt.«

»Was für ein Alptraum!« Ich atmete noch einmal tief durch. »Du wirfst mir dein Statement in die Mail, wenn du so weit bist?«

»Aber sicher doch!« Bei Nina waren im Hintergrund Stimmen zu hören. »Du, bei mir geht es schon wieder rund.«

»Alles klar – dann mach weiter! Übersteh's gut und danke!« Ich legte auf.

Ich beneidete Nina nicht um ihren Job. Die nächsten Tage würden garantiert schlimm für sie werden.

Aber wie ging es bei mir weiter? Ich beschloss, nicht mehr nachzudenken, sondern die Routine abzuarbeiten – und das bedeutete, erstmal unsere Online-Ausgabe zu bedienen. Keine halbe Stunde später – unter Druck zu arbeiten lernt man in meinem Job – stellte ich die Kurzmeldung fürs Internet ins System und hängte eine Notiz für den Online-Chef, meinen Ressortleiter und die Lokal-Redaktion daran, dass im Moment nicht mehr zu erfahren sei. Dann ging ich duschen.

Unter dem warmen Wasserstrom dachte ich darüber nach, dass ich Armin Müller-Rehling wohl einen Kondolenz-Brief schreiben musste. Auch wenn ich ihn nicht mochte – man wünscht niemandem, auf diese Art seine Frau zu verlieren. Und wie auch immer meine Gefühle ihm gegenüber waren: Blandine hatte ihn geheiratet. Allerdings war ich mir nicht sicher, ob sie ihn je geliebt hatte.

Ich erinnerte mich noch gut daran, wie sie von einem Engagement in Zürich zurückgekommen war und in den höchsten Tönen von Müller-Rehling geschwärmt hatte. Ich nahm es zuerst nicht ernst. In den gut zehn Jahren, in denen ich Blandine gekannt hatte, war ein breiter Strom von sogenannten »großen Lieben« und »perfekten Partnern« an mir vorübergezogen. Blandine war der Typ, der nach der ersten Nacht wusste, dass dieser nun der Prinz ist, auf den sie ihr Leben lang gewartet hatte. Nach der zweiten Nacht dachte sie über die Namen der gemeinsamen Kinder nach und zur dritten kam es sehr oft nicht, weil der betreffende Knabe vor der Umklammerung geflüchtet war.

Unter diesen Umständen war es wohl verständlich, dass ich nicht sofort den Hochzeitskranz gewunden hatte, als Blandine mir erzählte, dass sie während ihres Gastspieles in Zürich ein paarmal mit Armin Müller-Rehling ausgegangen war.

»Er ist wie ein Seelengefährte«, hatte sie geschwärmt. »Wir haben nicht nur die Musik gemeinsam, sondern auch unser Hobby – wir tauchen beide gerne.«

Als sie dann erwähnte, dass er »der perfekte Gentleman« sei, der sie nach den vergnüglichen Abenden jeweils ins Hotel gebracht und vor ihrer Zimmertür mit einem keuschen Kuss verabschiedet habe, klingelten bei mir die Alarmglocken. Ich überlegte, ob ich für das nächste Blandine-Liebesdrama die Kleenex-Vorräte aufstocken sollte.

Doch eine Woche später kreuzte Müller-Rehling, wie immer mit seinem Kofferträger Jochen Ölert, in Stuttgart auf, quartierte sich – was Blandine mächtig imponierte – in einer Suite im Schlossgartenhotel ein und begann, Blandine mit Rosen und Aufmerksamkeit zu überschütten. Am dritten Abend zeigte er ihr dann das Kingsize-Bett in dieser Suite. Die Vorstellung, die er dort gab, sei nicht eben brillant gewesen, doch Blandine war überzeugt, dass sie ihn mit ihren Verführungskünsten schon noch auf Vordermann bringen könne. Daraufhin begab sie sich – mit seinem Ölert im Schlepp – auf die Suche nach einem angemessenen Domizil für ihren Dirigissimus, der von Berlin umzusiedeln gedachte – ihretwegen. Sie konnte nämlich nicht nach Berlin ziehen, weil ihre Mutter die Trennung nicht verkraftet hätte.

Blandines Mama Waldgunde-Adolfine – ihre Altvorderen waren überzeugte Anhänger des Herrn mit dem hässlichen Bärtchen gewesen – war eine reichlich neurotische Dame und hatte irgendwie vergessen, die Nabelschnur ihrer Tochter zu kappen. Deswegen musste sie schätzungsweise vier-, fünfmal am Tag mit ihr telefonieren und rückte, wenn Blandine in Stuttgart war, zweimal in der Woche bei ihr an, was wir in der WG damals allerdings zu schätzen wussten. Mutter Keller-Heidemann hatte nämlich einen Putzfimmel. Sobald sie die Tür öffnete und in den üblichen Aufschrei »Gott, sieht das hier wieder aus!« ausbrach, schwärmten Mirja und ich aus. Entweder verdrückten wir uns in die Kneipe, oder wir gingen zum Üben in die Hochschule. Wenn wir dann nach vier, fünf Stunden zurückkamen, hatten Blandine und ihre Frau Mama Küche, Bad, Flur und Gemeinschaftsraum blitzsauber geputzt, den Kühlschrank gefüllt und auf dem Herd stand ein großer Topf mit Suppe.

Richtig nervig wurde Waldgunde-Adolfine aber, als sich Blandine nur drei Monate, nachdem sie ihn kennen gelernt hatte, mit Armin Müller-Rehling verlobte. Sie erwartete offenbar, dass alle Freundinnen ihrer Tochter ihr eigenes Leben beiseiteräumten, um ihr zu helfen, Blandine unter die Haube zu bringen. Von diesem Tag, so versicherte sie mir, habe sie nämlich geträumt, seit sie Blandine dereinst unter ihrem Herzen getragen hatte. Und dann heiratete ihre Tochter auch noch einen »so wunderbaren, perfekten Mann« wie den lieben Armin! Dementsprechend verbrachten Mirja und ich drei Nachmittage in diversen Brautmodengeschäften, bis Blandine und ihre Mama schließlich das Brautgewand ihrer Träume gefunden hatten. Wir dachten zwar, dass Blandine darin aussah wie ein Sahne-Baiser, an dem ein nicht sehr talentierter Konditorlehrling das Dekorieren geübt hatte, doch Blandine und ihre Mama waren glücklich.

Dazu kam dann noch die mit zwei Schimmeln bespannte Hochzeitskutsche und – Mutter Keller-Heidemanns ganzes Entzücken – die zwei Pressefotografen, die dafür sorgten, dass die wandelnde Sahnemeringue, die auf ihren hohen Absätzen den Bräutigam fast um Haupteslänge überragte, in den einschlägigen Klatschblättern abgefeiert wurde.

Danach etablierte sich Blandine dann mit dem Gemahl, der allerdings meist auf Reisen war, in einem Haus in Stuttgart-Sillenbuch, das ihre Mama immer als »die Villa« bezeichnete. Ich litt dort allerdings unter Klaustrophobie, weil der überdimensionale Konzertflügel und ein großer Barockschrank als Einrichtung für die Wohnhalle schon gereicht hätten. Blandine hatte aber noch eine Sesselgarnitur hineingestopft. Besonders gruselig fand ich das Schlafzimmer, in dem ein spanisches Himmelbett mit Schnitzereien und roten Brokatvorhängen fürs Eheglück sorgen sollte. Mirja nannte den Raum die »Dirigentengruft« und weder sie noch ich waren überzeugt, dass Blandine und ihr Armin glücklich waren. Blandine versuchte in den ersten Jahren zwar immer wieder, uns davon zu überzeugen, aber je mehr sie uns vorschwärmte, desto mehr zweifelten wir.

Müller-Rehling war nicht mal da, als Blandines Mutter zwei Jahre nach der Hochzeit starb. Es blieb Mirja und mir überlassen, Blandine zu trösten. Aber immerhin fing Blandine danach wieder an zu singen. Eine Woche nach der Beerdigung ihrer Mutter fragte sie mich, was ich von Stavros Katmandis halte.

Ich war keine Sängerin. Auf meine Stimme passte der berühmte Satz: »Wenn ich das in der Höhe hätte, was mir in der Tiefe fehlt, wäre es eine ordentliche Mittellage.« Aber selbst ich hatte schon von Stavros Katmandis gehört. Er galt als der beste Gesangscoach in Süddeutschland und er hatte einige Leute, die bis dahin gerade Mittelmaß gewesen waren, so hingebogen, dass sie in die Oberliga aufgestiegen waren.

Mit Blandine vollbrachte er sein Meisterwerk. Ich wusste nicht, wie er es angestellt hatte, aus einem netten, aber nicht besonders bedeutenden lyrischen Sopran einen großen Koloratursopran zu machen, aber er hatte es geschafft. Und mehr noch: Blandine war – was bei Sängern öfter vorkommt – nicht sonderlich musikalisch, aber clever genug,

Stavros Katmandis zu einer Dauereinrichtung in ihrem Leben zu machen. Er studierte mit ihr alle großen Partien Note für Note ein, begleitete sie zu den Proben, schliff jeden Ton und brachte ihr irgendwie bei, mit Gefühl zu singen. Mit Stavros Katmandis im Rücken klang sie richtig gut.

Müller-Rehling akzeptierte den »ständigen Begleiter« seiner Ehefrau – was ihm vermutlich auch deswegen nicht schwerfiel, weil Stavros nie ein Geheimnis daraus gemacht hatte, dass er nicht im Mindesten an Frauen interessiert war.

Für ihn musste Blandines Tod sicher auch eine Tragödie sein. Sie hatte in den letzten Jahren in allen großen Häusern gesungen, unter Garantie sehr gut verdient, Stavros hatte sich auf sie konzentriert und wohl vorwiegend von ihr gelebt. Er musste nun erst wieder eine Sängerin mit ihrem Potenzial finden und aufbauen.

3. Intermezzi

Montag war einer von den beiden Tagen, an denen ich ab Nachmittag nicht mehr in meiner Redaktion rumturnte, sondern in einem Hörsaal stand und mehr oder minder Gescheites zum Thema Musikgeschichte von mir gab. Dabei fühlte ich mich dadurch, dass meine Vorlesung meist sehr gut besucht war, geschmeichelt – es gab außer mir noch zwei Professoren, die Musikgeschichte machten, so dass die Studenten, die einen Schein darin brauchten, nicht auf mich angewiesen waren.

Ich hatte immer Spaß mit meinen Studenten und beendete die Vorlesungen nicht selten damit, dass ich mit einigen von ihnen noch in den *Becher* zog.

An diesem Montag war ich allerdings nicht dazu gekommen. Die Sekretärin des Hochschulrektors Vorwegh hatte mich angerufen und mir mitgeteilt, dass der Boss mich am Montag nach der Vorlesung sprechen wolle. Ich hatte mich vor einiger Zeit nämlich um eine freiwerdende Stelle an der Hochschule beworben. Nun war meine Berufung durch und der Rektor gratulierte mir dazu. Ab Herbst würde ich in Vollzeit an der Hochschule unterrichten – und wenn es mich hin und wieder juckte, konnte ich ja als Freie für die Zeitung schreiben.

Ich war also bester Laune, als ich schließlich die Hochschule verließ und die Treppe in Richtung Eugensplatz in Angriff nahm. Es war ziemlich kalt und es hatte zu nieseln angefangen, dennoch kam ich unterwegs ins Schwitzen – meine Kondition ließ zu wünschen übrig.

Einige Stufen unterhalb des Eugensplatzes ist der Galatea-Brunnen, eine prachtvolle Gründerzeit-Kreation aus Sandstein und Bronze, die Königin Olga zur Verschönerung der Stadt gestiftet hatte. Er gehörte zu meinen Lieblingsbrunnen in dem an Wasserquellen reichen Stuttgart und besonders an Sommerabenden kam ich die Eugenstaffel selten hoch, ohne eine Weile am Brunnen zu sitzen, Hände oder sogar Füße ins Wasser zu hängen und auf die Stadt hinunterzusehen.

An diesem Montag war es entschieden zu kalt fürs Planschen. Das hielt einen schmalen Mann in einem grünen Parka aber nicht davon ab, auf dem Sandsteinrand zu kauern und seine Hand ins Wasser zu halten.

Auf den ersten Blick hielt ich ihn für einen Stadtstreicher, doch als ich näher kam, hob er den Kopf und ich erkannte Christopher Mägerle, einen meiner Studenten. Er war nicht in der Vorlesung gewesen und mir fiel auf, dass er schlecht aussah: bleich, tiefe Schatten unter den geröteten Augen, die Lippen fast blau vor Kälte.

»Christopher – sind Sie in Ordnung?«

Ich blieb vor ihm stehen und schaute ihn aufmerksam an. Er zitterte vor Kälte und seine blonden Locken klebten feucht an seinem Kopf. Eigentlich war er – wenn man es weich und sanft mochte – ein hübscher Junge, zudem war er hochbegabt. Vor zwei Jahren, als er aus der Klavierklasse in die Orchesterleitung gewechselt war, war der Klavierprofessor richtig sauer gewesen, während der Dirigent gegrinst hatte wie ein Honigkuchenpferd.

Auf dem Brunnenrand kauernd sah er allerdings nicht aus wie der künftige Stardirigent, sondern wie ein Junkie auf Entzug.

Doch nun schaute er mich an und antwortete endlich: »Nichts ist in Ordnung. Aber das muss Sie nicht kümmern, Frau Doktor Pfeiffer!« Er klang aggressiv.

Es hatte zu regnen begonnen und ich zog meine Kapuze hoch. Eigentlich hatte ich vorgehabt, mir einen ruhigen Abend mit einem Glas Wein und einem Buch zu gönnen, aber ich konnte den Jungen in diesem Zustand nicht einfach sitzen lassen. »Wie lange sind Sie schon hier?«, fragte ich.

»Weiß nicht.« Christopher schlang die Arme um seinen mageren Körper.

Ich schüttelte den Kopf. »Junge, Sie holen sich hier ja den Pieps! Sie kommen jetzt mit zu mir. Ich wohne nur ein paar Schritte entfernt in der Kernerstraße. Sie wärmen sich auf, ich koche Ihnen einen Tee, bestelle uns eine Pizza und Sie erzählen mir, was los ist.«

Zu meinem Erstaunen stand er auf und deutete auf die Treppe. »Hoch?«

»Ja. Ich wohne im Eckhaus in der Kernerstraße.«

Er trottete schweigend hinter mir her, bis wir in meiner Wohnung angekommen waren.

Dort schaute er sich um. »Nett haben Sie's hier!«

Ich reichte ihm ein Handtuch, warf den Wasserkocher an und drückte Christopher zwei Becher, Löffel und ein Glas mit Kandiszucker in die Hand. »Geradeaus ist das Wohnzimmer. Und wenn Sie da durchgehen, kommen Sie ins Arbeitszimmer. Da hängt die Karte vom Pizzaservice an der Tür. Suchen Sie sich etwas aus, ich lade Sie ein.«

»Ich glaube nicht, dass ich was essen kann.« Der Junge klang, als ob er gleich in Tränen ausbrechen würde.

»Der Hunger kommt mit dem Essen!«, zitierte ich eine der Weisheiten meiner Großmutter und goss den Tee auf.

Als ich mit der Kanne ins Wohnzimmer kam, hatte Christopher die Liste vom Italiener gefunden. »Eine kleine Pizza Salami wäre vielleicht nicht schlecht«, sagte er verlegen.

»Fein.« Ich griff nach dem Telefon, bestellte eine Salami- und eine Schinkenpizza, füllte unsere Becher und setzte mich in meinen Lieblingssessel. »So, Christopher – und jetzt erzählen Sie mir, wieso Sie so durch den Wind sind.«

Er stand vor meinem Bücherregal und nahm eines der Fotos, die dort standen. »Sie war so schön!«, sagte er leise. »Sie waren mit ihr befreundet, nicht?«

Mir dämmerte es. »Blandine?«

»Wer sonst?« Er hielt das Foto immer noch in den Händen und seine Schultern zuckten.

»Sie waren in Blandine verliebt?«

Ich trank einen Schluck von dem viel zu heißen Tee und wunderte mich, was Mirja wohl sagen würde, wenn ich erzählte, dass ich noch nach ihrem Ableben mit Blandines Liebesleben zu tun bekommen hatte.

Christopher stellte das Foto ins Regal zurück, kam zu mir und setzte sich aufs Sofa. Er nahm seinen Becher, legte beide Hände zum Wärmen um das Porzellan und schaute mich an.

»Ich habe sie geliebt und sie mich. Wir waren füreinander bestimmt. Sie sagte, dass sie noch nie mit einem Mann so glücklich gewesen ist wie mit mir! Aber dieses Schwein – ihr Mann – konnte unser Glück nicht ertragen! Er hat sie gequält und jetzt hat er sie auch noch umgebracht! Sie hat ihm gesagt, dass sie ihn verlassen wird, und nun ist sie tot!«

Zu meinem Entsetzen begann er zu weinen. Ich fühlte mich hilflos und mir fiel nichts Gescheiteres ein, als aufzustehen und eine Packung Taschentücher zu holen. Was sollte ich denn mit dem Jungen machen?

Dass Blandine ihren Mann mit ihm betrogen hatte, schockierte mich nicht. Diesbezügliche Gerüchte hatte ich öfter vernommen, außerdem hatte sie mir auch immer wieder einmal von einem hübschen Jungen vorgeschwärmt. Aber ich war mir ziemlich sicher, dass sie ihren Ehemann nicht um eines so viel jüngeren Lovers willen verlassen hätte. Sie hatte in den letzten Jahren gut verdient, aber sie hatte auch auf großem Fuß gelebt. Mercedes mit Fahrer, Designerklamotten, Luxushotels – und schließlich hatte sie von ihren Gagen ja auch noch einen Anteil an Stavros Katmandis abgeben müssen. Ihr Agent hatte sicher auch nicht für Gotteslohn gearbeitet. Ich ging davon aus, dass Müller-Rehling ordentlich zugeschossen hatte. Das hätte Blandine für das Zusammensein mit einem begabten, aber noch vollkommen unbekannten Studenten aufgeben sollen?

Der Junge schluckte und versuchte, sich mit einem Schniefen wieder zusammenzureißen. »Entschuldigen Sie, Frau Doktor Pfeiffer – ich wollte Ihnen nichts vorheulen.«

»Es ist schon in Ordnung, Christopher. Mich hat Blandines Tod auch getroffen.« Ich setzte mich wieder.

»Und ich kann noch nicht mal zu ihrer Beerdigung gehen! Wenn Müller-Rehling mich sieht …« Wieder rollte eine Träne über seine Wange.

»Ja, das wäre wohl keine gute Idee.«

Ich hoffte, dass der Pizzabote endlich kommen und etwas Normalität mitbringen würde. Aber an diesem Tag war mein Lieblingsitaliener sehr langsam, was Christopher Gelegenheit gab, mir sein Herz voll und ganz auszuschütten.

»Wissen Sie, ich kann mit niemandem darüber reden! Meine Mutter dreht durch, wenn ich Blandine nur erwähne! Sie war schon früher immer auf jedes Mädchen eifersüchtig, das mich besucht hat, aber Blandine hat sie regelrecht gehasst! Sie sei eine Schlampe und kaum besser als eine Prostituierte und sie nutze mich nur aus und sei gar nicht fähig, Liebe zu empfinden! Dabei hat sie Blandine einfach nie eine reelle Chance gegeben.« Er trank seinen Tee aus und hielt mir seinen leeren Becher hin.

Während ich nachschenkte, fragte ich: »Sie wohnen noch bei Ihren Eltern?«

»Bei meiner Mutter«, bestätigte er. »Ich habe keinen Vater. Der Mistkerl ist abgehauen, als meine Mutter mit mir schwanger war.«

»Wo haben Sie Blandine eigentlich kennengelernt?«, erkundigte ich mich.

»Bei Stavros. Vor einem halben Jahr hat er sich die Hand verletzt und konnte nicht Klavier spielen. Da hat er mich gefragt, ob ich für ihn korrepetiere. Ich wusste ja, dass er mit Blandine arbeitet, und ich wollte sie so gerne kennen lernen! Ich habe immer für sie geschwärmt. Ich hätte den Job sogar ohne Geld gemacht, weil ich darauf gehofft habe, sie zu treffen. Und als sie dann kam – sie war noch schöner als auf den Fotos! Ich werde nie vergessen, wie ich sie bei Stavros das erste Mal gesehen habe: Sie trug eine weite, schwarze Hose und ein weißes Oberteil und hatte ihre schönen Haare in einem Knoten im Nacken. Sie war ungeschminkt ...«

Letzteres glaubte ich nicht. Blandine hatte mir immer gepredigt, dass eine gepflegte Frau nicht ungeschminkt aus dem Haus gehe, und sie war in Sachen Make-up richtig gut. Sie hatte es sogar verstanden, sich so raffiniert zu schminken, dass es natürlich aussah.

»Wir haben uns sofort perfekt verstanden – musikalisch und menschlich«, erzählte Christopher weiter. »Blandine sagte später, für sie wäre es auch gewesen, als wenn sie endlich das fehlende Teil ihrer Seele gefunden hätte! Und ich ...« Er schaute mich aus seinen großen, blauen Augen unter den langen Wimpern an und stellte fest: »Ich wurde geboren, um sie zu lieben.«

In diesem Moment klingelte – zu meiner großen Erleichterung – der Pizzabote und wunderte sich wahrscheinlich, warum ich ihn so anstrahlte. Ich kam mir nämlich vor, als wenn ich im falschen Film gelandet wäre. Blandine mit ihrer Neigung zum großen Drama hatte diesen romantischen Liebhaber bestimmt sehr genossen, aber mir war's zu viel.

Die Trauer um Blandine schien ihrem gewesenen Liebhaber tatsächlich auf den Magen geschlagen zu haben. Er pickte nur an seiner Salami-Pizza herum und kam unterdessen auf die bevorstehende Beerdigung zurück. Ob ich schon wüsste, wo und wann sie stattfände?

Ich dachte mit schlechtem Gewissen an die Karte, die an diesem Morgen in der Post gewesen war und in der Armin Müller-Rehling nicht nur seiner Trauer darüber Ausdruck gab, dass ihm seine »geliebte Ehefrau jäh und brutal entrissen« worden sei, sondern auch ankündigte, dass sie am nächsten Montag um 11 Uhr auf dem Pragfriedhof beigesetzt werden würde. Aber ich wollte den Jungen nicht in Versuchung führen.

So schüttelte ich den Kopf und sagte: »Es wäre nicht gut für Sie. Es würde nur wehtun.«

»Es tut mir weh, dass ich noch nicht einmal von meiner großen Liebe Abschied nehmen kann!«, rief der Junge. »Und es tut mir weh, dass Müller-Rehling, dieses Schwein, an ihrem Grab stehen und den trauernden Witwer spielen wird! Dabei hat er sie doch nur unglücklich gemacht!« Er schob den Teller mit der Pizza zur Seite. »Entschuldigen Sie, Frau Doktor Pfeiffer, aber ich kann nichts essen! Seit ich vorher in der Wohnung war, ist mir richtig übel! Müller-Rehling muss da gewesen sein – er hat alle persönlichen Dinge von Blandine mitgenommen! Es kam mir vor, als wenn unser Nest geschändet worden wäre!«

»Entschuldigung, ich kann Ihnen nicht ganz folgen. Von welcher Wohnung ist die Rede?«

»Naja, Blandine und ich konnten uns ja kaum in ihrem Haus in Sillenbuch treffen.« Christopher wirkte verlegen. »Und zu mir konnten wir auch nicht gehen – meine Mutter hätte uns sicher nicht in Ruhe gelassen. Also hat Blandine in der Stitzenburgstraße – Sie kennen doch das Hochhaus da – eine kleine Wohnung gemietet und eingerichtet.« Er schluckte und wischte sich über die Augen. »Sie hat so viel Liebe hineingesteckt und alles war so wunderschön! Sie hat die Wohnung immer unser ›Nestchen‹ genannt und wir haben zusammen von dem Tag geträumt, an dem sie endgültig mit mir leben würde. Haben Sie gewusst, dass Blandine großartig kochen konnte? Sie liebte es so, mich zu verwöhnen! Ich werde nie wieder Spaghetti Carbonara essen können, ohne an Blandine zu denken!«

Ich war weniger an Blandines Kochkünsten – die hatte ich gekannt und nicht außergewöhnlich gefunden – interessiert als daran, den Jüngling zu beruhigen.

»Schauen Sie, im Moment ist natürlich alles schrecklich für Sie. Das verstehe ich. Aber auch wenn es banal klingt: Es wird mit der Zeit besser werden. Sie werden Blandine sicher nie vergessen, aber der Schmerz wird nachlassen.«

»Das glaube ich nicht! Das will ich auch nicht. Wenn ich schon Blandine nicht haben kann …« Er verstummte und sah auf die Uhr. »Ich muss gehen. Ich habe noch eine Probe.«

Ich war ziemlich sicher, dass er log. Er bereute es, mir so viel erzählt zu haben, und so brachte ich ihm seinen inzwischen wieder trockenen Parka und verabschiedete ihn.

* * *

Am Dienstagabend war ich schon wieder in der Hochschule. Das Sekretariat brauchte noch einige Papiere und ich hatte brav geliefert.

Danach stand ich vor dem Aufzug im dritten Stock, als ich eine immer noch vertraute Stimme hinter mir hörte: »Hallo, Juliane.«

Philipp stand hinter mir und zog gerade einen blauen Anorak über ein blau-weiß kariertes Flanellhemd, das er zu Jeans trug.

»Hallo, Herr Kammersänger.«

Es mag albern klingen, aber ich hatte mich in den letzten Jahren immer davor gedrückt, ihn mit seinem Vornamen anzusprechen. Mein Magen flatterte schon genug und meine Knie waren wie Pudding. Warum musste er auch wieder so gut riechen?

»Was verschafft denn der Hochschule die seltene Ehre deiner Visite?«

»Du weißt doch: Ich bin eine treue Seele. Es zieht mich immer wieder zurück an die Stätte meiner ersten Verbrechen.« Der Lift war da, Philipp hielt mir die Tür auf und trat hinter mir ein. »Ich habe in zwei Wochen eine Meisterklasse hier.«

»Oh, habe ich gar nicht mitgekriegt.«

Ich musterte ihn unter gesenkten Wimpern. Er sah müde aus, die Tränensäcke unter seinen Augen waren geschwollen und die Falten um seinen Mund schienen sich vertieft zu haben.

»Dafür habe ich gehört, dass du eine Professur bekommst. Gratuliere!« Er lächelte. »Allerdings werde ich deine Berichte in der Zeitung vermissen – vor allem deine Glossen. Ich habe sie immer ausgesprochen gerne gelesen.«

»Du bist ja bei uns auch immer ausgesprochen gut weggekommen.«

»Wenn auch nie von dir rezensiert.« Seine dunklen Augen studierten mich, dabei stand eine steile Falte zwischen seinen Brauen.

Der Aufzug hielt an, wir traten in die Halle und ich versuchte zu blödeln. »Ich wundere mich, dass du meine Sachen trotzdem gelesen hast. Seit wann interessieren sich Sänger für den Rest der Welt?«

Er hielt mir die Tür auf. »Glaubst du, ich sei zum Tenor mutiert?«

»Nee, aber offensichtlich zu einem guten Regisseur«, lobte ich. »Deine Inszenierung von Cosí fan tutte in Baden-Baden hat mir sehr gefallen.«

»Ach, die hast du gesehen? Ich dachte, du wolltest mich nicht rezensieren.«

»Darum war ich ja auch privat dort. Ich bin mit Mirja befreundet. Du erinnerst dich? Sie hat ja mitgesungen.«

»Ich erinnere mich.«

Wir standen auf den Stufen vor der Musikhochschule.

Philipp räusperte sich. »Es ist übrigens gut, dass ich dich getroffen habe. Ich wollte dich sowieso anrufen.«

Ich war erstaunt. »Ja?«

Er wühlte in seiner Hosentasche und brachte einen Zettel zum Vorschein.

»Bitteschön.« Auf dem Zettel waren meine Festnetz- und die Handynummer. »Habe ich mir im Sekretariat erbeten.«

Als er mir den Zettel hinhielt, sah ich noch etwas anderes: einen schmalen, weißen Streifen an seinem Ringfinger – da, wo er seit seiner Hochzeit einen goldenen Reif getragen hatte.

Ich musste meinen Blick davon losreißen. »Äh – warum wolltest du mich anrufen?«

»Das zu erläutern, dauert etwas.« Er legte die Hand auf meine Schulter. »Hast du Zeit? Gehst du mit mir essen?«

Mir lag die Frage auf der Zunge, was wohl seine Frau dazu sagen würde, aber das verkniff ich mir, nickte und deutete mit dem Kinn die Straße hinunter. »*Prince of India* oder *Becher*?«

»Etwas ruhiger wäre mir lieber. Darf ich dich nach Heslach entführen?« Er deutete auf einen dunkelblauen Jaguar, der ein paar Schritte entfernt im Parkverbot stand.

»Warum nicht?« Ich ging auf den Wagen zu, ließ mir die Tür öffnen und krabbelte auf den Beifahrersitz.

Es fühlte sich sehr seltsam an, Philipp nach all den Jahren plötzlich so nahe zu sein, doch was mich am meisten daran verwunderte, war das Gefühl der Vertrautheit.

Ich registrierte, dass er sich verändert hatte. Er war nicht mehr das »Sahneschnittchen« meiner Jugend. Sein Haar war deutlich dünner geworden, hinten hatte sich eine kleine kahle Stelle gebildet, vorne hatte er Geheimratsecken und die Schläfen waren grau. Dazu hatte er einige Falten bekommen und unter dem blau-weißen Hemd wölbte sich ein Bäuchlein. Doch da waren seine Hände am Lenkrad, immer noch genauso schön und schlank, wie ich sie in Erinnerung hatte, und er roch immer noch nach Zitrone, Douglasie und einem Hauch Lavendel. Und seine Stimme war immer noch wie ein Streicheln.

Als er aus der Urbanstraße auf die Hohenheimer Straße einbog, konnte ich mich nicht mehr bremsen. »Verrätst du mir jetzt, warum du mich sprechen wolltest?«

»Du bist ja immer noch ungeduldig!« Er grinste – und sah dabei sehr jung aus. »Nun gut, ich will dich nicht auf die Folter spannen. Ich brauche einen Texter. Ich inszeniere zu Silvester in Baden-Baden die *Fledermaus* und du weißt ja wahrscheinlich, dass der gesprochene Text ziemlich altbacken und langweilig ist. Ich brauche jemanden, der den auffrischt – und da bist du mir eingefallen.«

»Wie kommst du auf mich? Ich habe so etwas noch nie gemacht!«

Philipp musste an der Ampel am Charlottenplatz anhalten und nutzte die Gelegenheit, mich anzulächeln. »Ich bin sicher, dass du es kannst. Deine Glossen sind witzig, du hast eine leichte Hand …«

»Danke für dein Vertrauen. Ich gestehe, dass ich etwas überrascht bin.«

Das Angebot reizte mich, aber ich war mir nicht sicher, warum. Spielten mir da meine unaufgeräumten Gefühle einen Streich? Konnte ich mit Philipp zusammenarbeiten? Wollte ich das? Mein Blick fiel wieder auf seine rechte Hand, die jetzt am Lenkrad lag. Warum trug er keinen Ehering? Was hatte das zu bedeuten?

»Ich auch«, antwortete er. »Ich war eigentlich nicht als Regisseur für diese Produktion eingeplant, sondern sollte nur den Eisenstein singen. Johannes Lambert sollte Regie machen, aber der hat gesundheitliche Probleme und fällt leider für längere Zeit aus. Also habe ich übernommen. Ich weiß natürlich, dass die Zeit schon etwas knapp ist …«

»Für mich?« Ich musste lachen. »Ich bin Journalistin bei einer Tageszeitung! Wenn du zu Silvester Premiere hast, wirst du wohl Mitte November in die Proben gehen. Das bedeutet, dass ich ungefähr acht Wochen Zeit für den Text habe«, rechnete ich.

»Und du meinst, das reicht dir? Du hast ja noch deinen Job bei der Zeitung und die Vorlesungen …« Philipp schaute etwas besorgt.

Wieder standen wir an einer Ampel und dieses Mal lächelte ich ihn an. »Locker! Bei der Zeitung lernt man, schnell zu schreiben. Und meine Vorlesungen sind eigentlich schon alle vorbereitet – das mache ich immer in den Semesterferien, weil ich ja nie weiß, was in der Redaktion alles auf mich einstürmt.«

»Heißt das, du stimmst zu?«, fragte er lächelnd.

Ich atmete tief durch. »Und du sagst, ich bin ungeduldig!«

»Brauchst du Bedenkzeit?«

Jetzt war die Falte zwischen seinen Brauen wieder da und ich kämpfte gegen den Impuls an, sie wegzustreicheln.

»Das wäre kein Schaden«, antwortete ich.

Ich war mir nicht sicher, ob es für mich gut sein würde, mit ihm zusammenzuarbeiten.

»Gut – wenn es nicht zu lange dauert.«

Er musste schon wieder anhalten und schaute mich an.

»Du siehst müde aus, Herr Kammersänger«, versuchte ich abzulenken.

»Naja, die letzten Nächte habe ich nicht gut geschlafen. Du warst letzten Freitag in der Oper?« Er fuhr wieder an.

Ich schluckte und nickte. »Ja – eine so schöne Produktion und dann das …«

Ein schneller Seitenblick. »Wie kommst du damit klar? Du warst mit Blandine befreundet.«

»Wir hatten die letzten Jahre nicht mehr sehr viel Kontakt«, erzählte ich. »Sie war viel auf Reisen, ich hatte eine Menge zu tun und dazu kam, dass ich Müller-Rehling nicht mag.«

»Wer mag ihn schon? Ich habe nie verstanden, warum sie ihn geheiratet hat«, sagte Philipp.

»Das versteht man in vielen Fällen nicht«, rutschte mir heraus und ich ärgerte mich prompt darüber.

Wann würde ich endlich lernen, die Klappe zu halten?

»Nun denn – die Ehe war auch nicht sonderlich harmonisch. Die beiden gingen sich in den Proben regelmäßig an die Kehle. Es war kein Vergnügen.« Er seufzte.

»Du hattest auch Probleme mit ihr, nicht?«, fragte ich vorsichtig.

Philipp nickte. »Sie war als Gilda nicht meine Traumbesetzung. Zudem war sie weder stimmlich noch sonst in Form, kam ständig zu spät, fing mit jedem Streit an und trieb mich fast zum Wahnsinn. Aber natürlich hätte ich ihr diesen Abgang nicht gewünscht.«

Wir waren inzwischen am Marienplatz angekommen. Hier bog er nach Heslach ab. Er fädelte sich durch eine der schmalen Straßen in Heslach und fand zu meinem Erstaunen einen Parkplatz auf dem Marktplatz.

Ich stieg aus und fröstelte im kalten Wind. Philipp wickelte sich einen Schal um den Hals und zuckte mit den Schultern, als er mein Grinsen sah.

»Ich werde alt und schäbig. Früher hat mir ein bisschen Wind nichts ausgemacht. Jetzt hole ich mir in jedem Winter eine heftige Erkältung.«

»Falls es dich tröstet: Ich habe im Winter regelmäßig Rheuma.«

Er zupfte am Kragen meines Anoraks. »Und immer noch die Gewohnheit, deine Jacke nicht zuzumachen. Könnte das mit dem Rheuma zusammenhängen?«

»Ich fühle mich immer noch eingeengt, wenn die Jacke zu ist.«

Ich folgte ihm in eine kleine, zugeparkte Nebenstraße und in eine holzgetäfelte Weinstube, in der sogar ein Ecktisch frei war.

Wir setzten uns und bestellten beide Rostbraten mit Spätzle.

Philipp stützte den Kopf in die Hand und schaute mich schweigend an. Nach einer Weile wurde mir unter seinem Blick unbehaglich.

Dann konnte ich nicht mehr anders. Provokativ fragte ich: »Habe ich mich so verändert?«

»Das versuche ich gerade herauszufinden.« Philipp klang sehr ernst. »Auf der einen Seite ja. Du hast dich sehr verändert. Ich entdecke zwar noch viel von meiner früheren Juliane, aber …« Er fasste nach meiner Hand und schaute sie an, dann strich er mit dem Zeigefinger über die Narbe auf meinem Handrücken. »Die war früher nicht da.«

»Ich habe einige Macken abbekommen«, sagte ich leise.

»Nicht nur du!« Er senkte den Blick, sein Finger folgte der Maserung des Tisches.

Philipp sagte: »Ich glaube, ich sollte dich aufklären. Ich vermute, ich sehe auch deswegen geschafft aus, weil ich zwischen Vorbereitung auf die Meisterklasse, einer CD-Produktion und einem ausführlichen Verhör durch die Polizei einen Termin mit meinem Anwalt hatte.« Er holte tief Luft. »Ich bin vor acht Wochen zuhause ausgezogen und habe heute die Scheidung eingereicht.«

»Oh!«

Daher war der Ehering verschwunden. Ich wusste dennoch nicht, was ich dazu sagen sollte.

Vorsichtig fragte ich: »Willst du darüber reden?«

»Nein, nicht wirklich.« Er schüttelte den Kopf und lachte bitter. »Es ist nicht eben ein Ruhmesblatt, nun schon die zweite Ehe in den Sand gesetzt zu haben.«

»Ich habe zwar nie geheiratet, aber inzwischen genug Erfahrung gesammelt, um zu wissen, dass am Scheitern einer Ehe nie nur einer schuld ist. Und ich denke, dir muss man zugutehalten, dass du einen Beruf hast, der es dir schwermacht, einer Partnerin gerecht zu werden.«

»Wenn ich das bei meiner Noch-Ehefrau anführen würde, bekäme ich zu hören, ich solle es mir nicht immer so einfach machen.« Er studierte den Inhalt seines Glases.

Wieder wäre mir danach gewesen, seine Stirnfalte glattzustreichen. »Ich hatte eigentlich nie den Eindruck, dass du es dir einfach machst«, sagte ich stattdessen.

Er schüttelte den Kopf. »Juliane, du schaffst es immer wieder, mich zu überraschen. Dass das gerade von dir kommt, hätte ich nicht erwartet.«

»Wieso das?«, fragte ich verwundert.

Er streichelte mit einem Finger über meinen Arm.

»Weil ich es mir bei dir sicher zu einfach gemacht habe«, sagte er nach einer kleinen Pause.

Unser Essen kam und für einen Moment waren wir beide mit unserem Rostbraten beschäftigt, der saftig und zart war.

Dann sah Philipp mich direkt an und sagte vorsichtig: »Darf ich indiskret fragen: Lebst du mit jemandem zusammen?«

Ich schüttelte den Kopf. »Nicht mehr. Mein Vater war pflegebedürftig und als Mutter krank wurde, musste ich einspringen. Und nach Mutters Tod ging mein Vater zwar auf eigenen Wunsch in ein Heim, aber ich musste dennoch nach ihm schauen und mich kümmern. Mein Lebensgefährte kam nicht damit klar, dass ich so wenig zuhause war, und hat sich eine Freundin gesucht, die mehr Zeit für ihn hat. War besser so – unsere Beziehung war schon eine ganze Weile angeschlagen.«

»Dein Ex ist Cellist, nicht wahr?«

»Woher weißt du das denn?«, staunte ich.

»Blandine.« Ein kleines Lächeln, dann wurde er wieder ernst. »Don Carlos in München – sie hat die Eboli gesungen, ich den Posa. In einer Probenpause habe ich sie nach dir gefragt und sie hat mir von deinem Partner vorgeschwärmt, dass er dich anbetet.«

Ich lachte. »Ich glaube, sie wollte dich ein wenig ärgern. Yves ist begabt und nicht hässlich, aber mit der Anbetung war es nicht so weit her.«

Er schaute mich sehr ausführlich an und mir wurde unter diesem Blick warm. Dann legte er seine Hand über meine. »Wie dumm von ihm. Du bist durchaus der Anbetung wert.«

»Geht's mir heute gut!« Ich konnte nicht anders als grinsen. »Rostbraten, Spätzle und Komplimente. Womit habe ich das verdient?«

»Vielleicht, weil es bei mir dereinst mit der Anbetung auch gehapert hat?«, überlegte er.

»Anbetung stand eigentlich nie auf meiner Anforderungsliste«, wich ich aus.

Ich war verwirrt und konnte wieder einmal Herz und Hirn nicht in Einklang bringen. Meine Gefühle zogen mich zu ihm, aber mein Verstand warnte mich davor, die Situation falsch einzuschätzen und daran, dass er neben mir saß und immer wieder nach meiner Hand griff, Hoffnungen zu knüpfen. Und da war noch etwas: Ich hatte mir jahrelang eingeredet, dass ich ihn überstanden hatte. Ich hatte mich bemüht, nicht an ihn zu denken, und ich hatte mir immer wieder, wenn er mir doch in den Kopf gekommen war, gesagt, dass es doch nicht sein könne, dass ein Mann, der nur so kurze Zeit – was waren schon zwei Jahre? – in meinem Leben gewesen war, einen so langanhaltenden Einfluss auf mich haben sollte!

Doch jetzt musste ich kapitulieren. Ich musste zumindest vor mir selbst zugeben, dass ich alle Männer, die nach ihm gekommen waren, an ihm gemessen und nie einen gefunden hatte, der da bestehen konnte.

»Ich habe dich damals wohl nicht genug geliebt«, sagte er leise.

Es tat weh, das zu hören, da ich wusste, dass es die Wahrheit war. Doch mein Stolz verbot mir, ihm zu zeigen, dass es mich immer noch traf.

»Stimmt«, bestätigte ich darum trocken. »Nicht genug, um mir die Freiheit zu geben, mich ebenso entfalten zu können wie du.«

»Tröstet es dich, wenn ich dir sage, dass ich sehr oft bereut habe, dich kampflos aufgegeben zu haben?«, fragte er.

Ich dachte einen Augenblick nach. Es fühlte sich seltsam an, mit ihm in dieser Weinstube zu sitzen und über unsere Vergangenheit zu reden. Es war, als ob sie damit in ganz weite Ferne rücken würde. Gleichzeitig war er mir aber so nahe, als ob wir nie getrennt gewesen wären.

»Kämpfen hätte nichts genutzt«, antwortete ich schließlich, als das Schweigen zu sehr lastete. »Vielleicht habe ich dich nicht genug geliebt, denn ich wäre auch dann, wenn du dich bemüht hättest, nicht davon abgegangen, dass ich ein gewisses Maß an Unabhängigkeit brauche.«

Philipp nickte und schob den letzten Rest Spätzle auf seine Gabel.

»Ich dachte nicht daran, dass ich gegen dich und deine Lebensplanung hätte kämpfen sollen – aber für einen tragfähigen Kompromiss? Das hätte sich wohl gelohnt.«

»Wäre das nicht vorwiegend eine Schlacht gegen dich selbst und deine Vorstellungen von einer Ehe gewesen?«, wollte ich wissen.

Er nickte schweigend.

Ich war mit meiner Portion fertig und legte das Besteck auf den Teller. »Ich dachte, du hättest letztendlich bekommen, was du wolltest.«

Wieder ein Nicken. »Das dachte ich auch – um dann umzulernen. Versteh mich nicht falsch – ich will bestimmt nichts Schlechtes über Amelie sagen. Es war nicht ihr Fehler, sondern eher meiner. Das hat mir übrigens«, nun lächelte er und seine Augen wurden warm, »Allegra beigebracht. Meine Tochter ist ein gescheites Mädchen und obendrauf eine sehr emanzipierte junge Dame. Sie meint, das, was ich erwartete, hätte ich von einer starken Frau nicht bekommen können. Die hätte ihr Leben nicht für mich aufgegeben. Amelie tat es, weil ihr Leben eigentlich leer war. Sie erwartete von mir, es mit Bedeutung zu füllen – und das hat mich überfordert.«

Er trank einen Schluck, bevor er fortfuhr.

»Aber genug davon. Ich habe meine Lektion gelernt. In den letzten zwei, drei Jahren habe ich mich neu orientiert. Meine Prioritäten haben sich verschoben. Als Sänger habe ich so ziemlich alles erreicht, was ich wollte. Es gibt keine Rolle mehr, die ich unbedingt noch singen möchte; kein Theater mehr, das ich erobern muss. Dafür habe ich die Regie entdeckt – sehr viel kreativer, als nur zu singen.«

»Und du bist ein sehr guter Regisseur geworden«, bestätigte ich.

Mein Glas war leer, Philipp schenkte nach und nippte dann an seinem Wein. »Danke. Ich habe auch viel Freude daran. Und weißt du, ich genieße, dass man als Regisseur viel zuhause arbeitet. Wenn ich eine Produktion vorbereite, sitze ich zuhause an meinem Schreibtisch, beschäftige mich mit der Partitur, recherchiere die Werkgeschichte, entwickle Ideen und kritzle an Skizzen herum. Das macht mir Freude – und wenn ich in Stuttgart inszeniere, darf ich monatelang im eigenen Bett schlafen, muss nicht aus dem Koffer leben und habe sogar meine vertraute Umgebung – wenn es denn eine solche gibt. Weißt du, auf Dauer kann man von Hotelzimmern und möblierten Wohnungen genug kriegen. Es ist fast schon ironisch, dass ich jetzt für meine Verhältnisse so viel zuhause bin – und im Moment keines habe. Amelie hat vor, nach Salzburg zurückzukehren, aber das Haus auf der Lenzhalde ist mir zu groß. Das ist also der nächste Punkt auf meiner Liste: Ich muss mir eine Wohnung oder ein Haus suchen. Du weißt nicht zufällig etwas mit schwerhörigen Nachbarn?«

»Ich werde mich umhören. Wo wohnst du im Moment? Im Hotel?«

Er schüttelte den Kopf. »Ich halte es in Hotels nicht lange aus. Im Augenblick hause ich in einer möblierten Wohnung in der Stitzenburgstraße in einem fürchterlich hellhörigen Hochhaus. Wenn meine Nachbarn Herzklopfen haben, muss ich Baldrian nehmen.«

Ich bedauerte ihn pflichtschuldigst.

»Die Nachbarn auf dem gleichen Stock sind tatsächlich recht laut. Das Paar habe ich noch nie gesehen, aber dafür umso öfter akustisch genossen – inklusive den Anfeuerungsrufen der Dame. Angesichts der Tatsache, dass das Haus wirklich hellhörig ist und der Herr über eine beneidenswerte Ausdauer verfügt, habe ich schon einige Nächte auf meiner zu kurzen Couch im Wohnzimmer verbracht.«

»Seit letzten Freitag wird das vermutlich nicht mehr nötig gewesen sein«, sagte ich trocken.

»Wie?« Philipp schaute mich fragend an.

»Die Wohnung im achten Stock, Stitzenburgstraße 1, war Blandines Liebesnest. Dort hat sie sich üblicherweise mit ihrem Lover getroffen«, informierte ich ihn.

Philipp runzelte die Stirn. »Bist du sicher?«

Ich nickte. »Ich habe das von jemand, der diesbezüglich durchaus glaubwürdig ist.«

»Passt nicht.« Philipp kratzte sich am linken Ohr. »Eine andere Nachbarin hat mir erzählt, dass der männliche Teil des lautstarken Paares von nebenan sehr jung sei – der könne kaum aus der Schule sein, meinte sie. Dazu sei er blond, schmal und hübsch. Keith, also Blandines Lover, ist aber Anfang dreißig, dunkelhaarig und muskulös.«

»Keith? Du meinst nicht etwa Keith van Dyck vom Ballett? Das ist doch der Lover von Blandines Gesangslehrer!«, rief ich.

»Der Herr tanzt anscheinend gerne durch Betten.« Philipp hob sein Wasserglas und prostete mir zu. »Vor vier Jahren hat er mir mal erklärt, ich würde etwas versäumen, wenn ich mich den Wonnen, die nur ein Mann einem anderen Mann bereiten kann, weiter verschließe, und bot sich an, mich in die Geheimnisse der priapeischen Liebe einzuführen – er stehe auf ältere Männer. Ein halbes Jahr später hat er dann Amelie angebaggert und mir, als ich ihm dafür auf die Füße getreten bin, auseinandergesetzt, dass er mir nur helfen wollte, ihre verdrängte Sinnlichkeit freizusetzen.«

»Oh, wie nett! Und du meinst, er hat jetzt bei Armin Müller-Rehling diesbezüglich ausgeholfen?«

»Ich meine nicht nur, ich weiß«, antwortete Philipp. »Als Blandine nach einer Probenpause nicht auftauchte, habe ich – unverschämterweise ohne anzuklopfen, weil ich richtig sauer war – ihre Garderobe gestürmt und fand sie da in einer sehr eindeutigen Situation mit Herrn van Dyck.«

»Im Theater? In Anwesenheit ihres Mannes?« Ich konnte es nicht fassen.

»Nein, das dann doch nicht. Es war in der zweiten Probenwoche – da hat uns der Herr Großdirigent natürlich noch nicht beehrt. So weit kommt es noch, dass er bei Klavierproben rumsitzt! Macht doch viel mehr Spaß, in der letzten Woche vor der Premiere bei den Bühnenproben alles umzuschmeißen, was der Regisseur mühsam eingeprobt hat! Aber zurück zu unserer Freundin Blandine und dem vielseitigen Keith: Nach dieser Probe sind sie zusammen weggefahren und am nächsten Morgen sah sie aus, als ob sie in der Nacht nicht eine Minute geschlafen hätte. Dabei war es neben mir ganz ruhig.«

Ich griff mir an den Kopf. »Mein lieber Gesangverein! Wenn sie wirklich auch was mit Keith van Dyck hatte – wenn Stavros Katmandis das mitbekommen hat …«

»Hätte er sie mit bloßen Händen …« Philipp stoppte, schluckte und schüttelte den Kopf. »Ich wollte sagen, er hätte sie mit bloßen Händen erwürgt. Sie ist aber – wie mir die Kommissarin heute Morgen berichtet hat – mit einer Garotte umgebracht worden.«

»Was ist das denn?«, erkundigte ich mich.

»Ich wurde heute Morgen darüber aufgeklärt, dass es sich bei einer Garotte um ein dünnes, aber stabiles Stück Seil handelt, an dessen Enden eine Art Griff – kann ein einfaches Stückchen Holz sein – befestigt ist«, erklärte Philipp. »Mit so einem Ding könne man – so die Kommissarin – jemanden mit relativ wenig Kraftaufwand erwürgen. Zudem habe es den Vorteil, dass man damit keine DNA-Spuren am Opfer hinterlasse.«

»Brr!« Mir lief es kalt über den Rücken. »Offenkundig ein Mordinstrument für Fortgeschrittene. Aber weißt du, was mich an dieser Tat am meisten entsetzt?«

Philipp lehnte sich zurück und kreuzte die Arme über der Brust. »Das Demonstrative? Daran knabbere ich auch. Der Mörder ist kein kleines Risiko eingegangen. Auf der Hinterbühne war es zwar in diesen zwei, drei Minuten dunkel, aber es waren dennoch einige Leute hinten unterwegs. Ich war während der Vorstellung hinter der Bühne, Vera – die Inspizientin – war nur ein paar Meter entfernt an ihrem Pult; neben ihr saß der Beleuchtungsmeister, auf der anderen Seite der Bühne war der Assistent, der die Untertitel geschaltet hat, außerdem waren diverse Bühnenarbeiter im Einsatz, der Feuerwehrmann, der für Brandsicherheit zu sorgen hat – jeder hätte da auftauchen können. Und als ob das noch nicht genug wäre: Der Mörder musste vorher den Requisiteur ausschalten, der mit dem Sack bereitstand und Blandine helfen sollte, in das Ding zu steigen.«

»Ich habe gehört, der sei in die Requisitenkammer gesperrt worden.«

»Sehr raffiniert übrigens. Die kleine Requisitenkammer, in denen das Zeug für die laufenden Produktionen aufbewahrt wird, ist direkt hinter der Bühne. Rosner, der Requisiteur, der an diesem Abend Dienst hatte, hat mir erzählt, dass er den Sack rausgebracht hat. Dabei ist er fast über die Champagnerflasche, die der Herzog im ersten Akt braucht, gestolpert. Er meint, er habe die schon nach dem ersten Akt aufgeräumt. Jemand müsse sie wieder geholt und ihm in den Weg gelegt haben. Er hat das Ding also eingesammelt und nach hinten gebracht. Kaum war er in der Requisitenkammer, fiel die Tür zu.«

»Und natürlich wollte er während der laufenden Produktion keinen Lärm machen, oder?«

»Hätte ihm nicht viel genutzt«, sagte Philipp. »Hinter der Bühne gibt es nur Brandschutztüren – schwere Metalltore, durch die kein Laut dringt. Rosner saß also dahinter – und dann ging auch noch das Licht aus. Der Schalter ist nämlich außen – und bis Rosner im Dunkeln sein altertümliches Handy ausgegraben hat, war Blandine tot und der Mörder wahrscheinlich über alle Berge.«

»Puh!« Ich atmete tief durch. »Damit ist klar, dass der Täter sich hinter der Bühne des Großen Hauses sehr gut auskennt.«

»Das war Frau Jelinek – das ist die leitende Kommissarin in diesem Fall – schon letzten Freitag klar«, berichtete Philipp. »Inzwischen hat sie eine lange Liste mit Leuten, auf die das zutrifft – angefangen von den Bühnenarbeitern, das Backstage-Personal wie Garderobieren und Maskenbildnern über sämtliche Sänger – Solisten und Chor –, die in den letzten Jahren in der Oper aufgetreten sind, bis hin zu den Technikern und Tänzern. Und dann fallen mir noch Leute wie meine Frau und Stavros ein – abgesehen davon, dass er in seiner Jugend mal im Chor der Oper war, ist er ja mit Blandine oft genug bei Bühnenproben gewesen. Und dann haben wir auch noch die Regisseure und ihre Assistenten und diverse Musiker, die immer mal wieder auf der

Bühne zu tun haben und sich davor lange genug auf der Hinterbühne rumtreiben.«

»Selbst ich würde auf die Liste gehören. Ich war oft genug hinter der Bühne«, sagte ich. »Ich habe allerdings keine Ahnung, wo die Requisiten aufbewahrt werden.«

»Zudem wirst du wohl ein Alibi haben.« Philipp ließ seinen Rest Rotwein im Glas rotieren. »Das unterscheidet uns übrigens.«

»Verdächtigt man dich etwa?«, fragte ich erschrocken.

»Ich glaube, im Moment verdächtigt die Polizei fast jeden.« Philipp seufzte, schaute bedauernd sein leeres Weinglas an und trank stattdessen Wasser. »Blandine, Gott hab sie selig, war verdammt gut darin, ihren Mitmenschen Mordmotive zu liefern. Mich hat sie zum Beispiel auf der letzten Orchesterprobe so beleidigt, dass die Kripo mir alles zutraut.«

Ich nickte. Ich hatte Blandine gut genug gekannt, um Zeugin einiger ihrer Wutausbrüche zu werden. Und ich wusste, dass sie das Vokabular einer Marktfrau gehabt hatte.

»Was hat sie dir um die Ohren gehauen?«

Philipp zog eine Grimasse. »Für Blandines Verhältnisse war es nicht schlimm. Sie nannte mich eine künstlerisch und menschlich impotente Kröte, die ihren Komplex wegen eines zu kurz geratenen männlichen Geschlechtsmerkmals – wobei sie das kürzer und prägnanter ausgedrückt hat – dadurch auslebt, dass sie begabte Menschen schikaniert. Außerdem mache ich nur Regie, weil mit meiner Stimme nicht mehr viel los ist.«

»Na, Blandine hat's nötig gehabt! Ihre Stimme war ja in letzter Zeit auch nicht so der Knaller.«

Philipp seufzte.

»Immerhin hat mir ihre Beschimpfung das Vergnügen verschafft, mich in Übereinstimmung mit Müller-Rehling und sogar von ihm verteidigt zu finden. Er brüllte aus dem Graben, Blandine solle die Klappe halten. Abgesehen davon, dass sich meine Potenz hoffentlich ihrer Beurteilung entziehe, könnte sie froh sein, wenn sie nur ein Viertel von meiner Stimme und Musikalität hätte. Ihre Antwort darauf war nicht zitierfähig.«

»Wenn ich nicht wüsste, dass er am Freitagabend die ganze Zeit am Pult stand und daher nicht auf der Hinterbühne gewesen sein kann, würde ich ihn verdächtigen, seine Frau umgebracht zu haben«, sagte ich. »Er hatte doch ein wunderhübsches Motiv: Blandine hat ihm Hörner aufgesetzt, mit denen er durch keine Tür mehr passte – nicht nur mit Keith, sondern auch mit dem hübschen Blonden, der sich übrigens die Tage bei mir ausgeweint hat. Der junge Mann war nämlich fest davon überzeugt, dass sie ihn heiß und innig liebt und ihren Mann seinetwegen verlassen wird.«

Philipp runzelte die Stirn. »Verzeih mir – ich bin offensichtlich ein Spießer. Ich finde das alles reichlich unappetitlich.«

»Ich auch.« Ich atmete tief durch. »Aber obwohl Blandine sicher ihre Fehler hatte und ich ihr Liebesleben auch zu ausufernd fand – dieses Ende hat sie nicht verdient. Weißt du, ich kannte sie ein bisschen besser als die meisten Leute und ich fühlte immer, dass sich hinter ihrer kühlen Fassade eine Menge Verletzlichkeit und auch unerfüllte Sehnsüchte verborgen haben. Obwohl sie und ihre Mutter dauernd zusammengluckten, bin ich nicht sicher, ob das, was Blandine von ihr bekommen hat, wirklich Liebe war. Ihre Mutter hat ihre Träume in die Tochter projiziert. Sie ließ nur gelten, was ihren Vorstellungen entsprach, und das hatte etwas Erstickendes, selbst für mich.« Ich atmete tief durch und nahm noch einen Schluck Wein.

»Du hast dir einige Gedanken über sie gemacht.« Philipp schaute mich nicht an, sondern studierte den Inhalt seines Glases.

»Habe ich dich gelangweilt? Entschuldige!« Mir war plötzlich wieder bewusst geworden, wie lange wir nicht miteinander geredet hatten.

»Ganz im Gegenteil. Ich habe mich ja auch manchmal gefragt, was mit Blandine los ist. Hau mir nicht sofort wieder um die Ohren, dass ich ein Chauvi bin, aber bei all ihren Männergeschichten ...« Er spielte mit seiner Armbanduhr. Ohne mich anzuschauen, sprach er weiter. »Versteh mich nicht falsch, aber ich hatte nie das Gefühl, dass sie wirklich leidenschaftlich ist. Nicht, dass ich ihr hinter der Bühne je nahe gekommen wäre – aber auf der Bühne ...« Nun guckte er mich an. »Was immer sie gesungen hat – es hat mich nicht wirklich berührt. Ich habe darin keine Leidenschaft gefunden. Vielleicht liege ich völlig falsch, aber ich hatte immer das Gefühl, dass es bei ihren Affären mehr um Bestätigung als um Lust geht.«

Ich nickte. »Damit liegst du vermutlich richtig. Ich hatte bei ihren Geschichten immer das Gefühl, dass sie einen Vater gesucht hat – oder zumindest die Liebe, die sie von ihrem Vater nicht bekommen hat. Ihr Erzeuger ist abgehauen, als sie gerade zwei war. Danach folgten einige ›Onkels‹, bevor ihre Mutter – da war Blandine dreizehn – den Waschlappen geehelicht hat, der Blandine schließlich adoptiert hat. Aber sehr viel hatte sie nicht von dem. Er war eine Marionette, die an den Fäden seiner Frau tanzte. Vielleicht hat Blandine deswegen Müller-Rehling geheiratet. Für sie muss er stark gewirkt haben, jemand, bei dem sie Halt und Geborgenheit finden konnte.«

Philipp fasste nach meiner Hand, zog sie an seinen Mund und küsste sie. »Ich habe immer geschätzt, dass du wirklich für alles Menschliche Verständnis aufbringst.«

»Sie war trotz allem meine Freundin.«

Ich war verlegen, wie immer, wenn mir jemand ein Kompliment gemacht hatte, und weil ich fürchtete, dass meine Finger zitterten, versuchte ich, meine Hand aus der seinen zu ziehen.

Philipp hielt sanft, aber entschieden fest und schaute mir in die Augen. »Ich stelle gerade fest, dass mich Blandine immer noch bedeutend weniger interessiert als du. Du hast dich wirklich verändert.«

»Du wiederholst dich.« Ich lächelte gegen das Flattern in meinem Magen an.

»Das kannst du als Zeichen dafür werten, wie sehr du mich faszinierst. Ich hab mich einst in ein entzückendes und gescheites Mädchen verliebt – und ja, ich war mir damals bewusst, dass du eine Menge Potenzial hast. Dennoch staune ich darüber, was aus dir geworden ist.«

Meine Hand lag jetzt wieder auf dem Tisch. Er streichelte sie mit einem Finger, folgte mit einer kaum merklichen Berührung dem Verlauf der Adern darauf und schickte damit Schauer über meinen Rücken.

»Früher warst du hübsch. Jetzt bist du schön und souverän – und immer noch warmherzig und gescheit, charmant und witzig.« Seine Finger verflochten sich mit den meinen und er hob den Kopf, um mir wieder in die Augen zu sehen. »Mist – so habe ich das nicht geplant!«

»Was hast du denn geplant?«, fragte ich und hatte dabei das Gefühl, dass der Schmetterling in meinem Bauch zu einem Helikopter geworden war.

»Erinnerst du dich an die Podiumsdiskussion in der Oper vor ein paar Wochen?«, fragte er.

Ich verdrehte die Augen. »Oh ja – ich hätte meinen Ressortleiter gerne dafür erschlagen. Er liebt solche Veranstaltungen, bei denen doch im Grunde nie was außer Blabla rauskommt, und er hat mich hingeschickt, weil er nicht konnte«, sagte ich.

»Dein Blabla war sehr überzeugend«, lächelte Philipp. Er fasste wieder nach meiner Hand. »Ich war nicht nur deswegen so still, weil du meinen Standpunkt besser vertreten hast, als ich es gekonnt hätte, sondern weil ich so damit beschäftigt war, meine Gefühle zu sortieren. Mir war schlagartig bewusst geworden, was du mir immer noch bedeutest und dass ich dich wieder in meinem Leben haben will.«

Jetzt brauchte ich meinen letzten Schluck Wein, obwohl er mir zunehmend in den Kopf stieg. »Sag jetzt bitte nicht, das sei der Grund für die Trennung von deiner Frau.«

Er schüttelte den Kopf. »Nein, das werde ich nicht behaupten. Zum einen wäre es nicht fair, dich damit unter Druck zu setzen, zum anderen wäre es nicht wahr. Meine Ehe war seit längerem angeschlagen. Wir haben schon vor fünf Jahren mal versucht, sie durch eine Paartherapie zu retten. Ziemlich dumme Idee, denn auch der beste Therapeut kann eine Ehe nicht retten, der es am Grundlegenden – der Liebe – mangelt. Aber als ich dich dann bei dieser Podiumsdiskussion sah, wurde mir klar, dass es Zeit ist, den Schlussstrich zu ziehen – und das nicht nur meinetwegen, sondern auch um Amelie die Chance zu geben, noch einmal etwas Neues, hoffentlich mehr Befriedigendes aufzubauen.«

»Willst du mich deswegen engagieren?«

Philipp lächelte: »Zufällig halte ich auch noch was von dir als Schreiberin …«

»Aber hast du geplant, mich …?« Es kommt nicht oft vor, dass mir die Worte fehlen, aber in diesem Fall ließ ich das Ende des Satzes lieber offen.

»Ja, aber …« Er zögerte einen Augenblick und schien nach Worten zu suchen. »Versteh mich richtig: Ich suche keinen Ersatz. Und ich will auch nicht da wieder anknüpfen, wo wir aufgehört haben. Ich will das, was sich jetzt zwischen uns entwickeln kann.« Er schüttelte den Kopf. »Und jetzt bin ich schon wieder total aus meinem Plan. Ich hatte mir vorgenommen, dieses Mal zuerst deine Freundschaft zu gewinnen und dich nicht wieder zu überfallen. Aber du hast eine verheerende Wirkung auf mich.«

Ich konnte nicht anders. Für mich war plötzlich alles klar. Ich hatte mich jahrelang gegen diese Liebe gewehrt, ich hatte sie verleugnet und verdrängt und doch hatte wohl ein Teil von mir immer auf diesen Augenblick gehofft und gewartet. Es war wie ein Dammbruch.

Ich lachte. »Das ist gut so! Wo kämen wir denn hin, wenn wir in etwas, was doch wohl auch mich angeht, ausschließlich deinem Plan folgen würden?« Und dieses Mal fasste ich nach seiner Hand, zog sie an den Mund und biss spielerisch in seinen Daumen. »Lass uns gehen, Philipp.«

Ich sah, wie sich sein Adamsapfel beim Schlucken bewegte. »Wohin?«, fragte er leise.

»Die Frage ›zu dir oder mir‹ darfst du entscheiden – nach deiner Planung!«, grinste ich.

* * *

»Philipp?«, flüsterte ich, hob den Kopf von seiner Schulter und schaute ihn an. Er hatte die Augen geschlossen und sein Gesicht war entspannt, um den Mund spielte ein kleines Lächeln. Er sah im Schlaf jung und verletzbar aus und ich fühlte mich von einer Welle von Zärtlichkeit überschwemmt.

Ich hatte mir so lange etwas vorgemacht, ich hatte mir so lange eingeredet, dass Philipp mir nichts mehr bedeutete, dass es sich nun wie eine Befreiung anfühlte, eingestehen zu dürfen, dass ich immer noch in ihn verliebt war.

Ich löste mich vorsichtig aus seinem Arm und schlüpfte aus dem Bett. Ich musste ins Bad, außerdem hatte ich Durst. Auf der Polsterbank am Fußende des Bettes lag Philipps kariertes Flanellhemd. Ich zog es an und kuschelte mich in den weichen Stoff, der so gut nach ihm roch.

In der Küche holte ich eine Flasche Apfelschorle aus dem Kühlschrank und setzte mich damit aufs Fensterbrett. Zu den Dingen, die ich an meiner Wohnung immer gemocht habe, gehört die Sicht. Direkt unter mir waren Bäume und Büsche – Stuttgart war eine sehr grüne Stadt. Darunter sah ich auf die neue Staatsgalerie mit ihrer Rotunde. Der rote Sandstein ihrer Fassade schimmerte im Mondlicht wie poliert. Das Lichtband, das sich darunter entlangzog, war die Konrad-Adenauer-Straße, eine der Hauptverkehrsadern der Stadt. Gegenüber die Staatstheater, vorne das klassizistische große Haus mit seinem grünen Kupferdach, rechts daran anschließend der langgestreckte Verwaltungsbau, eine anonyme Betonburg aus den Nachkriegsjahren.

Ich liebte meine Stadt – und das nicht nur, weil sie mit ihren grünen Hügeln, die den Kessel umgeben, ein fast südliches Flair hatte, sondern weil sie ein reiches Kulturleben hatte, weil sie unzählige gemütliche Kneipen und wunderbare Restaurants bot, weil man im Sommer in Biergärten unter alten Bäumen sitzen konnte – und weil Stuttgart einfach schön war.

Ich trank einen Schluck und zog meine Füße aufs Fensterbrett. Es zupfte ein wenig im Oberschenkel – süße Erinnerung an den Mann in meinem Bett und dass wir uns ausführlich geliebt hatten.

Als wir die Weinstube in Heslach verlassen hatten, waren wir beide ein bisschen befangen gewesen. Philipp hatte zwar nach meiner Hand gegriffen, aber auf dem Weg zum Auto geschwiegen. Er küsste meine Stirn, als er mir die Tür öffnete, aber das war alles, bis wir in meiner Wohnung angekommen waren. Da stand er dann in meinem Wohnzimmer und schaute sich um.

»Du hast einen guten Geschmack«, stellte er fest.

»Magst du was trinken? Ich könnte eine Flasche Rotwein aufmachen«, bot ich an.

»Ich glaube, ich habe schon einen im Tee.« Er wirkte sehr befangen und sah sich unsicher in meiner Wohnung um.

Ich legte die Arme um ihn und den Kopf an seine Schulter. »Schön in deinem Arm …«

»Schön, dich im Arm zu haben.« Er legte einen Finger unter mein Kinn, hob mein Gesicht, so dass er mir in die Augen sehen konnte, und sagte: »Ich stelle mich gerade dumm an, nicht? Ich glaube, ich weiß gar nicht mehr, wie das geht. Es ist so lange her …«

»Keine Angst, Herr Kammersänger!« Ich stellte mich auf die Zehenspitzen. »Das ist wie Radfahren. Das verlernt man nicht.«

Und dann küsste ich ihn – und führte damit den Beweis, dass ich Recht hatte. In dem Moment, in dem sich unsere Lippen trafen, schien nämlich sein Erinnerungsvermögen zurückzukommen. Und mehr noch. Was als zarter Kuss begann, endete als leidenschaftliche Umarmung auf dem Sofa. Und dann war seine Hand unter meinem Sweatshirt und ich kämpfte mit seinem Hemd und dem Rolli darunter, weil ich Haut fühlen wollte.

Allerdings war mein Sofa ein wenig zu eng für solche Aktivitäten, was Philipp, als er sich den Ellbogen anstieß, mit einem jämmerlichen »Autsch!« bekundete. Ich nahm das als Anlass, ihn zu einem Umzug einzuladen. Schließlich hatte ich mein breites Bett nicht nur, um darin Bücher, Notebook und Chips aufzubewahren.

Philipp allerdings war mit der ersten Vorstellung auf meiner großen Matratze nicht zufrieden. Er entschuldigte sich hinterher für das »Presto furioso« – er sei wohl aus der Übung.

»Das können wir ja in nächster Zeit ändern!«, versprach ich und holte die Flasche Wein, die ich früher offeriert hatte. Danach kam der zweite Akt – und der ließ nichts zu wünschen übrig. Unsere Körper erinnerten sich aneinander und fanden zu der Harmonie, die mir immer das Gefühl gegeben hatte, mit jeder Faser meines Körpers und meines Herzens zu ihm zu gehören.

Auf meinem Fensterbrett lächelte ich beim Gedanken daran, wie Philipp danach gegen den Schlaf gekämpft hatte. Er konnte kaum noch die Augen offen halten, meinte aber immer noch, sich mit mir unterhalten zu müssen. Und als ich schließlich fragte, warum er denn nicht schlafe, lächelte er sehr verlegen und müde.

»Ich wollte nicht das Klischee des Kerls, der sich danach umdreht und einschläft …«

Was er nicht mit diesem Klischee wollte, sollte ich in dieser Nacht nicht mehr erfahren. Er war eingeschlafen. Ich aber war hellwach, saß nun am Fenster und dachte darüber nach, dass mein Leben gerade offenkundig gewaltig durcheinandergewirbelt wurde. Ich hatte schon nach dem Tod meiner Eltern das Gefühl gehabt, vor einem Neuanfang zu stehen. Doch jetzt wurde noch einmal alles anders. Vor kurzem war ich noch Musikredakteurin und Single gewesen. Nun lag ein Mann in meinem Bett – und ich war ziemlich sicher, dass er eine Dauereinrichtung darin werden würde. Und da war der neue Job und mit ihm deutlich mehr Urlaub als bisher. Damit hatte ich genug Zeit, mit Philipp zu reisen. Mein Notebook, Bücher und Partituren konnte ich schließlich einpacken und schreiben ging an jedem Ort der Welt.

Dieses Mal würde sich Philipp nicht so oft einsam fühlen. Dieses Mal würde ich mich bemühen, ihm zu zeigen, dass er geliebt wurde. Und ich freute mich auf die Zukunft mit ihm.

Doch da war die Gegenwart und die nächste Zukunft. Nächste Woche würden wir Blandine beerdigen – und ich war fast froh darüber, denn das würde eine Art Abschluss und ein Abschied von ihr sein, der vielleicht das letzte Bild, das ich von ihr hatte, wieder verdrängen würde.

Und vielleicht würde es mir bei der Trauerfeier auch gelingen, das, was ich über Blandine in den letzten Tagen erfahren hatte, wegzuschieben. Ich wollte sie als die Freundin in Erinnerung behalten, mit der ich so oft gelacht und geblödelt hatte, als die, mit der ich über die komischen Vögel gelästert hatte, die wir in der Szene trafen; als die, die ich als Stilberaterin mitgeschleppt hatte, wenn ich mal was Schickeres als Jeans und T-Shirts brauchte. Ich wollte nicht mehr an die Fratze unter der blonden Perücke denken, sondern daran, wie strahlend schön sie als »Königin der Nacht« gewesen war, auf einem leuchtenden Halbmond stehend, in einem prachtvollen nachtblauen Gewand, die langen, schwarzen Haare über ihre Schultern flutend.

Mir war klar, dass sie mit ihren Zickereien und ihrem Jähzorn vielen Leuten auf die Nerven gegangen war, aber dass sie bei jemandem so viel Hass hervorgerufen hatte, sie so brutal und demonstrativ zu ermorden, ging mir immer noch nicht in den Kopf.

Ob ihr Mörder wohl bei der Beerdigung sein würde? Es war bestimmt jemand aus ihrer engeren Umgebung gewesen. Wer sonst hätte ein Motiv gehabt?

4. Eine Beerdigung und drei Fotos

»Engländer sagen, man solle ein Buch nicht nach seinem Umschlag beurteilen. Bei dieser CD sollten Sie diesem Rat nicht folgen, denn das Cover mit dem Foto der unzweifelhaft attraktiven Cellistin Min-Hang Yun ist das Beste an dieser sonst überflüssigen 134. Produktion der Dvořák- und Elgar-Cellokonzerte …« tippte ich, als es an meiner Bürotür klopfte.

Ein baumlanger Kerl mit wilder Lockenmähne und fröhlichen, dunklen Augen schob sich in mein Büro, grinste mich an und sagte mit tiefer Stimme: »Hey, Jule – darf ich dich stören?«

»Du doch immer, Edi!«, begrüßte ich Fotograf Edgar Scheppel und drehte mich vom Computer zur Mitte meines Schreibtischs – aber nicht, ohne meine fertige Rezension zu sichern. »Setz dich doch!«

Es hätte der Aufforderung nicht bedurft, denn Edgar hatte seine zwei Meter schon in meinen Besucherstuhl gefaltet und zog ein paar Fotos aus einem braunen Umschlag.

»Du kennst doch diese ganzen Klassik-Fuzzis. Guck dir das mal an!«

Er legte ein Bild vor mich, das eine sogar mir zumindest oberflächlich bekannte Pop-Prinzessin zeigte, die dümmlich in die Kamera lächelte und dabei ihre mit reichlich Silikon aufgearbeitete Oberweite in einem sehr engen, tiefen Ausschnitt vorführte. Das Foto war auf der Terrasse des Schlossgartencafés gegenüber der Oper aufgenommen worden. Im Hintergrund sah man Sonnenschirme, Tische und Cafégäste, die die hervorragenden Torten der hauseigenen Konditorei genossen.

»Die Dame würde ich nicht zur Klassik-Szene rechnen!«, sagte ich.

»Die Anoushka meine ich doch auch gar nicht!« Edi wickelte einen Kaugummi aus und schob ihn in den Mund.

Kauend sagte er: »Ron und ich waren da, um ein Porträt von ihr zu machen. Das ist schon vor vierzehn Tagen gelaufen. Jetzt wollte ich die Bilder archivieren und dabei ist mir was aufgefallen.« Er beugte sich über den Tisch und deutete auf das Foto. »Guck dir mal das Paar im Hintergrund an.«

Ich studierte die beiden, eine schmale Frau mit langem, dunklem Haar, das ihr seidig über die Schultern fiel. Sie trug eine rot-schwarz gemusterte Bluse zu einem schwarzen Rock und schwarzen Stiefeln. Ihr gegenüber saß ein älterer Mann mit verschwitzt wirkenden dunklen Locken, einem dunkelgrauen Anzug und einem weißen Hemd. Er hatte die Nase der Frau gepackt und sie sah darüber nicht eben glücklich aus.

»Ich werd verrückt!«, rutschte mir heraus. »Das sind Blandine und Müller-Rehling!«

»Habe ich das also richtig erkannt? Das ist diese Blandine Keller, die vor kurzem in der Oper umgebracht wurde, und der Kerl dazu ist dieser Dirigent, oder?«, stellte Edi fest.

Ich schaute noch einmal ganz genau auf das Bild, dann nickte ich. »Eindeutig – das sind Blandine Keller und Armin Müller-Rehling.«

»Fein!«, freute sich Edi. »Und nun pass auf – es kommt noch besser.« Er zog zwei andere Fotos aus seinem Umschlag und legte sie mir vor. »Wie findest du das?«

Ich schluckte. »Oh, du Sch…ande!«

Auf den Bildern, die Edi mir präsentierte, hatte Müller-Rehling seine Hand an Blandines Hals – und ihre weit aufgerissenen Augen zeigten, dass sie diese Berührung beängstigend gefunden hatte.

»Die ist doch erwürgt worden, oder?«, fragte Edi. »Man könnte sagen, dass ihr Herr Gemahl da schon mal Maß genommen hat!«

Ich starrte auf die Fotos und mir wurde dabei heiß und kalt. Blandines Augen – sie hatte Angst gehabt!

Fast automatisch sagte ich: »Er kann sie nicht umgebracht haben. Er hat ein unbestreitbares Alibi.«

Edi lehnte sich zurück und schlug die langen Beine übereinander. »Ich denke, ich sollte dennoch mal ein paar Ausschnittvergrößerungen machen. Lenny wird sich darüber freuen.«

Lenny war Leonard Felder, unser Polizeireporter in der Lokalredaktion.

»Ich denke, du solltest die Bilder auch der Polizei schicken«, sagte ich, ohne den Blick von den Fotos zu nehmen.

Ich registrierte jetzt Einzelheiten – den leeren Cognacschwenker, der vor Müller-Rehling stand, ein Teller mit einem Rest von Pastete vor Blandine und die beiden älteren Damen am Nebentisch, die indigniert auf das streitende Ehepaar schauten. Die beiden kannte ich auch – zumindest vom Sehen. Ich war selbst seit Jahren Stammgast im Schlossgarten und hatte das Duo dort schon oft gesehen. Im Winter saßen sie immer an einem Tisch oben mit Blick in die Passage, im Sommer fand man sie in der Mitte der Terrasse.

»Du, Edi, kann ich die Fotos haben?«, fragte ich.

»Klar. Ich muss für Lenny ja eh Ausschnitte machen.« Er stand auf, zerknüllte den Umschlag und warf ihn in meinen Papierkorb. »Ich schwirre ab – mein Labor wartet. Danke für die Auskunft!«

»Bitte, gern geschehen! Bye, Edi!«

Nachdem er gegangen war, schaute ich noch eine Weile auf die Bilder. Was mich am meisten daran schockte, war der Ausdruck in Müller-Rehlings Gesicht. Da war nicht nur Wut zu lesen, sondern auch Hass. Und wenn er sich so in der Öffentlichkeit benahm – was war dann bei Blandine und ihm hinter verschlossenen Türen passiert?

In den letzten Tagen war ich nicht eben gut auf Blandine zu sprechen gewesen. Vielleicht war ich spießig, aber ich fand Ehebruch nicht richtig. Und ich nahm ihr den verbalen Ausfall gegen Philipp übel. Doch jetzt, beim Anblick der Bilder, tat sie mir leid – und ich überlegte mir, ob sie in ihrer Ehe so verzweifelt gewesen war, dass sie deshalb bei anderen Männern Trost gesucht hatte.

Gleichzeitig hatte ich ein schlechtes Gewissen. Ich hatte mich in den letzten Jahren wirklich wenig um sie gekümmert. Ich hatte so viel mit meinen eigenen Problemen zu tun gehabt, dass ich kaum einmal an Blandine dachte. Hätte sie mich gebraucht? Ich konnte sie nicht mehr fragen. Aber ich konnte versuchen, dahinterzukommen, was ihr passiert war – und ich hatte fast das Gefühl, ihr wenigstens das schuldig zu sein.

Ich griff nach dem Telefon und wählte Lennys Nummer. Wir hatten natürlich schon über Blandine gesprochen, als er den ersten Artikel darüber geschrieben hatte. Dementsprechend empfing er mich mit einem neugierigen »Hallo, Jule, gibt's was Neues aus der Oper?«

»Ja und nein«, antwortete ich. »Edi bringt dir nachher ein paar Fotos. Er hat Blandine Keller und ihren Mann ein paar Tage vor ihrem Tod zufällig im Schlossgarten erwischt. Sie hatten wohl Streit, wobei Müller-Rehling seine Frau gewürgt hat.«

Journalisten waren kaltschnäuzig – oder sie taten wenigstens so. Dementsprechend freute sich Lenny. »Oh, vom Feinsten! Da kann man doch was draus machen.«

»Was dagegen, dass ich mich in die Geschichte reinhänge? Ich denke, ich könnte herausfinden, worum es bei diesem Streit gegangen ist.«

»Nö, mach mal! Die Geschichte ist ja wohl recht verzwickt. Die Bullerei ist noch keinen Schritt weiter und ich kenne mich in der Szene nicht aus. Ich bin froh, wenn du da aktiv wirst.«

»Lenny, versprich dir nicht zu viel davon! Ich habe keine Ahnung, wo das hinführt. Ich weiß nur, dass Müller-Rehling seine Frau nicht umgebracht haben kann«, sagte ich abwehrend.

»Vielleicht hat er was von dieser Oper gelernt? Da geht's doch auch um einen Auftragsmord, oder?« Lenny lachte.

»Naja, aber im wahren Leben dürfte es etwas schwieriger sein als in der Oper, einen Profikiller zu finden!«, gab ich zu bedenken.

»Hast du eine Ahnung, was man mit Kohle alles kaufen kann! Geh mal in die entsprechenden Kneipen in der Altstadt.«

»Und danach wirst du dann dein Leben lang von einem Typen erpresst, der schon bewiesen hat, dass er jemanden kaltblütig umbringen kann? Nee, Lenny – so doof wäre Müller-Rehling nicht. Zudem hat sich der Täter wohl sehr gut auf der Hinterbühne der Oper ausgekannt. Und um da während laufender Vorstellung überhaupt hinzukommen, muss man irgendwie dazugehören«, widersprach ich.

»Ja, klar«, seufzte Lenny. »Schade! Wenn wir die Geschichte aufklären könnten, wäre das ein echter Scoop!«

»Sowieso!« Ich grinste. »Du schreibst den und wenn er abgefeiert ist, mache ich einen Roman daraus. Angeblich will ja jeder Journalist einen schreiben.«

»Du nicht. Du bleibst bei deinen Fachbüchern über Musik! Den Roman schreibe ich!«, gab Lenny zurück.

* * *

Als ich am Abend im achten Stock des hässlichen Kastens in der Stitzenburgstraße aus dem Aufzug stieg, erwartete mich Philipp in der offenen Tür seines Appartements. Er trug ein blau-weiß kariertes Hemd und Jeans und mir fiel mal wieder auf, dass er wirklich endlos lange und dazu auch noch gerade, gut trainierte Beine hatte und verdammt sexy war. Und da waren seine Augen, die mich schon immer fasziniert hatten. Wenn er glücklich war, tanzten goldene Fünkchen im Braun. Wenn er wütend war, kam das Grün darin durch und sie funkelten wie Katzenaugen. Sehr oft aber wirkten sie ein bisschen melancholisch.

»Du …«

Seine langen Arme wickelten sich um mich, ich kuschelte mich an ihn, hob den Kopf, unsere Lippen trafen sich und irgendwie schafften wir es, über die Schwelle zu kommen und die Tür hinter uns zu schließen. Dann fand ich mich mit dem

Rücken an der Innenseite der Tür und während ich an Philipps Hemd zerrte, bewies er Geschick im Öffnen diverser Verschlüsse: die Knöpfe meiner Bluse, den Haken meines BHs. Ich unterdessen brach mir fast die Fingernägel beim Versuch, seinen Gürtel zu öffnen. Philipp half, ließ die Hose rutschen, kickte sie weg und hob mich auf die Arme.

»He, sei vorsichtig – du hebst dir einen Bruch!«, warnte ich, obwohl ich mich an seiner Brust sehr wohl fühlte.

»Dich schaffe ich gerade noch!«

Es war weit nach Mitternacht, als ich mich in seinem temporären Schlafzimmer umschaute und feststellte: »Hübsch hast du es hier! Da fehlt eigentlich nur der röhrende Hirsch am Waldsee über dem Bett.«

»Tut mir leid – der ist geflüchtet. Er fühlte sich von all dem Gelsenkirchener Barock in dieser Bude erschlagen.« Philipp grinste »Aber wenn du das hier klasse findest, wird dich das Wohnzimmer umhauen.«

Ich war neugierig genug, um aufzustehen und mir von der Tür aus das Wohnzimmer anzusehen.

Nachdem ich mich ausreichend gegruselt hatte, drehte ich mich zu Philipp, der sich ein Kissen unter den Kopf gestopft hatte und mit übereinandergeschlagenen Beinen breit grinste.

»Schick, nicht?«, fragte er.

»Dir graut offensichtlich vor gar nichts, Herr Kammersänger!« Ich ging in den Miniflur, sammelte meine Handtasche auf, marschierte zurück ins Schlafzimmer und krabbelte wieder ins Bett. Ehrlich, Philipp: Wie hältst du das aus?«

»Liebste, die Ansprüche eines reisenden Sängers sind nicht hoch. Meine Hauptkriterien sind: sauber, warm, ordentliches Bett und eine funktionierende Küche. Wenn die Bude dann noch einigermaßen zentral gelegen ist und kein Vermögen kostet, bin ich zufrieden.«

»Glamourös!« Ich kuschelte mich wieder in Philipps Arm.

»Ich verdiene nicht schlecht, aber du weißt auch, dass von meiner Gage jeweils noch der Agenturanteil und die Spesen und die Steuern abgehen. Wenn ich in noblen Hotels logiere und täglich im Restaurant speise, bleibt am Ende nicht viel übrig. Als Sänger weiß man aber nie, wie lange die Stimme hält. Meine ist etwas empfindlich und mir war immer klar, dass ich vorsichtig damit sein muss.«

»Deine Stimme ist immer noch wunderschön.«

»Darüber bin ich auch sehr froh. Aber es war vor zwanzig Jahren noch nicht absehbar, dass sie hält, und darum habe ich immer versucht, mich finanziell einigermaßen abzusichern.«

»Und die Scheidung?«, fragte ich vorsichtig.

»Diesbezüglich kein Problem. Meine Anwältin hat ausgerechnet, dass ich sogar Ansprüche an Amelie stellen könnte, was ich aber nicht tun werde. Ich habe meinen Kram aus dem Haus geholt und damit ist es gut.«

Ich sah mich um. »Und wo sind deine Sachen jetzt?«

Er lachte. »Hier wäre es entschieden zu eng! Mein Flügel ist in der Werkstatt, alles andere – ich habe keine Möbel mitgenommen, weil ich mich neu einrichten möchte – ist in Kisten verpackt und eingelagert. Das war übrigens ein Tipp von Blandine. Ich erzählte bei den Proben, dass ich packen und mein Zeug irgendwo aufbewahren muss, darauf hat sie mir eine Adresse empfohlen.«

»Weil wir gerade von Blandine reden …« Ich beugte mich vor, zog meine Handtasche aufs Bett und packte die Bilder aus. »Hat unser Fotograf heute gebracht – vor ungefähr drei Wochen im Schlossgarten-Café aufgenommen.«

Philipp stand auf und holte sich im Wohnzimmer seine Lesebrille. Mit der bewaffnet schaute er auf die Fotos und erkannte das Paar im Hintergrund sofort. »Das gibt's ja nicht – so ein Schweinehund! Eine Frau anzugreifen – das ist das Letzte!«, empörte er sich. Er warf die Fotos angewidert aufs Bett und atmete tief durch. »Aber es wundert mich nicht.«

»Wieso? Hast du so etwas vermutet?«, fragte ich. »Glaubst du, er hat sie öfter …?« Ich ließ die Frage offen.

»Nein, glaube ich nicht – und ich denke, ich bin diesbezüglich ein sehr aufmerksamer Beobachter. Verena – meine erste Frau – hatte Erfahrung mit häuslichem Missbrauch. Ihr Vater war Alkoholiker und hat im Suff des Öfteren Frau und Kinder verdroschen. Später hat sich Verena als Ärztin in einem Frauenhaus engagiert, daher habe ich einiges mitbekommen.« Er nahm die Brille ab, sammelte die Fotos ein, legte sie auf den Nachttisch und setzte sich aufs Bett. »Nein, ich denke nicht, dass Müller-Rehling Blandine öfter geschlagen hat. Aber dass es zwischen den beiden eskalieren würde, war absehbar. Du hättest erleben müssen, wie sie in den letzten Wochen vor ihrem Tod miteinander umgegangen sind.«

»So übel?«, fragte ich.

Er nickte. »Und noch ein bisschen mehr.« Mit einem Seufzen schob er eine Strähne aus der Stirn. »Selbst ohne den Mord bei der Premiere hätte ich die Produktion unter ›Hölle pur‹ verbucht. Man hatte dauernd das Gefühl, dass alle komplett durchdrehen. Blandine und Müller-Rehling brüllten sich nur an, Paolo und der Tenor gingen aneinander hoch und in der Schneiderei gab's wegen jeder Änderung Zoff. Und dann hatte ich – wobei das eigentlich nichts mit dem ›Rigoletto‹ zu tun hatte – auch noch meinen Nahkampf mit der Übermutter.«

Ich streichelte seinen Rücken. »Übermutter?«, fragte ich nach.

»Eine Dame, die fest davon überzeugt ist, dass die Frucht ihres Leibes genial ist – und dass ich ihm die Karriere zerstört habe.« Philipp verdrehte die Augen. »Dabei ist der Bengel höchstens drei- oder vierundzwanzig Jahre alt, hochbegabt sicherlich, aber zu jung!«

»Was hast du denn angestellt?«, erkundigte ich mich.

Philipp legte sich wieder hin und zog mich zu sich. »Es gibt eine Mitarbeiterin in der Oper, deren Sohn Orchesterleitung studiert. Diese stolze Mama hat ihren Spross dazu gedrängt, sich um den Job als zweiter Kapellmeister zu bewerben – unser bisheriger geht zum Saisonende nach Köln. Sie hat eine regelrechte Werbekampagne für ihn gestartet.«

»Oh, oh! Ich ahne es.« Ich küsste seine Schulter. »Du sitzt im Auswahlkomitee?«

»Richtig – und ich habe mich gegen die Einstellung des Jungen ausgesprochen. Er ist einfach zu jung. Der soll zu Ende studieren und dann irgendwo in einem kleineren Haus oder als Assi eines guten Dirigenten Erfahrung sammeln. Da hat er bedeutend mehr davon, als wenn er jetzt schon zweiter Kapellmeister in einem großen Haus wird. Weil unser Intendant aber ein Feigling ist, fiel mir die Aufgabe zu, dem Kandidaten und seiner Frau Mama – an deren Händchen er erschienen war – mitzuteilen, dass das nichts wird.«

Ich stützte meinen Kopf in die Hand und nutzte die andere, um mit dem Zeigefinger Kringel auf seine Brust zu malen. »Ich vermute, dass das nicht gut angekommen ist.«

»Oh ja! Die Mutter unterstellt, dass ich ihren Goldsohn gezielt aus dem Rennen gekickt hätte, um mit dem Neuen – einem Protegé meines Agenten – meine Ambitionen in Richtung Intendantur zu unterstützen.«

»Hast du diesbezüglich Interesse?«

Er drehte sich auf die Seite und schaute mich an. »Ich bin gefragt worden. Aber eigentlich – nein, eher nicht. Andererseits: Würdest du dir wünschen, dass ich den Job mache? Es hätte den Vorteil, dass ich meist zuhause wäre.«

Ich schüttelte den Kopf. »Das sollte dich nicht beeinflussen.« Ich kuschelte mich an ihn. »Tu, was du für richtig hältst und was dir Freude macht. Du weißt, dass ich es nie als großes Problem gesehen habe, wenn du nicht dauernd um mich herumschwirrst. Natürlich genieße ich unsere gemeinsame Zeit, aber ich habe nicht vor, dein siamesischer Zwilling zu werden.«

Er rollte sich auf den Rücken und zog mich so mit sich, dass ich halb auf ihm lag. »Ich weiß, Juliane. Nur versprich mir, mich nicht zu lange und zu oft alleine zu lassen.«

»Ich werde so viel wie möglich mit dir reisen und wenn du nicht gerade zwölf oder mehr Flugstunden von mir entfernt bist, werde ich dich am Wochenende besuchen. Versprochen!« Ich küsste seine Nasenspitze. »Du wirst noch zu viel kriegen und froh sein, wenn du mich ein paar Tage los bist.«

»Nie. Ich habe zwanzig Jahre nachzuholen.«

* * *

Schlafmangel und Müdigkeit wurden meine ständigen Begleiter in diesen Tagen. Am Donnerstag hatte ich meinen Studenten schon etwas vorgegähnt, aber das hinderte mich nicht daran, die Nacht mit Philipp und einem Stadtplan zu verbringen. Er hatte nämlich beschlossen, sich nun ernstlich hinter die Suche nach einer Wohnung oder einem Haus zu klemmen, und obwohl wir nicht explizit darüber sprachen, war uns beiden klar, dass ich zu ihm ziehen würde.

Nun war es Freitagnachmittag und während Philipp sich mit dem Immobilienmenschen seiner Bank getroffen hatte, war ich zum zweiten Mal auf dem Weg ins Schlossgarten-Café. Am Mittwoch hatte ich dort kein Glück gehabt, doch der Geschäftsführer hatte mir verraten, dass die beiden Damen, die den Streit zwischen Blandine und ihrem Mann miterlebt hatten, üblicherweise am Freitagnachmittag kamen.

Ich gähnte noch einmal, als ich durch die Drehtür in den oberen Teil des Cafés eintrat. Obwohl es in den letzten Jahren umgestaltet worden war, stiegen Erinnerungen in mir auf: Stadtbummel mit Freundinnen und als krönender Abschluss eine Punschtorte im Schlossgarten. Wie alt war ich damals gewesen? Sechzehn oder siebzehn?

Auch an diesem Freitagnachmittag war das Café gut besucht, aber dennoch angenehm ruhig. Leise Musik tönte aus den Lautsprechern, die Gespräche wurden gedämpft geführt und adrette Kellner mit langen, piekfeinen Servierschürzen huschten zwischen der Theke und den Tischen hin und her.

Der Geschäftsführer sah mich und trat mit einem Lächeln und einer angedeuteten Verbeugung zu mir. »Guten Tag, Frau Doktor Pfeiffer!«

Ich hatte ihm meine Visitenkarte überreicht und wie immer hatte sie gewirkt: Die beiden Buchstaben vor meinem Namen schienen für die meisten Leute Seriosität zu belegen.

»Die Damen sind anwesend und ich habe mir erlaubt, sie darüber zu informieren, dass sie gesucht werden. Ich habe sie an einen Vierertisch platziert. Darf ich Sie zu ihnen führen?«

»Aber gerne! Danke!«

Er nahm mir den Mantel ab und brachte mich zum Ecktisch, an dem die beiden Stammgäste saßen und mir neugierig entgegensahen.

»Meine Damen, hier bringe ich Ihnen Frau Doktor Pfeiffer von der *Stuttgarter Allgemeinen*. Was darf ich servieren lassen?«

Ich schaute auf den Tisch, entdeckte zwei Teekännchen und zwei Teller mit Torte. »Eine Kanne schwarzen Tee und eine Punschtorte wären fein.«

»Earl Grey, Lapsong, Darjeeling oder Assam?«

»Assam bitte!«

Die jüngere der beiden Damen, eine gepflegte, etwas zu magere Blondine um die fünfzig, der man die Chefsekretärin ansah, war aufgestanden und streckte mir die Hand hin. »Guten Tag, Frau Doktor Pfeiffer. Darf ich Ihnen meine liebe Freundin, Frau Franzen, vorstellen? Ich bin Gertrude Lämmert.«

Ich lächelte, drückte Hände und setzte mich Frau Franzen gegenüber. Ich schätzte sie auf Anfang sechzig, die Haare weiß, aber perfekt gestylt. Sie trug ein dunkelblaues Bouclé-Kostüm, eine hellblaue Seidenbluse und eine Perlenkette.

»Wie nett, Sie kennenzulernen, Frau Doktor Pfeiffer! Ich lese so gerne Ihre Rezensionen! Wissen Sie, ich gehe oft in die Oper und ins Konzert. Der Mensch braucht doch etwas Kultur, vor allem in diesen vulgären Zeiten!«, sagte Frau Franzen.

»Wie recht Sie haben, gnädige Frau!« Wenn ich Informationen will, kann ich dick auftragen. »Aber ich bin heute nicht unbedingt als Musikredakteurin unterwegs, sondern helfe in unserer Lokalredaktion aus. Ich vermute, Sie haben von dem Mord in der Oper am letzten Freitag gehört?«

»Oh Gott, ja!« Gertrude Lämmert schüttelte sich. »War das nicht entsetzlich? Ich war so froh, dass wir nicht in der Premiere waren! Ich meine, heutzutage weiß man ja nie, was einen in der Oper erwartet, und wahrscheinlich haben die Leute die Leiche auf der Bühne für eine besonders tolle Idee des Regisseurs gehalten ...«

»Aber Trudi!«, unterbrach ihre Freundin. »Das war doch eine Boch-Inszenierung und du weißt, Philipp Boch hat solche billigen Sensationen nicht nötig. Ich hatte zuerst so bedauert, dass ich keine Karten mehr bekommen konnte.«

»Es war ja schon Wochen vorher ausverkauft. Aber jetzt, im Nachhinein, bin ich froh«, sagte Gertrude Lämmert. »Ich hätte noch wochenlang Alpträume gehabt.«

»Und ich erst!« Frau Franzen nahm ein nach Lavendel duftendes Spitzentüchlein aus ihrer Tasche und tupfte sich die Augen. »Wissen Sie, wir haben die Frau Keller ja gekannt. Wir hatten denselben Zahnarzt und dann haben wir uns ja auch ein paar Mal hier im Café getroffen.«

Ein Kellner brachte Torte und Tee, während Frau Lämmert übernahm.

»Frau Keller war eine so entzückende Frau! Immer sehr gepflegt, immer freundlich, mit besten Manieren und so talentiert!«

»Nur dieser Mann!«, stöhnte Frau Franzen. »Ich meine, mir ist klar, dass er ein hochbegabter Dirigent ist, aber dennoch – ich habe nie verstanden, wie eine so feine Person wie Frau Keller einen solchen Mann heiraten konnte! Schon die Aufmachung! Der Mann muss den schlechtesten Schneider in ganz Stuttgart haben. Seine Jacketts sehen immer aus, als ob sie eine Größe zu groß wären!«

»Vielleicht kauft er von der Stange«, sagte Frau Lämmert und es klang, als ob sie das für eine kaum verzeihliche Sünde hielte. »Aber auch diese Hemden! Also, heutzutage treten ja auch soignierte Herren durchaus mal ohne Krawatte in der Öffentlichkeit auf – man mag davon halten, was man will. Aber ein wirklicher Herr würde doch nie ohne Krawatte, dafür aber mit geschlossenem Kragenknopf erscheinen!«

»Frau Keller hat ja auch sehr unter diesem Mann gelitten«, wusste Frau Franzen.

Ich konnte mich meiner Torte widmen – die Damen lieferten das perfekte Duett. Frau Franzen führte gerade aus, dass sie, als sie von dem Mord in der Oper gehört hatte, sofort gedacht habe, dass die »arme Frau Keller« von ihrem eigenen Ehemann erwürgt worden sei.

Frau Lämmert setzte darauf wieder ein: »Aber Annabelle, das ist doch nicht möglich. Er hat dirigiert.«

Frau Franzen ereiferte sich: »Zuzutrauen wäre es ihm! Stellen Sie sich nur vor, Frau Doktor Pfeiffer: Drei oder vier Tage vor Frau Kellers Tod hat dieser furchtbare Mann sie hier gewürgt! Auf der Terrasse des Cafés, in voller Sicht der anderen Gäste! Ich war schockiert!«

»Es war schrecklich! Ich war wie gelähmt!«, ergänzte Frau Lämmert.

Franzen: »So vulgär! Das Paar hatte einen schrecklichen Streit und er hat sie übel beschimpft! Wenn ich ein Mann wäre, wäre ich dazwischengegangen!«

Frau Lämmert seufzte. »Aber es gibt ja heutzutage keine Kavaliere mehr!«

»Mein Vater, Gott hab ihn selig, hätte sich das nicht einfach angeschaut! Er war ein Kavalier, der als Ritter für eine schöne Frau in die Schranken getreten wäre!« Frau Franzen nippte an ihrem Tee, bevor sie fortfuhr. »Und wenn ich an die Dinge denke, die dieser furchtbare Mensch gesagt hat! Ich hätte mich an seiner Stelle geschämt! Es war so ordinär – ich kann es gar nicht wiederholen!« Sie tat es natürlich trotzdem, ihre Augen vor Sensationslust blitzend. »Er hat ihr vorgeworfen, dass er sie erst zu dem gemacht habe, was sie heute sei, und dafür führe sie sich auf wie eine … ich meine, Sie verstehen schon!«

Ich konnte es mir nicht verkneifen. Ich machte Kulleraugen und sagte: »Öh, nein – nicht so wirklich.«

»Sie führe sich auf wie eine …« Frau Lämmert schaute Frau Franzen hilfesuchend an.

»Wie eine …« Auch Frau Franzen konnte das Wort nicht aussprechen.

Ich widerstand tapfer der Versuchung, das schreckliche Wort, das mit »H« beginnt und mit »ure« endet, ins Gefecht zu werfen, befürchtete aber, damit einen Ohnmachtsanfall der Damen zu verursachen, und schwächte daher zu einem »Vertreterin des ältesten Gewerbes der Welt« ab.

»Genau!« Frau Lämmert schien erleichtert, wurde aber sofort wieder sehr ernst. »Er hat aber ein anderes Wort verwendet – ein Wort, das ein Herr gar nicht kennen sollte!«

»Außerdem …«, sagte nun Frau Franzen, »… hat er ihr vorgeworfen, sie sei undankbar und führe sich auf wie eine …« Sie suchte schon wieder nach einer passenden Formulierung und entschied sich schließlich für »Hündin in ihrer fruchtbaren Periode«.

Ich verkniff mir das Lachen und bemühte mich, mein Gesicht in angemessen betroffene Falten zu zwingen, als Frau Franzen empört fortsetzte: »Und diese zarte, kleine Frau musste sich das alles anhören!«

Ebenso synchron, wie die Damen gesprochen hatten, futterten sie nun ihre Torten, was mir Gelegenheit gab, etwas einzuwerfen.

»Hat Frau Keller nichts dazu gesagt?«

Die Damen wechselten einen Blick, schluckten, schauten sich noch einmal an, als ob sie darüber nachdenken wollten, ob ich einer Antwort würdig wäre, und stimmten dann wieder ihr Duett an, wobei die Ältere begann: »Frau Keller war natürlich auch gereizt.«

»Wer wäre das nicht nach solchen Beschimpfungen?« Frau Lämmert senkte die Stimme. »Sie hat gesagt, er solle nicht vergessen, dass sie ihn in der Hand habe. Darauf ist er aufgesprungen und hat ihre Nase verdreht!«

Frau Franzen verzog theatralisch das Gesicht. »Das muss wehgetan haben!«

»Sie stöhnte vor Schmerzen!«, berichtete Frau Lämmert. »Das Nächste, was sie gesagt hat, haben wir nicht verstanden.« Man hörte ihr das Bedauern an.

Frau Franzen erhob die Stimme: »Aber er schon! Er hat sie dann gewürgt! Er fasste über den Tisch, legte die Hand an ihren Hals und würgte sie! Und dazu sagte er, er habe genug von ihr und sie zu heiraten sei der größte Fehler seines Lebens gewesen.«

»Aber sie war sehr tapfer!«, lobte Frau Lämmert. »Als er wieder losgelassen hat, hat sie gesagt: ›Wenn du mich noch einmal anfasst, mache ich dich fertig! Dann wirst du deines Lebens nicht mehr froh!‹«

»Das ist ja sehr interessant!«, fand ich. »Kam dazu noch mehr?«

Beide Damen schüttelten den Kopf, dann sagte Frau Lämmert: »Er hat ihr noch gesagt, dass sie sich besser zurückhalten solle. Sie lebe ja nicht schlecht von ihm.«

»Und wie endete das Ganze?«, fragte ich.

»Ein Mann kam dazu und hat Müller-Rehling abgeholt. Er sagte, er müsse zur Probe«, erzählte Frau Franzen.

»Und Frau Keller?«, fragte ich.

»Sie hat noch etwas mit ihrem Handy gemacht – vermutlich eine SMS geschrieben«, gab Frau Lämmert Auskunft. »Dann ist sie auch gegangen, dabei hat sie zu uns noch ›Adieu‹ gesagt.«

»Sie schien allerdings etwas verlegen. Ihr war die Szene offenkundig peinlich.« Frau Franzens Spitzentuch kam wieder zum Einsatz. »Wenn wir da geahnt hätten, dass wir sie nie mehr wiedersehen würden!«

* * *

Es war Montagmorgen. Pünktlich um Viertel vor zwölf fuhren wir auf den Parkplatz am Westeingang des Pragfriedhofes. Mischa war ebenfalls dabei – nachdem er zwei Tage vorher bei Philipp und mir ins Frühstück gefallen war und sehr geschluckt hatte, als ihm klar geworden war, dass Philipp wohl eine Dauereinrichtung in meinem Leben werden würde.

Keinem von uns war nach einer Unterhaltung zumute, als wir zur Kapelle gingen, vor der sich schon eine Menge von schwarz gekleideten Menschen versammelt hatte. Wir waren zu früh und Philipp wurde prompt von Lotte Leinert, einer alten Wagner-Sängerin, in Beschlag genommen. Mischa unterdessen sprach angeregt mit einem der Kapellmeister der Oper und so stand ich einen Moment allein und etwas verloren herum.

»Frau Doktor Pfeiffer?«

Eine ältere Frau hatte mich angesprochen. Sie hatte sich ein schwarzes Tuch über die grauen Haare gebunden und trug einen grau-schwarz gemusterten Anorak über einer schwarzen Hose, dazu hielt sie eine einzelne fast schwarze Rose in der Hand.

»Ja?« Als ich sie genauer anschaute, kam sie mir bekannt vor, aber ich konnte sie nicht einordnen.

»Sie erinnern sich vermutlich nicht an mich. Ich bin Hannelore Mägerle. Ich war Frau Kellers Garderobiere und …«, sie zögerte, senkte den Kopf, atmete tief durch und setzte dann fort, »… ja, man kann es wohl so sagen: Vertraute. Ich war ihre Vertraute.«

Was sollte ich dazu sagen? Mir kam jetzt, dass ich die Frau in der Oper wohl schon gesehen hatte. Aber Blandine und ich waren uns nicht mehr so nahe gewesen, dass ich ihre Garderobiere – und Vertraute! – gekannt haben würde.

Ich räusperte mich, schielte nach Philipp, der sich immer noch mit Lotte Leinert unterhielt, und sagte dann: »Blandines Tod hat Sie bestimmt auch hart getroffen.«

»Oh ja. Sehr hart.« Sie schaute auf die Rose in ihrer Hand, dann hob sie den Kopf und sah in meine Augen: »Sie unterrichten meinen Sohn.«

Ich studierte das etwas rundliche Gesicht mit den seltsam fahlen Augen. Doch, da war eine gewisse Ähnlichkeit zu Christopher, auch wenn sie verwaschen und entfernt wirkte. Aber etwas irritierte mich. Sie gab an, Blandines »Vertraute« gewesen zu sein. Christopher aber hatte gesagt, seine Mutter habe geschäumt, wenn er Blandine nur erwähnt habe. Wie passte das zusammen? Und jetzt war sie zu Blandines Beerdigung gekommen.

Ich sah auf die Rose in ihrer Hand. Hatte sie beschlossen, dass im Tod die Eifersucht um des Sohnes willen zu schweigen habe? Immerhin konnte Blandine Christopher nun nicht mehr gefährlich werden. Und Himmel – wenn mein Sohn sich in Blandine verliebt und sich eingebildet hätte, dass sie die Liebe seines Lebens sei, wäre ich auch alles andere als begeistert gewesen!

»Er ist ein sehr begabter junger Mann«, stellte ich schließlich fest.

Ihre Augen glitten über die Menge, blieben an Philipp hängen und ihre Lippen wurden schmal. »Sie sehen das. Andere sind nur neidisch auf sein Talent und sein Aussehen.«

Was sollte ich dazu sagen? Ich flüchtete mich in ein müdes »Ja, unsere Szene ist manchmal schwierig!«.

Mir kam ein Verdacht: Hatte Mutter Mägerle etwa probiert, Christopher als zweiten Kapellmeister in der Oper unterzubringen? War er der Kandidat, den Philipp abgelehnt hatte?

Zum Glück hatte Mischa jetzt meinen hilfesuchenden Blick gesehen und trat neben mich. »Jule, wir sollten langsam …« Ein Lächeln für Frau Mägerle, sein Arm um meine Schulter.

»Auf Wiedersehen, Frau Mägerle!« Ich streckte ihr die Hand hin und war froh, dass ich mit Mischa in die Kirche gehen konnte.

Dabei fragte er leise: »Wer war denn das?«

»Blandines Garderobiere, Mutter ihres letzten Lovers«, gab ich ebenso leise Auskunft.

»Oh Mann!« Er verdrehte die Augen. »*De mortuis* und so – ich sag jetzt besser nichts mehr.« Dafür runzelte er beim Blick zu Philipp, der ein paar Schritte entfernt mit einer Frau in schwarzer Hose und schwarzer Lederjacke sprach, die Stirn.

Der schaute uns jetzt an, sagte etwas zu der Kurzhaarigen in seiner Begleitung und kam mit ihr zu mir.

»Juliane, das ist Hauptkommissarin Martina Jelinek von der Kriminalpolizei. Frau Jelinek, darf ich Ihnen Frau Doktor Juliane Pfeiffer von der *Stuttgarter Allgemeinen* vorstellen? Sie war eine langjährige Freundin der Verstorbenen und am Tatabend im Theater.«

Wir reichten uns mit einem kurzen Lächeln die Hände, dann fragte sie: »Wie lange waren Sie mit Frau Keller befreundet?«

»An die zwanzig Jahre. Wir haben uns kennengelernt, als wir beide noch studiert haben. Allerdings war dieser Kontakt in den letzten zwei, drei Jahren eher oberflächlich«, gab ich Auskunft. »Haben sich meine Kollegen aus der Lokalredaktion schon bei Ihnen gemeldet?«

»Nein. Sollten sie?«

Ich zerknirschte einen Fluch zwischen den Zähnen. Lenny hatte mir versprochen, die Bilder von Blandine und Müller-Rehling an die Polizei zu schicken.

»Vielleicht dachte der Kollege, es wäre für Sie nicht so wichtig, weil Müller-Rehling als Täter nicht in Frage kommt. Aber wir haben Fotos, die ein paar Tage vor Frau Kellers Tod entstanden sind und Herrn Müller-Rehling mit der Hand an der Kehle seiner Frau zeigen«, sagte ich.

»Die würde ich auf jeden Fall gerne sehen«, antwortete die Kommissarin.

»Ich habe sie natürlich nicht dabei, aber wenn sie mir eine E-Mail-Adresse verraten, schicke ich Sie Ihnen«, bot ich an.

Ich bekam eine Visitenkarte und dann war es höchste Zeit, in die Kapelle zu gehen. Der weiße Sarg war fast unter roten Rosen verborgen, seitlich davon stand auf einer Staffelei ein Foto von Blandine. Ich wunderte mich, wer es wohl ausgesucht hatte, denn sie sah darauf ernst und fast streng aus. Links davon lag ein Gesteck mit weißen Amaryllis und zartgelben Rosen. Die weiß-goldene Schleife darauf hatte den Aufdruck »In Freundschaft – Juliane und Mirja«. Ich hatte das Gesteck am Donnerstag bestellt. Philipp hatte mich dabei begleitet und sich für einen Strauß Callas entschieden. Auf seiner Schleife stand nur »R. I. P. Philipp Boch«.

Am auffallendsten waren zwei Kränze, die den Sarg flankierten. Der linke war aus gelben Rosen und blauen Iris und trug eine gelb-schwarze Schleife – die Farben von Baden-Württemberg und seiner Landeshauptstadt Stuttgart. Darauf stand »In Dankbarkeit – Staatstheater Stuttgart«. Mir fiel bei seinem Anblick ein, dass sich Blandine in den letzten Jahren immer darüber geärgert hatte, dass das Land sie nicht zur Kammersängerin ernannt hatte. Philipp war die Ehre zum vierzigsten Geburtstag zuteil geworden, sehr zu Blandines Missfallen, denn er sei ja noch nicht einmal ein richtiger Schwabe! »Boch ist in Lübeck geboren! Ich komme aus Waiblingen!«

Rechts vom Sarg hing ein Kranz aus dunkelroten, fast schwarzen Rosen mit einer Schleife. »Am Ende des Regenbogens sehen wir uns wieder. Tieftraurig, Armin.«

Der tieftraurige Witwer saß in einem schwarzen Anzug, der eine Größe zu groß schien, in der ersten Reihe. Er trug keine Krawatte, aber ein schwarzes Hemd mit geschlossenem Kragenknopf. Ich erinnerte mich daran, dass Blandine am Anfang ihrer Ehe versucht hatte, ihren Mann aufzuhübschen, er sich aber als sehr stur erwiesen hatte.

Neben Müller-Rehling hatte der unvermeidliche Ölert Platz genommen, ebenfalls im schwarzen Anzug, der zu klein wirkte, und in schwarzem Hemd mit schwarzer Krawatte. Obwohl es in der Kapelle nicht eben warm war, schwitzte er und wischte sich immer wieder mit einem karierten Taschentuch über die Stirn.

Der Organist quälte sich mehr schlecht als recht durch ein Fauré-Präludium, ein hagerer, junger Priester mit einem Messdiener, der ebenso wie sein Talar das Rentenalter erreicht hatte, zelebrierte den Gottesdienst, wobei ich die Hälfte der Predigt nicht verstand, weil das Mikrophon schlecht eingestellt war. Die andere Hälfte bekam ich wegen des polnischen Akzents des Priesters nicht mit.

Als wir schließlich aus der Kapelle kamen und dem Sarg zum Grab folgten, sagte Philipp leise: »Ich glaube, ich habe selten eine deprimierendere, lieblosere Trauerfeier erlebt.«

Mischa nickte. »Ist dir aufgefallen, wie wenige von den Leuten Blandine wirklich gekannt haben? Mindestens die Hälfte hier sind Schaulustige.«

Wir waren am ausgehobenen Grab angekommen und standen etwas abseits unter einem Baum, während sich der Rest der Menge formierte.

»Gibt es hier eigentlich jemand außer uns, der traurig ist?« Philipp klang ärgerlich. »Das hat niemand verdient, noch nicht einmal Blandine.«

Tatsächlich erweckte der Witwer nicht den Eindruck, von Kummer gebeugt zu sein. Er wirkte eher nervös. Er hatte schon zweimal auf die Uhr geschaut und konnte kaum die Füße still halten. Ich versuchte, mir einzureden, dass Trauer sich verschieden ausdrückte und dass Müller-Rehling seine Gefühle nicht zu Markte tragen wollte. Gleichzeitig konnte ich aber das Bild von Blandine und ihm, auf dem er ihre Kehle gepackt hatte, nicht aus dem Kopf bekommen. Ich war froh, dass auf der Einladungskarte für die Beerdigung gestanden hatte: »Von Beileidsbekundungen am Grab ist abzusehen.« Ich hätte wirklich nicht gewusst, was ich ihm hätte sagen sollen

Immerhin: Ölert schien Blandines Tod unter die Haut zu gehen. Inzwischen schwitzte er zwar nicht mehr – der Oktobertag war ausgesprochen trüb und neblig –, aber dafür war er bleich und fummelte dauernd an seiner schwarzen Krawatte herum. Dazu fiel mir auf, dass seine Augen immer wieder die Kommissarin suchten, die sich am Rand hielt.

Auf dem Rückweg zum Auto fragte ich Philipp: »Sag mal, wo war eigentlich Ölert während der ›Rigoletto‹-Premiere?«

Philipp lachte kurz auf. »Ich wundere mich, dass du danach erst jetzt fragst. Das wollte die Kommissarin nämlich schon zwei Tage hinterher wissen. Aber er hat auch ein Alibi. Er hatte an diesem Tag und an dem darauf Termine in Zürich.«

»Naja – von Zürich nach Stuttgart sind's ungefähr 200 Kilometer. Die fahre ich in zwei Stunden«, sagte ich.

»Ölert schafft's unter zwei Stunden«, wusste Mischa. »Der fährt, wie mein Opa geritten ist. Ich war einmal mit Ölert unterwegs. Kinder, Kinder! Dieser Verrückte raste wie eine gesengte Sau, spielte nebenher an seinem Handy rum, textete mich voll und hatte mich in einer halben Stunde so weit, dass mir die Knie schlotterten. Ich fragte mich, was man davon hat – außer einem hohen Spritverbrauch und vielen Knöllchen?«

»Man fühlt sich vermutlich stark«, sagte Philipp. »Wenn man im Job immer nur auf den Deckel kriegt, spielt man eben auf der Autobahn den starken Mann.«

»In der Schweiz sollte man nicht rasen – die Polizei ist dort rabiat. Außerdem bremst einen der Grenzübergang mächtig aus. Trotzdem kann man es in zwei Stunden schaffen, vor allem abends, wenn die Straßen einigermaßen frei sind ...«, dachte ich laut nach.

Wir waren auf dem Parkplatz angekommen. Philipp öffnete die Tür seines Wagens.

»Vergiss es, Juliane. Er hat ein Alibi für die Nacht. Er hat da eine Dame beglückt.«

Mischa rutschte in die Mitte der hinteren Bank im Auto und sagte: »Wer oder was schläft denn mit dem?«

Philipp ließ den Motor an und rangierte aus der Parklücke. »Angeblich findet jeder Topf – auch der verbogenste –

irgendwo sein Deckelchen. Im Fall Ölert gibt es tatsächlich eine Freundin, die der Polizei bestätigt hat, dass der Herr in der fraglichen Nacht ihr Bett gewärmt hat«, wusste Philipp.

»Außerdem denke ich, dass es doch zwei Paar Stiefel sind, ob man die Kehrseite seines Chefs oral säubert oder ob man seine Frau umbringt!«, schaltete ich mich ein. »Hier gilt wohl dasselbe Argument, das wir schon im Fall des Profikillers hatten: Müller-Rehling würde sich erpressbar machen.«

»Nicht unbedingt«, widersprach Philipp. »Wenn Ölert Blandine umgebracht hätte, könnte er seinen Chef als Auftraggeber nicht verraten, ohne sich selbst ans Messer zu liefern. Ich vermute, die Strafen wären in einem ähnlichen Bereich und die Herren könnten sich dann eine Zelle teilen.«

Mischa zupfte nachdenklich an seinem Bart. »Ölert ist von Müller-Rehling abhängig«, sagte er. »Er hat Bratsche studiert, aber nicht abgeschlossen. Müller-Rehling kam ihm irgendwie dazwischen und hat ihn so auf Trab gehalten, dass er nicht weitergemacht hat. Allerdings habe ich ihn mal gefragt, ob ihm die Abhängigkeit von Müller-Rehling nicht unheimlich ist. Darauf meinte er, Müller-Rehling brauche ihn mehr, als er andersrum den Maestro brauche.«

Ich schüttelte den Kopf. »Aber selbst wenn er die Orchesterreife nicht geschafft hat – Bratscher kriegen doch eigentlich immer einen Job.«

»Nach zwanzig Jahren Pause? Ich vermute, da wird es selbst für einen Bratscher schwierig«, vermutete Philipp. »Aber vielleicht weiß er etwas über seinen werten Maestro, was der nicht so gerne öffentlich diskutiert wüsste?«

»Wir werden sehen, was bei den weiteren Ermittlungen noch herauskommt.« Mischa grinste. »Spannend ist das schon!«

5. Alles Clärchen?

Es gibt Tage, an denen sollte man besten im Bett bleiben, sich die Decke über den Kopf ziehen und schlafen, bis man es hinter sich hatte. Das Blöde ist nur, dass man meist erst dann bemerkt, dass man einen solchen Tag erwischt hatte, wenn man schon aufgestanden und mittendrin war.

Der Mittwoch war so ein Tag. Er hatte schon mies angefangen: Ich hatte verschlafen und noch nicht einmal Zeit gehabt, mich von Philipp zu verabschieden; dann war ich auch noch im Stau gestanden und zu spät zur Konferenz gekommen, daraufhin hatte ich einen Anpfiff vom Chefredakteur bekommen und im Anschluss dann einer Debatte darüber gelauscht, ob der gestern gelaufene Artikel über die Szenen einer Musikerehe, demonstriert am Beispiel Keller versus Müller-Rehling, unter unserem Niveau gewesen war.

Das hätte mir eigentlich schon gereicht, aber mit solchem Kram musste ich mich auch den Nachmittag über herumschlagen. Aber dann war es endlich halb fünf und ich beeilte mich, um rechtzeitig in Heumaden anzukommen für eine weitere Wohnungsbesichtigung.

Der Makler stand schon vor dem zu vermietenden Haus – und gemeinsam warteten wir auf Philipp, wobei ich mit jeder Minute unruhiger wurde. Philipp war, wie die meisten Musiker, auf Pünktlichkeit gedrillt. Normalerweise konnte man nach ihm die Uhr stellen. Aber um 17.30 Uhr war er immer noch nicht da, hatte sich nicht gemeldet und war über sein Handy nicht erreichbar.

Ich verabschiedete mich vom Makler und fuhr zurück in die Stadt. In der Stitzenburgstraße stand Philipps Auto auf dem Parkplatz. Als ich zum Haus ging, klingelte mein Handy. Leider war es nicht Philipp, sondern das Display zeigte eine unbekannte Stuttgarter Nummer. Ich nahm trotzdem an und hatte einen warmen Alt im Ohr.

»Hoening. Guten Abend, Frau Doktor Pfeiffer. Herr Boch hat mich gebeten, Sie anzurufen. Ich bin seine Anwältin – eigentlich seine Scheidungsanwältin, aber in Anbetracht der Umstände …«

Ich war froh, dass ich am Kühler meines Autos lehnte, denn mir wurden die Knie weich. »Was für Umstände?«

»Herr Boch ist verhaftet worden. Die Polizei verdächtigt ihn, Blandine Keller ermordet zu haben.«

Mir wurde fast übel. »Wie kommen die denn auf so eine Idee?«

»Sie haben anscheinend einige Indizien, die auf ihn hinweisen.« Die Anwältin seufzte. »Herr Boch hat mich angerufen, weil ihm in der Aufregung kein anderer Anwalt eingefallen ist. Ich habe aber inzwischen einen sehr guten Strafverteidiger aufgetrieben. Der möchte so schnell wie möglich mit Ihnen sprechen.«

»Mit mir?« Ich verstand zwar nicht, warum, aber wenn ich Philipp damit helfen konnte, würde ich natürlich mit seinem Verteidiger reden. »Ja, klar. Wo und wie kann ich ihn erreichen?«

»Am besten wäre es, wenn Sie jetzt direkt zu meinem Kollegen kommen würden. Die Kanzlei sitzt in der Königsstraße 20 – das ist der Marquardt-Bau. Der Kollege heißt Schönert. Wir sehen uns da?«

»Ich fahre sofort los. Ich denke, ich bin in einer Viertelstunde da.«

Wir verabschiedeten uns und ich setzte mich in Bewegung.

Ich hatte das Gefühl, in einem Alptraum zu stecken. Wie war die Kommissarin nur auf die Idee gekommen, Philipp zu verhaften? Warum sollte er Blandine umgebracht haben? Wegen des Krachs in der letzten Probe? So etwas gehörte doch im Theater dazu! Da kochen die Emotionen hoch, es werden Szenen gemacht, man brüllt sich an, schwört, nie wieder mit dem anderen zu reden, und ist am nächsten Tag wieder ein Herz und eine Seele. Philipp sprach das einmal sehr deutlich aus: »Pack schlägt sich, Pack verträgt sich.«

Als ich in der Bolzstraße durch die Schranke der Tiefgarage unter dem Marquardt-Bau fuhr, schob sich ein flacher, roter Sportwagen hinter mich, der mir nach unten folgte und geschickt rückwärts in die Lücke neben mir rangierte.

Unter normalen Umständen hätte ich mir die Luxusflunder sicher genauer angeguckt. Ich mochte schnelle Autos. Aber ich hatte es eilig. So registrierte ich nur aus dem Augenwinkel, wie eine langbeinige Frau mit braunem Pferdeschwanz im eleganten grauen Hosenanzug ausstieg und mir zum Aufzug folgte.

Dort lächelte sie mich an. »Frau Doktor Pfeiffer? Ich bin Anne Hoening.«

»Wie haben Sie mich erkannt?«, staunte ich, während wir in den Lift stiegen.

»Das Autokennzeichen S-JP steht ganz offensichtlich für Ihren Namen.«

»Kompliment, Sie sind eine hervorragende Beobachterin!«, zwang ich mich zu sagen. »Aber verraten Sie mir: Was ist mit Herrn Boch?«

Anne Hoening hielt mir die Tür des Lifts auf und wir traten gemeinsam in die Passage. Ihre Absätze klickten auf dem polierten Boden, als wir nach unten Richtung Königstraße gingen. »Er ist schockiert und im Moment ziemlich durch den Wind. Ich habe dafür gesorgt, dass die Polizei ihn nicht ohne Anwalt verhört, also wird man ihn vermutlich nach Stammheim in Untersuchungshaft bringen.«

Mein Magen krampfte sich schmerzhaft zusammen. »Um Himmels willen! Wie lange wird er dort bleiben müssen?«

»Der Kollege Schönert wird versuchen, so schnell wie möglich einen Haftprüfungstermin zu bekommen und den Richter davon zu überzeugen, dass bei Herrn Boch keine Flucht- und Verdunkelungsgefahr besteht.«

Wir standen vor einer Glastür. An einem Schild daneben waren die Mieter des Gebäudes aufgelistet, oben die Rechtsanwälte Pfefferkorn und Schönert, Fachanwälte für Strafrecht.

Wir fuhren mit einem anderen Lift in den sechsten Stock und fanden uns in einem langen, anonymen Gang, in dem es nach Putzmitteln roch.

»Hübsch hässlich haben es die Kollegen hier!«, stellte Anne Hoening fest und klopfte an eine grün gestrichene Tür mit dem Schriftzug der Kanzlei.

Niemand antwortete, also drückte sie die Türklinke herunter und öffnete für mich.

Der Raum dahinter war mit zwei sorgfältig aufgeräumten Schreibtischen ausgestattet, an den Wänden standen verschlossene graue Rolladenschränke und in der Ecke bemühte sich ein Ficus Benjamini vergeblich, die Atmosphäre etwas aufzulockern. Aus einer offenen Tür rechts drang eine tiefe Männerstimme: »… den Einlassungen des Staatsanwaltes zufolge genügte also der Augenschein …«

»Hallo?«, rief Anne Hoening in Richtung der Stimme.

Das Diktat brach ab, dann flitzte ein rundlicher kleiner Mann mit Mittelscheitel, Walrossbart und Nickelbrille aus dem Nebenraum, schaute uns aus blauen Augen interessiert an und sagte: »Hallo! Sie sind sicher die Kollegin Hoening und Sie Frau Doktor Pfeiffer.« Er reichte erst Anne Hoening und dann mir die Hand. »Ich bin Arvid Schönert. Kommen Sie rein!« Er wedelte in Richtung seines Zimmers, sprintete voraus und warf sich in einen Ledersessel, der unter seinem Gewicht ächzte. »Nehmen Sie Platz, nehmen Sie Platz!« Er deutete auf die beiden Besucherstühle, die einem mit Akten und Papieren überfluteten Schreibtisch gegenüberstanden. »Leider kann ich Ihnen nichts außer Wasser anbieten. Meine Damen haben schon Feierabend und unsere Kaffeemaschine widerlegt alle Vorurteile über die technische Begabung von Frauen. Unsere Sekretärinnen beherrschen sie virtuos, ich dagegen habe das Gefühl, erst ein Ingenieursdiplom erwerben zu müssen, um ihr auch nur heißes Wasser entlocken zu können.«

»Kein Problem!« Anne Hoening lächelte, wurde aber sofort wieder ernst. »Haben Sie mit Herrn Boch gesprochen?«

Er nickte. »Ja. Er hat mir Vollmacht erteilt und wir werden uns morgen früh noch mal treffen. Ich musste nämlich erst mit der ermittelnden Kommissarin, Martina Jelinek, reden, um zu erfahren, womit sie den Haftbefehl begründet.« Er strich sich durch den Bart. »Sieht nicht gut aus, meine Damen. Laut Frau Jelinek hatte unser Mandant ein Motiv, die Mittel und die Gelegenheit. Außerdem hat er kein Alibi für die Tatzeit.« Er wühlte in dem Stapel Unterlagen, die über seinen Tisch verstreut lagen. »Was nun das Motiv angeht …« Er hielt ein Blatt Papier hoch. »Die Polizei hat zwei Tage nach dem Mord einen anonymen Brief bekommen, in dem behauptet wird, Herr Boch habe über eine längere Zeit ein Verhältnis mit Frau Keller gehabt.«

Ich verdrehte die Augen. »Und er hat sie in einem Anfall wilder Eifersucht erwürgt, weil sie außer ihm noch zwei Lover gehabt hat?«

»Der anonyme Brief unterstellt ihm einen kaltblütig geplanten Mord«, berichtete der Jurist. »Demnach wollte er sich von Frau Keller lösen, um in eine Beziehung mit Ihnen einzutreten. Frau Keller habe ihn darauf erpresst – angeblich hatte sie pikante Fotos von ihm, deren Veröffentlichung schwerwiegende Folgen für ihn gehabt hätten.«

»Welcher Art?«, erkundigte ich mich.

»Sie hätten ihn, wenn Sie diese Bilder gekannt hätten, nicht mehr gewollt; außerdem hätte es seinem öffentlichen Image geschadet.«

Ich konnte es nicht fassen. »Und dieser Räuberpistole von einem anonymen Schmierfinken glaubt die Polizei?«

Arvid Schönert seufzte. »Frau Pfeiffer, es gibt ein paar Indizien, die darauf hindeuten, dass an diesen Beschuldigungen etwas dran sein könnte. Die Polizei hat herausgefunden, dass Blandine Keller eine Zweitwohnung in der Stitzenburgstraße 1 gemietet hat, in der sie sich mit Herrn Boch getroffen hat. Ungefähr drei Wochen vor dem Mord ist Herr Boch in die frei gewordene Nachbarwohnung gezogen. Die Polizei hat heute beide Appartements durchsucht. Dabei haben die Spurensicherer festgestellt, dass sie in Frau Kellers Wohnung nicht die Ersten waren, die alles auf den Kopf gestellt haben. Und der, der vor der Polizei da war, scheint gründliche Arbeit geleistet zu haben, hat aber eines übersehen: Auf dem Schreibtisch steht ein Farblaserdrucker, aber kein zugehöriger Computer – und nein, das Ding kann nicht von irgendwelchen Speicherkarten Daten einlesen. Außerdem hängt das Kabel noch dran und die Spezialisten der Polizei haben festgestellt, dass der Drucker benutzt wurde – mit hoher Wahrscheinlichkeit, um Farbfotos auszudrucken.«

Anne Hoening, die aufmerksam zugehört hatte, meldete sich zu Wort. »Gab es in dieser Wohnung irgendwelche Spuren von unserem Mandanten?«

Wieder seufzte der Strafverteidiger. »Leider ja. Es gibt zwar keine Fingerabdrücke, aber welcher intelligente Mensch würde eine Wohnung ohne Handschuhe durchsuchen? Was aber gefunden wurde, war ein Taschenkamm, der in eine Ritze des Sofas gefallen war. Herr Boch hat ihn als sein Eigentum identifiziert.«

»Könnte ihm gestohlen und dort deponiert worden sein«, sagte Anne Hoening.

»Natürlich«, bestätigte ihr Kollege. »Es kommt aber noch dicker. In Herrn Bochs Wohnung wurde eine Packung Chirurgenhandschuhe gefunden.«

»So was habe ich auch zuhause«, sagte ich abwehrend.

Himmel, warum war nur die Luft in diesem Raum so dick?

»Unser Hauptproblem sind aber nicht die Handschuhe, sondern die Mordwaffe.«

»Sagen Sie jetzt nicht, dass die in Herrn Bochs Wohnung gefunden wurde!« Ich wollte wieder aus diesem Alptraum erwachen!

»Nein, das nicht. Aber leider etwas, was damit in Zusammenhang steht – und hier kommen Sie ins Spiel.«

Arvid Schönert hatte gefunden, was er gesucht hatte, und zeigte mir ein Foto von einer dicken, gelben Mappe, die mit rotem Bindfaden zusammengebunden war und auf der in Philipps Handschrift stand: »Rossini/Barbiere, Klagenfurt 2010«.

Ich schaute das Bild an und verstand beim besten Willen nicht, in welchem Zusammenhang es mit dem Mord und mit mir stehen sollte. Blandine war ja weder mit einer Akte erschlagen noch mit dem Rasiermesser eines Barbiers ermordet worden.

Man sah mir wohl an, dass ich nichts verstand. »Schauen Sie sich das Garn an, mit dem die Akte zusammengebunden ist. Das sollte Ihnen etwas sagen«, forderte mich Philipps Verteidiger auf.

Ich schaute noch einmal, dann dämmerte es mir. »Das könnte Wickelgarn sein.«

»Genau, genau!« Arvid Schönert lehnte sich zurück. »Blandine Keller wurde mit einer sogenannten Garotte ermordet. Die Kriminaltechniker haben festgestellt, dass zu ihrer Herstellung ein dünnes, reißfestes, rotes, gewachstes Garn verwendet wurde.«

»Oh!« Ich atmete tief durch. »Das klingt tatsächlich nach Wickelgarn.« Ich schluckte. »Aber daran kann jeder, der in einem Opernhaus unterwegs ist, relativ problemlos kommen. Irgendein Holzbläser hat immer eine Spule im Schrank – und die Schränke sind während der Proben und Vorstellungen üblicherweise offen.«

»Frau Jelinek – die ermittelnde Kommissarin – argumentiert, dass die meisten Leute keine Ahnung haben, was so ein Wickelgarn ist und wo sie es finden könnten. Da müsse man schon«, er senkte den Kopf ein wenig und schaute mich über den Rand seiner Brille hinweg an, »entweder selbst ein Instrument mit diesem …«, er suchte nach dem richtigen Wort.

Ich half aus. »Doppelrohrblatt.«

»Richtig, richtig. Also, man müsse entweder selbst ein Instrument mit einem solchen Doppelrohrblatt spielen oder mit jemandem befreundet sein, der damit befasst ist. Herr Boch hat zwei Jahre mit Ihnen zusammengelebt – und in der Zeit haben Sie Fagott studiert.«

»Entschuldigung, wenn ich mich einmische, aber mich haben Sie jetzt abgehängt«, schaltete sich Anne Hoening ein. »Wickelgarn, Doppelrohrblatt, Fagott – würden Sie der Musikbanausin bitte auf die Sprünge helfen?«

Arvid Schönert machte eine einladende Handbewegung in meine Richtung. »Frau *Doktor* Pfeiffer, Sie haben sich doch intensiv mit Instrumentenkunde befasst.«

»Sie sind sehr gut informiert!« Ich konnte es nicht vermeiden, sarkastisch zu klingen.

»Nicht ich – die Polizei!«, wehrte der Anwalt ab.

»Aber doch nicht gut genug! Doch dazu komme ich gleich!« Ich schaute Anne Hoening an. »Das Mundstück einer Oboe beziehungsweise des Englischhorns und des Fagotts besteht aus zwei aufeinandergelegten, elastischen Teilen von einem Schilfrohr – *Arundo donax*, um genau zu sein. Das wächst zum Beispiel in Frankreich. Um diese beiden Teile zu verbinden, werden die unteren Enden mit einem dünnen, aber formstabilen Garn umwickelt, das meist gewachst ist, um nicht aufzuquellen. Rohrblätter werden nämlich vor Gebrauch etwas eingeweicht.«

»Genial!«, staunte die Anwältin.

Ich schaute den Strafverteidiger an, der geduldig zugehört hatte. »Um aber nun auf Herrn Bochs Verhältnis zu Rohrblättern und Wickelgarn zu kommen: Er hat bei mir natürlich das eine oder andere Rohrblatt in der Hand gehabt und auch mal in eines hineingeblasen. Aber mit Wickelgarn hatte er bei mir nicht zu tun. Ich habe meine Rohre immer fertig gekauft.«

Arvid Schönert hatte sich Notizen gemacht, dann nahm er die Brille und massierte mit Daumen und Zeigefinger seine Nase.

»Naja«, seufzte er, »das hilft vielleicht schon ein bisschen weiter, aber aus dem Schneider ist Herr Boch damit noch nicht.«

»Verdammt noch mal!« Mir wäre danach gewesen, mit der Faust auf den Tisch zu schlagen. »Ich glaube nicht, dass

Philipp etwas mit Blandine gehabt hat! Sie war mal hinter ihm her, aber das ist vor vielen Jahren gewesen.«

Anne Hoening neben mir sagte: »Was mich fast noch mehr irritiert: die Fotos, mit denen sie ihn angeblich erpresst haben soll. Was soll denn da drauf sein, dass es zum Beispiel Frau Doktor Pfeiffer so schockiert hätte?«

Arvid Schönert sah fast verlegen aus. »Vielleicht ist er bisexuell?«, spekulierte er. »Es gibt eine Menge Männer, die ein Problem haben, dazu zu stehen.«

»Aber doch nicht in der Oper!«, widersprach ich. »Da kratzt es doch niemanden, wer mit wem schläft.«

»Was könnte es dann gewesen sein?«, überlegte Arvid Schönert.

Anne Hoening lehnte sich zurück und schaute an die Decke. »Heutzutage muss man den Geschlechtsverkehr schon mit Kindern oder Tieren ausüben, um die Öffentlichkeit zu schockieren – beides kann ich mir bei Herrn Boch nicht vorstellen.«

Der Strafverteidiger bedachte sie mit einem sehr skeptischen Blick, sagte aber nichts.

Ich fühlte mich provoziert. »Ich traue ihm weder das eine noch das andere zu. Und ich denke, ich kenne ihn sogar noch besser als Frau Doktor Hoening.«

Arvid Schönert setzte seine Brille wieder auf, strich sich durch den Bart und seufzte. »Frau Doktor Pfeiffer, ich will Ihr Vertrauen in Herrn Boch nicht erschüttern, aber ich habe mal einen geständigen Mörder verteidigt, der drei kleine Mädchen missbraucht und umgebracht hat. Der Mann war zwanzig Jahre verheiratet und seine Frau hatte nicht den blassesten Schimmer. Sie war bis zu seinem Geständnis felsenfest davon überzeugt, dass der DNA-Test, der ihren Mann überführt hatte, falsch ausgewertet wurde. Sie würden staunen, wenn Sie wüssten, wie viele brav verheiratete Männer pädophile Tendenzen ausleben.«

Ich schloss für ein paar Sekunden die Augen und versuchte, mir vorzustellen … aber nein, es war nicht möglich. Wenn ich an Philipp und Kinder dachte, sah ich ihn mit seiner Tochter, die er zärtlich liebte und beschützte.

Und dann war da noch etwas, was ich den Anwälten aber nicht *en detail* verklickern wollte: Meine Figur würde bestimmt niemand als mädchenhaft beschreiben. Ich hatte einen Busen und einen Hintern und Karl Lagerfeld fände mich zu fett. Philipp aber mochte meine Formen – und wann immer er mal einer anderen Frau mit Wohlgefallen hinterherguckte, war es eine, an der was dran war. Er hatte nie ein Geheimnis daraus gemacht: Er mochte Busen und lieber zu viel als zu wenig.

Ich atmete noch einmal tief durch und vor allem kräftig wieder aus – das vertreibt leichte Schwindelgefühle.

Dann sagte ich so fest und bestimmt wie möglich: »Nein! Wenn Herr Boch so etwas gestehen würde, würde ich Sie drängen, ihn psychiatrisch untersuchen zu lassen. Dann müsste er nämlich übergeschnappt sein. Das war er heute Morgen aber noch nicht. Nein«, wiederholte ich. »Ich kenne ihn und ich würde nicht nur meine Hände, sondern auch meine Füße für ihn ins Feuer legen. Er hat weder pädo- noch zoophile Neigungen und er hat Blandine nicht umgebracht.«

Der Anwalt lächelte mich an, wobei seine Augen aber müde aussahen. »Liebe Frau Pfeiffer, ich hoffe, dass Sie Recht haben. Das würde meine Arbeit erleichtern.«

Meine Anspannung entlud sich. »Verdammt noch mal, wie wollen Sie ihn eigentlich verteidigen, wenn Sie ihm offenkundig alles zutrauen?«

Anne Hoening legte mir beruhigend die Hand auf den Arm. »Frau Pfeiffer, wir verstehen, dass die Situation für Sie …«

Ihr Kollege übernahm: »… aufreibend ist. Aber bitte versuchen Sie auch, mich zu verstehen.« Er schaute seine Kollegin fast hilfesuchend an.

»Schauen Sie, Frau Pfeiffer, weder Herr Schönert noch ich kennen Herrn Boch so gut wie Sie …«

Ich hatte mich gefangen und mein Ausbruch war mir ein wenig peinlich. »Es ist mir klar, dass ein Jurist das anders sieht als eine verliebte Frau. Entschuldigen Sie, Herr Schönert.«

»Kein Problem, Frau Pfeiffer. Im Übrigen sind wir – zum Glück – vom Verteidigen noch weit entfernt und ich hoffe, dass es nicht so weit kommen wird. Ich werde morgen mit Herrn Boch sprechen und dann wird es hoffentlich möglich sein, beim Haftprüfungstermin die Aufhebung des Haftbefehls zu erreichen.«

»Wie lange kann das dauern?«, wollte ich wissen.

Er zuckte mit den Schultern. »Schwer zu sagen. Der erste Haftprüfungstermin ist morgen früh. Wenn wir Glück haben, schaffen wir es da schon. Darauf würde ich aber nicht setzen. Im Moment ist die Staatsanwaltschaft mit ihren Argumenten eindeutig im Vorteil.« Arvid Schönert seufzte wieder einmal. »Vor allem haben wir das Problem, dass Herr Boch eine reiche Ehefrau mit Wohnsitzen im Ausland hat.«

»Die Scheidung läuft!«, sagte Anne Hoening.

»Die Scheidung ist noch nicht ausgesprochen – und ich wurde darüber informiert, dass Frau Boch nicht nur einen Wohnsitz in Österreich hat, sondern auch noch an diversen anderen Locations«, widersprach uns der Verteidiger.

»Frau Boch hat Immobilien in der Dominikanischen Republik und in Brasilien«, sagte Anne Hoening. »Und eine Yacht, die hochseetauglich ist und vor der italienischen Küste liegt. Dazu verfügt sie über ein Vermögen in einer Preisklasse, die eine Freilassung auf Kaution praktisch unmöglich macht.«

»Richtig.« Ihr Kollege nickte.

»Und dass die Scheidung läuft, ist nicht relevant?«, fragte ich.

Arvid Schönert schüttelte den Kopf. »Ich hatte nicht den Eindruck, dass das den Staatsanwalt beeindruckt.«

Wieder war mir danach, etwas zu zerlegen. »Die Logik soll mir mal einer verklickern!«, schimpfte ich. »Auf der einen Seite soll er ein Verhältnis mit Blandine Keller und mir gehabt haben, auf der anderen Seite soll er es seiner Frau wert sein, ein paar Tausender Kaution abzuschreiben, um mit ihm abzuhauen?«

»Darauf werde ich den Haftrichter sicher hinweisen.« Arvid Schönert putzte seine Brille. »Vielleicht zieht es ja. Aber ich möchte dennoch raten, fürs Wochenende keine Pläne zu machen, die Herrn Bloch einschließen.«

Ich schluckte. »Kann ich ihn besuchen?«, fragte ich.

»Sie können einen Antrag stellen, aber das dauert und es kann sogar sein, dass er abgelehnt wird, weil man meint, Sie seien in die Geschichte verwickelt.«

Ich war den Tränen nah. »Aber schreiben kann ich ihm, oder?«

Der Anwalt nickte und kratzte sich am Kinn. »Ja, aber Sie sollten daran denken, dass Briefe an Untersuchungsgefangene gelesen werden. Und wenn die Herrschaften, die den Brief lesen, auch nur im Ansatz das Gefühl haben, dass da irgendwelche Informationen zur Tat ausgetauscht werden sollen, geht der Brief nicht durch. Dasselbe gilt übrigens, wenn das Geschriebene geeignet wäre, den Frieden in der Haftanstalt zu gefährden. Sprich: Sie sollten sich jeglicher Meinungsäußerung zu den Haftbedingungen enthalten.«

Ich atmete tief durch. »Wer liest die Briefe?«

»Richter oder Staatsanwalt – je nachdem«, antwortete der Anwalt.

»Wundervoll!«, seufzte ich. »Also nichts über die Tat, nichts über die Haft und nichts zu Privates … Sonst noch was?«

»Ja, leider. Schreiben Sie möglichst mit der Maschine oder zumindest Druckschrift. Wenn nämlich der Beamte, der Ihre Briefe prüft, die Handschrift unleserlich findet, gehen sie ebenfalls nicht durch. Und wenn Sie Herrn Boch einen Gefallen tun wollen, bedrucken Sie nur eine Seite des Papiers in einer nicht zu kleinen Schrift mit doppeltem Zeilenabstand. Im Gefängnis ist Schreibpapier knapp.«

»Kann ich Herrn Boch fürs Wochenende, falls er drinbleiben muss, irgendetwas schicken? Bücher, einen MP3-Player?«

»Nein.« Der Anwalt schüttelte den Kopf. »Bücher nur über bestimmte Versender. Die Liste finden Sie im Internet auf der Seite der JVA Stuttgart-Stammheim. MP3-Player geht gar nicht – da könnte ja eine Botschaft darauf versteckt sein.« Man merkte Arvid Schönert an, dass er schon öfter Angehörige von Untersuchungshäftlingen aufgeklärt hatte. »Wenn es länger dauern sollte und Herr Boch mehr Wäsche und Kleider braucht als das, was er jetzt eingepackt hat, und möchte, dass Sie ihm da aushelfen, melde ich mich.«

»Ich habe keinen Schlüssel zu seiner Wohnung. Wir sind erst seit Kurzem wieder ein Paar.«

Ich kämpfte gegen die Tränen, die mich immer mehr zu überwältigen drohten.

»Ich rede mit Herrn Boch, wenn es nötig werden sollte«, versprach der Anwalt.

Er schaute auf die Uhr und mir fiel ein, dass die beiden Juristen normalerweise wohl schon im verdienten Feierabend gewesen wären.

»Können Sie Herrn Boch etwas von mir ausrichten?«

»Gerne.«

»Sagen Sie ihm bitte, dass ich ihn liebe und zu ihm halte.«

* * *

Ein paar Minuten später stand ich mit Anne Hoening wieder in der Passage und wollte schon Richtung Tiefgarage traben, als sie nach meinem Arm fasste. »Frau Pfeiffer? Sie sind ziemlich durch den Wind, oder?«

»Naja …« Ihre Freundlichkeit tat mir wohl, doch gleichzeitig machte sie es mir schwerer, mich zusammenzureißen. »Meine Wochenendpläne sind ganz schön durcheinandergeraten«, versuchte ich es mit einem müden Witz.

»Da vorne ist eine Bar. Lassen Sie uns da was trinken, ja? Sie sehen aus, als ob Sie einen Schluck gebrauchen könnten.«

»Meine Verabredung für heute Abend ist geplatzt.« Ich bemühte mich um ein Lächeln. »Aber wartet zuhause niemand auf Sie?«

Wir gingen nach links in den Gang, der sich zu einem kleinen, mit Glas überdachten Platz öffnete. Darauf standen Tische und Stühle, doch uns war es dort zu kühl und so fanden wir einen kleinen Tisch in der schon ziemlich gut gefüllten Bar.

»Zuhause ist im Moment niemand. Meine Trabanten sind beim Fechttraining beziehungsweise der Reitstunde und werden heute von den Großeltern auf Besuch wieder eingesammelt, falls ich nicht rechtzeitig heimkomme.« Sie winkte nach einer Kellnerin, wir bestellten beide ein Glas Wein. »Ihnen ist zum Heulen, nicht?«

Ich traute meiner Stimme nicht, darum nickte ich nur.

Einen Moment schwiegen wir beide, dann kam die Kellnerin mit unserem Wein. Die Anwältin nahm ihr die Gläser ab und schob mir eines zu.

»Was mich umtreibt, ist dieser anonyme Brief. Wer hat ein Interesse daran, Herrn Boch so in die Pfanne zu hauen?«

Ich trank einen Schluck Wein. »Ich weiß so wenig über sein Leben in den letzten Jahren …«, sagte ich leise. »Er hat sich bestimmt auch ein paar Feinde gemacht – Leute, die neidisch auf seinen Erfolg sind; Frauen, die er abgewiesen hat …«

Anne Hoening hatte mir aufmerksam zugehört. »Was den Brief angeht, tendiere ich zu einer Schreiberin. Es ist so hinterhältig …«

Ich dachte einen Augenblick nach und nickte dann. »Leider ja. Männer sind direkter aggressiv und interessieren sich meiner Erfahrung nach nicht so sehr für Tratsch. Und eigentlich ging's da ja um Gerüchte und Gerede.«

»Leider nicht nur!«, widersprach die Anwältin. »Er – sie – es wusste, dass Herr Boch in der Stitzenburgstraße eingezogen ist und dass Sie mit ihm zusammen sind.«

»Dabei haben wir uns bemüht, es noch nicht publik zu machen«, sagte ich. »Andererseits – wir waren zusammen bei Blandines Beerdigung. Da war die halbe Branche – inklusive einiger Klatschbasen.«

Mir fiel ein extravagant gekleideter Mann ein, der durch eine grüne Strähne im straff zum Zöpfchen gebundenen, lackschwarzen Haar aufgefallen war und der uns sehr interessiert beobachtet hatte. Ich wusste, dass er irgendwie in die Oper gehörte – und er hatte bestimmt auch bemerkt, dass Philipp immer wieder nach meinem Ellbogen gefasst hatte.

Ein Mensch, der eine sehr wichtige Rolle in Blandines Leben gespielt hatte, war allerdings nicht da gewesen: Stavros Katmandis, ihr Gesangslehrer. Hatte er herausgefunden, dass sein Lebensgefährte ein Verhältnis mit Blandine gehabt hatte?

»Frau Pfeiffer?« Anne Hoenings Stimme schreckte mich aus meinen Gedanken. »Ist Ihnen etwas eingefallen?«

»Eher aufgefallen.« Ich erzählte der Anwältin von Katmandis, seiner Zusammenarbeit mit Blandine und dem Dreiecksverhältnis zwischen ihm, seinem Tänzer und ihr. »Und Katmandis würde ich einen anonymen Brief zutrauen.« Ich trank mein Weinglas aus. »Vielleicht sollte ich ihm einmal auf den Zahn fühlen?«

Die Anwältin war skeptisch. »Wenn er irgendwie in die Sache verwickelt ist, wird er Ihnen bestimmt nichts erzählen.«

»Ja, da haben Sie recht«, musste ich eingestehen.

Anne Hoening stützte den Kopf in die Hand und legte die Stirn in Denkerfalten. »Clärchen!«, sagte sie nach ein paar Sekunden. »Der Herr gibt doch Gesangsunterricht, oder? Nimmt er begabte Anfänger?«

»Ich vermute, dass er im Moment jeden nimmt, der seine saftigen Honorare zahlt.«

»Dann schicken wir ihm unser Clärchen!« Anne Hoening strahlte mich aus ihren dunkelblauen Augen an. »Haben Sie die Telefonnummer des Herrn?«

»Ups, auf dem Handy sicher nicht. Aber zuhause in meinem Notizbuch.«

Seit mir vor zwei Jahren mal das Handy gestohlen wurde, schrieb ich Telefonnummern wieder in ein Notizbuch.

»Ich kann Sie Ihnen später per E-Mail schicken. Was haben Sie vor?«

Die Anwältin wühlte in ihrer Handtasche und reichte mir eine Visitenkarte. »Clärchen – mit vollem Namen Clarisse de Gratacarp – ist 19 Jahre alt, Deutschfranzösin, die Patentochter eines meiner Partner und momentan, weil sie erst im nächsten Jahr einen Jura-Studienplatz bekommt, Praktikantin in unserer Kanzlei. Sie hat mal von einer Karriere als Sängerin geträumt, bevor sie sich für Jura entschieden hat. Soweit ich beurteilen kann, hat sie eine nette Stimme. Außerdem ist sie ein cleveres Mädchen. Wenn wir sie einweihen und als Schülerin zu diesem Katmandis schicken, bringt sie ihn vielleicht zum Plaudern.«

»Das ist genial!«, lobte ich. »Ich bezahle die Gesangsstunden.«

»Prima! Dann reden wir morgen mit Clärchen.« Anne Hoening nahm ihr Handy aus der Tasche und checkte etwas. »Ich habe morgen ein strammes Programm. Aber so gegen neun wäre ich frei – bei Ihnen?«

»Fein!«, nickte ich. »Und danke – ich weiß Ihren Einsatz zu schätzen.«

Sie wirkte etwas verlegen. »Sonderservice für einen besonderen Mandanten.« Sie leerte ihr Glas und stand auf. Gemeinsam traten wir in die Passage, wo sie mich anlächelte. »In meinem Job wird man ziemlich abgebrüht. Umso mehr beeindruckt es einen, wenn man auf einen Mandanten trifft, der sich wie ein Gentleman benimmt. Auch wenn mich der Kollege Schönert dafür wohl der Sentimentalität bezichtigen würde: Ich kann mir nicht vorstellen, dass jemand, der etwas so emotional Belastendes wie eine Scheidung anständig und mit Manieren absolviert, eine Frau kaltblütig umbringt.«

* * *

Der Donnerstag war kein Vergnügen. Bei der Zeitung wollte ein Lokalredakteur von mir Auskunft über diesen »Sängerfuzzi«. Ich musste ihm gestehen, dass selbiger mein Lover war, denn zum einen hätte er das vermutlich früher oder später selbst herausgefunden und zum anderen hätte er Philipp sonst in die Pfanne gehauen. Ich war schließlich froh, als ich wegkonnte.

Doch an der Musikhochschule machte ich den Fehler, in mein Postfach zu schauen. Das war im Lehrerzimmer, das an diesem Tag gut besucht war. Und die Herrschaften, die da um die Kaffeemaschine herumstanden, hatten nur ein Thema: den Fall Keller, unter besonderer Berücksichtigung der »Ehetragödie«, wie es eine Kollegin nannte. Aber wenigstens war man sich einig: Müller-Rehling, den man noch nie gemocht habe, sei erledigt – mausetot, bis auf die Socken blamiert. Dem nehme kein anständiger Hund mehr einen Knochen ab.

Ich überlegte, was diese hämische Truppe wohl dazu sagen würde, wenn sie wüsste, dass Philipp unter Mordverdacht verhaftet worden war. Ich hatte keine Lust, sie darüber zu informieren, sondern verdrückte mich lieber in meinen Hörsaal.

Meine Vorlesung hatte zum Glück ein Thema, mit dem ich sehr vertraut war, und so schaltete ich auf Autopilot und mogelte mich durch. Ich merkte an der Reaktion meiner Studenten, dass ich nicht sonderlich inspirierend war, aber es kümmerte mich ausnahmsweise nicht. Ich dachte an Philipp und tastete immer wieder nach dem Handy in meiner Hosentasche. Philipp würde sich bestimmt sofort melden, wenn er nach dem Haftprüfungstermin frei wäre. Aber mein Telefon blieb stumm.

Als ich schließlich gegen halb sechs die Eugenstaffel hinaufging, fühlte ich mich, als ob das Gewicht der ganzen Welt auf meinen Schultern lasten würde. Wie es wohl Philipp in seiner Zelle in Stammheim ging? Er hatte sicher auch darauf gehofft, jetzt wieder frei zu sein. Wie verzweifelt war er? Was ging ihm durch den Kopf? Ich hätte viel darum gegeben, jetzt bei ihm sein zu können und wenn auch nur für ein paar Minuten, um ihn in den Arm zu nehmen und ihm zu sagen, dass ich ihn liebte, an ihn glaubte und zu ihm halten würde, was immer auch geschah. Und wenn er verurteilt würde, würde ich eben die nächsten Jahre zu Besuch ins Gefängnis fahren.

Kurz vor dem Brunnen klingelte endlich mein Handy. Ich zog es aus der Hosentasche und nahm mit zitternden Händen ab.

»Schönert, grüß Sie, Frau Pfeiffer. Ich vermute, Sie ahnen es bereits.« Er seufzte. »Der Haftprüfungstermin war ein Schuss in den Ofen. Dem Richter gefällt nicht, dass Herr Boch so viele internationale Kontakte hat und mehrere Fremdsprachen spricht. Er sieht Fluchtgefahr und damit ist klar, dass der Haftbefehl bestehen bleibt.«

Er versprach, mir das Formular für einen Besuch zu schicken – und das war es dann schon. Mir blieb nur noch, auf Anne Hoenings Praktikantin zu hoffen.

* * *

Das angekündigte Clärchen stellte sich als hübsche junge Dame mit dunklem Bob, hellwachen, blauen Augen und langen Beinen heraus, auf denen sie mit der Grazie eines Fohlens unterwegs war. Sie stürzte sich mit Begeisterung in die Aufgabe, als talentierte Sängerin mit Opernambitionen Katmandis auszuhorchen, und erzählte mir stolz, dass der erste Kontakt am Telefon sehr gut gelaufen sei.

»Er kennt und schätzt meine frühere Gesangslehrerin. Wir kamen schon am Telefon ins Plaudern und er hat mir erzählt, dass er im Moment mehr Zeit als sonst habe, weil Frau Keller ihn nicht mehr beansprucht.« Sie kuschelte sich in meinen Sessel und schlug die Beine in verwaschenen Jeans übereinander. »Und stellen Sie sich vor: Der ist offenkundig ziemlich sauer auf Frau Keller. Er spuckt Gift und Galle, wenn die Rede auf sie kommt! Ich habe ihm erzählt, dass ich Frau Keller verehrt habe ...« Sie trank einen Schluck von dem Rotwein, den ich für sie und Anne Hoening aufgemacht hatte.

Die Anwältin lächelte mich an. »Wenn wir Glück haben, haben wir da schon den richtigen Faden erwischt. Nur müssen wir jetzt beim Ziehen daran vorsichtig sein – sonst reißt er ab.«

»Keine Angst!« Clarisse war optimistisch. »Der redet ja von sich aus wie ein Buch! Nach meiner Schwärmerei für Frau Keller hat er mich aufgeklärt: Ihre Stimme hat er gemacht, sie war so musikalisch wie eine Straßenbahn und er habe ihr jede Partie Takt für Takt eintrichtern müssen. Liedgesang habe er erst gar nicht mit ihr versucht – dazu habe ihr das Gefühl gefehlt.«

Anne Hoening schaute mich an. »Das ist ein hartes Verdikt, nicht?«

»Es ist wahr«, antwortete ich. »Als Blandine zu Katmandis kam, war sie ein durchschnittlicher lyrischer Sopran – und als solcher hatte sie das Problem, nicht sonderlich musikalisch zu sein. Katmandis hat sie zum dramatischen Koloratursopran umgebaut. Er hat ihr Atemtechnik beigebogen und dadurch Volumen in ihre Stimme gebracht. Von ihm hat sie die Technik gelernt, mit der sie ihren Stimmumfang nach oben und unten erweitern konnte. Ohne ihn hätte sie nie ihre große Karriere gemacht.«

Clarisse kicherte. »Na, dann bin ich ja gespannt, was er mit meiner Stimme macht! Vielleicht werde ich am Ende doch noch Opernsängerin!«

Anne Hoening verdrehte die Augen. »Dann bringt mich dein Onkel Peter um! Der setzt darauf, dass du eines Tages in die Kanzlei eintrittst und seinen Anteil übernimmst.«

»Na, mal sehen!«, lächelte das junge Mädchen. »Aber zurück zu Katmandis: Der hat mich auch darüber aufgeklärt, dass ›die Keller‹ – so hat er sie meist genannt – nicht so nett war, wie manche ihrer Fans geglaubt hätten. Sie sei im Gegenteil ein egoistisches Biest gewesen, das auf nichts und niemanden Rücksicht genommen habe.«

»Oh?« Ich nagte nachdenklich an meinem Daumen. »Hat der gewusst, dass sie ihm den Lover ausgespannt hat?«

»Das werde ich rauskriegen!«, versprach Clarisse.

Ihre Fröhlichkeit und ihr Optimismus waren erfrischend und obwohl ich nicht aufhören konnte, an Philipp zu denken, fühlte ich mich ein wenig besser. Ich war sicher, wenn Katmandis Dreck am Stecken hatte, würde Clarisse es herausfinden.

Sie verkündete eben fröhlich, dass sie schon am Montag ihre erste Gesangsstunde bei Katmandis haben würde. »Beim ersten Mal werde ich ihn wohl noch nicht mit Fragen löchern können. Aber wer weiß, was sich ergibt? Außerdem habe ich am Freitag schon die zweite Stunde und ich wette, in zwei, drei Wochen frisst er mir aus der Hand und vertraut mir seine tiefsten Geheimnisse an!« Sie schaute Anne Hoening und mich aufmunternd an. »Ihr könnt schon mal drüber nachdenken, was genau ich ihn fragen soll!«

»Was mich am meisten interessieren würde, ist die Frage, wo er am Tatabend eigentlich war. In der Oper habe ich ihn nicht gesehen«, sagte ich.

»Kollege Schönert wüsste bestimmt gerne etwas über Herrn Katmandis' Beziehung zu Fagotten«, grinste die Anwältin.

»Wir nehmen aber auch Oboen und Englischhörner – die benutzen auch Doppelrohrblätter und folglich Wickelgarn«, fügte ich hinzu.

Clarisse machte sich Notizen. »Wenn der die Finger in der Geschichte drinhat, kriegen wir ihn!«, versprach sie hoffnungsfroh.

6. Singe, wem Gesang gegeben

Ich hatte das Gefühl, den Boden unter den Füßen verloren zu haben, und erwartete fast, dass die Welt wenigstens für einen Augenblick stillstand. Aber sie tat es nicht. Stattdessen rotierte sie munter weiter und der Alltag holte mich ein.

Ich schrieb Philipp seit einer Woche täglich, obwohl ich nichts zu berichten hatte, und fürchtete, ihn zu langweilen. Ansonsten trottete ich in meine Redaktion, fabrizierte das, was einer unser Graphiker einmal den »Grauwert« genannt hatte – diesen völlig überflüssigen Textkram zwischen Bildern und Illustrationen – und bemühte mich, die Hoffnung nicht zu verlieren. Doch das war schwer. Der Mord an Blandine und ihre »Ehetragödie« waren aus den Schlagzeilen verschwunden, von Arvid Schönert hatte ich nichts gehört und Clärchen hatte von ihrer ersten Gesangsstunde nur zu berichten gewusst, dass sie – man höre und staune – viel gesungen, Katmandis aber nicht in Plauderlaune angetroffen habe.

Immerhin blieb mir heute die Redaktion erspart. Ich hatte eine Verabredung in der Oper: Nina Neidhard hatte mir einen Blick auf die Bühnenprobe der neuen »Holländer«-Inszenierung offeriert.

Ich fuhr mit dem Auto zum Staatstheater, weil ich hinterher noch einkaufen wollte und weil man morgens als offiziell eingeladener Gast den Parkplatz hinter dem Kleinen Haus benutzen darf. Und ich war früh dran: Obwohl um 9.30 Uhr verabredet, meldete ich mich schon eine Viertelstunde vorher an der Schranke, die für mich geöffnet wurde.

Auf dem Parkplatz merkte man, dass zum »Fliegenden Holländer« ein großes Orchester gebraucht wird. Es war nur noch eine Parklücke neben einem großen, silbernen Mercedes frei und die war nicht ganz einfach anzusteuern, schon gar nicht mit meinem alten VW-Trecker ohne Servolenkung. Ich bekam Hilfe: An dem Mercedes lehnte ein junger Mann in adrettem Anzug. Er rauchte eine Zigarette und als er sah, dass ich ein zweites Mal ansetzen musste, lächelte er freundlich und wies mich ein.

Beim Aussteigen erkannte ich den Mercedes: Als ich mich das letzte Mal mit Blandine getroffen hatte, war sie mit diesem Wagen vorgefahren. Damals war allerdings ein anderer Fahrer hinter dem Steuer gesessen – ein älterer Herr mit grauen Locken, den Blandine vertraulich mit »Kalli« angesprochen hatte. Und ihren Erzählungen hatte ich entnommen, dass dieser Kalli schon einige Jahre für sie beziehungsweise ihren Mann arbeitete und nicht nur das Auto fuhr, sondern sich auch um das große Haus und Garten in Sillenbuch kümmerte. »Ohne Kalli wäre ich aufgeschmissen!«, hatte Blandine gesagt.

»Sind Sie Herrn Müller-Rehlings Fahrer?«, fragte ich.

»Ja!«, verkündete er fröhlich. »Seit zwei Wochen.«

»Ich kannte Ihren Vorgänger. Sie wissen nicht zufällig, wo er abgeblieben ist?«

»Keine Ahnung. Ist mir nie begegnet«, sagte der Jüngling gleichgültig.

»Ja, klar.« Ich öffnete den Kofferraum meines Wagens – nicht, weil ich etwas daraus gebraucht hätte, sondern um Zeit zu schinden. »Wie kommt man eigentlich an so einen Job als Fahrer? Wird so was in der Zeitung inseriert?«, erkundigte ich mich.

Ich erinnerte mich, dass Blandine einmal etwas von einer Agentur für Personal erzählt hatte. Vielleicht kannte Müller-Rehlings Neuer die auch?

»Nee, in der Zeitung findet man so was nicht. Is' ja eine Vertrauensstellung. Dafür stellt man nicht jeden ein, sondern will entsprechende Referenzen.« Der junge Mann war sichtlich stolz darauf, dass er es geschafft hatte.

Ich nahm meine Jacke aus dem Kofferraum. »Aber wenn man so einen Job nicht in der Zeitung findet, wie dann? Arbeitsamt?«

»Das können Sie vergessen! In unserer Branche läuft fast alles über spezielle Agenturen wie zum Beispiel die Pro Serv.

Bei der bin ich.« Er warf sich in die Brust. »Die suchen ihre Leute sorgfältig aus und schulen sie. Ich habe Sicherheitstraining und einen Kurs für Manieren mitgemacht.«

Die bewies er auch gleich, indem er mir in meine Jacke half.

Ich dankte, verabschiedete mich und beschloss, bei dieser Agentur nach Kalli zu fragen. Vielleicht konnte er mir etwas Neues über Blandine und Müller-Rehling erzählen.

* * *

Der »Fliegende Holländer« war, wie ich ihn erwartet hatte. So modern, dass Richard Wagner ihn vermutlich nur an der Musik erkannt hätte. Allerdings hätte er von der nicht viel mitbekommen, weil der Regisseur ständig weitschweifig seine Vision vom »Gesamtkunstwerk« erläuterte. Dazu hatte Nina Neidhard nicht nur mich eingeladen, sondern auch einen jungen Kollegen, der als freier Journalist für eine überregionale, in Frankfurt beheimatete Zeitung arbeitete und meinte, seinen überlegenen Intellekt darstellen zu müssen, indem er mit dem Regisseur über die »Meta-Ebene« und den »historisch-motivationalen Hintergrund« diskutierte.

Mir wurde es jedenfalls bald zu viel und so verdrückte ich mich. Auf der Hinterbühne überkam mich Befangenheit. Ich stand zwischen einigen Versatzstücken, die ich als Teile von Sparafuciles Kneipe aus dem »Rigoletto« erkannte, und mir wurde bewusst, dass Blandine hier gestorben war. Ich stellte mir vor, wie sie auf der Bühne unter Sparafuciles Messerstichen zusammengebrochen war. Licht aus, sie war aufgestanden, nach hinten geeilt, in der Erwartung, dass der Requisiteur dort auf sie warten und ihr in den Sack helfen würde. Stattdessen war sie ihrem Mörder in die Hände gelaufen. Und der einzig tröstliche Gedanke dabei war, dass es schnell gegangen war und dass sie wahrscheinlich gar nicht mitbekommen hatte, was ihr da geschah.

»Entschuldigung, können wir hier mal durch?« Zwei Bühnenarbeiter in schwarzen Overalls schoben einen grauen Kasten an mir vorbei.

»So, jetzt gleich wieder fröhliches Verkabeln«, kündigte einer von ihnen an.

»Mach erst mal gescheit Licht!«, forderte ihn sein Kollege auf. »Ich spiele nicht im Halbdunkeln mit Starkstrom rum! Wir müssen die Unfallstatistik für die Hinterbühne nicht ausbauen.«

»Bei der Keller war's kein Unfall«, erwiderte der Ältere von den Bühnenarbeitern, ein kahlköpfiger, rundlicher Mann.

Ein Arbeitslicht leuchtete auf und ich sah zu, wie die beiden den Kasten öffneten und anfingen, Kabel zu ziehen.

»Gehört das zum ›Rigoletto‹?«, fragte ich.

»Ja. Schick, nicht? Aber ein Mordsaufwand, all die Spielautomaten in der Kneipe zum Blinken zu bringen!«, sagte der Ältere.

»Aber der ›Rigoletto‹ macht trotzdem mehr Spaß als der Dreck, der jetzt gerade vorne läuft!« Sein Kollege, ein muskulöser Blonder, schleppte eine Kabelrolle herbei. »Ich bin jedenfalls froh, dass der ›Rigoletto‹ nach dem Ding in der Premiere nicht abgesetzt wurde.«

»Die Inszenierung kann doch nichts dafür, dass die Keller darin abgemurkst wurde!«

»Hatten Sie an diesem Abend Dienst?«, fragte ich.

Beide nickten und dann sagte der Ältere: »Ich war allerdings nach der Pause nicht mehr hinter der Bühne. An dem Abend war der Wurm drin: Erst kriegt der Portier die Scheißerei, dann wird die Sopranistin umgebracht und am Ende hat's den Regisseur umgehauen.«

»Wie war das? Der Portier hatte Durchfall?«, hakte ich nach.

»Aber wie!«, bestätigte der Bühnenarbeiter. »Die arme Socke ist während der ersten beiden Akte kaum von der Schüssel gekommen! In der Pause hat er dann die Flagge gestrichen und sich abgemeldet. Am Ende saß ich an der Pforte.«

»Aber das bedeutet ja, dass vor der Pause die Portiersloge nicht durchgehend besetzt war! Haben Sie das der Polizei erzählt?«, fragte ich.

»Ja, klar. Hat aber niemanden sehr interessiert. Zu der Zeit ging ein Magen-Darm-Virus rum – da hatten viele Leute Durchfall.«

»Aber das bedeutet auch, dass in der Zeit jemand ungesehen hätte reinkommen können!«, sagte ich.

Der jüngere Bühnenarbeiter schüttelte den Kopf. »Das war keiner von draußen! Der, der die Keller um die Ecke gebracht hat, kannte sich hier gut aus. Er wusste, wann der Requisiteur wo ist und wie er ihn aus dem Weg räumen kann; er hat die Keller abgepasst – dazu musste er wissen, wo sie abgeht! Ein Fremder hätte das nicht geschafft.«

Ich sah mich um. Die Hinterbühne war ein wahres Labyrinth, in dem halbe Wände – die Vorderseite bemalt und dekoriert, die Rückseite aus rohem Holz und Leinwand – und Dekorationsstücke herumstanden. Da war ein Holzturm, in dem fünf Glocken hingen, die zentnerschwer aussahen, tatsächlich aber aus Pappmaché waren – Teil einer Szenerie für »Boris Godunow«. Daneben stand die ramponierte Theke einer Bar inklusive Wasserrändern und Zapfhähnen, darauf waren die blau-weißen Polster und Sonnenschirme gestapelt, die im ersten Akt des »Rigoletto« für die Poolparty gebraucht wurden. Ein Wagen war mit Liegestühlen und Klapptischen vollgepackt, dahinter lehnte die Werkbank des Puppenmachers im Ballett »Coppélia« an der Wand. Dazwischen auf dem Boden ein Gewirr von Kabeln, keine zwei Meter von mir entfernt schaukelte ungefähr auf meiner Kopfhöhe eine Metallstange, an der eben zwei Arbeiter eine riesige Stoffrolle befestigten – ein Hintergrundbild, wahrscheinlich für den »Holländer«. Wenn es angebracht war, wurde es ausgerollt und nach oben gezogen – dahin, wohin ich kaum zu schauen wagte. Über mir hingen nämlich auf dem Schnürboden nicht nur die Bühnenbilder für die laufenden Produktionen, sondern außerdem die Arbeitsgalerien, schmale Metallstege, auf denen jede Menge teilweise tonnenschwere Scheinwerfer mit ihren Jalousien, Abblendklappen und Vorsatzlinsen befestigt waren. Einige davon standen auf Schienen, so dass sie bewegt und als Verfolger – Scheinwerfer, deren Lichtkegel eine Aktion über die Bühne begleiten – eingesetzt werden konnten. Dazu gehörten natürlich armdicke Kabel für Strom und Steuerung.

Dabei drohte auf einer Bühne nicht nur von oben Unheil, sondern auch von unten. Unter der Bühne war die Untermaschinerie mit der Personenversenkung, den Drehscheiben, Bühnenwagen und Bühnenpodien mit ihren Motoren. Damit konnte man nicht nur die halbe Bühne in Stufen anheben, sondern auch zur schrägen Ebene machen und damit immer noch nicht genug: Einzelne Bereiche des Bühnenbodens konnten nach unten versenkt werden.

Ich hörte die Stimmen von Nina und meinem Kollegen näher kommen und beschloss zu verschwinden. Ich hatte so gar keine Lust auf noch mehr Pseudo-Intellektuellen-Schwall und drückte mich durch die nächste Tür, um dann festzustellen, dass mein schwach ausgebildeter Orientierungssinn mich mal wieder in die falsche Richtung geführt hatte. Ich war nicht auf dem Flur angekommen, von dem aus man den großen Kulissenlift und das Treppenhaus zu den Gemeinschaftsgarderoben der Musiker unten erreichte, sondern in einem, der um eine Ecke herum in einen langen Gang mit einer ganzen Reihe von grün gestrichenen Türen mündete.

Mein Orientierungssinn mochte nichts taugen, aber dafür war meine Nase umso besser und der Geruch in diesem Gang verriet mir, wo ich gelandet war: Schminke, abgestandener Kaffee, Schweiß, Putzmittel und Bügelspray. Ich stand im Garderobengang der Sänger, in dem nachmittags geschäftige Garderobieren und Ankleider die Kostüme aus dem

Fundus auf die einzelnen Räume verteilten, dabei auch das eine oder andere zerknitterte Hemd aufbügelten, ein Gewand dämpften, in der Eile abgerissene Knöpfe ersetzten und dafür sorgten, dass ihre jeweiligen Pfleglinge abends auch ganz schnelle Umzüge problemlos überstanden.

Doch am Vormittag war der Flur noch nicht belebt. Nur eine Tür, ein paar Meter von mir entfernt, stand offen und ich hörte dahinter Stimmen.

Ich wollte mich schon wieder umdrehen und auf die Hinterbühne zurückgehen, als ich an der offenen Tür Schritte und eine heisere Stimme wahrnahm: Armin Müller-Rehling, wieder einmal in einem schwarzen Anzug, der aussah, als ob er ihn von seinem großen Bruder geliehen hätte, eilte auf mich zu und streckte mir die Hand hin: »Liebe Juliane – wir haben gerade von Ihnen gesprochen!«

In den Anfängen ihrer Beziehung mit Müller-Rehling hatte Blandine versucht, uns einander näherzubringen. Sehr weit war das nie gediehen, aber es hatte immerhin zu dem, was Philipp »das hanseatische Du« nennt – per Sie, aber Anrede mit Vornamen – gereicht.

Also zwang ich mir wieder einmal ein Lächeln ab. »Hallo, Armin!«

Dazu ein Nicken zu Ölert, der unter einem prallvollen Kleidersack und zwei Kartons fast zusammenbrach und noch blasser und kränklicher aussah als bei der Beerdigung. Neben ihm stand eine magere Frau mit kurzgeschnittenen, grauen Haaren im blauen Arbeitskittel mit dem Logo der Staatstheater über der in ihrem Fall eher flachen Brust. Sie kam mir vage bekannt vor – und nach ein bisschen Wühlen im Gedächtnis fiel mir ein: Christophers Mutter Hannelore Mägerle! Ich hatte sie auf Blandines Beerdigung getroffen.

Müller-Rehling räusperte sich und deutete mit dem Kinn auf seinen schwer beladenen Assistenten. »Herr Ölert und ich haben uns eben der traurigen Aufgabe unterzogen, die Garderobe meiner verstorbenen Frau auszuräumen. Es ist erstaunlich, wie viel sich da angesammelt hat.«

Zum Glück für mich – ich hätte wirklich nicht gewusst, was ich zu dieser Mitteilung sagen sollte – sprach die Grauhaarige: »Frau Keller liebte es, sich mit schönen Dingen zu umgeben.«

»Ja«, seufzte Müller-Rehling. »Apropos – du kennst Hannelore? Sie war die Garderobiere meiner Frau.« Er schaute zwischen der Grauhaarigen und mir hin und her.

»Wir sind uns schon begegnet.« Frau Mägerle klang merkwürdig formell und kalt.

Ich schaute Müller-Rehling an. »Verzeihen Sie mir, Armin, ich muss weiter.«

»Moment bitte – ich habe was für Sie!« Müller-Rehling zog an dem oberen Karton, den sein Assistent auf dem Arm hatte. »Ölert, gucken Sie doch mal nach der Kette!«, forderte er ihn auf. Dann wandte er sich wieder mir zu. »Sie erinnern sich an die Perlen, die meine Frau von ihrer Mutter bekommen hat? Ich habe in ihrem Schreibtisch ein Schriftstück gefunden, das wohl so etwas wie das Konzept eines Testaments war. Darin steht, dass Sie die Perlen bekommen sollen. Allerdings habe ich die Kette zuhause nicht gefunden, deswegen habe ich mich noch nicht bei Ihnen gemeldet. Jetzt ist sie aufgetaucht – sie war im Schminktisch.«

Inzwischen hatte Ölert tatsächlich ein mit abgeschabtem, blauem Samt bezogenes Etui gefunden, das er seinem Herrn und Meister mit feierlichem Ernst überreichte. Der klappte es auf und präsentierte es mir mit einem Gesicht, als ob er mir die englischen Kronjuwelen überreichen würde. Ich musste fast lachen, denn ich kannte den Schmuck nur zu gut und wusste, dass es sich dabei um Zuchtperlen mit einem Silberschloss handelte und dass Blandine sie in den letzten Jahren nicht mehr getragen hatte, weil sie ihren Glanz verloren hatten. Aber dafür hatte sie den inneren Teil des Etuideckels mit einem Foto ihres verblichenen Perserkaters dekoriert, auf das sie in großen Buchstaben geschrieben hatte: »Ewig unvergessen: Florestan«.

Meine Eltern haben sich mit meiner Erziehung Mühe gegeben, darum setzte ich ein freundliches, wenn auch falsches

Lächeln auf. »Vielen Dank! Das ist eine schöne Erinnerung an Blandine und ihren unvergesslichen Florestan!«

Letzteres zumindest war nicht gelogen. Ich hatte einmal die Ehre gehabt, Florestan hüten zu dürfen. Dabei hatte er sich geweigert, das von Blandine mitgebrachte Katzenklo zu nutzen. Stattdessen hatte er auf die Matte im Badezimmer gepinkelt, die ich dann hatte entsorgen müssen. Aber dafür konnten ja die armen Perlen nichts.

Ich klappte das Etui zu und verabschiedete mich.

* * *

Freitagnachmittag gegen vier war in der Redaktion noch Hochbetrieb. Die Herrschaften von der Wirtschaft wirbelten, weil sie noch die Ergebnisse einer Tarifverhandlung auf dem Titel der Wochenendausgabe unterbringen mussten, ein Politikredakteur stand neben dem letzten Telex, weil er auf Nachrichten von unserem Afrika-Korrespondenten wartete, in der Lokalredaktion wurde eifrig telefoniert. Ich hatte dennoch nicht einmal den Ansatz eines schlechten Gewissens, als ich an den fleißigen Kollegen vorbei zum Ausgang marschierte. Ich hatte fast eine komplette Seite für unsere Wochenendausgabe gemacht und außerdem der Online-Redaktion zwei Geschichten geliefert.

Als ich über den Parkplatz zu meinem Auto marschierte, rief Anne Hoening an und kündigte für den Abend ihren und Clärchens Besuch an.

»Ich glaube, Clärchen hat was herausgefunden«, sagte sie fröhlich.

Im Briefkasten war wie immer jede Menge Werbung, die Abrechnung von meinem Energieversorger und ein billiger, blauer Umschlag, dessen Anblick bei mir Herzklopfen auslöste. Philipps Handschrift – endlich eine Nachricht von ihm! Ich stopfte alles andere in meine Handtasche und riss auf dem Weg nach oben den Umschlag auf.

Philipp hatte mit Kugelschreiber auf einfachem, kariertem Papier geschrieben und seine feine Schrift sah verwackelt aus – als ob ihm beim Schreiben die Hände gezittert hätten.

Meine liebste Juliane,

ich hätte Dir so viel zu sagen und doch sitze ich seit einer Stunde vor dem weißen Papier und mir fehlen die Worte. Mein Vater, der ein ebenso begeisterter wie guter Briefschreiber war, riet mir einmal, meinem Gegenüber das zu erzählen, was es noch nicht wisse, doch wenn ich dem folgen würde, wäre ich hier schon am Ende. Was weißt Du denn nicht von mir? Nur das Unwichtige, nicht Erwähnenswerte. Das, worauf es ankommt, weißt Du.

Du weißt, dass ich Dich liebe, auch wenn ich es in den letzten Jahren nicht gezeigt habe. Ich habe es vielmehr vor Dir und vor mir zu verbergen versucht. Ich war gut im Verdrängen – zumindest, wenn es um Dich ging. Ich habe damit angefangen, als Du ausgezogen bist. Ich habe mir einzureden versucht, dass es besser so ist, dass Du sowieso zu jung und zu emanzipiert für mich bist und dass ich Dir das, was Du willst und verdienst – eine Familie und ein Zuhause – nicht bieten kann. Und weil ich dann schon dabei war, habe ich auch gleich versucht, mich davon zu überzeugen, dass ich Dich nicht liebe.

Natürlich konnte ich die Gefühle nicht abstreiten – das Herzklopfen, wenn ich Deine Stimme höre; die weichen Knie, wenn Du mich anschaust; das Flattern im Magen bei jeder Berührung; meine Sehnsucht nach Dir und das leidenschaftliche Begehren, das mich in seiner Intensität verstörte. Aber ich habe all das als Beweis dafür gewertet, dass ich Dich eben nicht liebe, sondern nur »verknallt« bin, das Opfer einer starken sexuellen Anziehung. Und wie Du einmal sehr richtig festgestellt hast: Meine schwäbisch-pietistische Erziehung hat ihre Spuren hinterlassen – vor allem in Form eines ausgeprägten Misstrauens gegenüber »körperlichen Bedürfnissen«.

Solche Gefühle zu verdrängen und durch Negieren und Distanzieren auszutrocknen – damit hatte ich Übung. Ich konnte nie gut mit Einsamkeit umgehen und – um noch einmal meinen Vater zu zitieren – war immer ›leicht entflammbar‹. Wochenlang alleine auf Reisen, auf Proben und auf der Bühne oft genug in den Armen liebenswerter und schöner Kolleginnen – es ist mir mehr als einmal widerfahren, dass ich verknallt war. Doch ich hatte Verena Treue versprochen, wir sind durch Allegra verbunden und so ist es mir – bis in einem Fall – immer gelungen, meine Gefühle zu unterdrücken. Ich hatte schließlich viel Übung darin und das hat mir geholfen, die Trennung von Dir zu überstehen.

Einige Monate danach traf ich in Salzburg Amelie. Wir kannten uns schon länger – sie gehörte zur Salzburger Prominenz, der man bei den Festspielen unweigerlich begegnet. Amelie hatte mir dabei schon früher einmal signalisiert, dass sie interessiert sei. Ich hatte mich geschmeichelt gefühlt, aber ich wollte dich nicht betrügen.

Nun aber war ich frei und Amelie war immer noch amüsant und großzügig, weltoffen und warmherzig, kultiviert und schön. Und mehr noch: Sie war bereit, ihr ganzes Leben auf mich auszurichten. Sie gab mir das Gefühl, der Mittelpunkt ihrer Welt zu sein, und ich war eitel genug, das unwiderstehlich zu finden.

Bei Verena und Dir hatte ich immer das Gefühl gehabt, der zu sein, der mehr liebt, als er geliebt wird. Damit war ich zweimal gescheitert. Warum jetzt nicht einmal andersherum? Amelie liebte mich mehr als ich sie. Ihre Gefühle waren das Pflaster auf meiner verletzten Eitelkeit und ich bildete mir ein, mit Amelie endlich angekommen zu sein. Ich glaubte, mit ihr die gefunden zu haben, die mich begleiten und für mich da sein würde, und ich war sicher, dass unsere Kameradschaft, meine durchaus tiefe Zuneigung und ihre Liebe genug sein würden.

In den ersten Jahren ging es gut. Amelie hat unbestreitbar Talent darin, jede Umgebung, in der sie ist, in ein Heim zu verwandeln, und obwohl sie behauptet, dass sie Kochen hasst, hat sie ein Händchen in der Küche. Dazu hat Amelie überall auf der Welt Freunde und so war unser Leben bunt und unterhaltsam. Ich fand es spannend, Menschen kennen zu lernen, die mir ohne Amelie nie begegnet wären, und ich genoss es, von Proben nach Hause zu kommen und liebevoll empfangen zu werden, endlich jemanden zu haben, der mit mir die Freuden, die Sorgen, mein Lampenfieber, meine Begeisterung für den Beruf, die Triumphe und auch die Misserfolge teilte.

Doch irgendwann habe ich angefangen, wieder an Dich zu denken. Ich weiß, wann es zum ersten Mal passierte: Wir waren – nach längerer Abwesenheit – wieder einmal in Stuttgart. Amelie nahm das immer zum Anlass, eine Party zu schmeißen, »weil wir ja sonst unsere Freunde nie sehen«. Aber an diesem Abend war ich nicht in Stimmung. Ich hatte zum ersten Mal den Don Alfonso in Cosí fan tutte angenommen – und dass er mir angeboten worden war, war ein eindeutiges Zeichen dafür, dass ich nun als »älterer Herr« galt – und ich kam damit noch nicht klar (heute singe ich ihn übrigens mit Begeisterung). Und dann all diese Menschen, die Amelie »Freunde« nannte – und warum war mir eigentlich früher nie aufgefallen, wie hohl und oberflächlich ihr Geschwätz war?

Ich dachte daran, wie Du Dich über die Damen in ihren Designerkleidchen und ihre gockelnden Herren amüsieren würdest und dass ich mich mit Dir in eine Ecke verziehen und über Don Alfonso reden könnte. Du würdest ihn verstehen und gemeinsam mit Dir würde ich es schaffen, die Rolle zu knacken.

Von da an war ich verloren. Ich habe mir verboten, an Dich zu denken und von Dir zu träumen. Manchmal gelang es mir für zwei, drei Wochen. Doch immer, wenn ich mir einbildete, mich wieder im Griff zu haben, bist Du auf-

getaucht. Jemand erwähnte Deinen Namen – Du hast mit nicht wenigen Deiner Artikel Furore gemacht – oder ich las etwas von Dir in der Zeitung oder ich hatte an einem Ort zu tun, der mich an Dich erinnerte – die Seepromenade in Konstanz fällt mir ein, auf der wir uns das erste Mal geküsst haben, das Wäldchen in der Nähe von Maulbronn, in das Du mich nach jenem Klosterkonzert verschleppt hast, der Turm der Kilianskirche in Heilbronn, auf dem ich Dir Deine Höhenangst abgewöhnen wollte. Und oft genug sah ich Dich ja auch in einem Konzert oder in der Oper – und jedes Mal, wenn ich von der Bühne aus irgendwo Deinen dunklen Schopf entdeckte, schlug mein Herz schneller und ich war für einen wunderbaren Moment von Freude erfüllt. Mir war natürlich aufgefallen, dass Du vermeidest, über mich zu schreiben, umso mehr bedeutete es mir, dass Du trotzdem da warst.

Ich sah, wie Du Dich von einem hübschen Mädchen zu einer schönen, selbstbewussten Frau entwickelt hast, wie Du Dir Deinen Namen gemacht hast und offenkundig Deine Erfüllung in Deinem Beruf fandest.

Ich habe begriffen, dass ich versucht hatte, Dir die Flügel zu stutzen, und dass Dir Dein Beruf so wichtig ist wie mir das Singen. Du hattest Dich zu Recht dagegen gewehrt. Ich lernte endlich, dass ich nicht alles haben kann: eine Frau, die mich in den Mittelpunkt stellt und gleichzeitig Partnerin auf Augenhöhe ist, fähig und willens, mich intellektuell herauszufordern und im Künstlerischen zu verstehen. Eine Frau, die das Potenzial dazu hat, wird ihre Befriedigung nicht darin finden, mir die Sofakissen in der möblierten Wohnung aufzuschütteln, dafür zu sorgen, dass ich genug Vitamine zu mir nehme, und bei Bedarf die eitle Sängerseele zu streicheln.

Ich habe meine Lektion gelernt. Ich hätte die Konsequenz daraus ziehen sollen. Doch ich redete mir ein, Amelie verpflichtet zu sein. Sie hatte immer treu zu mir gestanden und sie hatte meine Launen ertragen. Es war mein Fehler, sie ge-

heiratet zu haben, ohne ihre Liebe zu erwidern, und ich wollte nicht, dass sie noch mehr darunter zu leiden hatte.

Dennoch zeigten sich in unserer Ehe zunehmend Auflösungserscheinungen. Amelie spürte, dass ich nicht mehr wirklich bei ihr war, und es hat sie tief verunsichert. Daraus resultierte Eifersucht, die wiederum zu Szenen führte, die unwürdig waren. Amelie sah schließlich selbst ein, dass wir so nicht weitermachen können. Die Entscheidung zur Trennung trafen wir gemeinsam.

Für mich war dann klar, dass ich versuchen würde, Dich zurückzugewinnen, wobei ich mich, wenn Du mittlerweile mit einem anderen Mann glücklich gewesen wärest, auch auf eine Freundschaft beschränkt hätte. Ich wollte Dein Leben nicht noch einmal durcheinanderbringen – und dass genau das nun wieder passiert ist, bedrückt mich sehr. Ich wünsche Dir alles Glück der Welt, aber ich scheine nicht der Mann zu sein, an dessen Seite Du es finden kannst.

Aber ich bin der Mann, der Dich liebt und der auf bessere Zeiten hofft, in denen er wieder gutmachen kann, was Du nun durchstehen musst.

Meine kluge, meine schöne, meine starke, meine geliebte Juliane! Wenn ich nachts nicht einschlafen kann, denke ich an Dich und male mir aus, wie es sein wird, mit Dir zu leben. Ich träume von einem Haus, in dem nicht nur mein Flügel, sondern auch alle Deine Bücher und Dein geliebter Sessel Platz finden werden, davon, von einer Reise nach Hause zu kommen und von Dir am Flughafen empfangen zu werden, davon, in Deinem Arm einzuschlafen und morgens neben Dir aufzuwachen.

Ich bin – mit allem, was ich fühle – Dein Philipp

Ich bin eine sentimentale Kuh. Als ich den Brief zu Ende gelesen hatte, saß ich auf dem Fensterbrett in meiner Küche und heulte wie ein Schlosshund. Ich brauchte eine ganze Weile, bis ich mich so weit beruhigt hatte, dass ich meine Jacke ausziehen und meine Einkäufe einräumen konnte. Danach setzte ich mich vor meinen Computer, um den Brief zu beantworten. Doch davor schaute ich in meine E-Mails und stellte fest, dass Lenny von der Lokalredaktion geschrieben hatte.

Der Betreff versprach nichts Gutes: »Sorry!« Der Inhalt war noch weniger schön: »Hi, Jule. Ich habe aus sehr guter Quelle, dass die Zeitung mit den vier Buchstaben morgen Boch als Täter im Keller-Fall auf dem Titel hat. Sorry, aber wir müssen gleichziehen!«

Mein erster Gedanke war Erleichterung darüber, dass Philipp im Gefängnis keine Zeitung zu sehen bekam und vor Fotografen und neugierigen Kollegen sicher war. Die würden sich mit Begeisterung auf diesen saftigen Bissen stürzen und Philipps ganze Biographie durchstöbern und dabei das Unterste nach oben kehren. Und je nachdem, wie viel Information bei der Staatsanwaltschaft durchgesickert war, würde ich vielleicht auch ins Fadenkreuz geraten. Aber ich würde es überleben – die Menschen, deren Meinung mir wichtig ist, lassen sich nicht von irgendwelchen Gerüchten in ihrer Zuneigung zu mir beeinflussen.

Ich nahm das Telefon ab und rief Philipps Agenten Friedemann Richter an.

Im Hintergrund hörte ich Stimmen und so fragte ich erst einmal vorsichtig: »Friedemann, hier ist Jule. Hast du einen Moment für mich?«

Er zögerte ein paar Sekunden, dann sagte er: »Ja, aber ich bin ein wenig in Eile.«

»Friedemann, die Zeitung mit den vier Buchstaben hat morgen auf dem Titel, dass Philipp ...«

Ich musste nicht mehr sagen, um von der anderen Seite ein herzhaftes »Ach du Sch...!« zu hören. Ihm folgten ein Seufzer und ein »Der Arme! Momentan kommt es bei ihm wirklich stiefelsdick!«

»Damit ist seine Karriere wahrscheinlich ...« Ich hatte es ausgesprochen, bevor ich nachgedacht hatte.

Friedemann unterbrach mich noch einmal. »Nicht, wenn er – und damit rechne ich sicher, weil ich weiß, dass er unschuldig ist – in absehbarer Zeit aus der Untersuchungshaft entlassen wird. Dann muss man die Geschichte nur geschickt managen und am Ende macht sie ihn sogar interessant. Wenn dann der wahre Täter gefasst und verurteilt wird, war's gute PR.«

Im Hintergrund rief jemand nach ihm. Friedemann antwortete mit einem »Ich bin sofort bei Ihnen!« und verabschiedete sich von mir: »Danke für die Information. Verzeih, dass ich so kurz angebunden bin – wir reden nächste Woche noch mal, ja? Schönes Wochenende!« Er wartete nicht auf eine Erwiderung, sondern legte auf.

Mir blieb die Überlegung, ob er wirklich so optimistisch war, wie er sich gab. Er wusste ja immer noch nicht, dass er nicht nur mit der Journalistin Juliane Pfeiffer gesprochen hatte, sondern auch mit der Frau, die Philipp liebte und die sich Sorgen um seine Karriere machte, weil sie wusste, was sie ihm bedeutete. Denn Philipp liebte seinen Beruf – und zu denken, dass er nun im Gefängnis saß, von allem abgeschnitten, was sein Leben ausmachte und ihn beglückte, machte mich unglücklich und wütend.

* * *

Ein paar Minuten vor neun stand Anne Hoening vor meiner Tür.

»Clärchen kommt heute direkt«, sagte sie nach der Begrüßung, schaute mich an, runzelte die Stirn und fragte: »Was ist los? Hast du geweint?«

Sie registrierte offenkundig nicht, dass sie mich plötzlich duzte, aber es fühlte sich richtig an und so erwiderte ich es, als ich ihr die unerfreulichen Neuigkeiten erzählte.

»Oh je! Aber das war früher oder später zu erwarten«, seufzte sie. »Da heißt es jetzt Kopf einziehen und hoffen, dass die Klatschblätter dich nicht durch den Wolf drehen.«

»Das würde mir nichts machen – wenn es ihm helfen würde. Aber es bringt ihm wohl nichts.« Ich kämpfte die

Tränen hinunter und wechselte das Thema. »Ich war gestern zu einem Pressetermin in der Oper und da habe ich drei Dinge erfahren, die ich sehr interessant fand. Eins: Müller-Rehling hat vor kurzem seinen Fahrer gewechselt. Das fand ich spannend, weil der alte sehr gut mit Blandine konnte. Ich würde mich nicht wundern, wenn der Dinge mitbekommen hätte, von denen Müller-Rehling nicht will, dass sie öffentlich bekannt werden – und habe mir schon überlegt, ob ich nicht mal mit dem Mann reden soll. Was meinst du?«

Anne schüttelte den Kopf. »Ich glaube nicht, dass das viel bringen würde. Wenn Müller-Rehling seinen Verstand beieinanderhat, ist im Arbeitsvertrag seiner persönlichen Mitarbeiter eine Klausel, die sie zum Schweigen verpflichtet – auch nach ihrem Ausscheiden. Und die ist vermutlich so abgesichert, dass die Leute sich wirklich nicht trauen, auch nur ›pieps‹ zu sagen.«

»Aber wenn die Polizei sie fragen würde?«

»Wäre es natürlich was anderes. Ich fürchte nur, die Polizei wird nicht fragen. Für den Mord hat Müller-Rehling ein wasserdichtes Alibi und dafür, dass er seiner Frau im Schlossgarten an die Kehle gegangen ist, will keiner was von ihm. Die Einzige, die ihn dafür vor den Kadi hätte ziehen können, ist tot. Zudem wissen wir beide: Wenn er irgendwie am Mord beteiligt war, hat er das sicher nicht vor seinem Chauffeur verhandelt – vor allem nicht, wenn der sehr gut mit seiner Frau konnte.«

»Aber warum ist der Fahrer nicht mehr bei ihm?«, überlegte ich. »Irgendwie stinkt das. Ich weiß aber noch was: Am Tatabend war die Portierloge am Künstlereingang der Oper nicht durchgehend besetzt. Der Portier hatte starken Durchfall und war die meiste Zeit auf der Toilette. In der Zeit könnte so ziemlich jeder ins Haus gestiefelt sein. Und wenn man erst mal drin ist, kommt man auch auf die Hinterbühne.«

»Das ist ja interessant.« Anne runzelte die Stirn und spielte mit ihren Haaren. »Könnte man jemandem erklären, wie man auf die Hinterbühne findet? Ich meine jemandem, der sich im Theater nicht auskennt?«

Ich schüttelte den Kopf. »Schwierig. Vor allem wäre es riskant. Wenn ein Fremder da während der laufenden Vorstellung rumgeistert, wäre die Gefahr, dass ihn jemand anspricht, sehr groß. Als ich vor Jahren mal in Philipps Garderobe war, bin ich sogar auf dem Weg zur Toilette gefragt worden, wo ich hingehöre.«

»Aber jemand, der sich auskennt, hätte sich ungesehen einschmuggeln können, oder?«

»Nur dass der, der mir da einfällt, an dem Abend in Zürich gewesen sein will und dafür ein Alibi hat. Ich würde was darum geben, wenn ich darüber Näheres erfahren könnte.«

»Naja, da könnten wir den Kollegen Schönert drauf ansetzen. Der hat das Recht zur Akteneinsicht.« Anne Hoening lehnte sich zurück und schaute auf die Uhr. »Ich wundere mich, wo Clärchen bleibt. Die ist sonst sehr pünktlich.«

Genau in diesem Moment klingelte ihr Handy. Sie nahm es aus der Hosentasche, schaute darauf und lächelte.

»Clärchen ist die Straßenbahn vor der Nase weggefahren. Sie wird ungefähr fünfzehn Minuten Verspätung haben.« Sie legte das Handy vor sich auf den Tisch und schaute mich wieder an. »Du hattest noch was – wenn ich richtig gezählt habe.«

»Ja, wobei das aber Spekulation ist. Ich habe in der Oper Müller-Rehling und seinen Assistenten getroffen. Sie hatten gerade Blandines Garderobe ausgeräumt. Dabei hat er erwähnt, dass er schon zuhause nach der Kette gesucht hatte, die sie mir vererbt hat. Ergo muss er zuhause schon ihren Kram durchwühlt haben. Und mir ist eingefallen, dass jemand schon kurz nach dem Mord Blandines Zweitwohnung in der Stitzenburgstraße auf den Kopf gestellt hat. In dem Zusammenhang kam mir dann, was die beiden Klatschbasen im Schlossgarten gehört haben: Blandine hat Müller-Rehling angedroht, dass sie ihn fertigmacht.«

»Du meinst, sie hatte etwas gegen ihn in der Hand?« Anne grinste. »Zum Beispiel pikante Fotos?« Sie wurde wieder ernst. »Spekulieren wir mal: Die Wohnung in der Stitzenburgstraße wurde auseinandergenommen, weil man da was vermutete, was Müller-Rehling nicht in falsche Hände fallen lassen wollte. Ich vermute, er hat es da gefunden.«

»Wie kommst du darauf?«, fragte ich.

»Wenn nicht, hätte er doch wohl früher in ihrer Garderobe in der Oper gesucht«, antwortete Anne.

»Wer weiß, ob er das nicht getan hat?«, überlegte ich. »Die Garderobe hätte Müller-Rehling schon früher auseinandernehmen können. Seine ist auf demselben Flur. Wer hätte sich darüber gewundert, wenn der trauernde Witwer in den Tagen nach Blandines Tod in die Garderobe gegangen wäre, um da ein wenig ihrer zu gedenken?«

»In den Tagen danach hätte ihm das nicht unbedingt was genutzt. Ich gehe davon aus, dass die Polizei sich da auch umgeguckt hat – und das sind Profis im Suchen, die alles an sich nehmen, was ihnen irgendwie verdächtig erscheint.«

»Naja – wenn er schnell war, hätte er die Garderobe durchsuchen können, bevor die Polizei dazu gekommen ist. Wenn er gewusst hat, dass seine Frau umgebracht wird, hätte er das einplanen können – und in dem Tralala, das da direkt nach dem Mord stattfand, wäre es nicht aufgefallen«, sagte ich. »Überleg mal, was da los war: Die hatten eine Leiche auf der Bühne, einen ohnmächtigen Regisseur und einen Intendanten, der dem Herzinfarkt nahe war. Ich glaube nicht, dass da noch einer darauf aufgepasst hat, was der Herr Dirigent treibt.« Ich wühlte in meinen Haaren. »Die Frage ist nur, was er gesucht haben könnte. Was kann seine Frau gegen ihn in der Hand gehabt haben? Fotos können es wohl nicht gewesen sein – selbst wenn er auf die abgefahrensten SM-Spiele steht, würde das doch niemand mehr interessieren.«

»Außerdem hätte seine Frau so was kaum veröffentlichen können, ohne selbst in ein schiefes Licht zu geraten«, warf Anne ein.

»Es sei denn, sie war nicht der Spielkamerad!« Ich schenkte Anne nach. »Stell dir vor: Müller-Rehling steht auf SM-Sex mit Kerlen und Blandine hatte entsprechende Bilder.«

Anne spielte wieder mit ihren Haaren, dann schüttelte sie den Kopf. »Nach allem, was ich über Blandine Keller gehört habe, war sie eitel. Glaubst du, es hätte ihr gefallen, öffentlich als das dumme Schaf dazustehen, dessen Ehemann sich anderswo amüsiert? Ich denke in eine andere Richtung: Geld. Was, wenn er Steuern hinterzogen hat und sie ihn beim Finanzamt in die Pfanne hauen wollte?«

»Hätte sie sich da nicht ins eigene Fleisch geschnitten?«, überlegte ich. »Sie hat auch von seinem Geld gelebt.«

»Hast recht. Denken wir mal weiter: Der Mann reist viel.« Anne grinste. »Vielleicht hat er eine einträgliche Nebenbeschäftigung als Boss eines Drogenkartells?«

»Das traue ich ihm nicht zu. Er ist eher weltfremd – ganz Künstler.«

Anne lachte. »Das kann täuschen. Ich hatte mal eine Mandantin, die sich von dem ihr angetrauten Dichter verabschiedet hat. Sie glaubte, dass der total jenseits von Gut und Böse nur seiner Kunst lebe. Als es ans Eingemachte ging, stellte sich heraus, dass der Dichter an der Börse spekulierte wie ein Weltmeister und sich dabei eine goldene Nase verdient hatte.«

»Du scheinst einen interessanten Job zu haben!«

Anne nickte und lehnte sich zurück. »Mach mal ein paar Jahre Familienrecht – und dir ist nichts Menschliches mehr fremd. Illusionen hast du dann allerdings auch keine mehr.« Sie angelte nach ihrem Glas, trank aber nicht, sondern ließ den Wein darin kreisen. »Zurück zu deinem Freund Müller-Rehling: Ich glaube inzwischen auch, dass er diverse Leichen im Keller hat. Dennoch könnte es sein, dass er mit dem Mord an seiner Frau nichts zu tun hat.«

»Katmandis?«, fragte ich – und wie aufs Stichwort klingelte es an der Tür.

Ich nahm ein sehr gut gelauntes Clärchen in Empfang.

Nachdem sie sich neben Anne aufs Sofa gesetzt und ebenfalls ein Glas Wein bekommen hatte, begann sie zu erzählen.

»Katmandis hat mich heute getröstet. Ich habe ihm erzählt, dass ich Liebeskummer habe, weil mein Freund fremdgeht. Der fiktive Mistkerl hat sich mit einer fiktiven Rothaarigen eingelassen! Katmandis ist voll auf die Story eingestiegen und hat mir empfohlen, den Bastard rauszuschmeißen. Und dann hat er sich bei mir darüber ausgeweint, dass er seinen Kerl vor kurzem auch an die Luft gesetzt hat, weil der mit einer Frau fremdgegangen ist. Allerdings – und jetzt wird es spannend – hat er ihn in Gnaden wieder aufgenommen, weil ihm klar geworden ist, dass sein Lover von der Hexe verführt wurde. Und dagegen konnte er sich nicht wehren, das arme Butzi!« Sie schaute Anne und mich erwartungsvoll an.

Anne lachte. »Mensch, die Frau muss gut gewesen sein!«

Ich grinste Anne an. »Sag bloß, du schaffst es nicht, völlig unschuldige Männer gegen ihren Willen zu verführen?«

»Öh …« Anne schob eine dunkle Strähne zurück, die ihr ins Gesicht gefallen war. »Hab ich noch nie probiert. Meine Partizipanten waren immer ausgesprochen willig.« Sie tätschelte Clarisses Knie. »Clärchen, das hast du gut gemacht.«

»He, ich bin doch noch gar nicht fertig!«

»Haben Sie etwa herausgefunden, ob er bei der Premiere in der Oper war?«, fragte ich gespannt.

»Nee, leider sind wir noch nicht auf den Mord zu sprechen gekommen«, sagte Clarisse. »Heute haben wir erst mal das Liebesleben des Herrn Katmandis bekakelt – und dazu habe ich noch was und das ist auch der Grund, warum ich so spät gekommen bin.« Sie nahm eine Rolle Papier aus ihrer Handtasche. »Ich war noch mal in der Kanzlei, um ein Foto von meinem Handy auf den PC zu übertragen, eine Ausschnittvergrößerung zu machen und das Ganze für euch auszudrucken.« Sie entfernte das Gummiband von der Rolle, öffnete sie und legte uns einen etwas verwaschen wirkenden Ausdruck eines Fotos zu. »Voilà, Mesdames! Sorry, die Qualität ist nicht so toll – aber ich hoffe, Sie erkennen das Ding trotzdem.«

Das Foto zeigte ein Instrument aus schwarzem Holz mit silbernen Klappen. Obwohl nur die obere Hälfte im Bild war, hatte ich kein Problem damit, es zu identifizieren. Das leicht gebogene, silberne Ansatzrohr, auf dem das eigentliche Mundstück saß, war unverkennbar. »Das ist ein Englischhorn«, konstatierte ich und deutete mit dem Finger auf den unteren, im Bild dunkel erscheinenden Teil des Rohrblattes. »Seht ihr? Das ist das berühmte Wickelgarn, das die beiden Blätter zusammenhält.«

Anne schaute Clarisse an. »Wo hast du das her?«

Die entrollte darauf den zweiten Ausdruck, der das ganze Foto zeigte: einen gutaussehenden, dunkelhaarigen Mann mit schmalem Gesicht und blauen Augen. Er trug einen Frack und hielt das Englischhorn in seinen schönen, schlanken Händen.

»Das ist Albrecht Raitner«, sagte ich. »Der hat mit mir studiert, war dann an der Oper und anschließend ein paar Jahre als erste Oboe mit Zusatzverpflichtung Englischhorn beim Funk.«

»Und der schöne Mann hat vermutlich Katmandis sitzengelassen, der ihm allerdings ein liebendes Angedenken bewahrt.« Clarisse sah sehr zufrieden aus. »Das Bild steht nämlich in einem silbernen Rahmen auf seinem Flügel. Ich habe es abfotografiert, als Katmandis mal für kleine Gesangslehrer war.«

Ich wühlte in meinem Gedächtnis. »Ich glaube, Albrecht baut seine Rohrblätter selbst. Aber ich bin natürlich nicht sicher – ich habe zwar meine immer gekauft, aber natürlich von Fagottisten. Wie das mit den Oboen und Englischhörnern ist, weiß ich nicht so recht. Aber Mückner müsste es wissen.«

»Wer ist Mückner?«, erkundigte sich Anne.

»Walter Mückner aus Stetten im Remstal ist Holzblasinstrumentenmachermeister – schickes Wort, gell? –, hat sich auf Doppelrohrblattinstrumente spezialisiert und arbeitet für fast alle entsprechenden Musiker in Deutschland. Ich würde mich nicht wundern, wenn Albrecht noch heute seine Instrumente zur Generalüberholung nach Stetten schicken würde. Außerdem beziehen die Kollegen, die Rohrblätter bauen, ihr Material – die unbearbeiteten Rohre, das Wickelgarn und was man sonst noch so braucht, von Walter Mückner. Daher weiß der, wer baut und wer nicht.«

»Und wenn der bestätigt, dass dieser Kollege von dir seine Rohrblätter selbst macht, hätten wir – unter der Voraussetzung, dass er wirklich Katmandis' Lover war – den Nachweis, dass Katmandis mit Wickelgarn in Berührung war.« Anne saß ganz aufrecht und wie zum Sprung bereit. »Vielleicht bringt Schönert mit der Information die Kripo dazu, sich mal näher mit Herrn Katmandis auseinanderzusetzen?«

7. It's a men's world

Mein zweites Wochenende ohne Philipp verbrachte ich vorwiegend am Schreibtisch. Es regnete in Strömen, weswegen ich keine Lust hatte, nach draußen zu gehen. Und weil Mischa auch nicht da war – er war in Tiflis, um mit dem dortigen Sinfonieorchester Bruckners Vierte zu machen –, lungerte ich am Sonntag im Schlafanzug mit meinem Notebook herum. Nach Philipps Brief hatte ich nämlich beschlossen, dass ich künftig zweimal am Tag an ihn schreiben würde: einen Brief, der den Vorschriften entsprach und den Zensor passieren würde, und eine Art Tagebuch, in dem ich all das erzählte, was mir auf dem Herzen lag, und das er bekommen würde, wenn er wieder frei war.

Montagmorgen dann die übliche Routine: Redaktionskonferenz – mit Lob für die Lokalredaktion, weil sie es geschafft hatte, mit der Geschichte über Philipp den anderen Blättern voraus zu sein. Für mich fielen erstaunlicherweise auch ein paar freundliche Worte ab.

Als ich nach Hause kam, fand ich Erfreuliches im Briefkasten: die Besuchserlaubnis. Die Staatsanwaltschaft sah mich offenkundig nicht als Zeugin im Fall Keller, also durfte ich Philipp besuchen.

Am Abend meldete sich Clarisse und wusste Neues vom Gesangslehrer: Albrecht Raitner war tatsächlich mit Stavros Katmandis liiert gewesen. Die beiden hatten sogar einige Jahre zusammengelebt – in der Wohnung, in der Katmandis immer noch zuhause war. Vielleicht hatte Albrecht bei seinem Auszug das eine oder andere – wie zum Beispiel eine Spule Wickelgarn – hinterlassen?

Das kluge Mädchen hatte aber noch mehr herausgefunden: Stavros Katmandis war sauer auf Blandine gewesen – und das nicht nur, weil sie seinen Geliebten verführt hatte, sondern weil sie außerdem damit gedroht hatte, den Gesangslehrer zu wechseln.

»Sie hatte eine Amerikanerin kennengelernt, die früher sogar mal in Bayreuth gequietscht hatte«, erzählte Clarisse. »Dann hat sie ihre Stimme verloren und angefangen, zu unterrichten. Blandine habe sich eingebildet, dass sie mit ihr noch einmal ganz neue Höhen in ihrer Karriere erklimmen könnte. Dabei wisse jeder in der Branche, dass diese krächzende Krähe durch ihre falsche Technik die eigene Stimme ruiniert habe und nun die ihrer Schüler kaputt mache. Von der könne man vielleicht lernen, wie man alberne Popsongs brüllt, aber für Oper tauge das alles nichts. Katmandis redete sich da richtig in Rage.«

»Sehr gut, Clarisse!«, lobte ich. »Sie haben Talent als Detektivin.«

»Er hat in seinem Zorn sogar erzählt, dass er mit Blandine einen Riesenknatsch hatte, und hat wörtlich gesagt: ›Ich kann keine Tränen über ihren Tod vergießen.‹«

Nachdem Clarisse gegangen war, setzte ich mich wieder einmal auf mein Fensterbrett und dachte nach. Ich hatte Katmandis als Mörder bisher ausgeschlossen, weil er ja von Blandine gelebt hatte. Wenn er aber schon mit ihr zerstritten war und davon ausgehen musste, dass sie sich von ihm trennen würde, fiel das weg. Und bei ihm passte alles: Er hatte im Opernchor gesungen und als ehemaliger Lebensgefährte eines Musikers in der Oper kannte er sicher auch die Gemeinschaftsgarderoben der Bläser. Selbst wenn er zuhause kein Wickelgarn mehr hatte – in der Oper gibt es in fast jedem Spind von Holzbläsern eine Spule. Mit Wickelgarn kann man nämlich nicht nur zwei Rohrblätter verbinden, sondern einen abgerissenen Schnürsenkel ersetzen, Päckchen zuschnüren, eine Wäscheleine zum Trocknen verschwitzter Hemden und Abendkleider basteln – im Sommer wird's im Orchestergraben unangenehm warm –, Jeansreißverschlüsse mit Abwärtstendenz sichern und den Griff eines schweren Instrumentenkoffers polstern.

Und beim »Rigoletto« sind im ersten Akt nicht nur alle Musiker im Graben, sondern auch der Chor auf der Bühne.

Ergo ist niemand unten im Garderobengang. Dafür stehen da meist alle Türen – die zu den Garderoben und innen die Schranktüren – offen. Das, was für Musiker am wertvollsten ist und wegen dem sie ihre Schränke abschließen, haben sie in der Zeit ja bei sich – ihre Instrumente.

Der langen Rede kurzer Sinn: Wenn jemand sich in der Oper auskennt, ist es kein Problem für ihn, sich einen Meter Wickelgarn zu besorgen. Doppelt legen, zusammendrehen, verknoten, dann braucht man nur noch zwei Griffe – wobei sich da zum Beispiel zwei stabile Metallkugelschreiber anbieten – und fertig ist die Garotte, ein perfektes Mordinstrument für diejenigen, die sich beim Beseitigen ihres Lieblingsfeinds nicht die Hände schmutzig machen wollen.

Das Opfer hatte dabei keine Chance.

Ich stellte mir vor, wie Blandine hinter die Bühne gekommen war, wahrscheinlich erschöpft und nicht darauf vorbereitet, schnell auf etwas reagieren zu müssen, denn sie hatte ja schon den größten Teil des »Rigoletto« hinter sich. Dazu kam noch, dass sie wohl darauf konzentriert war, im Dunkeln ihren Weg zu finden, ohne über eines der herumliegenden Kabel zu stolpern oder gegen ein Versatzstück zu prallen. Sie dachte wahrscheinlich nur daran, in den Sack zu steigen, beim Transport auf und über die Bühne locker zu bleiben, um keine blauen Flecken abzubekommen, und ihre Schlussszene sauber zu singen. Und dann war da plötzlich die Schlinge um ihren Hals gewesen und hatte sich zugezogen. Ihr war nicht einmal die Zeit geblieben, um Hilfe zu rufen – und auch wenn ich mich noch so bemühte, so konnte ich doch den Anblick nicht vergessen, wie sie mit aufgerissenem Mund und weit offenen Augen, das Gesicht blauschwarz verfärbt, in den Armen ihres Kollegen gelegen hatte.

Hatte ihr wirklich Stavros Katmandis dieses grausame Ende angetan? War er dazu fähig, den Tod eines Menschen, mit dem er jahrelang Tag für Tag zusammengearbeitet hatte, zu planen und kaltblütig durchzuführen? Hatte er Blandine so sehr gehasst?

Ich konnte es mir nicht vorstellen. Natürlich war ich in meinem Leben schon einigen Menschen begegnet, gegen die ich eine tiefe Abneigung entwickelt hatte. Wann immer möglich, hatte ich in solchen Fällen für Abstand zwischen mir und dieser Person gesorgt – je größer, desto besser. Aber wenn ich das geschafft hatte, war mir der andere dann schnell gleichgültig geworden. Aber ich wusste, dass ich nicht von meinen diesbezüglich eher lauen Gefühlen auf andere schließen durfte.

Stavros Katmandis war – so gut kannte sogar ich den Herrn – temperamentvoll und stolz. Und er war, das hatte Clarisse mehrfach betont, sehr in seinen Tänzer verliebt. Hinzu kam, dass Blandine – das musste ich bei aller Freundschaft zu ihr eingestehen – nicht nur in Beziehung auf Männer ein Biest gewesen war. Ihr Verhältnis zu Katmandis war schwierig gewesen. Er hatte Blandine fühlen lassen, dass er sich für den »Schöpfer« ihres Erfolges hielt. Dafür hatte sie ihn wahrscheinlich mehr als einmal spüren lassen, dass er von ihr abhängig war. Was hatte sich da in den Jahren zwischen diesen beiden Menschen hochgeschaukelt? Vielleicht hatte er ja sogar damit Recht, dass sie seinen Liebhaber verführt hatte? Vielleicht hatte sie es darauf angelegt, Keith van Dyck ins Bett zu ziehen, um Katmandis damit eines auszuwischen? Blandine wäre zu einer solchen Aktion fähig gewesen.

Je länger ich darüber nachdachte, desto wahrscheinlicher erschien es mir, dass Katmandis Blandines Mörder war. Die Frage war nur, wie man ihn überführen konnte – oder wenigstens die Polizei dazu bringen, sich intensiver mit ihm zu befassen.

Ich griff zum Telefon und rief Arvid Schönert an. Es war zwar schon nach sechs, aber er schien ja öfter lange am Schreibtisch zu sein. Tatsächlich meldete er sich auch schon beim dritten Klingeln – etwas atemlos, weil er gerade erst in die Kanzlei gekommen war.

»Aber es ist fein, dass ich Sie dran habe. Ich war heute in Stammheim und wollte Sie sowieso anrufen, um die Grüße auszurichten.«

»Gibt es etwas Neues?«, fragte ich.

»Leider nein. Wir haben heute ein paar Kleinigkeiten abgeklärt – erzähle ich Ihnen gleich. Aber nun verraten Sie mir doch erst mal, warum Sie mit mir reden wollen.«

Und so berichtete ich von Clärchens »Ermittlungen« und von meinem Besuch in der Oper. Als ich fertig war, sagte der Strafverteidiger: »Das ist sehr interessant. Gratulation, Frau Pfeiffer – mir scheint, die Kollegin Hoening, ihr Nachwuchstalent und Sie sind ein gutes Gespann! Ich werde morgen mit Frau Jelinek von der Kripo darüber reden, dass sie sich diesen Gesangslehrer mal genauer anschaut.«

»Glauben Sie nicht, sie wird sauer sein, dass wir uns eingemischt haben?«, fragte ich.

»Nein, da habe ich keine Bedenken. Im Gegenteil. Die Frau Jelinek ist eine gescheite Frau und weiß selbst, dass sie in einer so speziellen Szene ohne Insiderinformationen keine Chance hat.«

»Gut.« Ich atmete aus und stellte die Frage, die mir auf den Nägeln brannte: »Herr Schönert, wie geht es Herrn Boch?«

»Tja ...« Er zögerte und suchte nach Worten. »Das ist für mich schwer zu beurteilen. Er trägt sein Herz nicht auf der Zunge. Er sagt, er sei in Ordnung, aber ich habe das Gefühl, dass er schwer zu beißen hat und dass ihn vor allem die Unsicherheit – dass er so gar nicht weiß, wie es weitergehen wird – sehr belastet. Allerdings habe ich inzwischen durchgesetzt – und fragen Sie mich nicht, was das für ein Hickhack war, ich musste mit einer Schadensersatzklage und großem Pressewirbel drohen –, dass er eine Stunde pro Tag in die Kapelle und dort an die Orgel darf. Dafür ist er dankbar. Ich habe damit argumentiert, dass seine Stimme ernsthaft Schaden davontragen könnte, wenn man ihm nicht die Chance gibt, regelmäßig zu üben.« Arvid Schönert war ganz offenbar stolz auf sich.

»Das haben Sie gut gemacht!«, lobte ich ihn.

»Danke. Ich werde übrigens nachher einen Umschlag in Ihren Briefkasten werfen. Ich habe gegenüber Herrn Boch erwähnt, dass Sie im Lauf der Woche nach Zürich fahren wollen. Er hat mich gebeten, seine Autoschlüssel und die Wagenpapiere in der Verwaltung zu holen, und nun soll ich Sie in seinem Namen herzlich darum bitten, dass Sie Ihre Tour mit seinem Auto machen. Er meint, er mache sich weniger Sorgen, wenn er wüsste, dass Sie in einem Fahrzeug mit moderner Sicherheitstechnik unterwegs seien. Daher sollen Sie bitte seinen Wagen nutzen, bis er aus dem Gefängnis entlassen ist. Das Auto steht in der Stitzenburgstraße.«

Ich seufzte, denn ich hing an meinem alten Passat. Er war ein Erbstück von meiner Mutter. Allerdings war mir klar, dass ich nicht mehr ohne Airbags und ABS unterwegs sein sollte und es Zeit für eine Neuanschaffung war. Und natürlich war Philipps schicker Jaguar komfortabler als mein alter Hobel.

»Gut, dann hole ich den Wagen morgen – und werde mich dann hoffentlich am Mittwoch persönlich bei Herrn Boch bedanken können. Ich habe nämlich eine Besuchserlaubnis.«

»Oh, das ist ja prima! Aber ich fürchte, ich muss Ihren Optimismus dämpfen. Sie werden diese Woche wohl keinen Termin mehr bekommen. Wunschkonzert ist in Stammheim nicht, schon gar nicht, wenn es um einen überwachten Besuch geht. Dafür dürfen Sie anrufen, dann per Fax eine Kopie Ihrer Besuchserlaubnis und Ihres Personalausweises abliefern, danach wird man Herrn Boch fragen, ob er Sie überhaupt zu empfangen wünscht. Drei Tage müssen Sie dafür mindestens rechnen.«

Ich verdrehte die Augen. »Wollen die nicht, dass man ihre Gefangenen besucht?«

»Ja«, antwortete der Anwalt trocken. »Besucher machen Arbeit und verursachen Unruhe. Es kommt nicht selten vor, dass ein Gefangener nach einem Besuch durchdreht.«

Ich seufzte. »Wenn Sie meinen, dass ich Philipp diese Woche nicht mehr zu sehen bekomme – danken Sie ihm dann bitte für das Ausleihen des Autos? Ich werde ihm natürlich auch schreiben, aber Sie sagten ja, dass es ein bisschen dauern kann, bis Briefe ankommen.«

»Er hat gestern zum ersten Mal Post von Ihnen bekommen und sich sehr darüber gefreut«, erzählte der Anwalt. »Ich gehe übrigens davon aus, dass ich ihn diese Woche nicht noch mal sehe. Ich habe ab morgen eine Verhandlung. Falls einer von meinen Mandanten in Stammheim einen Anwalt braucht, wird er für den Rest der Woche mit einem unserer Youngster zufrieden sein müssen.«

»Dann bleibt mir wohl nur, Ihnen für Ihre Verhandlung alles Gute zu wünschen.«

Ich war traurig. Ich hatte mich schon auf Philipp gefreut und fand es hart, nun noch länger auf das Wiedersehen warten zu müssen. Es ohne ihn aushalten zu müssen, wurde von Tag zu Tag schwerer. In meine Sehnsucht schlichen sich zudem immer öfter Zweifel. Ich erinnerte mich daran, dass er bei aller Liebenswürdigkeit sehr energisch und auch laut werden konnte. Um genau zu sein: Mirja, die ihn als Kollegen und Regisseur erlebt hatte, hatte einmal über ihn gesagt: »Er hat ein Temperament wie Schießpulver.« Mir war eingefallen, wie er früher einmal in einer Auseinandersetzung mit mir einen vollen Suppenteller auf den Kachelboden unserer Küche geknallt hatte.

Blandine hatte ihn bei den Proben für den Rigoletto immer wieder provoziert – und darin war sie gut gewesen. Einer ihrer Lover hatte einmal gesagt, Blandine könnte einen Heiligen zur Tobsucht treiben. Was, wenn sie Philipp über den Punkt hinaus gepiesackt hatte? Was, wenn er schließlich rot gesehen und sie im Affekt erwürgt hatte? Sein Zusammenbruch danach – bisher hatte ich die mit der Premiere verbundenen Anstrengungen und Aufregungen dafür verantwortlich gemacht. Was aber, wenn es Schuldgefühle nach Blandines Tod gewesen waren?

Die Zweifel nagten an mir. Ich fühlte mich mies, weil ich meinem Liebsten nicht vorbehaltlos vertrauen konnte. Gleichzeitig suchte ich nach Rechtfertigungsgründen für ihn – und weil mir sehr wohl bewusst war, dass Gewalt durch nichts zu rechtfertigen war, kaute ich mir immer wieder selbst vor, was alles gegen Philipp als Täter sprach. Das Hauptargument dagegen: Ich traute ihm die Kaltblütigkeit nicht zu, einen Mord zu planen und auszuführen. Aber noch lieber wäre es mir gewesen, gar nicht darüber nachdenken zu müssen, ob vielleicht etwas an den Vorwürfen gegen ihn dran war.

* * *

In den vergangenen Jahren hatte ich oft gekämpft, um Reisen durchzusetzen – und das nicht, weil ich so gerne durch die Welt streunte, sondern weil ich davon überzeugt war, dass ein Blatt wie die *Stuttgarter Allgemeine*, die Anspruch darauf erhob, weit über Süddeutschland hinaus relevant zu sein, sich nicht auf die Stuttgarter Musikszene beschränken durfte. Das wäre provinziell und würde nicht zum Anspruch der *Allgemeinen* passen.

Die Reise nach Zürich zum Finale des European Youth Music Wettbewerb und zur Premiere einer eher unbekannten Rossini-Oper war, obgleich Mirja dort sang, nicht auf meinem Mist gewachsen, sondern den Hirnen unserer Marketingleute entsprungen. Als Imagewerbung für das Blatt gab es eine Serie von »Kulturreisen«, die mit großem Tamtam stattfanden. Die nächste sollte nach Zürich führen, ein Teil davon war die Rossini-Oper, ergo hatte ich im Vorfeld zu trommeln – und konnte nur hoffen, die Inszenierung wirklich empfehlen zu können.

So warf ich am Morgen mein Gepäck in den Kofferraum des Jaguars, fädelte mich hinters Steuer und startete. Dabei kam mir unweigerlich ein Lächeln – der satte Sound, mit dem die acht Zylinder zum Leben erwachten, machten mir klar, warum Philipp dieses Auto so mochte. Die Perspektive vom Fahrersitz aus fand ich allerdings etwas irritierend – so nahe hatte ich mich der Straße noch nie gefühlt. Dazu suchte mein Fuß öfter vergeblich die Kupplung – ich war noch nie mit einem Automatik-Wagen unterwegs gewesen.

In Zürich fiel ich Mirja in die Arme. Wir hatten uns wochenlang nicht gesehen und obwohl wir öfter telefoniert hatten, hatte ich sie vermisst und brach auf ihrem Miet-Sofa erst einmal in Tränen aus. Es tat gut, Mirja alles erzählen zu können, was ich in den letzten Wochen erlebt hatte. Sie hatte mitbekommen, dass Philipp verhaftet worden war, aber natürlich nichts vom Hintergrund.

Mein Bericht ließ sie den Kopf schütteln. »Da hat jemand aber entschieden was gegen Philipp! Für mich sieht das so aus, als ob es dem Betreffenden gerade recht war, dass er bei dem Mord in der Nähe war. Man musste ihm nur noch ein Motiv anhängen – und bingo! Ab in den Knast und egal, wie es ausgeht, man kann auf jeden Fall darauf hoffen, dass es einen ordentlichen Karriereknick gibt.«

»Friedemann Richter geht davon aus, dass sich der vermeiden lässt«, sagte ich.

»Wenn er das managt, kann ich mir das sogar vorstellen«, lächelte Mirja, die seit den Anfängen ihrer Karriere eine Friedemann-Klientin war.

Mir kam ein anderer Gedanke: »Ich bin bisher davon ausgegangen, dass der anonyme Brief, wegen dem Philipp verhaftet wurde, vom Täter stammt, der dadurch den Verdacht von sich ablenken will.«

Mirja warf ihre lange, blonde Mähne zurück. »Nicht unbedingt – es kann auch jemand gewesen sein, der Philipp einfach eine mitgeben wollte.«

»Aber warum?«

»Könnte es seine Noch-Ehefrau gewesen sein, die sauer darüber ist, dass er so kurz nach der Trennung bei dir gelandet ist? Madame war ja immer sehr eifersüchtig. Erinnerst du dich an den Salzburger ›Figaro‹, bei dem ich vor vier Jahren den Cherubin gesungen habe?«

Ich lächelte im Gedanken daran: »Du Arme warst das einzige Mädchen im Ensemble, das nicht mit Philipp fummeln durfte.«

»Ja, ich bin deswegen auch sehr bemitleidet worden!«, grinste Mirja. »Es hat mich aber nicht davor geschützt, von Madame angegiftet zu werden. Erinnerst du dich nicht? Ich hatte da doch diesen komischen Knubbel in der Brust. Philipp war außer Arne und dir der Einzige, der davon wusste. Als ich schließlich den Bescheid bekam, dass das Ding harmlos ist, bin ich ihm vor Erleichterung um den Hals gefallen. Genau in diesem Augenblick bog seine Amelie um die Ecke. Am Nachmittag nahm sie mich dann in einer Probenpause zur Seite und erklärte mir, dass mein Benehmen ›schamlos‹ sei und ich endlich aufhören solle, ihren Mann anzubaggern.«

»Das hast du mir damals ja gar nicht erzählt!«, wunderte ich mich.

Mirja zuckte mit den Schultern. »Das hatte noch ein Nachspiel. Amelie hat Philipp im Garderobengang vor mir eine Szene gemacht. Philipp war das schrecklich peinlich. Er hat Madame abgeschleppt und sich am nächsten Morgen bei mir entschuldigt. Dabei hat er mich gebeten, die Geschichte nicht zu verbreiten. Aber wenn ich jetzt so darüber nachdenke, wie Amelie schon wegen einer harmlosen Umarmung unter Kollegen ausgeflippt ist – Jule, wenn die mitbekommen hat, dass er wieder bei dir gelandet ist, schäumt sie vor Wut! Und dann traue ich ihr alles zu.«

»Philipp geht von einer einvernehmlichen, freundschaftlichen Trennung aus«, warf ich ein.

Meine Freundin legte den Kopf schräg und schaute mich skeptisch an. »Liebchen, unter uns: Philipp ist so galant, dass er sogar noch von einer ›einvernehmlichen Trennung‹ reden würde, wenn sie sie ihm das komplette Geschirr nachgeworfen und versucht hätte, ihn mit zwei Backsteinen zu kastrieren!«

»Aber er hätte mich nicht direkt angelogen!«, insistierte ich.

»Nein, das wohl nicht.« Mirja seufzte. »Aber vielleicht gibt er sich einer Illusion hin? Er wird versuchen, eine einvernehmliche Scheidung durchzuziehen. Aber du weißt nicht, wie sie dazu steht. Ich jedenfalls traue ihr zu, einer Rivalin den Hals umzudrehen. Und jetzt, wo er sie endgültig verlassen hat, könnte sich ihre Affenliebe zu ihm auch in Hass verwandelt haben.«

»Aber den eigenen Mann in den Knast bringen?«

Ich wollte mir nicht vorstellen, dass Amelie den anonymen Brief geschrieben hatte, weil ich wusste, wie verletzt sich Philipp davon fühlen würde.

»Vielleicht ist es ja ein perfider Plan? Vielleicht denkt sie, sie könne ihn mit ihrem Geld – die Frau hat ja ein paar Millionen, könnte ihm also fünf Staranwälte zur Seite stellen – wieder rauspauken und er kommt zu ihr zurück?«, spekulierte Mirja.

»Bisher hat sie aber keinen Mucks von sich gegeben!«, widersprach ich.

»Bist du sicher, dass sein Verteidiger dir das sagen würde? Vielleicht denkt Amelie auch, dass es wirkungsvoller ist, wenn sie ihn erst eine Weile im Knast schmoren lässt? Warte nur – die macht einen auf Leonore, befreit ihren Florestan und erwartet, dass er ihr dann in die Arme fällt!«

»Oh Mirja!«, seufzte ich. »Das ist alles so verworren und scheußlich! Ich war so froh, als ich Philipp wiederhatte! Ich dachte, jetzt wird alles wunderbar: Wir leben zusammen, ich habe den neuen Job an der Hochschule und der lässt mir genug Zeit, mit Philipp zu reisen …« Ich begann wieder zu weinen – momentan hatte ich noch näher am Wasser gebaut als gewöhnlich.

»Ach, mein Julchen!« Mirja nahm mich in die Arme, zog meinen Kopf an ihre Schulter und streichelte meinen Rücken. »Das wird alles wieder.«

* * *

Das Interessanteste beim Züricher Wettbewerb waren für mich weder die Stimmen noch die jungen Dirigenten, sondern dass es kurzfristig einen Wechsel in der Jury gegeben hatte: Statt Armin Müller-Rehling war Carlos Garcia-Santarez, der musikalische Direktor der Züricher Oper, angetreten. Müller-Rehling, so hieß es in einer Presseinformation, habe wegen einer Erkrankung abgesagt. Nur glaubte das niemand.

Ian Richardson, Chef einer Londoner Künstleragentur, bestätigte mir, dass Müller-Rehling vom Veranstalter ausgeladen worden sei. »His career is toast, over, done«, erklärte er mir mit angewidertem Gesicht. Man sei in der Branche durchaus tolerant. Er habe so manchen Klienten mit bewegtem Privatleben und darunter sogar den einen oder anderen, der mit seinen Affären und/oder Scheidungen mehr in den Klatschspalten als im Feuilleton auftauche. Er habe auch schon den einen oder anderen Klienten wegen eines Alkohol- oder Drogenproblems in der entsprechenden Privatklinik eingeliefert. Aber die Misshandlung einer Frau sei nicht akzeptabel. Einen Mann, der dazu fähig sei – und das auch noch öffentlich! –, könne man weder den weiblichen Mitgliedern eines Orchesters noch den Damen im Publikum zumuten.

Am übernächsten Abend konnte ich Mirja strahlend schön und wunderbar bei Stimme als Elena in Rossinis »La Donna del Lago« bewundern. Ihre Mitstreiter dagegen, naja … Es war klar, dass mir einige Verrenkungen bevorstanden. Ich konnte keinen Verriss schreiben, denn dann hätten mich Chefredakteur und Werbeabteilung geteert und gefedert. Aber direkt lügen wollte ich auch nicht – und ja, das nennt sich »unabhängiger Journalismus«. Ich habe jedenfalls gelernt, mir meine Kämpfe auszusuchen und meine Energie nicht an Nichtigkeiten zu verschwenden.

Mirja verabschiedete sich sehr schnell von der Fete – sie hatte am nächsten Tag Pressetermine und war müde. Ich aber verplauderte mich mit Bekannten und es war darum ziemlich spät, als ich zum Parkplatz ging.

Neben dem Theater wurde gebaut, weswegen die Einfahrt zum Parkplatz nicht gepflastert, sondern mit grobem Kies befestigt war. Und nachdem mich Mirja am Donnerstag zu einem Einkaufsbummel geschleppt und zum Kauf eines Paars richtig teurer Pumps überredet hatte, hatte ich keine Lust, deren Absätze auf dem Kies zu ruinieren. Deswegen hielt ich mich, die Dunkelheit weitgehend ignorierend, eng an den Bauzaun, an dem ich auf Zehenspitzen – die Absätze, die teuren, mit hellem Leder bezogenen Absätze! – entlangbalancierte.

Da hörte ich eine vertraute Männerstimme: »Was willst du mehr? Boch ist doch aus dem Rennen!«

Ich blieb stehen und spitzte die Ohren.

Eine andere, dunklere Stimme mit deutlich österreichischem Dialekteinschlag antwortete: »Aber glaubst du, dass er schuldig ist? Ich nicht! Also kommt er früher oder später wieder raus. Und wie ich Friedemann Richter kenne, verkauft er die Geschichte dann so, dass Boch am Ende blütenrein mit dem Heiligenschein eines Märtyrers dasteht und alle ihm wieder Zucker in den Hintern blasen.«

Meine Augen hatten sich mittlerweile an die Dunkelheit gewöhnt und ich erkannte die beiden Männer, die nur ein paar Schritte von mir entfernt hinter einem Betonmischer standen. Der kleinere von ihnen, schmal und mit spärlichem, rotblondem Haar war Müller-Rehlings Assistent Jochen Ölert. Neben ihm stand, den Bauchansatz in Edelzwirn und Seidenhemd, Jorge Daniel Mantenar, der Intendant der Züricher Oper.

Ich hatte ihn schon zweimal interviewt – und es war ein Vergnügen gewesen, weil der in Istanbul als Sohn einer österreichischen Sängerin und eines portugiesischen Diplomaten geborene Musikmanager Charme hatte. Er war nicht dumm, er sah nicht schlecht aus – wenn auch nicht so gut, wie er zu denken schien – und man konnte bei ihm sicher sein, dass er ebenso unterhaltsame wie wohlformulierte Sätze von sich gab. Er hatte auch durchaus Ahnung und man konnte ihm nicht absprechen, dass er das Züricher Opernhaus aufpoliert hatte. Dennoch war nicht nur Mirja der Meinung, dass er einer der größten Windbeutel in unserer an Heißluftproduzenten reichen Szene war.

Nun schien Mantenar der Sinn nach einem renommierteren Haus als Zürich zu stehen.

Ölert sprach aus, was ich schon vermutet hatte: »Interessiert es mich, ob Boch die Keller umgebracht hat oder nicht? Was ich aber weiß: Innerhalb der nächsten Wochen sitzt er – und in der Zeit wird in Stuttgart über die Intendanz entschieden. Mein alter Freund im Ministerium hört auf mich und zwei von den Herren im Ausschuss haben Leichen im Keller. Nachdem Boch jetzt nicht mehr verfügbar ist, kann ich dich vollends durchdrücken. Ich muss mich allerdings darauf verlassen können, dass du deinen Teil der Vereinbarung einhältst!«

»Jochen, darüber müssen wir doch gar nicht mehr reden!«

Mantenar bewies, dass er Wiener Schmäh perfekt beherrschte. Ich sah, wie er Ölert den Arm um die Schulter legte.

»Selbst ohne die Starthilfe von dir – wie sollte ich mir denn einen so begabten Mitarbeiter wie dich entgehen lassen? Wir sind ein starkes Team und wir machen das Ding in Stuttgart gemeinsam!«

»Ich bin froh, wenn wir das geschafft haben und ich den Alten endlich vollends abschießen kann!«, sagte Ölert. »Der wird immer unerträglicher! Ich dachte, er wäre dankbar, dass er die Keller endlich los ist – aber nein, er giftet noch mehr rum! Als ob ich daran schuld wäre, dass er dabei fotografiert wurde, wie er ihr an die Kehle gegangen ist!«

»Naja, dass der auf hohen Touren dreht, ist kein Wunder. Der weiß so gut wie du und ich, dass er erledigt ist«, sagte Mantenar.

»Du ahnst nicht, wie erledigt er sein wird, wenn ich mit ihm durch bin!« Aus Ölerts Stimme klang pure Boshaftigkeit. »Wenn er so weitermacht, kann er sich mit Boch eine Zelle teilen!«

»Dich möchte ich nicht zum Feind haben!«, stellte Mantenar anerkennend fest.

Aber da war etwas in seinem Ton und in der Art, wie er auf Ölerts Rücken klopfte, das mich vermuten ließ, dass er schon darüber nachdachte, wie er Ölert wieder loswerden konnte, ohne dass der seinen Giftzahn gegen ihn einsetzte.

»Aber ich muss los – du weißt, ich habe eine heißblütige junge Freundin zuhause. Was machst du mit der angebrochenen Nacht?«

»Na, was wohl? Die süße Irina freut sich auf mich! Und nach dem Stress in den letzten Wochen muss ich dringend mal wieder ein bisschen Spannung abbauen!« Ölert lachte und mir lief es kalt über den Rücken.

Die Herren verabschiedeten sich und der Intendant, dessen Porsche vorne stand, fuhr weg. Ölert unterdessen hatte seine Reisschüssel – einen dieser japanischen Möchtegern-sportwagen – am anderen Ende des Platzes geparkt und musste ein gutes Stück durch die Dunkelheit marschieren.

Ich konnte nicht anders. Ohne noch auf meine neuen Pumps zu achten, sprintete ich zu Philipps Jaguar, faltete mich auf den Fahrersitz, schaltete erst einmal die Innenbeleuchtung ab und wartete, bis Ölert losgefahren war. Danach zählte ich auf zehn, schaute ihm hinterher und setzte mich ebenfalls in Bewegung.

Zum Glück ist in Zürich nachts nicht viel los und ich schaffte es, den silbernen Japaner im Blick zu behalten, ohne zu dicht auffahren zu müssen. Schwieriger war es allerdings, dabei nicht gegen Verkehrsregeln zu verstoßen, und mein einziger Trost war, dass die Radarfallen, auf die wir unterwegs treffen würden, zuerst Ölert und dann mich erwischen würden.

Ich hatte schon in Stuttgart überlegt, wer wohl Ölerts Züricher Alibi war – und jetzt war ich ziemlich sicher, dass er auf dem Weg zu ebenjener Dame war. Natürlich war mir klar, dass ich nicht bei ihr reinmarschieren und befehlen konnte: »Und nun mal die Wahrheit: Ölert war am 11. Oktober nachts nicht bei Ihnen, also rufen Sie jetzt bitte die Polizei in Stuttgart an und teilen denen mit, dass Sie gelogen haben.« Aber wer weiß, was sich dort ergab?

Sicher würde mir das Glück nicht zweimal in einer Nacht so hold sein, dass ich Ölert belauschen konnte. Aber zu wissen, wo Ölerts Freundin wohnte, und vielleicht ihren ganzen Namen herauszufinden, konnte nicht schaden.

Wie war das noch einmal mit Ölerts Alibi für die Tatnacht? Laut der Akte bei der Kripo hatte Ölert sich gegen drei in Stuttgart auf den Weg gemacht und war gegen halb sechs in Zürich angekommen. Er war im Hotel Baur au Lac abgestiegen – das war durch den Anmeldezettel des Hotels bestätigt. Danach war Ölert angeblich mit Mantenar bis ungefähr halb zehn bei einem Italiener zum Essen gewesen.

Ich begann zu rechnen: Blandine war gegen halb elf umgebracht worden. Wenn Ölert um halb sieben wieder in Zürich losgefahren war, hätte er es locker bis halb zehn nach Stuttgart schaffen können. Ich hätte an seiner Stelle für die Tour einen unauffälligen Mietwagen verwendet und den dann entweder irgendwo am Gericht oder in der Tiefgarage der Staatsgalerie gegenüber vom Theater abgestellt. Unauffällig ins Haus und auf die Hinterbühne zu kommen, war für Ölert bestimmt kein Problem. Ein kleiner Ausflug in die Garderoben der Holzbläser, etwas Wickelgarn klauen – wenn er das nicht schon vorher erledigt hatte – und ab auf die Hinterbühne. Dort musste er dann noch den Requisiteur ruhigstellen und auf Blandine warten, um anschließend – was bei dem Tumult, der nach dem Mord geherrscht hatte, sicher auch nicht schwierig gewesen war – wieder abzuhauen. Wenn er gegen elf wieder in Stuttgart weggefahren war, hatte er genügend Zeit gehabt, denn laut seinem vermutlich falschen Alibi hatte er von ungefähr zehn bis morgens um drei bei seiner Freundin »entspannt«, um dann gegen halb vier wieder im Hotel anzukommen. Um halb sechs war er dort von Müller-Rehlings Agenten geweckt worden, worauf er sofort nach Stuttgart gefahren war.

Aber Himmel, wo wohnte diese Irina eigentlich? Wir waren mittlerweile in den Vororten von Zürich. Ein Schild glitt vorbei, auf dem »Oerlikon« zu lesen war. Ölert fuhr weiter – und hatte mich noch nicht bemerkt. Oder doch? Er fuhr wie ein Henker – und nun war er noch, ohne zu blinken, nach links abgebogen! Ich hatte zum Glück genügend Abstand, ihn trotzdem verfolgen zu können.

Wir waren jetzt in einem Industriegebiet – und dieses Mal setzte Ölert kurz den Blinker, bevor er nach rechts fuhr. Doch als ich um die Ecke kam, sah ich nichts mehr von ihm. Dafür wurde die Straße, auf der ich unterwegs war, von einer kleineren gekreuzt. Ich blieb stehen und schaute in der Hoffnung, Ölerts Rücklichter zu entdecken, nach links. Da war offenkundig eine Spedition, dementsprechend war alles mit Lkws zugeparkt. Dazu machte die Straße eine leichte Kurve – keine Chance, etwas zu sehen. Und nach rechts hatte ich zwar freien Blick, konnte aber keine Rücklichter erkennen.

Frustriert und ärgerlich klatschte ich mit der flachen Hand gegen das Lenkrad. Verflixt noch mal! Da hatte ich es geschafft, dem Kerl durch halb Zürich nachzufahren, um ihn dann in einem popeligen Industriegebiet zu verlieren! Und was, zum Geier, wollte er eigentlich hier? War seine Freundin etwa Lastwagenfahrerin und schlief in ihrem Truck? Oder hatte er bei Mantenar gelogen und hatte ganz was anderes vor als einen Besuch bei dieser Irina?

Hinter mir wollte ein Lieferwagen durch. Ich bog nach rechts ab und ließ den Wagen langsam an den geparkten Trucks vorbeirollen.

Ich ärgerte mich maßlos, dass mir Ölert entkommen war. Aber nun war er wohl endgültig weg und ich hatte keine Chance mehr. Ich musste es hinnehmen und zu meinem Hotel zurückfahren. Müde genug war ich nach dem langen Tag. Müde und traurig und frustriert. Weiter vorne, hinter der Kurve, war vor einem doppelstöckigen Betonplattenbau, ein kleiner Parkplatz, auf dem ich bequem wenden konnte.

Ich bog darauf ab, während ich aus dem Lautsprecher Philipps Stimme hörte – ich hatte, nachdem ich den Jaguar übernommen hatte, den Stick an der Stereoanlage ausgewechselt. Philipp sang Mozart: »Nur mutig, mein Herze, versuche dein Glück.« Seine Stimme tröstete mich und hüllte mich ein wie eine weiche, warme Decke.

Ich schluckte meinen Ärger und beschloss, zum Hotel zu fahren und einfach froh darüber zu sein, dass ich die Unterhaltung zwischen Ölert und Mantenar gehört hatte. Die Informationen daraus würden die Polizei sicher interessieren. Und was hatte Ölert eigentlich damit gemeint, dass er sich über Müller-Rehlings »Undankbarkeit« ausgelassen hatte?

Moment, was war das? Im Kegel meines Scheinwerfers glitzerte etwas. Auf dem Parkplatz stand ein silbergrauer Pseudo-Sportwagen. Ich trat auf die Bremse, setzte etwas zurück und konnte nun das Nummernschild erkennen: blauer Eurostern auf weiß, ein D und ein Stuttgarter Kennzeichen.

Ich stellte den Wagen in eine Parklücke und stieg aus, um mir das Gebäude genauer anzuschauen. Nach einem Wohnhaus sah es definitiv nicht aus und ich konnte mir auch nicht vorstellen, dass jemand hier draußen in diesem Industriegebiet, direkt neben einer Spedition, bei der es tagsüber bestimmt sehr laut war, wohnte.

Tatsächlich blinkte im ersten Stock ein rotes Herz und eine Leuchtschrift warb für »Men's World«.

Wenn ich noch Zweifel darüber gehabt hätte, was der Männerwelt im Industriegebiet geboten wurde, wären sie mir eine Minute später vergangen. Da öffnete sich nämlich die Tür und zwei junge Frauen stöckelten über den Parkplatz zu einem roten Kleinwagen.

Die größere mit langer, blonder Mähne trug Leggings mit Leopardenmuster, rote Plateauschuhe mit einem Absatz, auf dem ich vermutlich noch nicht einmal von der Haustür zum Mülleimer gekommen wäre, dazu unter einem offenen Kunstfellmantel ein enges, weit ausgeschnittenes, rotes Oberteil. Ihre dunkelhaarige Kollegin war im Kleinmädchenlook für Herren mit schräger Phantasie unterwegs: weiße, geschnürte Lacklederstiefel, ein ausgestelltes, kurzes, weiß-rotes Röckchen, eine weiße, mit einer roten Schleife geschlossene Bluse, die allerdings fast durchsichtig war. Ihre Haare waren zu zwei Zöpfen geflochten und mit einer roten Schleife gebunden. Beide Mädchen waren stark geschminkt und ihr Duft nach einem starken, süßen Parfüm wehte bis zu mir.

Sie unterhielten sich über einen Kunden, den sie beide »ekelhaft« fanden. Dabei fiel mir auf, dass die Blonde einen Akzent hatte, der mich an Mischas Mutter erinnerte.

Ich wartete, bis sie weggefahren waren, fotografierte das Gebäude, die Lichtreklame und Ölerts Auto, gähnte herzhaft und fuhr in mein Hotel mit Blick auf den Zürichsee zurück.

Es war eine Wohltat, aus den Pumps herauszukommen – schick wie sie waren, waren sie doch weit von der Bequemlichkeit der Mokassins und Sneakers entfernt, in denen ich normalerweise unterwegs war. Dazu schmerzte mein Rücken vom langen Stehen und ich war froh, mich hinlegen zu können. Doch trotz meiner Müdigkeit konnte ich nicht einschlafen.

Ich versuchte, im Geiste auszusortieren, was ich in dieser Nacht erfahren hatte – angefangen mit der Überlegung, ob ich mit meinem Verdacht gegen Katmandis vielleicht auf dem falschen Dampfer gewesen war.

Ich kannte mich zwar mit den Sitten und Gebräuchen der Damen vom horizontalen Gewerbe nicht aus, aber konnte mir durchaus vorstellen, dass eine davon – selbstverständlich gegen ein nettes Honorar – bereit war, ein falsches Alibi zu bestätigen. Und Mantenar würde vermutlich jeden Meineid schwören, um sein Ziel – die Intendanz der Stuttgarter Oper – zu erreichen. Damit war Ölerts Alibi lange nicht mehr so unerschütterlich, wie es am Anfang gewirkt hatte.

Das führte unweigerlich zur Frage: Wäre Ölert bereit gewesen, für Müller-Rehling einen Mord zu begehen? Seine Gier – Blandine hatte mehr als einmal darüber geklagt, dass Ölert den Hals nicht vollkriegen konnte und dauernd in irgendwelche seltsamen Spekulationen verwickelt war – sprach dafür, außerdem hielt ich ihn für skrupellos. Er wollte nach oben und das um jeden Preis. Er schien aber schon lange begriffen zu haben, dass sein eigenes Talent nicht ausreichte. Dazu schien ihm schon vor dem Skandal um die Fotos aufgegangen zu sein, dass Müller-Rehling auf dem absteigenden Ast war. Mantenar war sicher keine schlechte Wahl als Karrierelokomotive – wenn er sich denn als solche nutzen lassen würde. Andererseits hatte Ölert via Müller-Rehling tatsächlich sehr gute Kontakte in Stuttgart. Ich traute ihm zu, dass er Mantenar helfen konnte, in die Intendanz zu kommen. Er kannte genug Leute und er wusste, welche Fäden zu ziehen waren.

Die Planung sprach aber dagegen, dass Ölert mit dem Mord zu tun hatte. Warum sollte er, wenn er bei Müller-Rehling sowieso abspringen wollte, vorher noch Kopf und Kragen für ihn riskieren? Und dann war da auch noch seine Ankündigung, Müller-Rehling fertigmachen zu wollen – womit? Wenn er den Mord für ihn durchgeführt hätte, könnte er ihn damit nicht erpressen. Was also wusste er, womit er Müller-Rehling schaden konnte? Hatte Müller-Rehling einen anderen als Ölert damit beauftragt, den Mord zu begehen, und Ölert hatte es mitbekommen? Mir kam wieder

Katmandis in den Sinn. Blandine hatte mal erwähnt, dass ihr Ehemann und ihr Gesangslehrer sich schon eine Ewigkeit kannten. Hatten die beiden sich gegen Blandine verbündet? Wusste Ölert davon?

Wenn Katmandis die Tat durchgeführt und Ölert davon gewusst hatte, war auch Ölerts Reise nach Zürich am Tag der Premiere erklärt. Dann hatte Ölert dafür gesorgt, dass ganz sicher kein Verdacht auf ihn fallen konnte.

8. Herrenbesuch

Ich hatte gerade so schön geträumt! Philipp und ich waren unter Palmen an einem Strand im warmen Sand gelegen, im Hintergrund hatte das Meer gerauscht, wir hatten uns leidenschaftlich geküsst – und Philipp küsste so wundervoll! – und Traumstrände haben ja den Vorteil, immer einsam und ungestört zu sein, weswegen ich gerade überlegt hatte … und dann hatte das Telefon geklingelt und mein Traum war geplatzt wie eine Seifenblase.

Dafür hatte ich Arvid Schönerts dunkle Stimme am Ohr: »Guten Morgen, Sherlock Holmes! Wünsche wohl geruht zu haben!«

Am Montagmorgen war es meine erste Aktion gewesen, ihn anzurufen und ihm von meinen Erlebnissen am Wochenende zu erzählen. Er hatte mir daraufhin versprochen, sich mit der Kriminalpolizei in Verbindung zu setzen.

Nun war es Donnerstag – mein redaktionsfreier Tag, nachdem ich am Wochenende gearbeitet hatte. Ich hatte ausschlafen wollen, um dann am Nachmittag pünktlich um zwei in Stammheim zu meinem Besuch bei Philipp anzutreten.

»Danke, Herr Schönert – und auch guten Morgen! Was gibt's denn?«

Ich war immer ein wenig aufgeregt, wenn ich Philipps Verteidiger am Telefon hatte, hoffte aber angesichts seiner fröhlichen Begrüßung, dass er keine schlechten Neuigkeiten hatte.

»Heute ist der Tag des geplatzten Alibis!«, verkündete Schönert.

»Sagen Sie bloß, Ölerts Alibi ist schon hochgegangen?«

»Nein, das noch nicht – aber Frau Jelinek und ihre Herren arbeiten daran und das ist die erste gute Nachricht des Tages: Das Züricher Alibi wurde im ersten Anlauf geprüft, indem die Stuttgarter Kripo die Schweizer Kollegen um

Amtshilfe gebeten haben. Die Züricher Polizei hat darauf jemanden zu dieser Dame geschickt.« Er lachte. »Sie hatten übrigens recht: Diese Irina Nabutnov ist tatsächlich eine Bordsteinschwalbe und Ihr Freund Ölert ist einer ihrer Stammfreier.«

»Hab ich's mir doch gedacht!«

»Frau Jelinek hat jetzt beschlossen, selbst noch einmal mit dieser Frau Nabutnov zu sprechen. Sie wird nach Zürich fahren – und wetten wir, dass das Alibi dann platzt?«

Ich atmete tief durch, denn mir war fast schwindelig beim Gedanken, was das bedeuten könnte.

»Kriegen Sie Philipp dann raus?«

Arvid Schönert seufzte. »Ich will Ihnen nichts versprechen, Frau Pfeiffer. Die Wege von Haftrichtern sind oft unerfindlich. Aber unsere Chancen steigen. Wir haben nämlich noch ein geplatztes Alibi: Der Gesangslehrer hat ausgepackt. Er hat der Polizei erzählt, er sei wegen seines untreuen Lovers so frustriert gewesen, dass er sich in der Kneipe eines Cousins in Zuffenhausen mit Ouzo zugeschüttet und schließlich sogar dort übernachtet habe. Der Cousin und seine ganze Sippe – Kind, Kegel und Köchin – waren bereit, jeden Eid darauf zu schwören, dass sie den armen Stavros von sechs bis Mitternacht wegen seines Liebeskummers getröstet haben. Dumm ist nur, dass Herr Katmandis um 20.36 Uhr am Ausgang des Wagenburgtunnels stadteinwärts mit Tempo 67 geknipst wurde – also in der Nähe der Oper.«

»Ja, der wohnt in der Heubergstraße. Wenn er in die Oper will, führt der kürzeste Weg durch den Wagenburgtunnel.« Ich wuschelte durch meine Haare. Mir war nach einer Dusche und Zähneputzen. »Kommt Philipp damit raus?«

Die Antwort war ein erneutes Seufzen. »Ach, Frau Pfeiffer – ich würde so gerne sagen: ›Übermorgen haben Sie Ihren Liebsten wieder‹, aber Katmandis ist im Moment noch gut dabei, sich rauszureden: Die Cousin-Sippe und er hätten sich wegen des Ouzo-Besäufnisses nur im Tag geirrt – es war der Donnerstag, an dem er in Zuffenhausen gewesen ist. Am Freitag habe er dann so einen Kater gehabt, dass er für die Oper abgesagt habe. Abends sei ihm dann aber in seinem einsamen Heim die Decke auf den Kopf gefallen, weswegen er ins Kino gegangen sei – in dieses große Kinocenter am alten Milchhof. Die Angabe des Films, den er dort in der Spätvorstellung gesehen haben will, ist richtig. Also rennen die Mädels und Jungs von der Kripo jetzt mit einem Bild von Katmandis im Kinocenter herum und suchen jemanden, der das Alibi bestätigt. Wir wissen aber beide: Wenn die niemanden finden, bedeutet das nicht, dass Katmandis nicht da war. In dem Laden marschieren täglich so viele Leute durch, dass man vom Personal wirklich nicht erwarten kann, sich an einen Einzelnen zu erinnern. Und das bedeutet, dass die Kripo schlichtweg nicht genug in der Hand hat, um einen Haftbefehl zu beantragen.«

»Wundervoll!«, kommentierte ich sarkastisch. »Sollte ich jemals einen Mord begehen, werde ich entweder am Tag vorher oder nachher ins Kino gehen und dann eben auch behaupten, dass ich zur Tatzeit dort gewesen bin.«

* * *

Stammheim deprimierte mich. Schon der Anblick der riesigen grauen Betonburg erschreckte mich und als ich aus dem Auto stieg, um mich am Tor zu melden, schien sich mein Magen verknotet zu haben. Dafür wurde ich dann auch gleich von dem grün Uniformierten, der mich einließ, angemeckert, weil ich zu früh dran war. Ich solle mir nicht einbilden, man habe nur auf mich gewartet.

Arvid Schönert hatte mich beschworen, im Gefängnis die Klappe zu halten. »Die Herren Beamten dort zeichnen sich nicht eben durch feine Manieren aus. Es kann Ihnen durchaus passieren, dass Sie angemotzt werden. Bitte schlucken Sie jede dazu passende Erwiderung runter!

Wenn Sie sich mit einem dieser Typen anlegen, entscheidet der nämlich, dass Sie den Anstaltsfrieden stören und den Gefangenen aufwiegeln könnten – und dann sind Sie ganz schnell wieder draußen, was der Herr Boch nicht gut verkraften würde. Er zählt nämlich die Stunden, bis Sie kommen.«

Also war ich ein ganz liebes Mädchen, entschuldigte mich bei dem Uniformierten für meine Verfrühung und fragte, wo man kleine Geschenke für die Gefangenen kaufen konnte. Er deutete nur wortlos – er hatte mich unterdessen in einen großen, nach Schmierseife und Schweiß riechenden Warteraum geführt – auf die Automaten, die da in einer Ecke standen. Ich machte mich gleich daran und setzte mich mit meinen Einkäufen aufs Bänkchen neben zwei andere Besucher und wartete.

Nach einer gefühlten Ewigkeit kam ein dicker Beamter herein und las von einem Zettel ab: »Pfeiffer, Dr. Juliane?«

Ich stand auf. »Ich bin Juliane Pfeiffer.«

»Personalausweis, Pass?« Der Dicke war kein Freund großer Worte.

»Bitteschön!« Ich hielt ihm meinen Personalausweis hin.

Er studierte ihn, gab ihn mir wortlos zurück und ließ mich in einen kleinen Raum mit einer Reihe von kleinen Stahlspinden an der Wand eintreten. »Tasche und Handy einschließen! Da!« Er deutete auf die Spinde.

Ich schloss meine Tasche ein und schob den Schlüssel in die Hosentasche. »Und jetzt?«

»Leibesvisitation.« Der Beamte nahm einen Metalldetektor von der Wand. Einmal von vorne, einmal von hinten, wobei die diversen Piepser – BH-Verschluss, Gürtelschnalle, Jeansknöpfe und Schlüssel in der Tasche – ihn nicht zu stören schienen.

Der Uniformierte hängte den Detektor wieder auf, watschelte zur Tür, die dem Eingang gegenüberlag und schloss sie auf. Um eine Ecke herum kamen wir auf einen langen Flur mit grün gestrichenen Wänden und zwei Gittertüren hintereinander. Der Dicke öffnete sie, schloss aber sofort wieder hinter mir ab und führte mich um eine Ecke herum auf einen weiteren, langen Gang. Das Klappern seiner Schlüssel und das Quietschen seiner Gummisohlen waren die einzigen Geräusche, als er mich eine Treppe hinauf und dann über den nächsten Flur führte. Er schloss eine grüngestrichene Tür mit einem Fenster darin auf.

»Sie warten!«, kommandierte er, ließ mich eintreten und schloss hinter mir ab.

Ich sah mich in dem kleinen Raum um. Die Wände waren mit abwaschbarer weißer Farbe bemalt, an der einen stand ein einfacher Holztisch mit kunststoffbeschichteter Platte und vier Stühlen, an der anderen ein einzelner Stuhl. Der Raum wurde durch ein Fenster beleuchtet, vor dem eine Art Gitter aus Beton angebracht war. Es roch nach Desinfektionsmittel und mein Magen schien sich noch mehr zu verkrampfen. Wie hielt Philipp das wohl aus?

Es schien endlos zu dauern, bis ich endlich wieder das Rasseln der Schlüssel hörte. Der Dicke öffnete die Tür und ließ Philipp eintreten.

Mein Liebster trug eine beige Cargohose und ein blaues Hemd, das über dem Gürtel Falten schlug. Er hatte deutlich abgenommen. Die Falten in seinem Gesicht waren tiefer geworden, die Wangen schmaler, die Tränensäcke unter seinen Augen waren geschwollen. Sein Lächeln wirkte verkrampft.

Ich streckte, ohne darüber nachzudenken, die Hände nach ihm aus, worauf der Dicke, der die Tür abgeschlossen hatte und jetzt zu dem einzelnen Stuhl hinüberging, schnarrte: »Keine Berührungen!«

Ich hätte ihn erwürgen können! Ich stand einen Schritt vor dem Mann, den ich liebte, alles in mir drängte danach, ihn in die Arme zu nehmen, und mir blieb nur, ihn anzuschauen und zu hoffen, dass er in meinen Augen lesen konnte, was ich empfand.

Wir suchten beide nach Worten.

Philipp fand sie zuerst. »Juliane!« Seine Stimme klang belegt und er musste sich räuspern. »Julchen – schön, dass du da bist!«

»Philipp, Liebster – wie geht es dir? Du siehst müde aus!«

Er zuckte mit den Schultern. »Ist nicht gerade ein Kuraufenthalt.«

»He, keine Unterhaltung über Haftumstände!«, meckerte der Zensor aus der Ecke. »Setzen Sie sich hin!«

Philipp ging um den Tisch herum, ich setzte mich ihm gegenüber und stellte meine Geschenke vor ihm ab. »Ich habe dir Cola und Eiskaffee mitgebracht.«

»Danke. Du bist lieb. Danke auch für die Briefe. Ich freue mich über jeden einzelnen und fühle mich sehr verwöhnt.«

»Ach, Philipp – ich denke ja den ganzen Tag an dich, da kann ich auch jeden Tag an dich schreiben.« Ich wusste nicht, was ich vor dem Wärter sonst reden konnte.

»Erzähl doch, Juliane. Was machst du?«, fragte Philipp.

Mir war zum Heulen, aber ich hatte mir fest vorgenommen, mich vor Philipp zusammenzureißen, also zwang ich mir ein Lächeln ab und hoffte, dass keine Grimasse dabei herauskam. »Tja – was treibe ich? Abgesehen davon, dass ich dich schrecklich vermisse, mache ich das Übliche. Ich marschiere in meine Redaktion, ärgere mich über den Chefredakteur und meinen Ressortleiter, und ich bin natürlich regelmäßig an der Musikhochschule.«

Er lächelte müde. »Wie war Zürich?«

Ganz offensichtlich bemühte Philipp sich um Normalität und ich beschloss mitzuspielen.

»Oh, ganz vergessen: Danke für das Auto! Ich habe es auf der Fahrt sehr genossen.« Dieses Mal war mein Lächeln schon echter. »Ich komme mir ein bissel vor wie eine Hochstaplerin, wenn ich mit deinem Nobelschlitten irgendwo vorfahre. Aber es macht trotzdem Spaß.«

»Benutz es weiterhin, ja? Du bist darin sicherer als in deinem alten VW und ich muss mir weniger Sorgen machen.«

»Ich pass schon auf mich auf, Philipp. Zürich war sehr interessant – aber das erzählt dir Herr Schönert.«

Es war wirklich zum Auswachsen, nicht über die Dinge sprechen zu können, die uns beide am meisten beschäftigten. Aber der Beamte in der Ecke schien uns mit Argusaugen zu beobachten und so flüchtete ich mich zu sicheren Themen. Wir plauderten, als ob wir im Café sitzen würden – schön unverbindlich-oberflächlich. Es tat fast weh, denn da war so viel, was ich ihm hätte sagen wollen – aber wie denn mit einem Zensor in der Ecke?

Irgendwann war es mir dann aber doch zu dumm und ich beschloss, den Dicken zu ignorieren.

Ich holte tief Luft und sagte leise: »Ich liebe dich, Philipp. Du fehlst mir sehr.«

Er schien nach meiner Hand fassen zu wollen, hielt sich dann aber zurück, biss sich auf die Unterlippe und atmete tief durch. »Ich träume von dir. Wenn es hier ganz schlimm ist, mache ich die Augen zu und stelle mir vor, was wir zusammen unternehmen könnten, wenn ich bei dir wäre.«

»Ach, Philipp! Es ist total verrückt. Ich habe so lange ohne dich gelebt und ich habe mir eingebildet, dass du nur eine Erinnerung bist. Und jetzt ...«

»Sag nicht, du bereust deine Entscheidung damals. Sie war richtig!« Philipp war sehr ernst und sprach eindringlich. »Ich habe auch lange und oft darüber nachgedacht und inzwischen erkannt, dass eine Beziehung nur auf Augenhöhe funktionieren kann. Ich habe mir damals eingebildet, dass unser Zusammensein es dir wert sein müsste, deine eigenen Ambitionen aufzugeben. Ich war damals zu jung und zu dumm. Und mir ist klar geworden, dass ich mit meinem Anspruch unsere Beziehung auf eine ganz falsche Basis gestellt habe.« Er lächelte, aber seine Augen blieben dabei ernst.

»Ich hätte es nicht gekonnt, Philipp. Ich wäre nicht mehr ich gewesen.«

»Nicht nur das, meine Juliane. Wer wäre ich dann in dieser Beziehung gewesen? Ich liebe dich ...« Er schaute kurz zu dem Dicken hinüber, der die Hände über dem Bauch gefaltet und die Augen geschlossen hatte. »Ich will es jetzt besser machen – wenn ich die Gelegenheit dafür bekomme.«

»Du wirst! Daran darfst du nicht zweifeln.«

»Und wenn nicht?« Er hob den Kopf wieder und sah mich an. »Wenn nicht, wirst du gehen und mich vergessen. Ich will keine Bürde für dich werden, ich will nicht, dass du auf etwas verzichtest und dafür das hier …«, er machte eine Handbewegung, die das ganze Gefängnis zu umfassen schien, »öfter aushalten musst.«

Ich hob die Hand und unterbrach ihn. »Das hast nicht du zu entscheiden, Philipp! Du vergisst etwas: Ich habe den Versuch, dich zu vergessen, bereits hinter mir. Es hat nicht funktioniert. Ich gehöre zu dir, Philipp – und deine einzige Chance, mich wieder loszuwerden, ist, dass du aufhörst, mich zu lieben.«

»Das werde ich bestimmt nicht.« Er schaute mich so sehnsuchtsvoll an, als ob er mich zum letzten Mal sehen würde.

* * *

Eine halbe Stunde später klapperte der letzte Schlüssel hinter mir und ich stand wieder vor dem Gefängnis. Obwohl ich schon vor Jahren das Rauchen aufgegeben hatte, war das einer der Momente, in denen ich schrecklich gerne eine Zigarette angezündet hätte. Aber so nagte ich an meinem Daumen, als ich zum Auto ging. Mir war nicht danach, jetzt in die Hochschule zu fahren und meinen Studenten ein fröhliches Gesicht zu zeigen. Aber es half ja nichts.

Außerdem musste ich mich bemühen, einen klaren Kopf zu behalten – und vielleicht konnte ich noch etwas mehr über Katmandis und Ölert herausfinden? Philipps beste Chance, endlich wieder aus Stammheim herauszukommen, war die Überführung des wahren Täters. Und so warf ich beim Wegfahren einen letzten Blick auf das Gefängnis und hoffte, dass ich bei meinem nächsten Besuch vor dem Tor bleiben und auf Philipps Entlassung warten durfte.

Mein Hörsaal war gut gefüllt, nur Christopher Mägerle war wieder nicht erschienen. Seit Blandines Tod hatte ich ihn nicht mehr in der Vorlesung gesehen, dabei wusste ich, dass er den Schein in Kürze für sein Abschlussexamen brauchen würde. Deswegen hatte ich eine ganze Reihe künftiger Orchesterleiter im Saal – und üblicherweise war Christopher in dem Block, der sich heute in der dritten und vierten Reihe breitgemacht hatte.

Als ich mit der Vorlesung durch war, sprach ich Christophers Kommilitonen an: »Isolde, Ariane, Evangelos, Sven, Tom: Haben Sie einen Augenblick?«

Das Quintett blieb stehen und schaute mich erwartungsvoll an.

Evangelos, Christophers Hauptrivale um den Rang des hübschesten Studenten an der Hochschule, schenkte mir sein charmantestes Lächeln, wobei zwei Reihen perfekter weißer Zähne aufblitzten.

»Ich habe gehört, dass Sie eine Professur bekommen haben, und wollte dazu gratulieren – der Hochschule und den Studenten, die nach uns kommen. Ohne Sie hätte ich es sehr viel schwerer gefunden, Musikwissenschaft durchzuhalten.«

»Danke. Aber ich wollte Sie eigentlich etwas fragen. Mir ist aufgefallen, dass Christopher nicht mehr zu meinen Vorlesungen kommt …«

Die blasse, aber sehr eifrige Isolde packte ihren Collegeblock in ihre überdimensionale Tasche. »Der kommt auch sonst zu keiner!«

Sie klang bedrückt und mir fiel ein, dass sie Christopher immer ein wenig angehimmelt hatte.

»Der Depp!«, schimpfte Evangelos. »Der ist dabei, kurz vor dem Examen alles wegzuwerfen! Schott ist schon so sauer auf ihn, dass er ihn aus dem Meisterkurs werfen will – wenn er ihn endlich mal wieder in die Finger kriegt.«

»Naja, war halt alles ein bisschen viel für ihn«, sagte Sven Verständnis heischend. »Erst der Tod von Frau Keller, dann hatte er einen Riesenknatsch mit seiner Mutter und jetzt hockt er in der Elisabethenstraße in einer Dachkammer und hat den Blues.«

»Wenn er nur mal in der Elisabethenstraße in seiner Dachkammer bleiben würde!«, schimpfte Evangelos. »Aber der Depp rennt ja jeden Tag auf den Pragfriedhof, wo er sich über das Grab der ewig Geliebten schmeißt, um die Rosen da mit seinen Tränen zu netzen.«

Trotz der besorgniserregenden Botschaft musste ich grinsen. Evangelos, der Sohn eines griechischen Mathematikers und einer deutschen Musiklehrerin, liebte Barockmusik, speziell Bach-Kantaten. Man merkte es seinem Wortschatz an.

»Klingt nicht gut. Kann ihn nicht mal jemand ein wenig in den Hintern treten? Wenn Schott ihn wirklich aus dem Meisterkurs kickt ...«

Isolde sah aus, als ob sie den Tränen nahe wäre. »Wir haben doch schon versucht, mit ihm zu reden! Er ist so begabt und er könnte so viel erreichen und jetzt ...« Sie schluckte und schaute die drei Jungs hilfesuchend an.

»Vielleicht könnten Sie mal mit ihm reden, Frau Doktor Pfeiffer?« Evangelos schaute mir in die Augen. »Er hält eine Menge von Ihnen und Sie waren mit Frau Keller befreundet.«

Ich seufzte, denn eigentlich war mir nicht danach, noch einmal Blandines jungen Lover und seine neurotisch überzogene Liebe auszuhalten. Andererseits war der Junge wirklich hochbegabt und wenn er diesen Knall mit Blandine erst einmal überstanden hatte, würde er sicher ein großartiger Dirigent werden.

»Okay. Hat mir jemand die Telefonnummer des jungen Herrn?«, fragte ich.

Die fünf schauten sich an, dann sagte Sven: »Die wird Ihnen nicht viel nutzen. Er hat sein Handy abgeschaltet – er sagt, da Blandine Keller ihn eh nicht mehr anrufen wird, wolle er auch sonst mit niemandem reden.«

»Der scheint diverse Räder ab zu haben!«, meinte Evangelos.

»Ich glaube, er will vor allem nicht mit seiner Mutter reden!«, wusste Isolde. »Und das ist vielleicht auch gut so. Christophers Mutti ist so was von daneben! Sie kann überhaupt nicht loslassen und behandelt ihn immer noch wie einen kleinen Jungen. Sie spricht ihn mit ›Bubele‹ an und das sogar, wenn andere Leute dabei sind. Ist das nicht fürchterlich? Und sie ist auf jede Frau eifersüchtig, die in seine Nähe kommt.«

Evangelos schaute sie neugierig an. »Woher weißt du das alles?«

Isolde wühlte in ihrer Tasche herum. Ohne aufzuschauen, antwortete sie: »Ich war mal bei ihm. Seine Mutter und er wohnen in Cannstatt und ich habe eine Freundin da in der Nähe. Und er hat gesagt, ich soll vorbeikommen, wenn ich mal da bin.«

Ich lehnte mich an mein Pult, das lange Stehen im Hörsaal strengt mich immer ein wenig an. »Okay – wo in der Elisabethenstraße wohnt er?«

»Nummer fünf, ganz oben und ohne Lift!« Evangelos lächelte mitleidig.

»Ich werd's überleben – ist ja für eine gute Sache. Da spiele ich doch gerne mal Pfadfinderin.«

Am Samstag hatte ich Zeit, dann würde ich mich um Christopher kümmern.

»Gehen Sie noch auf ein Viertele mit in den *Becher*?«, fragte Evangelos. »Wir sind mit Professor Schott verabredet.«

Ich hatte mir bereits vorher vorgenommen, Professor Christian Schott anzurufen, um mit ihm über das »Bubele« – das offenkundig auch bei mir den verschütteten Mutterinstinkt weckte – zu reden. In der Kneipe über einem Glas Wein würde das vermutlich einfacher sein als am Telefon.

Zudem graute mir vor meiner leeren Wohnung. Mischa war schon wieder unterwegs, Mirja immer noch in Zürich – und nein, ich wollte nicht den ganzen Abend über meinen Besuch bei Philipp und darüber nachdenken, wie blass und müde er ausgesehen hatte.

* * *

Von Christian Schott, Professor für Orchesterleitung und musikalischer Direktor des Funk-Orchesters, pflegte nicht nur Philipp zu sagen, dass er ein atypischer Dirigent war – und das lag nicht nur daran, dass der ungefähr fünfzigjährige, schlaksige Westfale eine Vorliebe für bunte Ringelpullis hatte, sondern dass er auch sehr weit von den bei seinen Kollegen so oft auftretenden Allüren entfernt war. Chrissy, wie ihn seine Studenten fast zärtlich nannten, nahm seinen Job ernst, verlangte eine Menge von seinen Studenten, doch er stellte die eigene Person nie in den Vordergrund. Außerdem hatte er Humor.

Ich mochte ihn, was auf Gegenseitigkeit beruhte, wie mir wieder bewusst wurde, als ich hinter Evangelos, Tom und Isolde in den *Becher* kam. Chrissy, an diesem Abend in einem braunen Polohemd mit roten und grünen Querstreifen, war offenkundig auch erst gerade gekommen und stand noch an der Bar, wo er ein Schwätzchen mit dem Wirt hielt.

Als er mich sah, strahlte er mich an und öffnete die Arme: »Juliane!« Während er mich mit der Rechten an sich zog, klopfte er mit der linken Hand Evangelos auf die Schulter. »Es war eine richtig gute Idee von euch, dass ihr sie mitgeschleppt habt! Sie will mich zwar nicht erhören, obwohl ich seit mindestens zwanzig Jahren um sie werbe, aber ich freue mich trotzdem immer, sie zu sehen.«

Er ließ mich los und führte mich zu einem Ecktisch, wo ich mich auf die Bank einfädelte und er neben mir Platz nahm. Drei andere Studenten waren schon da und begrüßten uns mit viel Geblödel, außerdem hatte sich Timothy St. Rivers, unser englischer Celloprofessor, mit drei seiner Studenten eingefunden.

Timothy hatte fast immer gute Laune, einen trockenen, manchmal fast morbiden Humor und laut der Hochschulgerüchteküche einen »Schlag bei Frauen«.

Ich bestellte Mineralwasser – ich hatte ja Philipps Auto in der Tiefgarage – und schwäbischen Wurstsalat. Während ich aß, ging die lockere Plauderei über den ganzen Tisch hin und her, wobei – zu meiner Erleichterung – die Vorfälle in der Oper nur am Rande gestreift wurden. Timothy fragte mich, was ich vom anstehenden Intendantenwechsel in der Oper hielte. Vorwegh, unser Rektor, so befand er, sei kein heißer Kandidat. Dem fehle das »internationale Standing« und die Opernerfahrung. Also blieben nur noch drei andere Anwärter: Der Duisburger Intendant, der allerdings auch noch nicht viel internationale Erfahrung habe. »Ansonsten Boch oder Mantenar – und da muss wohl keiner lang überlegen, oder?«

Neben mir fiel Christian Schott fast das Glas aus der Hand. »Mantenar? Für Stuttgart? Das ist nicht dein Ernst, Timothy!«

»Doch, ist es – und ich weiß sogar, dass es im Ministerium einige Leute gibt, die ihn großartig finden«, antwortete Timothy und trank einen Schluck Bier.

Christian schüttelte sich wie ein nasser Hund. »Wer, um Himmels willen, kommt denn auf eine so abgefahrene Idee? Dieser Windbeutel ist doch schon in Zürich am Anschlag!« Er winkte dem Kellner. »Ich hätte gerne einen Cognac.« Dann wandte er sich wieder an Timothy. »Aber als Drama-Queen ist Mantenar einsame Spitze! Ich habe letztes Jahr Tristan in Zürich gemacht. In der Hauptprobe macht Isolde kaum den letzten Atemzug, da bricht dieser Idiot in wildes Schluchzen aus, stürzt sich auf die Bühne und auf Jane, die die Isolde gesungen hat, und versichert ihr, dass er bis ins Innerste erschüttert sei.«

Timothy zuckte mit den Schultern. »Tja, ich würde Mantenar auch nicht als Intendant brauchen. Ich habe ihn und seine von ihm selbst am meisten gerühmte Musikalität einmal erlebt, als er noch in München bei einer Konzertagentur gearbeitet hat. Das war wirklich etwas anstrengend. Aber was will man machen? Nachdem Boch jetzt aus dem Rennen ist ...«

Christian neben mir versuchte gerade, aus Bierdeckeln ein mehrstöckiges Gebäude zu errichten. Ohne es aus den Augen zu lassen, sagte er: »Ich würde Boch noch nicht abschreiben. Ich kann mir nämlich nicht vorstellen, dass er der Mörder war. Als ich gelesen habe, dass er eine Affäre mit der Keller gehabt haben und sie deswegen umgebracht haben soll, habe ich mir an den Kopf gegriffen.«

Ich wand mich ein wenig. Mein Name war bisher nicht in der Zeitung gestanden. Aber die Kollegen würden dennoch früher oder später erfahren, dass Philipp und ich zusammengehörten. Doch ich konnte jetzt nicht damit herausplatzen, also hielt ich mich an meinem Sprudelglas fest und hoffte, dass die Herren sich bald ein anderes Thema suchen würden.

Timothy bewies gerade, dass es doch Männer gibt, die zwei Dinge auf einmal tun können. Er flirtete mit einer sehr flotten Rothaarigen am Nebentisch, gleichzeitig unterhielt er sich mit Christian und mir.

Er sagte: »Ich kenne Boch nur sehr oberflächlich, aber die Keller war eine schöne Frau. Vielleicht ein bisschen dürr und, wie wir in England sagen, ›sheep dressed as lamb‹, aber Boch ist ja auch kein Jüngling mehr.«

Christian grinste. »Die wäre Boch noch nicht mal nach dem Schiffbruch auf der einsamen Insel passiert. Er mochte sie nicht. Ich habe mit den beiden vor Jahren mal was für den Funk gemacht – und da hat man sehr deutlich gemerkt, dass ihm die Dame auf die Nerven geht. Aber andererseits kann ich mir nicht vorstellen, dass er sie deswegen umgebracht hat. Darum gehe ich davon aus, dass er aus der Untersuchungshaft bald wieder entlassen wird und Mantenar auf seinem Höhenflug ausbremst.«

»Hoffen wir das Beste!« Timothy war nicht mehr sehr an der Intendantenneubesetzung interessiert, dafür aber umso mehr an der Rothaarigen. »Entschuldigt ihr mich?« Er stand auf, ging an den Nebentisch und strahlte die Dame an, die offenkundig schon darauf gewartet hatte, von ihm angesprochen zu werden.

Christian grinste. »Timothy nun wieder! Aber sag mal, was ist eigentlich mit dir los? Du siehst nicht gut aus. Ist dir Blandine Kellers Tod so unter die Haut gegangen?«

»Lass es mich so sagen: Die Auswirkungen haben mich ganz schön getroffen«, sagte ich ausweichend. Ich senkte die Stimme und rückte ein wenig näher zu ihm. »Ich bin aber nicht die Einzige – und deswegen will ich mit dir reden.«

»Ah?« Er lächelte mich an. »Und ich hatte die Hoffnung, mein Charme hätte dich angezogen.«

»Mich zieht deine Warmherzigkeit an, Chrissy. Und an die und dein Verständnis möchte ich appellieren. Ich verstehe, dass du auf den Christopher Mägerle sauer bist und ihn rausschmeißen willst. Kurz vor dem Examen die Meisterklasse zu schwänzen ist ein dickes Ding. Aber …« Ich musste noch einmal durchatmen und einen Schluck trinken.

Chrissy hatte sich zurückgelehnt und die Arme über der Brust gekreuzt. »Und?«, fragte er und schaute mich aufmerksam an.

»Schau, der Junge ist ein Sensibelchen. Und dass er tief empfindet und fein gestrickt ist, macht ja auch einen Teil seiner Begabung aus. Und nun hat er seine erste große Liebe auf wirklich schockierende Art verloren, muss sich von seiner Mutter lösen …«

»Moment bitte, Juliane!« Er hatte die Hand gehoben, um mich zu unterbrechen. »Willst du mir wirklich sagen, dass das Muttersöhnchen in die Keller verknallt war?«

»Ja, Christian.«

»Brrr, der Junge sollte sich dringend mal sein Beuteschema runderneuern lassen!«

»Christian, aus dem, dass wir nicht verstehen, warum jemand sich in eine bestimmte Person verliebt, dürfen wir nicht ableiten, dass diese Gefühle nicht ernst zu nehmen sind. Christopher leidet momentan wie ein Hund.«

Christian hob die Augen zur Decke. »Juliane, du weißt, dass ich dich schätze, aber ich fürchte, in diesem Fall ist dein Urteil sehr davon geprägt, dass du als Musikwissenschaftlerin Musik nicht praktizierst.« Er griff nach seinem Bierglas.

»Wie meinst du das, Christian?«

Er trank und wischte sich mit einem riesigen, karierten Taschentuch den Mund ab. »Juliane, die Studenten, die zu mir kommen, haben mindestens drei, vier Jahre Ausbildung hinter sich. Ich muss denen also nicht beibringen, wie man dirigiert oder eine Partitur liest und versteht. Mein Job ist es, sie auf die Praxis vorzubereiten, darauf, dass sie zum Beispiel als Kapellmeister an einer Oper oder als Orchesterleiter bestehen können. Und dazu gehört, verflixt noch eins, Disziplin. Wenn ich abends aufs Podium muss, interessiert es kein Schwein, ob mich meine Frau am Morgen rausgeschmissen hat, ob meine Mutter am Vortag gestorben ist oder ob mir der Zahnarzt gerade eben zwei Zähne gezogen hat. Man hat rauszugehen und seinen Job zu machen – und zwar gut und konzentriert. Die einzige Entschuldigung ist Kopf unter dem Arm. Liebeskummer und Trauer sind keine – und wer das bei Erreichen der Meisterklasse noch nicht begriffen hat, ist entweder nicht reif für den Job oder schlichtweg nicht dafür geeignet.«

»Was soll ich dazu sagen, Christian? Ich verstehe dich und ja, du hast sicher Recht. In dem Beruf braucht man Disziplin mindestens so sehr wie Talent. Aber …«

Christian schüttelte mit einem Lächeln den Kopf. »Ach, Jule – ich wusste, dass jetzt gleich dein Aber kommt. Du bist hartnäckig, nicht?«

»Ja, wenn mir etwas am Herzen liegt. Christian, wir wissen doch beide, welche Folgen es hat, wenn Christopher

Mägerle aus deiner Klasse fliegt. Das bedeutet eben nicht nur, dass er noch ein Jahr dranhängen muss, sondern auch, dass er bei den nächsten Wettbewerben keine Chance hat, dass die Agenturen, die jetzt schon gucken, was demnächst als Nachwuchs auf den Markt kommt, einen schlechten Eindruck von ihm bekommen und dass er, wenn er erst nächstes Jahr abschließt, bei jeder Bewerbung erklären muss, was da passiert ist ...«

Christian baute gerade am nächsten Kartenhaus. Dabei sagte er nachdenklich: »Der blöde Stunt in der Oper hat ihm natürlich auch nicht gut getan ...«

»Du meinst seine Bewerbung um die Kapellmeisterstelle?«

Christians Kartenhaus erreichte den zweiten Stock. »Der kleine Depp hatte natürlich keine Chance. Viel zu jung, keine Erfahrung, kein Repertoire – in dem Fall waren Müller-Rehling, Boch und ich im Berufungskomitee ausnahmsweise mal einig. Das Problem war nur, dass sich die Nummer schon herumgesprochen hatte. Dass Friedemann Richter davon weiß, ist nicht unbedingt das Problem, aber Müller-Rehlings Agent ist da auch rumgegeistert und du weißt, der tratscht. Ich bin seitdem schon zweimal nach Mägerle gefragt worden – und ob den generell die Hybris am Haken hat.«

»Scheibenkleister!«, schimpfte ich. »Damit hat er also schon einen schwarzen Punkt auf seiner Liste. Wenn du ihn nun noch aus deinem Meisterkurs kickst, kann er sich einsalzen und in den Rauch hängen. Dann hast du seine Karriere vollends erledigt.«

Christian schüttelte sehr energisch den Kopf. »Nein, Juliane. Versuch bitte nicht, mir das ans Hemd zu kleben. Wenn Mägerles Karriere jetzt schon einen Knick bekommen hat, habe nicht ich das zu verantworten, sondern er mit seiner Bummelei.«

»Sorry, Christian. Du hast natürlich recht.« Ich atmete tief durch und versuchte eine andere Taktik. »Kannst du nicht noch einmal darüber nachdenken? Er ist doch noch ein halbes Kind.«

Christian trank einen Schluck, verdrehte die Augen und schaute zur Decke. »Meine Bedingungen waren von Anfang an klar: Wer unentschuldigt fehlt, fliegt raus. Und jetzt bist du wieder dran: Warum sollte ich für den Kleinen eine Ausnahme machen?«

»Weil er außerordentlich begabt ist?«

»Das sind andere auch. Weiter?«

Ich stöhnte, aber ich sah Land. »Weil der Junge eh schon zweimal im Leben den schwarzen Peter erwischt hat? Er hat nie einen Vater gehabt, aber dafür eine Mutter, die ihn nicht loslassen wollte. Der Kleine hat keine glückliche Kindheit gehabt – er hat stattdessen Klavier geübt, weil seine Mutter ja so viel für ihn geopfert hat und weil er natürlich ihre Erwartungen erfüllen wollte. Und dann hat sich die arme kleine Socke das erste Mal richtig verliebt und darin sogar den Mut und die Kraft gefunden, sich endlich aus den Krallen seiner Mutter zu lösen. Aber jetzt ist die Frau, die er geliebt hat, tot – und wenn ein Mensch, den du liebst, auf so scheußliche Art umgekommen wäre, wärst du – bei all deiner Disziplin – auch durch den Wind.«

»Gut.« Christian nickte. »Was also soll ich deiner Ansicht nach machen?«

»Gib ihm noch eine Chance, bitte! Wenn er nächste Woche wiederkommt und sich keinen Schnitzer mehr leistet …«

Christian schaute mich eine ganze Weile prüfend an, dann sagte er: »Du warst mit Blandine Keller befreundet, nicht?«

»Ja.« Ich wollte nicht ausführlicher darüber reden. Nach allem, was ich seit ihrem Tod über Blandine erfahren hatte, wusste ich selbst nicht mehr, wie ich meine Gefühle ihr gegenüber einordnen sollte.

»Und dein Einsatz für diesen Jungen – ist das eine Art Vermächtnis oder eher Wiedergutmachung?«

»Wiedergutmachung?«, fragte ich mit gerunzelter Stirn.

Was wusste Christian von meinen Schuldgefühlen Blandine gegenüber?

Er bewies wieder einmal sein ausgeprägtes Einfühlungsvermögen, indem er seine Hand über meine legte und leise sagte: »Ich habe auch einmal einen Freund verloren – und ich habe mich hinterher gefragt, ob ich genug für ihn da war, ob ich ihm genug gezeigt habe, wie viel er mir bedeutet, ob ich mir genug Zeit für ihn genommen habe. Ich denke, das ist normal – jedenfalls, wenn man einigermaßen sensibel ist.«

Ich nickte stumm, trank einen Schluck Wein und sagte dann: »Was immer es auch ist, Chrissy: Ich hätte ein schlechtes Gewissen, wenn man einen so begabten Jungen einfach untergehen lassen würde.«

Christian dachte einen Moment nach, dann nickte er. »Also gut. Wenn er am Mittwoch Punkt acht – und du kannst ihm sagen, dass ich schon bei drei Minuten Verspätung stinkig werde und ihn hochkant rausschmeiße – antritt und es dann schafft, mich davon zu überzeugen, dass er es ernst meint und diszipliniert arbeiten wird, bekommt er noch eine Chance.«

* * *

Ich war nicht überzeugt, dass ich es schaffen würde, Christopher Mägerle aus seiner Trauer herauszureißen und ihm klar zu machen, dass er sich jetzt am Riemen reißen musste, aber ich war stur, wenn ich mir etwas vorgenommen hatte. Nachdem ich Christopher in seinem Zimmer in der Elisabethenstraße nicht angetroffen hatte, fuhr ich auf den Pragfriedhof.

Christopher lehnte an einem Baum neben Blandines Grab, die Arme um seinen mageren Körper in einem für die Kälte entschieden zu dünnen Anorak geschlungen, die Augen gerötet und den Kopf gebeugt. Er sah mich erst, als ich meine Rosen vor das Holzkreuz legte.

»Mit Ihnen hätte ich hier nicht gerechnet«, sagte er leise und klang dabei müde und resigniert.

»Ich bin normalerweise auch nicht der Typ, der an Gräber geht, um an meine Verstorbenen zu denken«, antwortete ich.

»Ich habe das Gefühl, dass sie mir hier immer noch nahe ist.« Er sah über meinen Kopf hinweg zu dem Kreuz.

»Mich überkommt das eher an Plätzen, von denen ich weiß, dass sie da gerne war.«

Ich fröstelte im scharfen Novemberwind und trat etwas näher zu ihm in den Windschatten des Baumstammes.

»Blandine war gerne hier«, erklärte Christopher.

»Sie haben aber nicht vor, es ihr jetzt täglich nachzutun, oder?«

»Warum sagen Sie das mit diesem Unterton?« Seine blauen Augen funkelten mich an. »Was ist mit Ihnen los, Frau Doktor Pfeiffer? Haben Sie noch nie jemanden geliebt?«

»Oh doch! Ich halte nur nicht unbedingt etwas von Liebe, die zerstörerisch wirkt. Und ich glaube übrigens auch nicht, dass das, was Sie gerade veranstalten, in Blandines Sinn gewesen wäre. Sie war nicht so egoistisch, dass sie gerne dabei zugeschaut hätte, wie Sie Ihre Zukunft aufs Spiel setzen, um an ihrem Grab zu trauern. Verdammt, Junge, Sie sind begabt! Und ich bin sicher, Blandine hat das gewusst und war stolz auf Sie! Sie hat Ihnen die große Karriere gewünscht, die Sie sich gerade durch Ihr Verhalten verbauen!«

Ich war erstaunt, wie gut ich lügen konnte, ohne rot zu werden. Blandine hätte ein musikalisches Talent noch nicht einmal erkannt, wenn es ihr kandiert auf dem Silberteller serviert worden wäre. Und ich war auch nicht sicher, ob sie es nicht romantisch gefunden hätte, dass ein junger Mann an ihrem Grab schmachtete. Aber das war mir völlig egal. Mir ging es darum, diesen Jungen davon abzuhalten, sich wegen Blandine die Karriere zu vermasseln.

Er putzte sich die Nase, dann kniff er die Lippen zusammen, als wenn er ein Schluchzen unterdrücken müsste, und schaute wieder aufs Grab. »Es ist lieb, dass Sie ihr Blumen mitgebracht haben. Sie hat Rosen so sehr geliebt. Aber ich kann gerade keine bringen. Ich bin pleite.«

»Außerdem sehen Sie aus, als ob Sie eine ordentliche Erkältung ausbrüten würden. Die können Sie sich im Moment aber nicht leisten.«

»Wie meinen Sie das denn? Es gibt keine Sängerin mehr, die ich anstecken könnte!« Nun klang er trotzig.

»Stimmt. Aber dafür gibt es einen momentan stinkesauren Professor für Orchesterleitung, der Sie am Mittwoch Punkt acht präpariert und ausgeschlafen in der Hochschule erwartet«, sagte ich.

»Wozu? Damit er mich rausschmeißen kann? Ich habe über eine Woche unentschuldigt gefehlt. Das überlebt bei Schott niemand.« Ich sah, wie er schluckte und sich sein Adamsapfel dabei bewegte.

Immerhin: Es interessierte ihn noch. Ich verbuchte das als gutes Zeichen.

»Normalerweise nicht. Aber ich habe mit Professor Schott gesprochen und er ist bereit, Ihnen noch eine Chance zu geben.«

»Warum tun Sie das, Frau Doktor Pfeiffer?«, fragte er.

»Vielleicht habe ich ein schlechtes Gewissen, weil ich die letzten Jahre nicht so für Blandine da war, wie ich das als Freundin hätte sein sollen?«, offerierte ich als Erklärung. »Aber können wir das vielleicht irgendwo besprechen, wo wir uns nicht den Hintern abfrieren?«

Er warf noch einmal einen langen Blick auf das Grab und mir war, als wenn er davon Abschied nehmen würde.

»Früher war vorne am Haupteingang ein Café, aber das hat zugemacht«, sagte er zögernd.

»Ich habe das Auto am Eckartshaldenweg stehen. Wir fahren zu mir«, sagte ich energisch.

Ich marschierte los – mir war inzwischen wirklich kalt und ich war froh, mich bewegen zu können. Christopher ging schweigend neben mir her.

Erst als wir durch das Tor waren, atmete er tief durch und sagte: »Sie finden mich wahrscheinlich undiszipliniert, weil ich nicht mehr in die Hochschule gegangen bin …«

Ich schloss den Jaguar auf.

Christopher schaute irritiert. »Ist das nicht …? Wie kommen Sie an das Auto?«

»Es gehört Philipp Boch, aber der braucht es im Moment nicht. Kommen Sie, steigen Sie ein – oder glauben Sie etwa auch, dass Philipp Blandine umgebracht hat?« Ich schaute ihn über das Dach hinweg scharf an.

Er schloss die Augen und atmete zweimal tief durch. »Nein, das glaube ich nicht.« Seine Stimme zitterte und als er sich auf dem Beifahrersitz neben mir anschnallte, sah ich, dass er sich anstrengen musste, die Finger ruhig zu halten. »Haben Sie Kontakt zu Herrn Boch? Wie geht es ihm?« Er klang wie ein verängstigter kleiner Junge.

»Naja, was erwarten Sie?« Ich ließ den Motor an und steuerte den Wagen auf die Straße. »Er hält sich tapfer, aber Untersuchungshaft ist kein Kuraufenthalt.«

Eine Weile schwieg der Junge neben mir, dann sagte er: »Ich konnte die letzten Tage nicht in die Hochschule gehen. Ich musste nachdenken.«

»Das verstehe ich, Christopher, und das versteht auch Professor Schott. Aber es wäre gescheiter gewesen, wenn Sie mit ihm gesprochen hätten. Ich vermute, er hätte Ihnen ein paar Tage frei gegeben, um sich zu sortieren.«

Er senkte den Kopf und schaute auf seine Hände, die er in seinem Schoß zusammengekrampft hatte. »Ich wusste nicht, ob ich überhaupt noch weitermachen will, ob das wirklich mein Traum ist oder …« Er brach ab.

Ich stand an der Ampel in der Türlenstraße und konnte mir einen Seitenblick auf ihn leisten. »Vielleicht klingt es in Ihren Ohren seltsam, aber ich bin überzeugt, dass ein Talent wie das Ihre nicht nur eine Gnade, sondern auch eine Verpflichtung ist.« Ich musste wieder ausatmen. »Bevor ich zu Blandine kam, war ich an einem anderen Grab: beim Dichter

Albrecht Goes. In einem seiner Gedichte nannte er Mozarts Musik ›die Botschaft, die einen fast schon Verlornen am Leben erhält‹.«

»Das ist schön«, sagte Christopher.

»Und es ist wichtig. Wir stecken so tief drin, dass wir manchmal fast vergessen, was Musik eigentlich ist und was sie für uns bedeutet.«

»Ohne Musik würde sich nichts mehr lohnen«, sagte der Junge leise.

»Ja – und darum sollten Sie Musik machen. Sie können es nämlich. Sie können die Noten auf dem Papier zum Leben erwecken und Sie haben anderen damit etwas zu geben. Werfen Sie das nicht weg! Irgendwann wird es nämlich auch Ihnen wieder Befriedigung und sogar Freude geben.«

Nun schaute er skeptisch. »Erzählen Sie mir als Nächstes, dass die Zeit alle Wunden heilt?«

»Nein. Sie werden eines Tages selbst merken, dass der Mensch unglaublich anpassungsfähig ist und darum auch lernt, mit Schmerz umzugehen. Aber mir geht es im Moment darum, dass Sie weitermachen, so schwer es Ihnen im Moment auch fallen mag. Blandine ist tot – daran kann auch unsere Trauer nichts mehr ändern. Aber wir leben – und wenn Sie Blandines Andenken ehren wollen, dann werden Sie der Mann, den Blandine in Ihnen gesehen hat. Entfalten Sie Ihr Potenzial und denken Sie daran, wie stolz Blandine auf Sie gewesen wäre!«

»Meinen Sie wirklich?«

Da war er wieder, der kleine Junge, der nach Bestätigung suchte.

»Ja, das glaube ich wirklich«, sagte ich und dabei musste ich noch nicht mal lügen.

Blandine hatte sich immer gerne mit erfolgreichen Leuten umgeben und sie würde es sicher genossen haben, einen erfolgreichen, gutaussehenden jungen Mann an ihrer Seite zu haben.

Christopher schwieg einen Moment, dann sagte er grimmig: »Nur weil Frau Mägerle es toll findet, muss es ja nicht schlecht sein.«

»Hmm?«

Er seufzte leise. »Ich bin bei meiner Mutter ausgezogen und dann habe ich darüber nachgedacht, warum ich eigentlich Musik studiere: weil ich das will oder weil meine Mutter immer davon geträumt hat, dass ich mal am Pult der Oper stehe? Ich habe einfach genug davon, die Marionette zu sein, die an Mutters Fäden tanzt und ihre Träume verwirklicht.«

»Sind Sie da nicht sehr hart?«, fragte ich.

»Sie kennen die Frau Mutter nicht!«, antwortete er düster. »Was sie angeht, wünschte ich mir, ich könnte noch viel härter sein.«

9. Wer anderen eine Grube gräbt …

Ich konnte es nicht abstreiten: Geduld war noch nie meine Stärke. Ich hasste es zu warten und wenn ich etwas wollte, wollte ich es sofort. Und das Schwerste für mich war, wenn man verlangte, dass ich während einer Wartezeit tatenlos herumsaß und Däumchen drehte. Genau das schien aber im »Fall Keller« von mir erwartet zu werden.

Philipp entwickelte in Stammheim eine Depression, die sogar seinem hartgesottenen Strafverteidiger Sorgen machte. Und bei der Polizei bewegte sich nichts. Im Gegenteil: Bisher war es bei der Ankündigung der Kommissarin geblieben, nach Zürich zu fahren, um Ölerts Alibi zu prüfen. Arvid Schönert hatte gesagt bekommen, man habe im Augenblick »andere Prioritäten«.

Katmandis schien keine davon zu sein. Clärchen marschierte immer noch zweimal in der Woche zu ihm, inzwischen auf eigene beziehungsweise auf Rechnung ihres Herrn Papa, wobei sie einen Pragmatismus bewies, der einer künftigen Juristin würdig war.

»Er ist kein netter Mensch und ich traue ihm durchaus zu, dass er, wenn man seine Eitelkeit und seinen blöden Macho-Stolz genug verletzt, zum Mord fähig ist, aber das ändert nix daran, dass er ein genialer Gesangslehrer ist, von dem ich in vier, fünf Stunden mehr gelernt habe als von seinen beiden Vorgängern in Jahren«, hatte sie mir erklärt. Daher werde sie ihn »nutzen«, solange er verfügbar sei. Und vielleicht erfahre sie dabei doch noch etwas Interessantes?

Ich gönnte ihr den guten Gesangsunterricht, aber ich hatte zunehmend das Gefühl, an den glatten Wänden hochgehen zu müssen. Ich hatte vermutlich die Zellulose eines halben Baumes mit den unzähligen Zetteln verschwendet, auf die ich irgendwelche Teilaspekte des »Falls Keller« schrieb, um dann beim Kochen, Putzen, Duschen, Zähneputzen,

Autofahren, Einkaufen und in langweiligen Konferenzen darüber zu brüten, was ich noch tun könnte.

Aber ich sah nur noch ein loses Ende, an dem zu ziehen vielleicht etwas bringen könnte: Blandines gewesener Fahrer. Je mehr ich darüber nachdachte, desto mehr irritierte es mich, dass Müller-Rehling ihn entlassen hatte.

Ich ging von mir selbst aus: Obwohl ich meiner Putzfrau, die zum »Drüberhuschen« neigte, regelmäßig die Stellschrauben nachziehen musste, würde ich mich nicht von ihr trennen. Ich war nämlich froh, jemanden gefunden zu haben, dem ich meine Wohnungsschlüssel anvertrauen konnte und bei dem ich mich darauf verlassen konnte, dass er weder klaute noch in meinen Privatangelegenheiten herumschnüffelte. So jemanden entließ man doch nicht! Was also war zwischen Müller-Rehling und dem Fahrer vorgefallen?

Mirja feixte: »Vielleicht hat Blandine kein Klischee ausgelassen und auch eine Affäre mit dem Chauffeur gehabt?«

Das konnte ich mir allerdings nicht vorstellen. Der Fahrer hatte nicht in Blandines Beuteschema gepasst. Er war deutlich über fünfzig und obwohl immer sehr gepflegt und gut angezogen, war er weißhaarig, hatte einen deutlichen Bauchansatz und war dazu auch noch einen halben Kopf kleiner als Blandine, die mit ihren langbeinigen Einsachtzig viele Männer – inklusive Müller-Rehling – überragt hatte. Allerdings war Kalli – der Fahrer – Blandines Vertrauter und Seelentröster gewesen. War das der Grund, warum Müller-Rehling ihn gefeuert hatte?

Es gab nur einen Weg, das herauszufinden: den Fahrer zu fragen. Auch wenn Anne Hoening meinte, er habe via Vertrag von Müller-Rehling einen Maulkorb bekommen – ich war Journalistin und Kalli würde nicht der erste Informant sein, den ich zum Reden bringen würde.

Doch dazu musste ich ihn erst einmal finden, in Anbetracht der Tatsache, dass ich nur seinen Spitznamen kannte, nicht ganz einfach. Ich konnte schließlich weder Müller-Rehling noch seinen unvermeidlichen Ölert fragen. Und die Agentur, die sein Nachfolger genannt hatte, würde mir sicher auch keine Auskunft geben.

Aber vielleicht hatte Christopher den Mann mit seinem ganzen Namen gekannt? Am Montagabend saß er brav wieder in meiner Vorlesung und lächelte mich tapfer an, als ich in den Hörsaal kam. Er hatte sich sogar in die erste Reihe gesetzt und ich nutzte die Gelegenheit, bei meinem Einzug kurz bei ihm stehen zu bleiben und leise zu bitten: »Können Sie nachher am Galatea-Brunnen auf mich warten? Ich möchte Sie etwas fragen.«

Christopher ließ mich so lange am Brunnen warten, dass ich schon kurz davor war, vollends nach oben zu gehen, als er endlich atemlos, immer zwei Stufen auf einmal nehmend, die Staffel heraufsprintete.

»Sorry, sorry – meine Mutter hat mich abgepasst! Ich soll wieder heimkommen …« Er verdrehte die Augen. »Warum wollten Sie mich sprechen?«

»Kalli – Blandines Fahrer. Sie haben ihn doch gekannt? Wissen Sie, wie er mit vollem Namen heißt und wo ich ihn erreichen kann?«

Weiter kam ich nicht. »Dieser schmierige Typ« habe seine engelsgleiche Blandine ständig »mit den Augen ausgezogen«. Es sei allein Blandines Güte und Großzügigkeit geschuldet, dass sie ihn dafür nicht gefeuert hätte. Und nein, den ganzen Namen des Fahrers hatte Christopher nie gekannt. Er hatte den »geilen alten Bock« viel zu widerlich gefunden, um ihm nähertreten zu wollen. Aber wenn ich unbedingt mit dem reden wolle, müsste ich Blandines ehemalige Nachbarin befragen. Christopher kannte sie zwar nicht, aber Blandine habe sich des Öfteren darüber amüsiert, dass ihr Fahrer immer wieder durch den Garten zur Nachbarin gegangen war – der habe wohl ein Verhältnis mit der Dame gehabt.

Also fuhr ich nach Sillenbuch und hatte Glück. Im Garten des Hauses, das zur Linken von Blandines ehemaliger

Residenz stand, rechte eine ältere Dame Laub und ließ sich, als sie mich mit fragendem Blick über ihren Zaun gucken sah, nur zu gerne auf ein Schwätzchen ein. Ich erkundigte mich nach der Nachbarin, die der Fahrer immer besucht hatte, und erfuhr, dass es sich dabei um das Fräulein Rieker auf der anderen Seite von Blandines Haus handelte und dass die bestimmt zuhause sei, denn »die schafft nix«.

Ich bedankte mich und trollte mich um die Ecke, wo ich eine zerbrechlich wirkende Frau um die Fünfzig in der Einliegerwohnung des Nachbarhauses antraf. Nach der Vorstellung und Erläuterung meines Anliegens wurde ich sogar hereingebeten. Dabei bemerkte ich, dass sich meine Gastgeberin sehr mühsam bewegte, und bot Hilfe an.

»Nein, danke, es geht schon. Ich habe MS – da ist man froh, wenn man überhaupt ohne Rollstuhl klar kommt.«

Der Rollstuhl stand in ihrem hübschen Wohnzimmer, in dem gut gefüllte Bücherregale und Kunstplakate mir verrieten, dass die Bewohnerin kulturinteressiert und belesen war. Sie studierte meine Visitenkarte und fand es interessant, eine Musikredakteurin kennen zu lernen. Eine sehr nett verplauderte Stunde später kam ich dann dazu, nach Kalli zu fragen, und bekam ein wehmütiges Lächeln von meiner Gastgeberin.

»Der Herr Dürrmann fehlt mir sehr! Er kommt immer noch einmal in der Woche und kauft für mich ein – die schweren Sachen schaffe ich einfach nicht mehr selbst –, aber es ist eben doch was anderes. Früher haben wir uns fast täglich gesehen, ich habe für ihn gekocht, das kann ich noch, wenn ich mir Zeit lasse, und er hat mir im Haushalt geholfen. Ich will bestimmt nichts gegen Frau Keller sagen. Sie hat ja immer so viel um die Ohren gehabt und Herr Müller-Rehling ist sicher auch nicht einfach, aber wenn ich überlege, was der Herr Dürrmann drüben alles gemacht hat, hätten sie schon ein bisschen netter zu ihm sein können.«

»Wie meinen Sie das?«, fragte ich nach. »Ich habe ihn zwar nur zwei- oder dreimal gesehen, aber ich hatte das Gefühl, dass Frau Keller ihn durchaus schätzte und ihm vollständig vertraute.«

In diesem Augenblick hörte ich ein leises Klappern aus einem der Nebenräume. Dorothee Rieker irritierte es nicht, im Gegenteil, sie lächelte und rief: »Röschen, komm zu mir!«

Eine blaugraue Perserkatze kam ins Wohnzimmer, musterte mich hochmütig, sprang auf Dorothee Riekers Schoß und rollte sich schnurrend unter ihren streichelnden Händen zusammen.

Ich meinte, die Katze schon einmal gesehen zu haben »Ist das nicht …?« Mir fiel der Name nicht mehr ein.

»Ja, das ist Frau Kellers Rosalinde von Eisenstein. Sie hat mich schon früher gerne besucht und nach Frau Kellers Tod habe ich Herrn Müller-Rehling gefragt, ob ich sie haben kann. Ich wusste ja, dass er Katzen nicht sonderlich mag. Er hat sie mir dann auch gerne überlassen und das Röschen hat offenkundig sofort begriffen, dass sie jetzt bei mir wohnt. Sie ist nicht wieder nach drüben gegangen.« Sie kraulte die Katze »Sie ist ein bisschen pflegebedürftig. Wenn ich sie nicht zweimal täglich bürste, verfilzt ihr Fell. Aber das ist sie mir wert. So habe ich wenigstens ein bisschen Gesellschaft.«

Eine halbe Stunde später hatte ich dann einen Zettel mit dem Namen und der Handynummer von Blandines ehemaligem Fahrer. Außerdem hatte Dorothee Rieker mir erzählt, dass Karlheinz Dürrmann nun als Chauffeur eines Bankiers einen ruhigeren Job mit einigermaßen geregelten Arbeitszeiten hatte.

* * *

Am Dienstagabend war es schon zu spät gewesen, Karlheinz Dürrmann anzurufen, aber am Mittwoch um sieben erwischte ich ihn. Allerdings informierte er mich zuerst einmal darüber, dass er nicht mit mir über das reden dürfe, was er im

Hause Keller/Müller-Rehling erlebt habe. »Abgesehen davon möchte ich das alles auch nicht wieder aufwühlen. Davon wird Frau Keller auch nicht wieder lebendig.«

»Ganz sicher nicht, Herr Dürrmann, aber es könnte helfen, ihren Mörder zu finden.«

Er zögerte, dann sagte er unwillig: »Aber der Fall ist doch schon gelöst! Boch ist verhaftet worden!«

Ich atmete tief durch und bemühte mich, ruhig und sachlich zu klingen: »Ich habe gute Gründe zu glauben, dass die Polizei da einen Fehler gemacht hat und dass Blandines Mörder immer noch frei herumläuft.«

»Und darum spielen Sie Privatdetektivin und erwarten, dass ich Ihnen dabei helfe?«

»Ja – weil wir beide Blandine gern gehabt haben!«, appellierte ich an ihn.

Wieder eine kleine Pause, dann seufzte er. »Sie wissen, dass ich Schwierigkeiten bekomme, wenn Müller-Rehling erfährt, dass ich mit Ihnen rede?«

»Sie können sich auf meine Diskretion verlassen!«, versprach ich ihm. »Der einzige Mensch, den ich informieren werde, ist Herrn Bochs Strafverteidiger und der ist schon von Berufs wegen zur Diskretion verpflichtet.«

»Aber was soll ich wissen, was Ihnen weiterhilft? Glauben Sie mir: Ich zerbreche mir seit dem schrecklichen Abend in der Oper den Kopf darüber, wer Frau Keller so gehasst haben könnte! Aber die, die mir da einfallen, können es alle nicht gewesen sein«, sagte der Fahrer.

»Herr Dürrmann, lassen Sie uns einfach noch mal gemeinsam darüber nachdenken!«, bat ich.

»Okay, ich muss jetzt meinen Chef abholen.« Er zögerte einen Augenblick, dann sprach er weiter. »Morgen früh fahre ich ihn auf den Flughafen, dann muss der Wagen in die Werkstatt. Ab drei habe ich frei. Können Sie dann?«

* * *

Dürrmann hatte mich zu einem Parkplatz am Wald in Zuffenhausen bestellt. Es hatte etwas von einem konspirativen Treffen. Ungefähr zwei Minuten nach halb vier sah ich einen gedrungenen Mann in Cordhose, brauner Jacke und einer karierten Mütze im Rückspiegel. Er kam aus dem Wald hinter mir, schaute sich einmal um, trat auf den Jaguar zu, öffnete die Beifahrertür und schob sich auf den Sitz.

»Guten Tag, Frau Doktor Pfeiffer.« Er schaute sich noch einmal um, dann sagte er: »Sie sollten, wenn Sie alleine auf so einem Parkplatz stehen, die Türen zumachen.«

»Ich habe auf Sie gewartet. Grüß Sie, Herr Dürrmann«, erwiderte ich.

Nun betrachtete er mich. »Sie sehen müde aus, Frau Doktor – wenn Sie mir die Bemerkung erlauben.«

»Sie dürfen und Sie haben Recht. Die ganze Geschichte geht mir an die Nieren.«

Ich schaltete das Radio aus, schaute ihm in die freundlichen, braunen Augen und beschloss, alles offenzulegen.

»Ich habe nicht nur eine Freundin verloren, sondern muss mich auch noch um jemanden sorgen, der mir am Herzen liegt. Philipp Boch ist ein lieber Freund von mir und ich bin übrigens fest davon überzeugt, dass er unschuldig ist.«

Karlheinz Dürrmann nickte. »Das hier ist sein Auto, nicht?«

»Ja. Er hat es mir geliehen, weil er es ja im Moment nicht braucht.«

Er lehnte sich zurück und öffnete den Reißverschluss seiner Jacke. »Eigentlich kann ich mir auch nicht vorstellen, dass Herr Boch zu so einer Tat fähig ist. Ich habe ihn immer als sehr freundlich und bescheiden erlebt. Überhaupt nicht eingebildet …«

»Herr Dürrmann, ich möchte wissen, warum Müller-Rehling Ihnen gekündigt hat«, fragte ich ganz direkt.

»Hat er nicht. Er hat mir sogar eine deutliche Gehaltserhöhung versprochen, wenn ich bleiben würde«, antwortete er. »Aber ich hatte genug und als ich hörte, dass Doktor Decker vom Bankhaus Fiedler einen Fahrer braucht, habe ich gekündigt und sofort meinen Resturlaub genommen. Ich bin überhaupt nur so lange geblieben, weil ich Frau Keller nicht alleine lassen wollte.«

»Sie haben Blandine sehr gern gehabt, nicht?«

Er dachte einen Augenblick nach, bevor er antwortete. »Meine Frau und ich haben unsere Tochter verloren, als sie sieben war. Frau Keller hat mich immer an unsere Sonja erinnert.« Er lächelte ein wenig wehmütig. »Ich vermute, ich muss Ihnen nicht erzählen, dass Blandine – wir haben uns geduzt, wenn wir alleine waren – nicht ganz einfach war. Sie stand sich oft selbst im Weg und sie hat es den Menschen in ihrer Umgebung nicht leicht gemacht. Aber es war für sie auch nie einfach gewesen. Sie hatte nie einen Vater und ihre Mutter – ich weiß nicht, ob man das, was ihre Mutter Blandine gegenüber zeigte, wirklich Liebe nennen konnte. Und dann noch diese Ehe …«

»Sie hat mit mir nie darüber gesprochen«, sagte ich.

»Sie war zu stolz, mit ihren Freundinnen darüber zu reden«, erzählte der Fahrer. »Sie wusste, dass viele von Anfang an gegen ihre Ehe mit Herrn Müller-Rehling waren.«

»Das kann man aber so nicht sagen. Wir waren nicht grundsätzlich dagegen«, wandte ich ein. »Wir haben uns nur gewundert, weil wir zum einen nicht sicher waren, ob Blandine und dieser Mann zusammenpassten, und zum anderen hatten wir nie das Gefühl, dass die beiden wirklich ineinander verliebt waren. Ich hatte vielmehr den Eindruck, dass Blandine endlich irgendwo zuhause sein wollte und sich von diesem älteren Mann Schutz und Geborgenheit versprach.«

Ich wollte nicht zu deutlich werden und vor dem Mann, der väterliche Gefühle für Blandine entwickelt hatte, aussprechen, dass sie wohl auch Müller-Rehlings Vermögen, Status und Einfluss gemocht hatte.

»Und er? Also, für mich sah es so aus, als ob er sich eben mit einer schönen jungen Frau schmücken wollte …«

Dürrmann nickte grimmig. »Und außerdem wollte er wohl von seinen wahren Vorlieben ablenken.«

»Was meinen Sie damit?«

Ich habe eigentlich ein ausgesprochen gutes Gespür und merke meist sehr schnell, wenn ein Mann sich eher für andere Männer als für Frauen interessiert. Aber bei Müller-Rehling war mir nie etwas in dieser Richtung aufgefallen.

»Was würden Sie davon halten, wenn Ihr Ehemann zweimal im Jahr in Thailand Urlaub machen würde, ohne Sie mitzunehmen?«

Ich schluckte. »Naja – er taucht. Vermutlich kann er das in Thailand sehr gut.«

»Ja, man kann da auch tauchen«, sagte der Fahrer. Er betonte das »auch«.

Ob es bei Müller-Rehling eher devote, zarte Asiatinnen gewesen waren, die ältere Europäer »verwöhnten« und sich von ihnen schlecht behandeln ließen?

Ich atmete tief durch und sagte: »Naja – ich würde vermutlich schon beim zweiten Mal nicht mehr daran glauben, dass er dort nur tauchen will.« Ich kratzte mich am Kopf. »Herr Dürrmann, mich treibt noch eine Frage um: Hat Müller-Rehling Blandine misshandelt?«

Dürrmann schüttelte den Kopf. »In den letzten Jahren haben Müller-Rehling und Blandine nicht viel miteinander zu tun gehabt. Sie lebten zwar unter einem Dach, aber jeder sein eigenes Leben. Dazu waren ja beide viel auf Reisen, darum war es relativ ruhig. Allerdings kam es doch so drei-, viermal im Jahr zu einer Auseinandersetzung, meist um Geld.«

»So wie im Schlossgarten? Wurde Müller-Rehling dabei handgreiflich?«

»Naja – ich habe es natürlich nicht immer mitgekriegt. Einmal haben sie sich im Wagen gestritten – dabei hat Blandine ihn gekratzt. Sie wissen, wie temperamentvoll sie war.«

»Warum ist sie bei ihm geblieben? Himmel, wenn eine Ehe so mies ist, führt man sie doch nicht fort, vor allem, wenn man keine Kinder hat! Sie hätte ihn verlassen können …«

Der Fahrer seufzte. »Das habe ich ihr doch auch immer wieder gesagt, aber sie hatte zu viel Angst. Sie kam nicht von ihm los.«

»Sie hatte Angst vor Müller-Rehling?«

Er schüttelte den Kopf. »Nein, das glaube ich nicht. Ihre größte Angst war, dass sie ihre Stimme verliert. Haben Sie mitbekommen, dass sie Probleme hatte?«

»Ja, klar – sie hat öfter mal abgesagt, aber das ist doch bei Sängern normal. Mit einem Schnupfen kann man nun mal nicht singen«, antwortete ich.

Dürrmann schlug die Beine übereinander. »Es waren bei ihr nicht nur kleine Erkältungen. Vor drei Jahren musste sie sogar mal wegen eines Knötchens auf dem Stimmband operiert werden.«

»Oh, verflixt – das ist ernst.«

»Ja – und wenn sie ihre Stimme verloren hätte, hätte sie wirklich ein Problem gehabt. Sie hatte zwar immer gut verdient, aber sie war sehr großzügig. Sie hat viele Jahre lang ihre Mutter unterstützt. Sie hatte kein eigenes Vermögen und einen Ehevertrag mit Müller-Rehling. Bei einer Scheidung wäre ihr nicht viel geblieben und wenn sie dann ihre Stimme verloren hätte …« Er ließ den Satz offen.

»Schöner Mist«, sagte ich.

Natürlich: Blandine hatte sich die Suppe selbst eingebrockt. Ich wusste, dass sie eben nicht nur ihre Mutter unterstützt hatte, sondern selbst immer sehr gut gelebt hatte. Ihr Faible für Designer-Klamotten, teure Kosmetika, wöchentliche Besuche beim Friseur, der Kosmetikerin, der Maniküre und Pediküre, dass sie nur noch in Nobelrestaurants gespeist und im Feinkostgeschäft eingekauft hatte – das war teuer gewesen. Andererseits wusste ich auch, dass sie mit ihrer Mutter als Kind durch schwere Zeiten gegangen war und immer Angst gehabt hatte, wieder arm zu sein und »im Dreck zu leben«, wie sie das ausgedrückt hatte.

»Ich habe gehört, dass Blandine den Gesangslehrer wechseln wollte. Wussten Sie etwas darüber?«, fragte ich.

Ein bitteres Auflachen. »Dazu hatte ich ihr schon länger geraten. Katmandis ist ein Parasit, der seine Großmutter verkaufen würde, wenn jemand ihm nur etwas für sie bieten würde! Wenn jedes Mal, wenn er Blandine verraten hat, der Hahn gekräht hätte, wäre das arme Luder heiser gewesen! Dazu hat er alles, was sie getan hat, getreulich an Müller-Rehling berichtet.«

»Katmandis und Müller-Rehling? Schau, schau! Ich wusste gar nicht, dass die sich so nahe standen.«

Dürrmann atmete tief durch. »War nicht immer so – aber in letzter Zeit schienen die sehr zusammenzuhängen.« Er kratzte sich am Kopf. »Da war eine Geschichte, die ich ganz komisch fand. Ungefähr drei Wochen vor Blandines Tod war ich mit Müller-Rehling in Köln. Morgens vor der Probe musste ich ihn zu einer Bank fahren. Dort hat er offenkundig eine größere Menge Geld geholt – er war nicht am Automaten und er kam mit einem Umschlag zurück, den er in seiner Innentasche verstaut hat. Ich habe mich sehr darüber gewundert. Müller-Rehling hatte sonst nie Bargeld bei sich, weil er immer alles mit Karte bezahlt hat.«

»Sehr seltsam«, sagte ich. »Wissen Sie, was er mit dem Geld gemacht hat?«

»Ja«, nickte Dürrmann. »Nachts auf der Rückfahrt von Köln kam ein Anruf. Ich habe Katmandis' Stimme erkannt, aber ich konnte nicht verstehen, was er sagte. Aber ich musste dann an der Raststätte Wunnenstein anhalten, Müller-Rehling meinte, ich sei müde und bräuchte einen Kaffee.« Er schaute mich an und schüttelte den Kopf. »Ich bitte Sie: Fünfzig Kilometer vor Stuttgart brauche ich doch keinen Kaffee mehr! Zudem hatte es ihn bis dahin nie interessiert, ob ich müde bin. Aber ich hielt natürlich an und er stieg aus. Und ja, es war wohl nicht fein von mir, aber ich war neugierig und bin ihm nachgeschlichen. Ich weiß nicht, ob Sie die Raststätte kennen …« Er schaute mich fragend an.

»Nicht wirklich. Fünfzig Kilometer vor Stuttgart brauch ich üblicherweise keinen Kaffee mehr.«

»Hinter der Gaststätte ist ein kleiner Parkplatz, der rundum mit Büschen und Bäumen zugewachsen ist«, erklärte er. »Früher war das ein beliebter Treffpunkt von Schwulen, aber dann ist da immer mal wieder die Polizei durchgefahren, seitdem ist Ruhe. Ich bin durch die Büsche gegangen – und wie ich es mir gedacht habe: Da stand das Auto von Katmandis. Ich habe ungefähr zehn Minuten gewartet, dann ging die Tür auf der Beifahrerseite auf und die Innenbeleuchtung an – und Sie ahnen wahrscheinlich, wer da ausgestiegen ist: Müller-Rehling!«

Mir blieb fast die Luft weg. »Das ist ja hochinteressant!«

»Es kommt noch besser. Am nächsten Morgen musste ich Müller-Rehling auf den Flughafen fahren. Er stieg aus, ich habe ihm seinen Kram zum Eincheckschalter getragen. Als ich wieder zum Auto kam, sah ich, dass er seine Taschenpartitur hinten vergessen hatte. Also brachte ich ihm die und fand ihn an der Kaffeebar. Er hat telefoniert und das, was ich von dem Gespräch gehört habe, klang sehr mysteriös: Er habe das Stück geknackt, aber das nütze ihm nichts. Er brauche das rosa Teil. Ich bin ziemlich sicher, dass Katmandis sein Gesprächspartner war. Aber worüber sie da geredet haben? Keine Ahnung.«

Ich überlegte, aber spontan fiel mir nichts ein.

Da Herr Dürrmann nichts weiter zu berichten hatte, verabschiedete ich mich von ihm und fuhr nach Hause.

* * *

Die Erleuchtung kam mir am Abend. Ich saß vor meinem Notebook, schrieb an Philipp und hörte besorgt, wie meine Festplatte immer wieder seltsame Geräusche von sich gab. Ich brauchte wohl ein neues Notebook. Und bei der Gelegenheit fiel mir ein, dass Blandine, die sich mit Computern überhaupt nicht auskannte, mich vor zwei Jahren gebeten hatte, ihr beim Kauf eines Notebooks zu helfen.

Die Aktion war typisch Blandine gewesen: Während ich mich noch über die technischen Details schlau machte, verguckte sie sich in ein Sony Vaio. Das war rosa und sie fand, dass es viel hübscher als alle anderen Notebooks waren. In meinem Gedächtnis klingelte gleich noch etwas: Blandines Zweitwohnung in der Stitzenburgstraße war direkt nach dem Mord auseinandergenommen worden! Und da war ein Drucker gewesen, aber kein dazugehöriger Computer!

Ich angelte nach dem Telefon und rief noch einmal den Fahrer an.

»Herr Dürrmann, kann es sein, dass Müller-Rehling bei diesem Telefonat auf dem Flughafen nicht von einem ›Stück‹, sondern von einem ›Stick‹ geredet hat?«

»Das wäre gut möglich. Es war ziemlich laut und ich stand ungefähr zwei Schritte hinter ihm. Es ist gut möglich, dass ich das nicht ganz richtig verstanden habe.«

Mein zweiter Anruf galt Christopher, von dem ich wissen wollte, ob Blandine ihr rosa Notebook in der Stitzenburgstraße aufbewahrt hatte.

»Nein. Eine Zeitlang hatte sie es zwar immer dabei, aber in den letzten drei Wochen nicht mehr. Ich habe sie sogar mal danach gefragt, weil ich was googeln wollte. Da sagte sie mir, sie brauche das Notebook im Moment nicht, darum habe sie es eingelagert.«

Ich verabschiedete mich und versuchte, Arvid Schönert zu erreichen. Ich hatte das Gefühl, dass die Verbindung zwischen Katmandis und Müller-Rehling die Polizei interessieren sollte, und zudem sollte sie sich zum einen mit Karlheinz Dürrmann unterhalten und zum anderen Müller-Rehling nach dem Notebook seiner Frau fragen.

Aber bei Philipps Verteidiger hatte ich Pech: In der Kanzlei erwischte ich nur den Anrufbeantworter und das Handy war nicht erreichbar. Dafür kam die Antwort auf meine E-Mail postwendend: eine Abwesenheitsnotiz, die mir verriet, dass Arvid Schönert bis nächsten Mittwoch nicht erreichbar war. In dringenden Fällen solle man sich an seine Sekretärin wenden.

Eine Stunde später – ich stand gerade unter der Dusche – klingelte mein Telefon noch einmal. Christopher war dran.

»Sorry, wenn ich störe, aber mir ist was eingefallen. Vor einem Vierteljahr hat Blandine mich gefragt, ob ich mich mit Verschlüsselung und solchen Sachen auskenne. Davon habe ich aber keine Ahnung.«

»Verschlüsselung? Wieso hat sie das interessiert?«, überlegte ich.

»Das habe ich sie natürlich auch gefragt, aber sie ist ausgewichen«, antwortete Christopher. »Ich habe mich dann aber erinnert, dass Robin, ein Schulfreund, ein totaler Computerfreak ist und Informatik studiert. Ich habe ihn angerufen und gefragt, ob er meiner Freundin hilft, und sie haben sich dann zusammengesetzt.«

Mein Puls hatte sich beschleunigt. Ich hatte das Gefühl, jetzt endlich eine heiße Spur zu haben.

»Können Sie diesen Robin erreichen und fragen, was er an Blandines Notebook gemacht hat?«, fragte ich aufgeregt.

»Hab ich schon«, sagte Christopher. »Es ging um Fotos, die Robin für Blandine auf ihrer Festplatte verstecken sollte.«

»Was für Fotos?«, bohrte ich nach.

Christopher seufzte. »Tja – das wüsste ich auch gerne. Robin hat sie nicht gesehen. Blandine saß ja neben ihm und sie habe ihm die Dateien gezeigt, aber er durfte sie natürlich nicht aufmachen.« Er hörte meinem Seufzen wohl die Enttäuschung an und sagte eifrig: »Aber er hat mir verraten, wie er die Dateien versteckt hat. Er hat die Dateien umbenannt, damit sie aussehen wie irgendwas, was Windows braucht, und hat sie in ein Verzeichnis mit Systemdateien gesteckt. Wer nicht weiß, wo die sind und wie sie heißen, findet sie nie – sagt Robin.«

Nachdem ich aufgelegt und mich abgetrocknet und angezogen hatte, verzog ich mich auf mein Fensterbrett mit Aussicht und dachte nach. War es um diese Fotos gegangen, als Blandine im Schlossgarten ihrem Mann angedroht hatte, ihn fertigzumachen? Waren sie auf dem Stick gewesen, den er von Katmandis wollte? Hingen sie mit seinen von Dürrmann erwähnten Reisen nach Thailand zusammen?

Thailand – ich hatte beim Gespräch mit Dürrmann an Prostitution gedacht. Aber daraus, dass einer in Thailand junge Frauen dafür bezahlt, mit ihm ins Bett zu gehen, kann man ihm keinen Strick drehen. Da musste mehr sein – wie zum Beispiel Missbrauch. War Müller-Rehling etwa hinter Minderjährigen her gewesen? Aber hätte Blandine, wenn sie bei ihrem Mann Hinweise darauf gefunden hätte, nicht die Polizei informiert? War ihre Angst vor dem sozialen Absturz so groß gewesen, dass sie sogar bereit gewesen wäre, dafür den sexuellen Missbrauch von Kindern zu decken und weiter mit dem Täter unter einem Dach zu leben?

Hatte Blandine wirklich solche Bilder auf ihrem Notebook? Das würde erklären, warum Müller-Rehling offenkundig hinter dem Ding her war. Und mehr noch: Wenn Blandine ihn damit erpresst hatte, hätte er das perfekte Mordmotiv gehabt. Dann blieb wirklich nur noch die Frage, wer die Drecksarbeit für ihn erledigt hatte. Ölert?

Blandine hatte mir einmal erzählt, dass ihr Mann den größten Teil seines Vermögens nicht dirigierenderweise erworben, sondern von einem alten Onkel geerbt hatte. Der hatte eine Reederei in Hamburg besessen, die Müller-Rehling geerbt und verkauft hatte.

Müller-Rehling war also Millionär und Ölert ein armer Schlucker mit einem Hang zum Luxus, den er sich von seinen Einnahmen bestimmt nicht leisten konnte. Hatte Müller-Rehling ihn dafür bezahlt, Blandine umzubringen? Wie viel kostete das Leben eines Menschen? Oder hatte Müller-Rehling sich mit Katmandis verbündet und Katmandis hatte den Mord ausgeführt, nachdem er offenkundig schon versucht hatte, an Blandines Notebook zu kommen?

Und wo zum Teufel war der schweinchenrosa Computer? Hatte Müller-Rehling ihn inzwischen in die Finger bekommen? Dann lag er mittlerweile wahrscheinlich im Neckar oder hatte ein paar gezielte Hammerschläge abbekommen. Oder hatte Blandine es geschafft, ihr Notebook so zu verstecken, das Müller-Rehling immer noch nicht darangekommen war?

Ich würde das Rätsel an diesem Wochenende nicht lösen können. Aber ich würde am Montagmorgen Arvid Schönerts Sekretärin anrufen und sie bitten, mir die Nummer der zuständigen Kommissarin zu verraten. Die würde mir vermutlich nicht um den Hals fallen, wenn ich ihr erzählte, dass ich auf eigene Faust Nachforschungen angestellt hatte, aber sie würde hoffentlich aktiv werden. Und dann würde Schönert es vielleicht auch schaffen, dass der Haftbefehl gegen Philipp aufgehoben wurde.

Aber nun musste ich erst einmal das Wochenende vorbereiten. Am Samstag war das Abschlusskonzert des Festivals für Alte Musik – nicht gerade meine bevorzugte Richtung – in Heidenheim. Aber immerhin freute ich mich auf die Fahrt über die Schwäbische Alb.

* * *

Beim Konzert hatte sich mir wieder bestätigt, dass ich nie zu einer Freundin historischer Instrumente werden würde. Ich traf allerdings alte Freunde und wir unterhielten uns nach dem Konzert noch eine Stunde in einer Weinstube.

Es war kurz vor Mitternacht, als ich durch leichten Nieselregen zum Parkplatz stapfte, um heimzufahren. Auf dem Weg nach Heidenheim hatte ich bereits festgestellt, dass der direkte Weg über die B 466 teilweise gesperrt war. Auf der Weißensteiner Steige wurde gebaut. Für mich kein großes

Problem. Die Umleitung führte über Donzdorf, den Messelberg hinauf nach Treffelhausen.

Auf dem Rückweg musste ich mich bis kurz vor Böhmenkirch in Geduld üben. Vor mir war ein Gespann mit einem Pferdehänger unterwegs, das mit Tempo sechzig über die Ostalb zottelte, und so lebensmüde, dass ich in einer nebligen Nacht auf einer schmalen, kurvenreichen Landstraße auf Teufel komm raus überholen muss, bin ich nicht. Allerdings nervte der Wagen hinter mir, dessen Fahrer für meinen Geschmack zu sehr an meinem Kofferraum klebte.

Hinter Böhmenkirch wurde ich das Gespann endlich los. Dennoch fuhr ich nicht viel schneller. Ich hatte immer noch Gegenverkehr und die Sicht war nicht gut. Dabei nervte mich der Hintermann zunehmend, weil er noch näher kam. Ich hielt schon nach einer Stelle Ausschau, an der ich langsamer werden und rechts heranfahren konnte, um ihm das Überholen zu ermöglichen. Doch es bot sich keine Gelegenheit und so war der Drängler immer noch hinter mir, als ich kurz nach dem Böhmenkircher Steinbruch nach links auf die Straße Richtung Treffelhausen abbog. Die Sicht besserte sich und so zeigte ich dem Knaben – ich war sicher, dass es sich um einen solchen handelte und er vermutlich die frisch angebaggerte Dorfschönheit neben sich hatte –, wie schnell man mit einem Jaguar weg sein kann.

Allerdings hing ich an meinem Führerschein, darum ließ ich es nach einem kurzen Durchstarten bei 120 gut sein. Ich wollte schließlich nicht mit quietschenden Reifen in der Ortseinfahrt von Treffelhausen eine Vollbremsung veranstalten. Dort steht nämlich ein Blitzer. Doch dann hing mir der Bauernlümmel wieder an der Stoßstange.

Kaum wieder draußen und auf freier Strecke, begann er mich zu jagen. Ich hatte aber keine Lust auf ein Wettrennen über die Hochfläche. An einer Stelle, an der man sehr weit sieht, bremste ich auf 70 herunter, hielt mich scharf rechts und blinkte meinen Hintermann an, um ihm zu zeigen, dass er vorbeikönne. Wollte er aber nicht. Stattdessen fuhr er ein seltsames Manöver: Er rückte mir von links so auf die Pelle, dass ich fast im Graben landete, ließ sich dann aber, als ich noch mehr abbremste, wieder zurückfallen. Ich fluchte herzhaft.

Und dann probierte er noch einmal, ob er mich nicht abdrängen konnte. Mir wurde unbehaglich und in meinem Nacken prickelte es. Ich hatte mir offenkundig einen betrunkenen Hintermann zugezogen, der sich von mir provoziert fühlte. Der Gedanke, dass er mich jetzt gleich in den Spitzkehren des steilen Abstiegs nach Donzdorf bedrängen würde, gefiel mir gar nicht. Ich wäre schon nicht wild darauf gewesen, auf der Hochfläche in den Acker geschoben zu werden. Aber in den beiden S-Kurven auf der Messelberg-Steige und dem schmalen Teilstück dazwischen würde ich bei einer solchen Aktion nicht nur mit einem Blechschaden davonkommen.

Verdammt! Nun war mir der Idiot fast in den hinteren Kotflügel gefahren! Ich war nur durch Gas und Ausweichen weggekommen, wobei mich die Straßenlage des Jaguars davor gerettet hatte, auf dem Rollsplitt am Straßenrand ins Schleudern zu kommen.

Der Kerl meinte es ernst und mir wurde immer unbehaglicher. Immerhin hatte ich aber den Vorteil, die Messelberg-Steige gut zu kennen, und so gab ich Gas. Die 550 PS unter der Motorhaube röhrten, der Drehzahlmesser schnellte auf 6000 Umdrehungen und ich war mit 150 weg und hatte in Sekunden ordentlich Abstand zwischen mich und den Drängler gebracht.

So, bergab und die erste Spitzkehre anbremsen. Jetzt sah der hinter mir nicht mal mehr meine Rücklichter. Ich hatte aber gar nicht vor, jetzt wie die so gerne zitierte »gsengte Sau« nach Donzdorf zu heizen. Ich wollte meinen Hintermann endgültig loswerden, bremste darum im unteren Bereich der Spitzkehre, zog den Wagen dabei nach links in die fast versteckt liegende Einfahrt zu einem kleinen Parkplatz, hielt an und knipste die Lichter aus.

Mein Verfolger kam, segelte mit quietschenden Reifen durch die Kurve, beschleunigte sofort wieder und raste den Hang hinunter auf die zweite Spitzkehre zu. Ich grinste und streckte die Hand aus, um Licht und Motor wieder anzuwerfen. In diesem Augenblick hörte ich das durchdringende Kreischen von Bremsen und dann ein Krachen.

Mir stockte fast das Blut. Das hatte nicht nach einem Streifschuss Auto gegen Leitplanke geklungen, sondern nach einem Abflug mit Durchbruch.

Mit zitternden Händen ließ ich den Jaguar an und fuhr vorsichtig in die zweite S-Kurve. Das Licht meiner Scheinwerfer fiel auf ein riesiges Loch in der Leitplanke.

»Scheiße!«, fluchte ich.

Ich klemmte den Wagen an den Straßenrand und schaltete die Warnblinkanlage ein. Jetzt einen kühlen Kopf behalten! Wie hatte ich einmal gelernt: Unfallstelle absichern, Notruf, erste Hilfe leisten. Ich schnappte mein Handy, stieg aus und rannte um das Auto herum zum Kofferraum. Verflixt, wo war in dieser Karre das Warndreieck und der Verbandskasten? Da, seitlich – aber die Halterung klemmte und ich brach mir einen Fingernagel ab, als ich daran zerrte. Mit klopfendem Herzen rannte ich durch die Kurve die Straße hinauf und entfaltete das Ding. Ich stellte es mitten auf die Straße, zog das Handy aus der Hosentasche und wählte 112.

»Notrufzentrale, guten Abend.«

»Pfeiffer. Ich bin auf der Messelberg-Steige oberhalb von Donzdorf und hier ist gerade ein Unfall passiert.« Ich war außer Atem und musste mich zwingen, einigermaßen ruhig zu sprechen. »Ein Pkw ist durch …« Das Geräusch einer Explosion unterbrach mich.

Ungefähr fünfundzwanzig Meter unterhalb der Stelle, an der mein Verfolger durch die Leitplanke gebrochen war, stand sein Wagen jetzt in hellen Flammen.

»Was ist passiert?«

Ich brauchte einen Augenblick, bis ich antworten konnte, weil ich so auf das Feuer konzentriert war.

»Es brennt!«, hörte ich mich schreien. »Was mache ich denn jetzt?«

Ich war in Panik. Da unten verbrannten vielleicht Menschen in diesem Auto und ich – ich sah keine Möglichkeit zu helfen! Direkt unter der Leitplanke ging es steil nach unten und die Wiese, auf der das brennende Fahrzeug lag, fiel ebenfalls steil ab.

»Sie bleiben bitte, wo Sie sind, und halten sich vom Brand fern!«, kommandierte die Frauenstimme an meinem Ohr. »Dafür sagen Sie mir jetzt, wo Sie genau sind.«

Der Wind trieb den Rauch nach oben, es stank nach Benzin und verbranntem Kunststoff und mir tränten die Augen. Ich musste husten und drehte mich etwas zur Seite.

»In der unteren Spitzkehre auf der Messelbergsteige oberhalb von Donzdorf.«

* * *

Eine Stunde später saß ich – mit einem nicht zu kleinen blauen Fleck auf dem linken Arm an der Stelle, wo mir der Notarzt »was für den Kreislauf« gespritzt hatte – bei der Polizei in Göppingen, hatte einen Becher mit Kaffee vor mir und erzählte zwei aufmerksam lauschenden Polizisten davon, wie der verunglückte Fahrer ab Böhmenkirch hinter mir her gewesen und wie es zu dem Unfall gekommen war.

Ich war gerade an der Stelle meiner Geschichte angekommen, an der ich am Messelberg auf die kleine Aussichtsplattform abgebogen war, als sich die Tür öffnete und die beiden Beamten hereinkamen, die an der Unfallstelle gewesen waren.

Während der Jüngere seine Lederjacke auszog, nahm der Ältere die Mütze ab und informierte seinen Kollegen, der mir gegenübersaß: »Nix zu machen. Der Notarzt meint, der Fahrer hätte sich vermutlich schon bei der Landung den Hals gebrochen. Aber das wird die Obduktion zeigen. Die Feuerwehr birgt jetzt den Wagen, der geht dann zur KTU. Habt ihr inzwischen die Halterfeststellung?«

»Hab ich.« Der junge Polizist tippte etwas auf seinem Computer und schaute auf den Monitor. »Das Fahrzeug ist auf einen Müller-Rehling, Armin, in Stuttgart zugelassen.«

»Wie bitte?« Ich war fassungslos und das sah man mir an.

»Kennen Sie den Fahrzeughalter?«

»Ja, wobei ich nicht glaube, dass der gefahren ist.«

Blandine hatte mir einmal erzählt, dass ihr Mann einen Fahrer eingestellt hatte, weil er nachtblind war. Aber wer war dann hinter mir her gewesen? Ölert? Dann war es ein geplanter Anschlag gewesen und der Jaguar hatte mir das Leben gerettet. In meinem Passat hätte ich keine Chance gehabt, wegzukommen und mich zu verstecken.

»Frau Doktor Pfeiffer? Ist Ihnen schlecht? Brauchen Sie einen Arzt?«

Die Stimme des Polizisten klang wie durch einen Nebel zu mir und ich musste mich zusammenreißen, um antworten zu können.

»Ich glaube, dass ich gerade einen Mordversuch überlebt habe.«

Die Polizisten starrten mich an, als ob mir gerade ein zweiter Kopf gewachsen wäre. Für ein paar Sekunden herrschte atemloses Schweigen, dann sah ich, dass es dem rundlichen Beamten, der mir am Schreibtisch gegenüber saß, dämmerte.

»Müller-Rehling – ist das nicht der Dirigent, der seine Frau gewürgt hat? Und ein paar Tage später ist die dann in der Oper in Stuttgart umgebracht worden …« Er tippte wieder mit zwei Fingern auf seiner Tastatur, guckte auf den Bildschirm und sagte: »Ja, klar – die LPD II in Stuttgart hat eine Ermittlungsakte.«

Sein schnauzbärtiger Kollege, der mich auf dem Messelberg aufgesammelt hatte, zog einen Stuhl neben mich und ließ sich fallen. »Ja, jetzt erzählet Se mol, wie Sie in die Gschicht neikomme sind!«

Bevor ich antworten konnte, informierte ihn der Beamte am Monitor: »Der Halter des Jaguars sitzt als Verdächtiger in dem Mordfall in der JVA Stammheim in Untersuchungshaft.«

Ich schloss für einen Moment die Augen. Ich war plötzlich so furchtbar müde, dass ich kaum noch denken konnte.

»Das Mordopfer war eine Freundin von mir und der Halter des Jaguars ist …« Oh, verflixt, wie sollte ich das nur ausdrücken? Ich flüchtete mich in ein lahmes: »… ein Freund!«

»Ja, aber um Himmels wille, was hen Sie agstellt, dass der Kerle da oben am Messelberg gmeint hat, er müsst Sie umbringe?«, wunderte sich der Schnauzbärtige.

»Ich habe wohl zu viele Fragen gestellt.«

Ich versuchte, mein müdes Hirn auf Touren zu bringen. Für mich war klar: Müller-Rehling hatte erfahren, dass ich mit Dürrmann gesprochen hatte – und das passte ihm offenbar gar nicht. Aber wie hatte er es erfahren? Dürrmann hatte es ihm bestimmt nicht auf die Nase gebunden. Also blieben Dorothee Rieker, die auf mich aber auch nicht den Eindruck machte, als ob sie ein enges Verhältnis zum Maestro pflegte, und die geschwätzige Nachbarin. Verdammt – da war ich wohl zu unvorsichtig gewesen. Andererseits bestätigte der Mordversuch, dass ich an der richtigen Stelle gestochert hatte, oder?

Schnauzbart war wieder aufgestanden, um den Schreibtisch herumgegangen und schaute über die Schulter seines Kollegen auf den Monitor.

»Du liabs Herrgöttle von Biberach, wie hen di d' Mucke verschisse!«, rutschte ihm heraus. »Das ist ja wirklich der Hammer! Und was machen wir jetzt?«

»Ich würde sagen, wir machen das Protokoll fertig und schicken es der LPD II per Mail. Und dann fährt einer von uns die Frau Doktor Pfeiffer ins Krankenhaus.«

»Nein, bitte nicht. Ich habe nichts. Ich bin nur ein bisschen müde.«

Mir graute zwar davor, noch mal dreißig Kilometer fahren zu müssen, aber ich sehnte mich nach meinem eigenen Bett.

»Sicher?«, fragte Schnauzbart.

»Ganz sicher. Wenn wir hier fertig sind, will ich einfach nur heim.«

Die beiden älteren Polizisten schauten sich an, dann lächelte der am Schreibtisch: »Andy, wolltest du nicht schon immer mal einen Jaguar fahren?«

Der Jüngste in der Runde, der an der Kaffeemaschine stand, drehte sich um und grinste. »Klar!«

»Also, dann sehen wir zu, dass wir mit dem Protokoll fertig werden. Dann fährst du die Frau Doktor Pfeiffer heim. Der Uwe fährt dir hinterher und sammelt dich wieder ein.« Er lächelte mich an. »Ich glaube, Sie sind jetzt nicht mehr fahrtüchtig, aber wir sorgen dafür, dass Sie und das Auto heil heimkommen.«

* * *

Ich konnte mich wohl rühmen, ein paar gute Eigenschaften zu haben, aber Kaltblütigkeit gehörte definitiv nicht dazu. Ich war, nachdem die Polizisten mich heimgefahren hatten, noch eine halbe Stunde auf meinem Fensterbrett gesessen und hatte trotz meiner Erschöpfung nicht einschlafen können. Schließlich war ich wieder aufgestanden und hatte bis halb acht an einem Eintrag in das Tagebuch, das ich für Philipp führte, geschrieben. Danach war ich auf meinem Sofa endlich in einen unruhigen, von wilden Träumen geplagten Schlaf gefallen.

Die Türklingel weckte mich und ein Blick auf die Uhr sagte mir, dass es schon zwei Uhr nachmittags war – und trotzdem fühlte ich mich, als wenn ich von einer Dampfwalze überfahren worden wäre.

In meinem Schlafanzug, barfuß und mit verwuschelten Haaren stolperte ich zur Tür. Ich erwartete Mirja, die seit zwei Tagen wieder daheim war und die fast immer überraschend zu Besuch kam.

Zu meinem Erstaunen standen eine grauhaarige, etwas rundliche Frau in Jeans und einem etwas zu engen dunkelroten Blazer – er sah aus wie ein Modell aus dem Merkel'schen Kleiderschrank – und ein junger Mann in Lederjacke draußen. Sie kam mir bekannt vor, aber mir fiel erst der Groschen, als sie ihren Dienstausweis präsentierte: Hauptkommissarin Martina Jelinek, die ich auf Blandines Beerdigung getroffen hatte.

»Ich leite die Ermittlungen im Fall Keller. Und das …«, sie schaute an ihrem baumlangen Begleiter hinauf, »… ist Patrick Mohr, mein Assistent. Dürfen wir reinkommen?«

»Ja, klar.« Ich führte die beiden ins Wohnzimmer und bot ihnen Platz und Kaffee an.

»Nein, danke, wir sind beide schon seit sechs heute Morgen unterwegs und haben reichlich Kaffee intus. Aber Sie sehen aus, als ob Sie einen brauchen könnten. Wir warten gerne einen Augenblick.«

»Danke.« Ich trollte mich in die Küche, warf die Kaffeemaschine an, ging ins Bad, putzte mir die Zähne – ich hatte einen üblen Geschmack im Mund – und zog eine Jeans und ein T-Shirt über, bevor ich in der Küche meinen Latte macchiato holte und ins Wohnzimmer zu meinen Gästen ging.

»Entschuldigung – es war eine lange Nacht.«

»In der Sie eine Menge erlebt haben!« Die Kommissarin lächelte mich ermunternd an. »Und dem Bericht der Göppinger Kollegen zufolge haben Sie erstaunlich gut reagiert.«

Ich hielt mich an meinem Kaffeeglas fest. »Ich habe unterwegs überhaupt nicht begriffen, dass der es ernst meint. Ich war überzeugt, dass hinter mir ein besoffener Dorfmacho seiner neuesten Eroberung zeigen will, dass er auch mit einem Jaguar fertig wird. Was wirklich Sache ist, wurde mir erst klar, als ich erfahren habe, wem der Wagen gehört.«

»Hat«, vollendete der Assistent meinen Satz. »Die Karre ist ein Totalschaden. Er ist heute Morgen bei unseren Technikern angekommen – sieht nicht mehr gut aus.«

»Was war das eigentlich für ein Wagen?«, fragte ich. »Müller-Rehlings Fahrzeug ist doch eine silberne S-Klasse?«

»Ein Koreaner – Kia Ceed. Nettes kleines Ding und nicht gerade langsam«, antwortete Patrick Mohr.

»Komisch. Ich wusste gar nicht, dass Müller-Rehling so etwas besitzt. Reisschüssel passt eigentlich nicht zu ihm …«

»Er ist auch nicht selbst gefahren«, sagte die Kommissarin. »Wir müssen noch das Ergebnis des DNA-Tests abwarten, aber die Brieftasche des Fahrers hat den Brand relativ gut überstanden. Die Papiere weisen ihn als Müller-Rehlings Angestellten Jochen Ölert aus.«

»Zur letztgültigen Identifikation wird es aber den DNA-Test brauchen – die Leiche ist böse zugerichtet, zudem gibt es keine Ehefrau und keine Verwandten in gerader Linie«, informierte mich der Kriminalassistent.

Mir lief ein kalter Schauer über den Rücken. »Ist er verbrannt?«

Der Gedanke bedrückte mich. Wenn ich nicht erst mit dem Warndreieck losgezogen wäre, wenn ich doch einen Weg gefunden hätte, über die Leitplanke nach unten zu kommen – vielleicht hätte ich einfach noch ein Stück die Straße hinunterrennen müssen? Weiter unten war es hinter der Leitplanke nicht so steil, da hätte ich wahrscheinlich eine Chance gehabt. Und dann hätte ich Ölert vielleicht noch aus dem Wagen ziehen können. Was immer er auch getan hatte – ich bin eine Gegnerin der Todesstrafe.

»Wir müssen das endgültige Ergebnis der Obduktion abwarten, aber momentan sieht es nicht so aus. Unsere Pathologin vermutet, dass er schon beim Aufprall an einem Genickbruch gestorben ist. Die Airbags sind zwar aufgegangen, aber es scheint, dass die Kopfstütze falsch eingestellt war«, sagte die Kommissarin.

Ihr Assistent schien bemerkt zu haben, dass mich das Feuer beschäftigte. »Übrigens ist Verbrennen ziemlich schwierig. Selbst die Leute auf dem Scheiterhaufen früher sind nicht bei lebendigem Leib und vollem Bewusstsein verbrannt …«

»Ich weiß. Die wurden üblicherweise vorher erdrosselt«, sagte ich.

»Ehrlich? Wusste ich gar nicht. Aber was ich eigentlich sagen wollte: Bei einem Feuer sterben die Opfer meist an der Rauchvergiftung. Sie fallen ziemlich schnell in Ohnmacht – und selbst wenn sie dann verbrennen, merken sie es gar nicht.«

Patrick Mohr fand das Thema offenkundig sehr interessant.

Seine Chefin war weniger davon fasziniert. »Laut Feuerwehr war dieser Ölert übrigens auch nicht angeschnallt«, sagte sie.

Ich konnte es nicht fassen. »Wie bitte? War der besoffen oder selbstmordgefährdet? Jagt mich durch die Nacht über die Alb und ist dabei noch nicht mal angeschnallt! Außerdem hat er wohl nicht gewusst, dass ich mich in der Gegend auskenne. Ich habe mal in Donzdorf gewohnt ... Der muss mir schon in Heidenheim aufgelauert haben.« Ich dachte laut nach. »Darauf zu kommen, dass ich da war, war für einen Insider ja nicht schwer. Das Festival findet alljährlich statt und wir berichten jedes Jahr darüber. Und dass ich mit Philipps Jaguar unterwegs bin, hat er wohl auch mitgekriegt ...«

Ich hatte gar nicht gemerkt, dass Patrick Mohr sich Notizen gemacht hatte. Jetzt schaute er von seinem Blöckchen auf und seine Chefin an.

Die nickte. »Gut, dann wäre das auch geklärt. Wir haben uns natürlich gewundert, wie der Sie auf der Alb gefunden hat.«

»Mein Terminplan – zumindest der berufliche – ist für einen Szeneninsider ziemlich berechenbar.«

Bisher hatte mich das nie gestört, aber jetzt war ich plötzlich froh, dass ich als Professorin nicht nur weniger auf der Straße, sondern in meinen Vorhaben auch weniger durchschaubar sein würde.

»Frau Doktor Pfeiffer, wir überlegen natürlich, warum dieser Ölert hinter Ihnen her war. Kann es sein, dass er Sie in Zürich bemerkt hat, als Sie ihn verfolgt haben?«

»Das ist möglich«, gestand ich ein. »Aber ich denke mir eigentlich eher, dass er was von meinen Aktivitäten in den letzten Tagen mitbekommen hat – und darüber wollte ich sowieso mit Ihnen sprechen.«

»Dazu kommen wir gleich.« Martina Jelinek lächelte mich an. »Vorher aber noch einmal zum Thema Zürich: Wir waren am Freitag dort und haben uns mit Ölerts Alibi unterhalten. Sie ist Russin und nachdem unser Kollege von der Kantonspolizei sie ein wenig über das doch recht restriktive Ausländerrecht der Schweiz aufgeklärt hat, meinte sie, sie habe sich wohl im Tag geirrt, als sie Ölerts Alibi bestätigt habe. Er sei einer ihrer Stammkunden, von einem anderen – einem gewissen Herrn Jorge-Daniel Mantenar – eingeführt. Und da könne man schon mal durcheinanderkommen, nicht? Und dies umso mehr, wenn einem der Kunde – nun reden wir wieder von Ölert – ein nicht unerhebliches Geldgeschenk gemacht hat.«

Ich schloss die Augen, atmete zweimal tief aus, um den leichten Schwindel wieder loszuwerden – zu wenig Schlaf und mein Kreislauf geht in den Keller –, und fragte: »Glauben Sie unter diesen Umständen immer noch daran, dass Herr Boch Blandine Keller umgebracht hat?«

Die beiden Polizisten schauten sich gegenseitig an, dann schüttelte die Kommissarin langsam den Kopf. »Ich bin nicht mehr so sicher. Wir lassen jetzt den anonymen Brief, der uns auf Herrn Boch hingewiesen hat, noch mal von unseren Technikern prüfen – die sollen mal gucken, ob sie morgen was dazu Passendes in Ölerts Wohnung finden. Versiegelt haben wir die schon, morgen nehmen wir sie gründlich auseinander.«

Ölert interessierte mich im Moment wenig. »Dann wird Herr Boch also aus der Haft entlassen? Wann?«, fragte ich.

»Das ist Sache des Staatsanwaltes«, sagte Patrick Mohr und fing sich dafür einen strafenden Blick von Martina Jelinek ein.

»Heute kann ich nichts mehr machen. Aber ich verspreche Ihnen, dass ich morgen früh zuallererst unseren Staatsanwalt anrufe und ihn bitte, dass er Herrn Boch dem Untersuchungsrichter vorführen lässt, der den Haftbefehl aussetzt. Dann ist er wieder ein freier Mann.« Sie lächelte mich an, wurde dann aber sofort wieder ernst. »Nun aber zu Ihnen, Frau Doktor Pfeiffer. Sie scheinen ja die letzten Tage ordentlich unterwegs gewesen zu sein und Privatdetektivin gespielt zu haben.«

Ich wollte etwas sagen, aber Martina Jelinek hob die Hand und bremste mich aus.

»Glauben Sie mir, wir verstehen und respektieren Ihre Motive. Sie waren mit dem Opfer befreundet, Sie stehen Herrn Boch nahe und …«, wieder ein kleines Lächeln, »… Sie hatten wohl das Gefühl, dass es bei uns nicht gerade schnell vorangeht. Ich gebe zu, dass wir uns mit dem Fall schwertun. Die Szene, mit der wir da konfrontiert sind, ist uns fremd, wir kennen die Querverbindungen und üblichen Muster darin nicht – was das angeht, sind Sie als Insiderin im Vorteil. Dennoch muss ich Ihnen einen Vorwurf machen: Warum kooperieren Sie nicht mit uns?«

Ich senkte den Kopf und betrachtete meine nackten Zehen. »Sie haben Herrn Boch verhaftet.«

Ich konnte nicht verhindern, dass ich wie ein trotziges Kind klang und ärgerte mich darüber.

»Ich weiß natürlich, dass das nichts Persönliches war, aber ich hatte einfach die Sorge, dass für Sie die Sache damit abgeschlossen ist und Sie weiteren Hinweisen nicht nachgehen.«

Martina Jelinek seufzte »Bestimmt nicht. Die Fakten sprachen gegen Herrn Boch, aber nach unserem Verhör …«

Sie schaute zu ihrem Assistenten hinüber, der nickte und sagte: »Wir hätten ihn vermutlich nicht nach Stammheim geschickt. Aber unser Staatsanwalt wollte der Presse ein Ergebnis präsentieren. Aber zurück zu Ihnen, Frau Doktor Pfeiffer: Sie haben heute Nacht gelernt, wie gefährlich so ein Alleingang werden kann. Sie haben mehr Glück als Verstand gehabt. Der Kollege in Göppingen, mit dem ich vorher gesprochen habe, meinte, wenn Sie nicht auf der Umleitung, sondern auf der regulären Strecke unterwegs gewesen wären, hätten Sie keine Chance gehabt.«

Ich schluckte. Die Kommissarin hatte Recht. Wenn ich statt über die Messelberg-Steige den Abstieg über Weißenstein hätte fahren müssen, hätte Ölert mich in einer der drei Spitzkehren dort entweder rechts an den Felsen geklebt oder links über die Leitplanke geschickt.

»Das ist mir jetzt klar«, gestand ich ein. »Aber ich hätte niemals damit gerechnet, dass mich jemand so brutal angreifen würde.«

Mir fiel selbst auf, dass ich unglaublich naiv klingen musste. Ich hatte Ölert und Müller-Rehling im Verdacht, Blandine umgebracht zu haben – das hätte mir doch als Warnung dafür dienen müssen, dass ihnen ein Leben nicht viel bedeutete! Karlheinz Dürrmann hatte die Situation realistischer eingeschätzt als ich. Er hatte mir erzählt, dass er in Feuerbach wohnte und einen »kleinen Waldspaziergang« gemacht habe, um sich mit mir auf dem Parkplatz zu treffen. Und er hatte sich von mir mit der Bitte »Passen Sie auf sich auf!« verabschiedet.

Die beiden Ermittler wechselten einen Blick und ersparten sich den Kommentar, dafür fragte Patrick Mohr: »Sie haben diesen Ölert gekannt, oder? Haben Sie eine Erklärung dafür, warum er Ihre Freundin umgebracht haben könnte?«

»Daran knabbere ich seit Tagen rum. Bevor ich in Zürich sein Gespräch mit Mantenar belauscht hatte, dachte ich, er hätte vielleicht im Auftrag seines Chefs gehandelt. Bis dahin hatte ich nämlich den Eindruck, dass er Müller-Rehling treu ergeben ist. Er konnte sich nur deswegen so lange in der Position halten, weil er über Jahre widerspruchslos alles gemacht hat, was Müller-Rehling von ihm verlangt hat.«

»Aber ein Mord?«, zweifelte die Kommissarin.

»Naja, dass er dazu fähig ist, hat er gestern Nacht bewiesen. Wenn er Sie von der Straße geschossen hätte, wäre es ein eindeutiger Mord gewesen. Der 211er ist sehr eindeutig«, sagte Patrick Mohr.

Ich musste wohl sehr verständnislos geschaut haben, denn er erläuterte: »Paragraph 211 Strafgesetzbuch, Absatz 2: ›Mörder ist, wer aus Mordlust, zur Befriedigung des Geschlechtstriebs, aus Habgier oder sonst aus niedrigen Beweggründen, heimtückisch oder grausam oder mit gemeingefährlichen Mitteln oder um eine andere Straftat zu ermöglichen oder zu verdecken, einen Menschen tötet.‹« Er zählte die einzelnen Punkte an den Fingern ab. »Heimtückisch haben wir, gemeingefährlich haben wir auch – er hat andere Verkehrsteilnehmer gefährdet. Und es steht zu vermuten, dass er damit eine andere Straftat zu verdecken bemüht war.«

»Eventuell nicht nur eine!«, warf ich ein. »Vielleicht steht am Anfang der ganzen Geschichte eine Straftat, von der bisher noch niemand etwas wusste.«

Und dann erzählte ich von dem Treffen mit dem Fahrer, seiner Bemerkung über Müller-Rehlings Thailand-Reisen, seiner Verbindung mit Katmandis, Blandines Erpressungsversuch und ihrem rosa Notebook.

Es dauerte fast eine Stunde, bis ich alle Informationen los war und alle Zwischenfragen beantwortet hatte, aber wenigstens konnte ich nicht darüber klagen, dass es meinen Zuhörern an Interesse gemangelt hätte. Ich wünschte, meine Studenten würden einmal so auf der Stuhlkante sitzen und an meinen Lippen hängen!

Als ich fertig war, hatte ich einen trockenen Mund und ging mir erst einmal eine Flasche Wasser holen. Ich brachte drei Gläser mit ins Wohnzimmer und dieses Mal lehnten meine Gäste nicht ab.

Als er leergetrunken hatte, meinte Patrick Mohr: »Und ich habe bisher immer geglaubt, die Klassikszene sei trieferernst und ein bisschen langweilig!«

»Nach meiner Erfahrung ist sie weder das eine noch das andere«, gab ich zurück.

Martina Jelinek unterdessen zog ihr Handy aus der Tasche. »Ich wollte unserem Staatsanwalt eigentlich seinen freien Sonntag lassen, aber ich vermute, dass es dem Maestro langsam auffallen könnte, dass sowohl sein Adlatus wie auch sein Auto fehlen. Ich denke, wir sollten ihm einen Besuch abstatten, bevor er auf die Idee kommt, ganz spontan einen Thailand-Urlaub anzutreten. Was meinst du, Patrick?«

Der hatte ebenfalls sein Telefon aus der Tasche gezogen. »Dass wir außerdem versuchen sollten, einen geneigten Richter und ein paar Kollegen von der Schutzpolizei aufzutreiben. Wer weiß, was sich im trauten Heim des Herrn Dirigenten alles verbirgt?«

Die Entwicklung gefiel mir. Endlich kam Schwung in die Ermittlungen – und jetzt waren die Richtigen im Visier.

»Sie sollten sich vielleicht auch noch mal in der Oper umsehen«, empfahl ich. »Müller-Rehling ist der Generalmusikdirektor und als solcher hat er ein Büro dort.«

»Danke für den Tipp!« Martina Jelinek wählte eine Nummer, wartete und meldete sich dann: »Jelinek, sorry, Herr Gehberg, dass ich Ihren Sonntagsfrieden stören muss, aber wir brauchen Sie im Fall Keller. Es sieht so aus, als ob wir den Falschen in Stammheim haben. Ölert ist heute Nacht beim Versuch, die Zeugin Pfeiffer auszuschalten, ums Leben gekommen – nachdem wir am Freitag sein Alibi zerlegt haben. Wir vermuten, dass er entweder im Auftrag oder zumindest mit dem Wissen von Müller-Rehling gehandelt hat und dass bei dem eventuell auch noch ein Missbrauch von Kindern vorliegt.« Sie lauschte eine Weile, dann sprach sie weiter: »Ja, eindeutig. Der Verdächtige hat wohl Verbindungen nach Thailand und sehr viel Vermögen, von dem wir vermuten, dass ein Teil im Ausland verfügbar ist.« Wieder eine kleine Pause, dann sagte sie: »Moment, da muss ich mal nachfragen …« Sie schaute mich an. »Wissen Sie zufällig die Adresse auswendig?«

»Am Eichenhain 68 in Sillenbuch. Postleitzahl habe ich allerdings nicht im Kopf«, antwortete ich.

»Danke. Haben Sie's gehört, Herr Gehberg? Ich würde vorschlagen, dass Herr Mohr und ich schon mal nach Sillenbuch fahren – nicht dass der Vogel ausfliegt, während wir noch damit beschäftigt sind, unseren Papierkram zusammenzukriegen. Sehen wir uns dort?«

Patrick Mohr, der sich in den Flur verzogen hatte, kam zurück und schob sein Handy wieder in die Tasche. »Joswig kommt ins Gericht und fängt schon mal an, die Papiere fertig zu machen«, informierte er seine Chefin.

»Mitbekommen, Herr Staatsanwalt?«, fragte Martina Jelinek. Sie lauschte, nickte und lachte: »Tja – Mittagessen mal wieder gestrichen. Wir krallen uns unterwegs einen Döner. Bis später!«

Patrick Mohr räumte sein Notizbuch in die Jackentasche und trank sein Glas leer. »Sie sind uns damit los, Frau Doktor Pfeiffer, und können sich endlich von gestern erholen.«

»Pustekuchen! Ich muss meinen Artikel über das Konzert gestern schreiben und habe später einen Termin in Karlsruhe.«

»Sie müssen Ihre Brötchen aber auch hart verdienen!«

»Sagen wir es so: Meine Termine sind zumindest besser zu planen als Ihre«, sagte ich und schaute die Kommissarin an, die jetzt ihr Telefonat beendet hatte und ihr Handy wieder einpackte. »Frau Jelinek?«

»Hmm?« Sie stand auf.

»Denken Sie bitte daran …«

»… Herrn Boch rauszuholen? Ja, versprochen! Wenn nicht irgendetwas Unvorhergesehenes dazwischenkommt, haben Sie ihn morgen wieder«, versprach die Kommissarin, nun schon auf dem Weg zur Tür.

* * *

Normalerweise hatte ich mein Handy immer abgeschaltet, wenn ich am Montagmorgen in die große Konferenz ging, aber an diesem Morgen hätte ich lieber den Unmut aller leitenden Redakteure auf mich gezogen, als einen Anruf zu versäumen. Allerdings meldete ich zuvor an, dass ich auf etwas wirklich Wichtiges wartete – okay, ich erwähnte nicht, dass es nichts mit meinem Job zu tun hatte. Und ich schaltete den Klingelton des Handys aus. Dafür behielt ich es die ganze Zeit unter dem Tisch in der Hand – und wenn mich später jemand gefragt hätte, was in der Besprechung verhandelt wurde, hätte ich nicht mehr als ein »Öh« herausgebracht. Ich war viel zu sehr mit mir selbst und dem Warten darauf beschäftigt, dass sich Arvid Schönert endlich, endlich melden würde.

Ich hatte schon am frühen Morgen mit Arvid Schönert telefoniert und ihm vom Wochenende berichtet. Ölerts Ableben hatte er nicht eben bedauert. Dafür war er begeistert davon gewesen, dass er Philipp nun aus der Haft bekommen würde.

»Ich gehe davon aus, dass der Staatsanwalt schon den Haftprüfungstermin organisiert hat. Herr Boch muss – egal, wie es ausgeht – danach noch einmal nach Stammheim zurück, um sein Zeug zu packen und den Papierkram zu erledigen. Wollen Sie ihn abholen?«

Natürlich wollte ich das und darum versuchte ich den ganzen Morgen, mein Handy zu hypnotisieren. Trotzdem klingelte es erst nach Ende der Sitzung um elf und auf dem Display erschien der Name »Arvid Schönert«. Ich schaffte es fast nicht, meinen Touchscreen zu bedienen, weil mir die Hände zitterten.

»Pfeiffer. Herr Schönert, was ist?«

Ein sonores Lachen auf der anderen Seite – und mein Puls legte noch mehr zu. »Herr Schönert besorgt das Protokoll. Hallo, mein Julchen!«

»Philipp!« Es war so wundervoll, seine Stimme zu hören. »Liebster Philipp!«

»Juliane, ich muss gleich weg, meine Wächter drängeln. Aber Herr Schönert sagte mir, du würdest mich abholen?«

»Natürlich. Wann soll ich in Stammheim sein?«, fragte ich atemlos.

»Man hat mir gesagt, dass es bis spätestens halb vier so weit sein sollte«, sagte Philipp.

»Ich werde da sein!«, versprach ich. »Du, Philipp – ich bin so froh!«

»Und ich erst! Ich freu mich auf dich! Bis nachher, Julchen.«

* * *

Mich hielt nichts mehr im Büro – zumal ich ja immer noch jede Menge Überstunden abzufeiern hatte, aber bevor ich ging, machte ich einen kleinen Abstecher in die Lokalredaktion.

Im Gegensatz zu uns privilegierten Kulturjournalisten sitzen die Lokalredakteure in einem Großraumbüro und wann immer ich das betrat, konnte ich mich des Eindrucks nicht erwehren, dass das Sextett darin alles tat, eine Atmosphäre wie in einschlägigen Hollywoodfilmen herzustellen. Weil aber ratternde Telexe und klappernde Schreibmaschinen heute nicht mehr zu haben waren und die Telefone sich offenkundig weigerten, ständig zu klingeln, produzierten die Kollegen den für ihre Inspiration erforderlichen Krach mit einem im Dauerbetrieb dröhnenden Radio.

Weil ich mich nicht durch acht Semester Gehörbildung geplagt hatte, um mich in unserer Lokalredaktion einem Attentat auf mein Trommelfell auszusetzen, stürmte ich rein, mit einem Winken für alle – ein »Hallo« hätte sowieso niemand gehört – auf Lennys Schreibtisch zu und rief: »Ich hab was Spannendes. Kommst du mal mit raus?«

Abgesehen davon, dass ich ihm versprochen hatte, ihn auf dem Laufenden zu halten, ging ich davon aus, dass die Staatsanwaltschaft in den nächsten Tagen in einer Pressekonferenz mitteilen würde, dass Philipp nicht mehr unter Verdacht stand. Vielleicht – ich hoffte es – würden sie dann auch Müller-Rehlings Verhaftung bekannt geben. Dann würde die Nachricht, dass Philipp wieder frei war, untergehen. Mir war aber danach, die Nachricht von seiner Entlassung aus der Haft wenigstens in der *Stuttgarter Allgemeinen* so groß zu sehen wie die von seiner Verhaftung.

Also erzählte ich Lenny davon – und war kaum damit fertig, als er schon die Tür in die Redaktion aufriss und mit Stentorstimme brüllte: »Edi!«

Der bärenhafte Fotograf kam auf den Flur. »Was 'n los?«

»Wir müssen nachher nach Stammheim. Boch wird entlassen. Wir haben das exklusiv!«, informierte er ihn.

Edi fand das »geil« und wollte wissen, wann und wo er den wahren Täter bekomme.

»Den willst du nicht mehr fotografieren«, sagte ich. »Der liegt ziemlich angekokelt und inzwischen wohl auch aufgeschnitten in einer Kühlbox in der Gerichtsmedizin.«

»Uii – wer hat den um die Ecke gebracht?«, wollte Lenny wissen.

»Er sich selbst – beim Versuch, mich in die ewigen Jagdgründe zu befördern. Nur fürchte ich, dass du die Actionstory vom Samstag noch nicht schreiben darfst, weil du sonst die laufenden Ermittlungen behinderst. Ich würde das jedenfalls, bevor ich es rausgebe, mit dem Staatsanwalt abklären.«

»Aber du verrätst es mir trotzdem gleich, ja?« Lenny schaute mich an wie das Enkelkind, dem die Oma ein Märchen erzählen soll. Er nahm meinen Arm. »Ich kauf dir in der Kantine einen Kaffee und du erzählst mir alles, ja?«

Ich schaute auf die Uhr. Es war noch nicht mal zwölf, also hatte ich noch ewig Zeit. »Okay, aber dafür will ich auch was von dir ...«

»Kriegst du! Ich werde Boch nicht nur mit Samthandschuhen anfassen, sondern ihn rühmen und preisen!«, versprach Lenny.

»Öh, wartet mal, bevor ihr euch in die Kantine verdrückt!«, warf der Fotograf ein. »Wann steigt die Gaudi in Stammheim?«

»Um halb vier!«, gab ich Auskunft.

»Und wie erkenne ich den Sängerknaben? Ich hab's nicht so mit Klassik!«

»Och, das ist einfach!«, grinste Lenny. »Du hältst einfach auf den Typen drauf, dem eine Jule am Hals hängt!«

* * *

Eine halbe Stunde später füllte sich die Kantine mit den ersten Hungrigen fürs Mittagessen. Es wurde laut, und ich berichtete Lenny bei einem schnellen Kaffee von meinem Erlebnis am Samstag. Und während er in sein Büro zurückeilte, um – wie er es ausdrückte – »den Staatsanwalt zu schütteln«, ging ich zum Parkplatz und überlegte mir, wie ich mir die nächsten drei Stunden um die Ohren schlagen sollte.

Nach Essen war mir nicht, also fuhr ich erst einmal in die nächste Tankstelle und ließ den Jaguar waschen. Danach gab ich bei Breuninger ein kleines Vermögen für ein Seidennachthemd, ein graues Wollkleid, ein Paar Pumps und eine Flasche Edelparfüm aus und erschreckte im Parkhaus eine ältere Dame, als ich mich auf dem Rücksitz des Jaguars umzog. In Pumps kann ich allerdings nicht Auto fahren, also stellte ich die Edeltreter erst mal auf den Beifahrersitz, sprühte mich großzügig mit dem Parfüm ein und fuhr nach Stammheim.

Natürlich war ich viel zu früh dran, aber in dem Fall störte mich das Warten nicht. Ich saß im Auto und hörte mir bis drei den Gesang meines Liebsten an. Danach allerdings hielt es mich nicht mehr im Wagen. Also schwang ich mich in und auf meine neuen Pumps, hüllte mich in meine Jacke und marschierte zum Eingang der Justizvollzugsanstalt.

Für mich ist schon der Anblick dieser Mauern ein Grund für Wohlverhalten, doch die Herren Ölert und Müller-Rehling hatten wohl nie an die Möglichkeit gedacht, im Gefängnis zu landen. Die beiden waren sich zumindest in ihrem Glauben an die eigene Überlegenheit einig gewesen. Ich war fast ein wenig stolz darauf, den Herrschaften in die Suppe gespuckt zu haben, obwohl ich im Fall Ölert immer noch am Resultat zu knabbern hatte.

Lenny und Edi kamen um zehn vor halb. Edi hingen gleich zwei Kameras um den Hals, eine davon mit dem großen Zoom darauf. Er brummte wegen des Lichts, setzte den Blitz auf den Apparat, maß noch einmal und fragte dann, ob man ihn nicht endlich mal zu einer Location einladen könne, wo er nicht nur graue Betonmauern vor sich habe.

Lenny blieb ungerührt. Er zündete sich eine Zigarette an, klemmte sie in den Mundwinkel, vergrub seine Hände in den Taschen seines Hightech-Anoraks und schlug seinem Fotografen vor, doch bei »Frau im Koma« anzuheuern. »Da kannst du jede Menge schöner Menschen in schöner Umgebung fotografieren!«

»Sag mal, Lenny, hast du eigentlich den Staatsanwalt erreicht?«, wollte ich wissen. »Was sagt der?«

Lenny seufzte. »Schon mal 'nen Staatsanwalt erlebt, der einem eine gescheite Auskunft gibt? Er fand's gar nicht komisch, als ich ihn direkt auf Müller-Rehling ansprach. Er hat mir angedroht, dass ich von seinem Laden nie mehr eine Vorabinfo kriege, wenn ich bezüglich des Maestros nicht die Schnauze halte. Laufendes Verfahren, Ermittlungen noch nicht abgeschlossen, bla bla bla. Das einzig Substanzielle: Morgen um zwei macht er 'ne Pressekonferenz. Ich habe ihn natürlich gefragt, ob er uns dann eine Verhaftung präsentieren kann. Darauf wollte er aber nicht antworten. Naja – wir werden es ja morgen sehen.«

Ein grüner Kastenwagen fuhr vor, eines der drei Tore öffnete sich und ließ ihn ein. Das Tor schloss sich rumpelnd und quietschend hinter ihm und ich überlegte, ob Müller-Rehling wohl auch in so einem Fahrzeug hier ankommen würde. Für ihn würde Stammheim wahrscheinlich noch härter als für Philipp sein – er war an großen Luxus gewöhnt, und wenn an meinem Verdacht bezüglich Thailand etwas dran sein sollte und man ihm Kindesmissbrauch nachwies, konnte Müller-Rehling sich im Gefängnis auf etwas gefasst machen.

Jetzt öffnete sich das linke Tor in der Mauer. Ich musste ganz tief durchatmen und hätte mich am liebsten an Lenny festgehalten. Doch dann trat ein junger Mann in abgerissenen Jeans und einer leichten Sommerjacke ins Freie, schaute sich kurz um, zündete sich eine Zigarette an, schulterte seine Reisetasche und marschierte los.

Lenny ließ seine Zigarette fallen und trat sie aus. »Die Schnellsten waren die hier noch nie.«

Wieder rumpelte das Tor – und dieses Mal war es Philipp.

Ich stöckelte los, hörte Edis Kameraverschluss hinter mir klicken und bedauerte in diesem Moment seine Anwesenheit. Mir wäre so danach gewesen, Philipp um den Hals zu fallen. Aber ich wusste, dass er es bestimmt nicht goutieren würde, unsere Umarmung morgen in der Zeitung zu sehen, und begnügte mich darum mit einem leisen »Ich bin so froh, dich zu sehen«.

»Der Fotograf offensichtlich auch.« Er zog die Augenbrauen zusammen.

»Das ist unserer. Ich erkläre dir gleich, warum ich ihn mitgebracht habe.«

Philipp drehte sich um und schaute auf das Tor, das gerade wieder ins Schloss fiel. »Wenn ich ein Tenor wäre, würde ich jetzt singen. Aber als Bariton verkrümele ich mich lieber – schnell und in der Hoffnung, nie wieder durch dieses Tor gehen zu müssen! Wo hast du geparkt?«

»Herr Boch?« Lenny war herangekommen. »Gratulation zur wiedergewonnenen Freiheit! Ich bin Lennart Waigel von der Lokalredaktion der *Stuttgarter Allgemeinen*. Darf ich Ihnen ein paar Fragen stellen?«

10. Alles für die Katz

»Mord in der Oper: Regisseur wieder frei! Neue Verhaftung angekündigt!«

Ich stolperte fast die Treppe hinauf – der Versuch, den Innenteil einer großformatigen Zeitung zu lesen, während man auf Stufen unterwegs ist, ist keine wirklich gute Idee. Aber immerhin hatte unsere Lokalredaktion die Geschichte gebracht und Lennys Ressortleiter hatte ihm nicht nur drei Spalten mit 120 Zeilen gegeben, sondern obendrauf zwei Bilder. Das eine zeigte Philipp, wie er gestern Nachmittag in Stammheim vors Tor getreten war, das andere war eines der Pressefotos, das die Oper zur Vorberichterstattung für den »Rigoletto« herausgegeben hatte. Philipp, in Jeans und Sneakers mit einem weiß-rot gemusterten Hemd, stand neben Blandine in Leggings samt einem überdimensionalen Herrenpullover, der ihr bis fast zu den Knien gereicht hatte. Die beiden hatten sich offenkundig unterhalten, wobei Blandine Philipp angelächelt hatte.

Ich betrat meine Wohnung, packte die Zeitung auf die Arbeitsfläche in der Küche und versuchte, den Artikel zu lesen, während ich gleichzeitig die Kaffeemaschine in Betrieb nahm.

Lenny hatte sich wacker geschlagen. Im Vorspann kurz das Wichtigste: *Im Fall der in der Oper ermordeten Sängerin Blandine Keller hat sich Entscheidendes getan: Sänger und Regisseur Philipp Boch (59) ist wieder frei. Die Unschuld des aufgrund eines anonymen Briefes verdächtigten und verhafteten Boch gilt als weitgehend erwiesen.*

Im ersten Absatz wurde Philipp zitiert: »Ich bin natürlich froh, wieder aus Stammheim raus zu sein. Gleichzeitig bin ich immer noch traurig und entsetzt über den Tod der Kollegin und darüber, wie sie ums Leben gekommen ist.«

Des Weiteren berichtete Lenny über den Mord und Blandines Eheprobleme, von dort aus leitete er zu ein paar Andeutungen über, die mich hoffen machten, dass Müller-Rehling und vor allem seine Anwälte die nächsten Tage Besseres zu tun haben würden, als Journalisten durch den Wolf zu drehen.

Aber was mich anging, war der Zweck der Übung erreicht: Nach diesem Artikel wussten die Leute, dass Philipp aus der Haft und vor allem aus der Rolle des Hauptverdächtigen entlassen worden war. Und er war Profi genug, nach der kleinen Erklärung, dass seine Verhaftung ziemlich Schlagzeilen gemacht hatte, von sich aus zu wissen, dass es wichtig war, auch die Entlassung publik zu machen.

Mein Kaffee war durch und ich verzog mich auf mein Fensterbrett. Mit einem Lächeln und einem wohligen Räkeln erinnerte ich mich an den vorigen Nachmittag. Nachdem Lenny und Edi sich verabschiedet hatten, waren wir ins Auto gestiegen. Philipp hatte mich gebeten zu fahren.

»Nach allem, was ich gehört habe, gehst du ja sehr geschickt mit diesem Wagen um.«

Ich hätte ihn gerne umarmt und geküsst, doch ihm war anscheinend nicht danach.

»Tu mir einen Gefallen und fahr los! Je früher wir von hier wegkommen, desto besser.«

Ich ließ den Motor an und steuerte auf den kleinen Kreisverkehr vor dem Gefängnis zu.

»Wo fahren wir hin?«, fragte ich.

»Rechts, bitte.«

Ich wunderte mich ein wenig – zur Innenstadt und damit zu unseren Wohnungen wäre es nämlich nach links gegangen. So aber fuhr ich ein gutes Stück an der Mauer des Gefängnisses entlang und bog dann auf Philipps Wunsch nach links auf die Solitudeallee ab, die in schnurgerader Linie, wenn auch heute durch die Autobahn und die Eisenbahn unterbrochen, vom Schloss Solitude in Stuttgart zum kleinen Lustschloss Monrepos bei Ludwigsburg führt.

Bis zur Solitude kamen wir nicht. Ich fuhr an den Ausläufern von Stammheim vorbei, während Philipp schweigend aus dem Fenster schaute. Dann ging es über kahle Felder. Kurz bevor ein Feldweg die Straße kreuzte, bat mich Philipp, rechts ranzufahren und den Motor abzuschalten. Wir waren allein auf weiter Flur und es fing gerade an, leicht zu regnen.

Philipp lächelte mich an, dann streckte er den Arm aus: »Komm her, mein Julchen! Lass dich endlich richtig begrüßen!«

Nach unserer sehr ausführlichen Begrüßung fragte ich Philipp, was er denn jetzt mit der wiedergewonnenen Freiheit anfangen wolle.

»Oh, die Liste ist lang – ich hatte ja genug Zeit, darüber nachzudenken! Jetzt muss ich nur noch darüber nachdenken, in welcher Reihenfolge ich mir meine Wünsche erfüllen will.«

Ich fuhr langsam in Richtung Hauptstraße. »Was hast du auf der Liste?«

»Ich möchte ein Glas Wein. Ich möchte mit dir schlafen. Ich möchte ein ausführliches Bad nehmen. Ich möchte mit dir schlafen. Ich möchte richtig gut essen – Rostbraten mit Spätzle oder Knoblauchhuhn beim Spanier. Meeresfrüchte beim Italiener wären auch nicht übel oder eine schöne Moussaka beim Griechen. Eine Forelle blau mit Petersilienkartöffelchen und zerlassener Butter würde ich auch nicht wegschubsen. Und dann noch ein Glas Wein und mit dir schlafen! Und wenn wir schon beim Thema sind: Ausschlafen! Und im Schlafanzug mit dir frühstücken und endlich wieder mal einen ordentlichen Kaffee! Und danach möchte ich mit dir unter die Dusche und wieder ins Bett. Hinterher kannst du mir dann erzählen, was du die letzten Wochen getrieben hast, und dabei trinke ich den nächsten, sehr starken Kaffee. Außerdem muss ich Verena anrufen und mit Allegra will ich natürlich auch telefonieren. Die hat sich ja auch Sorgen gemacht.«

»Hast du die Nummer von Verena im Kopf oder hat man dir dein Handy schon zurückgegeben?«, fragte ich.

»Das Handy habe ich, aber keinen Strom mehr. Dafür weiß ich Verenas Nummer.«

»Mein Handy ist in der Mittelkonsole. Dann kannst du schon mal anfangen: Du rufst Verena an. Ich fahre unterdessen in die Kernerstraße, von dort aus kannst du dich bei Allegra melden. Ich koche dir unterdessen einen großen Becher extra starken Kaffee. Danach gehst du in die Badewanne, ich reserviere unterdessen bei Carlos einen Tisch. Dann stopfe ich deine Wäsche in die Maschine, anschließend gehen wir Knoblauchhuhn essen. Wie findest du das?«

Seine Hand landete auf meinem Knie. »Bist du sicher, dass du mich küssen willst, nachdem ich Knoblauchhuhn gegessen habe?«

Ich grinste ihn an. »Goldstück, rate mal, was ich essen werde! Und während du, wie ich dich kenne, irgendwas Fischiges als Vorspeise willst, werde ich Wilde Kartoffeln und Aioli genießen. Danach sollte man uns beiden die nächsten drei Tage nicht mehr zu nahe kommen.«

* * *

Wir haben weder Knoblauchhuhn noch Wilde Kartoffeln gegessen und ich weiß noch nicht mal, ob unser Abendmahl Philipps Vorstellungen von einem »wirklich guten Essen« entsprach. Als er in die Badewanne stieg, bat er mich nämlich, ihm den Rücken einzuseifen … Das eine führte zum anderen und wir stellten fest, dass meine Matte im Badezimmer ziemlich hart ist. Glücklicherweise hatte ich noch nicht beim Spanier angerufen. Nach dem Intermezzo im Badezimmer hatten wir nämlich beide keine Lust, uns noch einmal anzuziehen, worauf wir den Pizzaservice bestellten. Danach erzählte ich ihm von meinen Erlebnissen in den letzten Wochen.

Philipp fand natürlich vor allem meine Züricher Geschichte mit den Herren Ölert und Mantenar spannend.

»Ich habe mir im Gefängnis darüber Gedanken gemacht und bin zur Erkenntnis gekommen, dass ich die Intendanz nicht haben möchte. Ich bin immer noch Sänger und solange ich noch eine Stimme habe, möchte ich die auch einsetzen. Ein Bürojob, wenn man auch auf die Bühne kann? Nein!«

»Also überlässt du Mantenar kampflos das Feld?«

Ich war privat froh über seine Entscheidung – ich konnte mir Philipp nämlich auch nicht an einem Schreibtisch vorstellen. Aber als Opernfan bedauerte ich, dass er nicht Intendant werden wollte.

»Der Windhund Mantenar, dessen größtes Talent die Intrige ist, als Intendant bei uns? Nur über meine Leiche! Da gibt es sicher eine andere Lösung. Wir werden sehen. Vielleicht wäre Dagmar Neuberth aus Innsbruck eine gute Wahl.«

* * *

»Pfeiffer!«, tönte die Stimme meines Chefredakteurs über den Flur, auf dem ich gerade – zugegeben sehr spät, weil ich mich so schwer vom Inhalt meines Bettes hatte losreißen können – Richtung Kulturredaktion unterwegs war.

Ich unterdrückte ein Seufzen, drehte mich um und lächelte. »Guten Morgen, Herr Landwehr.«

Ich ging dem massigen Mann, der wie meist in einer etwas speckigen braunen Hose, einem weißen Hemd mit blauen Nadelstreifen und quietschbunter Krawatte unterwegs war, über den Flur entgegen.

Er sagte anerkennend: »Spinatwachtel-Arie – gute Geschichte, Pfeiffer! Mag ich! Insiderinfo, exklusiv, brillant geschrieben! Mehr davon!«

Ich stand wie vom Donner gerührt vor der Tür zur Sportredaktion, schaute Landwehr nach, der sich zu den Politikern verzog, und war mir nicht ganz sicher, ob ich das richtig gehört hatte. Lob vom Chefredakteur für meinen Artikel über diverse Umtriebe der Kultusministerin und ihrer Damenrunde?

Aber weil ich nun schon an meinem Büro vorbei und halb den Gang runter war, beschloss ich, auch noch Lenny zu besuchen und zu fragen, ob es denn nun eine Pressekonferenz bei der Staatsanwaltschaft gegeben hatte. Ich hatte Glück: Lenny war in der Kaffeeküche, wo man sich unterhalten konnte, ohne dabei brüllen zu müssen.

Doch Lenny hatte nichts Sensationelles zu berichten. Der Staatsanwalt habe nur verkündet, dass die »noch laufenden Ermittlungen« Philipp entlastet hätten und der Haftbefehl deswegen aufgehoben sei.

»Ansonsten war er zu wie eine Auster. Ich habe dann allerdings die Jelinek ein bisschen geschüttelt. Als ich sie unter uns auf die Ölert-Müller-Rehling-Connection angesprochen habe, rückte sie damit raus, dass sich die Theorie von Ölert als Mörder zunehmend erhärte. Sie hätten einen ziemlich eindeutigen Hinweis darauf, dass er der Täter sei, aber bis jetzt keine Chance, Müller-Rehling an die Karre zu fahren. Die Hausdurchsuchung bei ihm habe nichts gebracht, die Hütte sei sauber. Allerdings läuft noch die Überprüfung seiner Konten und Computer und da muss man halt abwarten, was dabei rauskommt. Jelinek ist aber bezüglich des Mordauftrages nicht sehr hoffnungsvoll.«

»War ja klar, oder? So doof, dass er Ölert eine Sonderzulage mit Verwendungszweck ›Mord an meiner Frau‹ überwiesen hat, ist Müller-Rehling bestimmt nicht. Aber ich würde meine Kehrseite drauf verwetten, dass der ein nettes Nummernkonto irgendwo hat und dass das Finanzamt sich auch dafür interessieren dürfte.«

»Aber ist das nicht zum Kotzen? Wenn das so weitergeht, wird Ölert als Täter deklariert und beerdigt, während Müller-Rehling ungeschoren davonkommt und wahrscheinlich auch noch einen auf betrogene Unschuld macht. Und wie ich den kenne, hat er sich mittlerweile auch noch eine nette Geschichte ausgedacht, warum sein Assi einen Hass auf

Blandine hatte und sie – selbstverständlich ohne dass Müller-Rehling auch nur den Schatten einer Ahnung gehabt hätte – umgebracht hat.«

»Bleibt nur noch die Frage, warum dieser Ölert dich in die ewigen Jagdgründe befördern wollte. Müller-Rehling wird seine Phantasie mächtig anstrengen müssen, um dafür eine glaubwürdige Erklärung zu finden, denn schließlich betrifft alles, was du herausgefunden hast, eher ihn als Ölert. Und es war sein Auto.«

»Müller-Rehling windet sich auch da wieder raus!«, prophezeite ich düster.

»Aber über eines sollten wir uns freuen: Falls an Müller-Rehlings Thailand-Verbindung was dran ist, sollte er künftig sehr, sehr vorsichtig sein. Ich wette, dass der in Bangkok keinen Schritt mehr macht, ohne dass ihm ein Polizeispitzel an den Hacken klebt. Ich habe gelesen, dass die Thais inzwischen mit Nachdruck hinter Kinderschändern her sind.« Lenny betrachtete nachdenklich die Nackte auf seiner Kaffeetasse. »Falls die ihn in die Finger kriegen, wird er sich wünschen, in Deutschland seine Verwicklung in den Mord gestanden zu haben! Im Vergleich zu einem Knast in Bangkok ist Stammheim unter Garantie ein Luxushotel!«

* * *

Donnerstag, Ende meiner Vorlesung. Ich packte meine Unterlagen ein und beantwortete noch einige Studentenfragen, als mir auffiel, dass Christopher, der zwei Meter von mir entfernt stand, die Augenbrauen zusammenzog und seine Augen wütend blitzten.

Er trat näher und flüsterte in mein Ohr: »Müller-Rehling beehrt Sie mit seiner Präsenz.«

Und tatsächlich: Müller-Rehling war in meinen Hörsaal getreten, grüßte huldvoll die Studenten und bedachte mich mit einem Lächeln, das mich an einen Haifisch bei der Zahnkontrolle erinnerte.

Er kam mir mit ausgestreckter Hand entgegen: »Juliane, wie geht es Ihnen? Ich war so entsetzt, als ich hörte, was Ihnen der unselige Ölert angetan hat! Der Mann muss wahnsinnig geworden sein! Erst meine Frau, dann Sie – ich bin erschüttert!«

Christopher war zur Seite getreten, drehte Müller-Rehling den Rücken zu und räumte seine Unterlagen in seinen Rucksack, was ihn aber nicht davon abhielt, Müller-Rehlings Auftritt mit einem würgenden Geräusch zu kommentieren.

Ich empfand Müller-Rehling zwar auch als unangenehm, aber ich war neugierig, was er von mir wollte, und bemühte mich darum um eine freundlich-ausweichende Antwort. Christopher verschwand und ich war mit Blandines Witwer allein.

Müller-Rehling lehnte sich an mein Pult, faltete salbungsvoll die Hände über dem Bauch und sagte: »Es ist mir durchaus peinlich, aber ich muss mich heute mit einem Anliegen an Sie wenden. Ich weiß nicht, ob Sie einmal mit Blandines Tante Theresia zu tun gehabt haben?« Er schaute mich fragend an.

Ich überlegte, aber mir fiel dazu nichts ein. Ich schüttelte den Kopf.

»Sie war nicht wirklich mit Blandine verwandt, sondern eine Freundin ihrer Mutter und darum Blandines Patin. Inzwischen lebt sie in Wien in einem Altenheim.«

Mir taten nach zwei Stunden Stehen Rücken und Füße weh, darum schob ich meine Kehrseite auf einen Tisch in der ersten Reihe. Ich war jetzt wirklich gespannt, was Müller-Rehling wollte.

»Leider kränkelt Tante Thesi inzwischen und kann nicht mehr reisen, daher konnte sie auch nicht zu Blandines Beerdigung kommen«, erzählte er weiter.

Mein Mitleid mit der alten Dame hielt sich in Grenzen. Ich war mir zunehmend sicher, dass Tante Theresia ein Produkt von Müller-Rehlings Phantasie war. Aber ich wollte wissen, warum Müller-Rehling diese Märchenstunde veranstaltete.

Darum sagte ich mitfühlend: »Wie bedauerlich!«

»Ja, sehr. Gestern habe ich wieder einmal mit Tante Thesi telefoniert – ich bin Ende nächster Woche in Wien und da werde ich sie besuchen.«

Es kostete mich zunehmend Beherrschung, nicht zu lachen. Die Szene wurde immer absurder.

Nun kam er wenigstens zur Sache: Tante Theresia – die Gute! – habe ihn auf Blandines Perlen angesprochen und dabei hatte sich herausgestellt, dass er sich über deren Provenienz getäuscht hatte: Die Kette war Blandine nämlich nicht von Mama, sondern von ihrer Tante überreicht worden, für die sie wiederum mit Erinnerungen an eine Jugendliebe verbunden gewesen war. Darum weinte nun die Tante beim Gedanken, dass das kostbare Geschmeide nicht mehr Blandine, sondern eine Unbekannte schmücken sollte. Das wiederum kostete Müller-Rehling, den Retter der Enterbten, den Schönheitsschlaf, weswegen er mir einen Tausch anbot: die Perlenkette gegen eine Brosche, die er Blandine einmal geschenkt hatte. Die – einen mit Brillanten und Smaragden besetzter Notenschlüssel – hatte er sogar schon mitgebracht und hielt sie mir unter die Nase, wobei er wohl darauf setzte, dass die Brosche im Gegensatz zur Kette wirklich etwas wert war.

»Sie wohnen doch ganz in der Nähe, nicht? Da kann ich die Kette doch gleich holen!«

Es hätte mich gereizt, ihn die 140 Stufen zur Kernerstraße hochzuscheuchen, und ich musste gegen die Versuchung ankämpfen, mich erst oben daran zu erinnern, dass ich gerade nicht über die Perlen verfügen konnte.

Ich war ebenso fähig, eine Lügengeschichte zusammenzustricken, und so lächelte ich Müller-Rehling bedauernd an und sagte: »Das ist jetzt aber zu blöd! Die Kette ist im Moment gar nicht bei mir! Meine Schwägerin hat mich die Tage besucht und hat mir das neue Kleid vorgeführt, das sie sich gekauft hat – für den Urlaub mit meinem Bruder, wissen Sie?

Da fanden wir beide, dass die Perlen wunderbar dazu passen, also habe ich sie Ulrike geliehen. Jetzt ist die Kette mit Ulrike auf den Malediven – so was wie zweite Flitterwochen. In einer Woche kommen sie zurück, dann können Sie die Kette natürlich gerne zurückhaben! Wenn Sie mir die Adresse der Tante verraten, schicke ich sie – natürlich versichert – direkt nach Wien.«

Immerhin habe ich nicht ganz so schamlos gelogen wie Müller-Rehling. Ich habe eine Schwägerin – sogar eine ganz liebe. Nur heißt die nicht Ulrike und obwohl mein Bruder und sie des Öfteren Urlaub machen – bevor mein Bruder auf die Malediven fliegt, gefriert die Hölle.

Müller-Rehling nagte an seiner Unterlippe und ich sah ihm an, dass er meine Geschichte so wenig glaubte wie ich die seine. Aber ihm blieb nur der geordnete Rückzug – schließlich konnte er mich nicht in meinem Hörsaal bei offener Tür würgen. Und so verschwand er, nachdem er angedroht hatte, sich in einer Woche wieder zu melden. Ich unterdessen testete meine Kondition, indem ich die Eugenstaffel hinaufsprintete, während ich Philipps Mailbox erzählte, dass ich es nicht zu Carlos schaffen würde und ob er bitte zu mir kommen könne.

Danach rief ich Martina Jelinek an, um ihr das Märchen von Tante Thesi und den Perlen zu erzählen.

»Wo sind Sie, Frau Doktor Pfeiffer?«

»Auf dem Weg nach Hause auf der Eugenstaffel.«

»Bitte bleiben Sie, wo Sie sind. Ich schicke sofort zwei Polizisten los. Wir konnten Müller-Rehling nicht verhaften, weil wir nicht genug in der Hand haben. Aber ich lasse Sie jetzt bestimmt nicht in der Wohnung allein, in der etwas ist, was er haben möchte! Lassen Sie Ihr Handy an, aber nehmen Sie bitte keinen Anruf von Müller-Rehling an – der muss nicht mitkriegen, wo Sie sind. Ansonsten warten Sie bitte auf unsere Kollegen. Patrick?«

»Ja, schon dabei!«, hörte ich die Stimme ihres Kollegen aus dem Hintergrund. Dann sagte sie: »Mohr, Dezernat Tötungsdelikte. Hört mal, wir brauchen ganz schnell einen Wagen in die … Moment mal, bitte! Wo genau auf der Eugenstaffel sind Sie, Frau Doktor Pfeiffer? Oben oder eher unten?«

»Ziemlich nahe am Galatea-Brunnen, also fast oben am Eugensplatz«, sagte ich.

Offenkundig war im Büro der Kommissarin der Lautsprecher an, denn ihr Assistent gab die Mitteilung sofort weiter.

»Ich kann vollends zum Eugensplatz hochgehen«, schlug ich vor.

»Nein, bitte nicht! Da oben sind Sie mir zu exponiert!«, sagte Martina Jelinek.

»Streife ist unterwegs!«, meldete der Assistent.

»Gut, danke. Frau Doktor Pfeiffer?«

»Ja, Frau Jelinek?« Ich ging langsam vollends zum Brunnen hoch und setzte mich auf die Brüstung.

»Sobald die Polizisten bei Ihnen sind, fahren Herr Mohr und ich zu Ihnen. Die Kette wollen wir uns natürlich genauer ansehen«, sagte die Kommissarin.

»Ich vermute übrigens, dass Müller-Rehling weniger an der Kette als am Etui interessiert ist«, informierte ich sie. »Ich könnte mir vorstellen, dass der USB-Stick, den er sucht, darin verborgen ist.« Ich kratzte mich am Kopf. »Ich wundere mich nur, dass Müller-Rehling erst jetzt darauf kommt. Er muss doch auch gewusst haben, wie sehr Blandine an dem Ding hing.«

Martina Jelinek seufzte. »Ach, Frau Doktor Pfeiffer – ich wundere mich oft, was schon normale Ehemänner alles nicht über ihre Frauen wissen! Und was diesen Müller-Rehling angeht – in meinem Job trifft man einige schräge Vögel, aber der ist selbst in meiner Sammlung herausragend. Ich glaube, ich habe noch nie einen derartigen Egomanen erlebt.«

Ich hörte von oben vom Eugensplatz eine Sirene. »Kann es sein, dass Ihre uniformierten Kollegen da oben eben mit Tatütata vorfahren?«

»Das will ich doch stark hoffen!«, gab die Kommissarin zurück. »Frau Doktor Pfeiffer, ich glaube, Sie haben immer noch nicht ganz begriffen, *wie* gefährlich Müller-Rehling ist. Wenn unsere Vermutungen stimmen, hat er zwei Morde in Auftrag gegeben! Und jetzt ist der, der die Drecksarbeit für ihn gemacht hat, ausgefallen und Sie haben ihn unter Druck gesetzt.«

Zwei uniformierte Polizisten, ein Mann und eine Frau, liefen die Treppe herunter und kamen auf mich zu. »Frau Doktor Pfeiffer?«

Martina Jelinek hatte das gehört und sagte: »Ah – die Kollegen sind da. Dann fahren wir los. Wir sehen uns in einer halben Stunde bei Ihnen!«

Die Polizistin wandte sich an mich. »Dürfen wir Sie jetzt nach Hause begleiten?«

* * *

Ich habe mich bisher immer für wohlerzogen gehalten, aber der Besuch zweier uniformierter Beschützer überforderte mich doch etwas. Der männliche Teil des Doppelpacks war so muskulös, dass er fast aus seiner Lederjacke platzte, und benahm sich, als ob er für einen Einsatz beim Sonderkommando Geiselbefreiung trainieren würde.

Als wir vor meiner Haustür angekommen waren, nahm er mir die Schlüssel ab, schloss auf und fragte: »Welches Stockwerk?«

»Zweites!«

Ohne auf weiteres zu warten, stürmte er die Treppe hinauf und nestelte dabei seine Pistole aus dem Halfter.

Seine Kollegin verdrehte die Augen und kommentierte: »Frisch von der Polizeischule!«

»Ich hoffe, er tritt nicht vor Begeisterung die Tür ein und erschießt meinen Nachbarn.«

»Nur wenn Gefahr im Verzug ist!«, tröstete mich die Polizistin, die vor mir die Treppe hinaufging. »Aber sagen

Sie, auf wen oder was haben Sie sich denn eingelassen, dass Sie jetzt Personenschutz brauchen?«

»Einen durchgeknallten Dirigenten«, antwortete ich. »Haben Sie von dem Mord in der Oper gehört?«

»Oh ja! Ich hatte an dem Abend Dienst. Und jetzt ist der Witwer hinter Ihnen her?«

Wir waren inzwischen oben angekommen, wo der Schwarzenegger in Uniform, die Pistole im Anschlag, durch mein trautes Heim trampelte, alle Türen aufriss und die Unordnung in meiner Besenkammer bedrohte, bevor er – und seine Stimme klang dabei fast enttäuscht – nach draußen, wo ich mit seiner Kollegin wartete, ein »Sicher! Ihr könnt reinkommen« meldete.

Ich schaute natürlich sofort nach dem Etui mit der Kette, doch das lag genau da im Bücherregal, wo ich es deponiert hatte. Ich probierte mit dem Finger, ob sich darin etwas versteckte, konnte aber nichts feststellen. Also drehte ich mich zu den Uniformierten um, die im Flur standen. Der junge Mann hatte seine Pistole wieder verstaut und lehnte nun mit über der Brust gekreuzten Armen am Türrahmen zur Küche.

»Möchten Sie sich nicht setzen?«, bot ich an.

»Danke!« Die Polizistin ließ sich auf dem Sofa nieder, aber ihr Kollege blieb stehen.

»Schon okay hier! Da kann ich alles übersehen!«, meinte er und behielt die Tür so aufmerksam im Blick, als wenn er erwarten würde, dass gleich der Kettensägen-Mörder mit seinem Stihl-Qualitätsprodukt hereinstürmen würde.

»Wie auch immer: Ich brauche jetzt einen Kaffee. Möchten Sie auch einen?«, offerierte ich.

»Gerne!«, sagte die Polizistin. »Wenn Sie Milch dazu hätten?«

Erwartungsgemäß lehnte der Muskelmann den Kaffee ab, worauf ich mich in die Küche zu meiner Maschine begab. Der erste Becher war gerade durch, als der Knabe im Flur mit einem Tigersprung zur Wohnungstür hechtete. »Da ist jemand auf der Treppe!«

»Hier wohnen außer mir noch ein paar Leute!«, ließ ich ihn wissen und musste dabei grinsen.

Die Kaffeemaschine zischte und brodelte, dennoch hörte ich den Schlüssel in der Tür.

Ich sprang in den Flur und warf mich zwischen Tür und Polizist. Ich bin großzügig mit meinen Schlüsseln: Meine Putzfrau, Mischa, Mirja und neuerdings Philipp haben einen – und ich war nicht scharf darauf, dass einer von ihnen von einem übereifrigen Jungpolizisten angeschossen wurde.

Der wackere Knabe hatte tatsächlich die Hand an der Waffe, als sich die Wohnungstür öffnete und Philipp eintrat.

Ein Blick auf den Polizisten, einen auf mich, dann zog er eine Augenbraue hoch. »Ich hoffe, ich werde nicht schon wieder verdächtigt.«

Ich legte die Hand auf seine Schulter, stellte mich auf die Zehenspitzen und küsste seine Wange. »Nein, Herr Kammersänger. Dieser Vertreter der Legislative ist zu meinem Schutz abgestellt worden.« An den Polizisten gewandt stellte ich meinen Liebsten vor: »Das ist mein Lebensgefährte Philipp Boch. Der tut mir nix.«

Philipp schnupperte. »Hier riecht es nach Kaffee! Bekomme ich einen und Aufklärung, warum du beschützt werden musst?«

Ich drückte Philipp eine zweite Tasse mit Kaffee in die Hand, brachte eine ins Wohnzimmer zu der Polizistin und präparierte einen dritten Becher.

»Müller-Rehling ist vorher in der Hochschule aufgetaucht. Er hat mir vor kurzem eine Kette geschenkt, die Blandine gehört hat. Jetzt will er sie wiederhaben. Ich vermute, dass in dem Etui was drinsteckt, woran er interessiert ist. Darum habe ich Frau Jelinek angerufen und die ist nun in Sorge, dass Müller-Rehling versuchen könnte, sich das Ding mit Gewalt zu holen.«

Philipp trank einen Schluck Kaffee. »Entzückend! Und warum sitzt der noch nicht?«

»Nicht genug Belastungsmaterial. Er hat sich bei der Polizei aus allem rausgewunden und nur aufgrund der Tatsache, dass ihm das Fahrzeug gehört, mit dem Ölert sich den Hals gebrochen hat, konnten sie ihn nicht mitnehmen.«

»Ah ja. Dann warten wir jetzt also drauf, dass er versucht, dich umzubringen, damit man ihn verhaften kann?« Er klang nicht glücklich.

Er schob die Küchentür mit dem Fuß zu und zog mich in seine Arme. »Juliane, versprich mir, dass du vorsichtig bist – sehr vorsichtig. Ich traue Müller-Rehling alles zu.« Er streichelte mit einem Finger über meine Wange.

»Ich werde auf mich achten«, versprach ich und lehnte meine Stirn an seine Schulter.

Für einen Augenblick schien meine Welt vollkommen zu sein. Ich war in Philipps Armen, ich hörte den zuverlässigen Schlag seines Herzens und spürte seine Wärme.

Aber dann klingelte es. Mein Bewacher rief: »Bleiben Sie, wo Sie sind! Ich mache auf!«

Ich nahm den dritten Kaffee aus der Maschine, füllte den Wassertank neu und legte ein neues Pad ein. »Das dürften Frau Jelinek und ihr Anhang sein.«

Philipp seufzte. »Du bist begehrt, meine Schöne. Aber ich muss sowieso wieder los. Wir sehen uns später, ja?«

Er öffnete die Tür, begrüßte das Duo von der Kripo und verschwand ins Schlafzimmer, während ich noch mehr Kaffee kochte und ins Wohnzimmer ging, um Martina Jelinek und ihrem Kollegen das Etui mit den Perlen zu geben.

Martina Jelinek zog Baumwollhandschuhe an und ließ die Perlenkette in eine Plastiktüte gleiten.

Die beiden uniformierten Polizisten verabschiedeten sich, und als die Tür hinter ihnen ins Schloss fiel, fühlte sich meine kleine Wohnung deutlich weniger überlaufen an. Ich schlüpfte aus den Stiefeln.

Die beiden Kriminalisten waren jetzt, nachdem Martina Jelinek das Katzenfoto aus dem Etui eingepackt hatte, mit dem Etui selbst beschäftigt, doch das weigerte sich, sein Geheimnis preiszugeben.

»Was immer der Maestro sucht – es ist gut versteckt«, stellte Martina Jelinek fest. »Ich muss Ihr Erbstück mitnehmen. Es muss zur kriminaltechnischen Untersuchung. Wenn darin etwas versteckt ist, werden unsere Spezialisten es finden.«

»Kein Problem.« Ich grinste. »Offiziell sind die Perlen ja auf den Malediven. Ich bin schon davon ausgegangen, dass Sie das Ding mitnehmen werden.«

Martina Jelinek überließ es ihrem Kollegen, das Etui einzupacken, und setzte sich aufs Sofa mir gegenüber. »So, Frau Doktor Pfeiffer, jetzt zu Ihnen. So, wie die Dinge stehen, sollten Sie nicht hierbleiben. Ich habe im Augenblick leider das Problem, dass morgen ein Staatsbesuch ansteht. Deswegen kann ich keinen Personenschutz für Sie organisieren. Aber ich hätte ein ganz mieses Gefühl, wenn ich Sie ungeschützt hierlassen würde – nicht, solange Müller-Rehling auf freiem Fuß ist.«

Philipp hatte – inzwischen in Jeans und Rollkragenpullover – in der Tür gestanden und kam nun zu mir. Er legte den Arm um meine Schultern. »Frau Jelinek hat Recht, Juliane. Ich hätte keine ruhige Minute, wenn ich wüsste, dass du alleine hier bist. Ich denke, es wird Zeit, dass du einen netten kleinen Urlaub antrittst. Flieg irgendwohin, wo die Sonne scheint, leg dich an den Strand …«

Ich schaute zu ihm hinauf. »Und du?«

Bevor er antworten konnte, sagte Martina Jelinek: »Das ist eine hervorragende Idee, Herr Boch! Ich würde auch ruhiger schlafen, wenn ich Frau Doktor Pfeiffer außerhalb von Müller-Rehlings Reichweite wüsste.«

Ich schüttelte den Kopf. »Vergesst es! Philipp, du bist ab nächster Woche mit dem ›Don Giovanni‹ zugange. Und morgen musst du nach Baden-Baden. Du kannst also hier nicht weg. Und ich trenne mich nicht schon wieder von dir. Außerdem überseht ihr, dass ich einen Job habe!«

»Also, wenn du jetzt für ein, zwei Wochen verschwindest, wird deine Redaktion nicht zusammenbrechen«, sagte Philipp. »Wenn du krank wärst, müsste es ja auch ohne dich gehen. Und ich komme lieber noch mal ein paar Tage ohne dich aus, als dich in Gefahr zu wissen. Ich kann nämlich leider nicht rund um die Uhr auf dich aufpassen.«

»Nein«, wiederholte ich. Alles in mir sträubte sich dagegen, wegzufahren. »Wer bin ich denn, dass ich Müller-Rehling erlaube, mein Leben zu diktieren? Außerdem wissen wir doch gar nicht, wie das weitergeht! Wenn in dem Etui nichts drin ist, ist der in zwei Wochen immer noch auf freiem Fuß! Soll ich davonlaufen, bis Müller-Rehling vielleicht irgendwann mal einen Fehler macht?«

»Hmm.« Martina Jelinek dachte einen Augenblick nach, dann nickte sie. »Okay, Ihre Sicherheit geht vor. Wir schicken das Ding zur kriminaltechnischen Untersuchung. Das kann drei, vier Tage dauern – auch wenn wir Druck machen. Es gibt ein paar Verfahren, die Zeit brauchen. Wenn wir Glück haben, kommt dabei was raus, dann können wir Müller-Rehling aus dem Verkehr ziehen. Wenn dabei nichts rauskommt, lasse ich ihn wissen, dass wir das Etui zwar haben, aber nichts gegen ihn in der Hand. Dann hat er keinen Grund mehr, hinter Ihnen her zu sein. Allerdings muss ich Sie bitten, wenigstens unterzutauchen, bis wir das hinter uns haben. Sie können in die Redaktion und an die Hochschule gehen – da ist überall so viel Betrieb, dass Müller-Rehling sich hüten wird, dort zuzuschlagen. Aber bitte ziehen Sie für ein paar Tage in ein Hotel mit ordentlicher Security, fahren Sie nicht nachts durch einsame Gegenden und vermeiden Sie in der Oper dunkle Ecken.«

»Keine Sorge!« Philipp klang sehr entschlossen. »Ich werde die Dame in ihrer Freizeit nicht aus den Augen lassen. Julchen, geh Koffer packen – wir logieren die nächsten Tage im Schlossgarten.«

»Mensch, aber du musst doch üben! Du brauchst doch ein Klavier!«, widersprach ich.

»Die haben einen Flügel!« Er stand auf. »Ich gehe telefonieren und reserviere für uns.«

Martina Jelinek lächelte etwas verlegen. »Ich hoffe nur, Herr Boch nimmt mir die Verhaftung nicht mehr übel.«

Ihr Kollege unterdessen schaute sich um und fragte: »Frau Doktor Pfeiffer, hätten Sie etwas dagegen, wenn wir Ihre Wohnung verwanzen? Vielleicht ist der Maestro inzwischen wahnsinnig genug geworden, sich an einem Einbruch zu versuchen? Es wäre nett, wenn wir dann ein Video davon bekämen! Dann können wir den Herrn endlich verhaften – und wenn wir ihn erst mal wegen Einbruchs haben, kriegen wir den Rest auch noch aus ihm raus.«

»Wenn Sie Ihre Wanzen nach der Aktion wieder mitnehmen, ist das okay. Allerdings kann ich mir nicht vorstellen, dass Müller-Rehling sich selbst als Einbrecher betätigt. Die Schmutzarbeit hat er anderen überlassen«, sagte ich.

Martina Jelinek seufzte. »Genau das ist ja unser Problem! Und dazu ist er auch noch ein begnadeter Schauspieler. Sie hätten die Show erleben müssen, als wir …« Sie unterbrach sich. »Ach, das habe ich Ihnen ja noch gar nicht erzählt! Wir haben etwas gefunden, als wir sein Büro in der Oper auseinandergenommen haben.«

»Nur dummerweise nicht bei ihm, sondern im Spind von Ölert, zu dem Müller-Rehling angeblich keinen Schlüssel hat und den er wohl innen und außen sorgfältig gereinigt hat«, übernahm Patrick Mohr. »Jedenfalls waren da keine Fingerabdrücke dran. Weder von Müller-Rehling noch von Ölert noch von sonst jemandem, was wir schon seltsam fanden.«

»Dazu haben wir den Schlüssel nirgends gefunden. Er war nicht an Ölerts Schlüsselbund und auch nicht in seiner Wohnung«, sagte Martina Jelinek.

»Also haben wir den Spind aufbrechen lassen – und stellten fest, dass der fast leer war – bis auf eine Spule Wickelgarn, die vermutlich zum Bestand eines Herrn …«, Patrick Mohr blätterte in seinem Blöckchen, »… Sebastian von der Heydt gehört.«

»Ah, der Basti – das ist das zweite Fagott. Der ist seit zwei, drei Jahren in Stuttgart«, sagte ich.

Philipp kam wieder herein, angelte ein Buch aus dem Regal und drehte sich dann lächelnd um. »Jetzt kann ich ja wohl gefahrlos bekennen: Selbst ich weiß, dass Herr von der Heydt seine Rohrblätter selbst baut. Ich habe ihm mal in einer Pause in der Kantine dabei zugeschaut.«

»Er baut nicht nur selbst Rohrblätter, sondern handelt auch damit«, erzählte Patrick Mohr. »Dementsprechend produziert er recht viele und hat nicht nur im Theater immer zwei, drei Spulen Wickelgarn im Schrank, sondern auch daheim in seiner Werkstatt welche auf Vorrat. Jedenfalls meint er, er wisse nie genau, wie viele er wo habe, und darum wäre es ihm bestimmt nicht aufgefallen, wenn ihm eine abhandengekommen wäre. Aber die, die wir aus Ölerts Spind geholt haben, stammt zumindest aus derselben Quelle wie die vom zweiten Fagottisten.«

Martina Jelinek übernahm wieder: »Übrigens ließen sich auch darauf keine Fingerabdrücke feststellen. Auf dem Garn haftet nichts. Auf DNA können wir auch nicht hoffen. Auf der Spule waren nämlich nur noch elf von ursprünglich 200 Metern drauf. Für die Garotte hat Ölert wohl nicht mehr als höchstens zwei Meter verwendet. Also können wir davon ausgehen, dass die Spule schon wochenlang im Umlauf war und wir vermutlich die DNA des halben Staatsopernorchesters daran finden würden. Sie haben keine Ahnung, für welche Dinge die Leute in der Oper dieses Wickelgarn verwenden!«

Ich lachte. »Oh doch! Ich war mal Fagottistin.«

»Stimmt – das habe ich ja ganz vergessen. Jedenfalls scheint dieses Garn im Theaterbetrieb für alles gut zu sein«, bestätigte Patrick Mohr. »Wobei da wohl niemand daran gedacht hat, dass man damit auch morden kann.«

* * *

Müller-Rehling tat uns nicht den Gefallen, in meine mit Kameras und Alarmanlage ausgestattete Wohnung einzubrechen, obwohl ich ihm am liebsten eine Einladung geschickt hätte. Ich fand es durchaus nett in der Luxussuite – mit Flügel – im Schlossgartenhotel, aber ich bin Schwäbin und es fuchst mich, in der eigenen Heimatstadt, in der ich eine schöne Wohnung mit einem sehr komfortablen Bett habe, Geld für Übernachtungen ausgeben zu müssen.

Ich war froh, als am Montagmorgen Martina Jelinek anrief und mich darüber informierte, dass die Kriminaltechniker nichts an dem Etui gefunden hätten.

»Ansonsten kann ich nur beten, dass mir meine Lügen dereinst im Himmel nicht angerechnet werden«, hatte die Kommissarin gesagt. »Ich habe Müller-Rehling gerade erzählt, dass Ihre Schwägerin wegen einer Erkrankung vorzeitig aus dem Urlaub zurückgekommen ist, worauf Sie natürlich sofort an ihr Bett geeilt sind und die Perlen eingesammelt haben. Sie wollten die gleich an Müller-Rehling weitergeben, aber da bin ich aufgetaucht und habe sie beschlagnahmt. Sie sind also völlig unschuldig.«

»Und jetzt bekommt er das Geschmeide und darf es an Tantchen schicken?«, fragte ich.

»Ich hab's ihm angeboten, worauf er mir empfohlen hat, die Perlen dahin zu schieben, wo die Sonne nicht scheint.« Sie seufzte. »Die Kollegen von der kriminaltechnischen Untersuchung würden gerne heute Nachmittag bei Ihnen vorbeikommen, um ihren Kram abzubauen. Dabei bringen sie Ihnen die Perlen zurück.«

»Und wie geht es mit den Ermittlungen jetzt weiter?«, wollte ich wissen.

Martina Jelinek atmete tief durch. »Der Staatsanwalt hat die Akte geschlossen. Er ist überzeugt, dass es dieser Ölert war. Wir haben wegen Müller-Rehling eine Warnung an die Sitte gegeben, die reichen das an ihre Kollegen nach Bangkok weiter. Das war's – mehr können wir im Moment nicht machen. Wenn Sie allerdings noch irgendwas erfahren, melden Sie sich bitte bei mir. Mich ärgert es sehr, dass wir hier nicht weiterkommen.«

* * *

Ich hatte in Philipps Garderobe gesessen, als ich mit Martina Jelinek telefoniert hatte. Philipp probte »Don Giovanni«, ich hatte ihn abholen wollen, aber er war aufgehalten worden. Die Schneiderei brauchte ihn noch für eine Anprobe.

Als er zurückkam, wurde er auf dem Flur vor seiner Tür von der Chef-Garderobiere gestoppt.

»Großer, bist du abergläubisch?«, hörte ich ihre dunkle Stimme.

Philipp lachte. »Sehe ich so aus?«

»Wenn nicht – kannst du mir einen Gefallen tun, Herr Kammersänger? Wir haben Herrn Vollert die Garderobe Nummer zwölf gegeben, nun hat er aber mitbekommen, dass das die Stammgarderobe von Blandine Keller war. Er will diese Garderobe nicht, weil sie von negativen Vibrations belastet sei und ihm das auf die Stimme schlage. Würdest du mit ihm tauschen?«

»Selbstverständlich«, antwortete Philipp. »Wir wollen ja nicht, dass Herrn Vollert wegen negativer Vibrations die Stimme wegbleibt. Ist die Nummer zwölf schon frei? Dann ziehe ich gleich um.«

»Das wäre super, Herr Kammersänger«, freute sich die Chef-Garderobiere.

»Fein, dann packe ich mein Zeug.« Er kam zu mir und beugte sich über mich, um meine Wange zu küssen. »Hilfst du mir beim Umzug, Jule?«

Ein paar Minuten später hatten wir seine Habseligkeiten – Noten, Handtuch, Wasserflasche, Skizzenblock – eingesammelt und begaben uns zu Blandines ehemaliger Garderobe.

Dort angekommen, richtete sich Philipp ein. Er zog an dem Rollcontainer, der unter dem Garderobentisch stand.

»Ist dir schon mal aufgefallen, dass an diesen Teilen immer mindestens eine Schublade klemmt? Er beugte sich hinunter und zog an der unteren Schublade, die etwas heraus-stand. Sie öffnete sich und zeigte ihren Inhalt: ein paar Rollen Nähfaden, Nadeln auf einem herzförmigen Samtkissen, Druckknöpfe, Klettband, Textilkleber und eine Schere. Er schob die Lade wieder zu, doch sie ging nicht ganz in den Einschub. »Was ist das denn?« Er zog die mittlere Lade auf, die bis auf eine Schachtel Aspirin und eine Tube Bepanthen-Salbe leer war. »Das war wohl Blandines Hausapotheke«, meinte er.

Die untere Schublade ließ sich nicht ganz aufziehen. Philipp brummte. »Ich möchte mal erleben, dass in einer Stuttgarter Garderobe das ganze Mobiliar in Ordnung ist!« Geschickt löste er die Schublade aus ihrer Verankerung, griff in den Kasten, rüttelte etwas und brachte dann ein Fläschchen und ein reichlich ramponiertes Foto darin zum Vorschein. »Schau mal, was sich da verklemmt hat. Laxoberal – hilft dem müden Darm auf die Beine.«

Ich nahm das Foto an mich: »Das ist mal wieder Kater Florestan.«

Ich schaute auf das Katzenfoto. Florestans Ableben – Himmel, hatte Blandine ein Theater darum gemacht! Sie hatte mir sehr lange übel genommen, dass ich keine Zeit gehabt hatte, sie zur Beisetzung des Katers zu begleiten. Immerhin war ich später mit Blandine einmal dort gewesen.

Heute rührte mich die Geschichte vom Kater-Grab fast. Sie war so typisch Blandine. Für sie war klar, dass ihr Florestan ein richtiges Grab haben sollte. »Irgendwo im Grünen, mit Blick in die Bäume – er hat Bäume so geliebt!« Ich gebe zu, dass ich ein wenig mit den Ohren geschlackert hatte, als Blandine mir dann berichtete, dass sie nicht nur den optimalen Begräbnisplatz gefunden, sondern auch die Genehmigung dafür gekriegt hatte, ihren Kater da beizusetzen: auf einem Inselchen in dem Stausee, an dem Blandines Mutter und ihr Stiefvater ihren Wohnwagen auf einem Dauerstellpatz hatten.

Als ich mit Blandine an einem heißen Hochsommertag auf dem Campingplatz gewesen war, waren wir zum Inselchen geschwommen und hatten dort unter den alten Bäumen gesessen, unter denen sie Florestan begraben hatte.

Ungefähr ein Jahr nach seinem Tod bekam er sogar ein »Monument« – so hatte es Blandine genannt – aufs Grab. Weil der Kater so viel »konfuzianische Gelassenheit« gehabt hatte, beehrte sie ihn mit einer Minipagode aus dem Gartenmarkt. Als Blandine diese Pagode im Gartenmarkt erstanden hatte, war ich dabei gewesen. Das Ding war ziemlich schwer und ich musste ihr helfen, es ins Auto zu laden – quasi als Wiedergutmachung für die von mir versäumte Beerdigung.

Ob Blandine den Stick in der Pagode versteckt hatte? Es wäre ihr zuzutrauen gewesen – und sogar ziemlich typisch für sie. Je länger ich darüber nachdachte, desto sicherer wurde ich mir. Dagegen sprach eigentlich nur, dass das Inselchen mit Grab und Pagode nicht eben vor der Haustür lag. Und Blandine hatte keinen Führerschein gehabt.

Da war aber Kalli gewesen!

Während Philipp sich immer noch einrichtete, stand ich auf, ging auf den Flur vor der Garderobe und wählte die Nummer des Fahrers. Karl-Heinz Dürrmann meldete sich. Allerdings hatte er es eilig – er müsse gleich seinen Chef abholen. Doch, ja, für eine Frage reiche es noch.

»Haben Sie Blandine irgendwann in den letzten zwei, drei Monaten vor ihrem Tod zum Campingplatz gefahren?«

Dürrmann verstand erst nicht. »Campingplatz?«, hakte er nach.

»Ja, dieser Campingplatz, wo Blandines Mutter und Stiefvater den Dauerstellplatz haben. Da ist doch der Kater auf der Insel im See begraben!«, erinnerte ich ihn.

»Ach so, klar – natürlich.« Kalli lachte. »Da waren wir öfter.«

»Und waren Sie in den letzten zwei, drei Monaten vor Blandines Tod mit ihr mal da?«

»Aber ja doch! Zwei- oder dreimal sogar.«

Kurz entschlossen sagte ich: »Ich denke, ich werde morgen Nachmittag den verblichenen Kater auf seiner Insel besuchen.«

»Oh.« Karlheinz Dürrmann seufzte. »Ich muss morgen mit meinem Chef in den Bayerischen Wald. Ich kann Sie leider nicht begleiten. Aber einen Tipp habe ich für Sie: Falls der Bootsverleiher schon in der Winterpause ist, finden Sie den Schlüssel zum Steg in dem Kasten mit dem Rettungsring.«

»Kann ich wirklich einfach ein Boot nehmen?«, fragte ich.

»Ja, das machen dort alle so«, versicherte mir der Fahrer. »Nachher halt wieder ordentlich anbinden und die Ruder nach innen legen.«

»Mache ich«, versprach ich.

* * *

Ohne Dürrmanns Tipp wäre es mit meinem Besuch an der Kater-Grabstätte nichts geworden. Der Campingplatz lag wie ausgestorben unter einem bleiernen Himmel, weder der Bootsverleih noch der Kiosk an der Einfahrt waren offen. Ich hatte mir ein Ruderboot ausgeliehen und war vom Steg aus zu der kleinen Insel hinübergefahren. Dort hatte man einen Sandstrand aufgeschüttet, auf den ich das Boot zog – ich hatte in weiser Voraussicht Gummistiefel für meinen Ausflug angezogen. Dann hatte ich allerdings ein bisschen suchen müssen, bis ich unter einer Gruppe von struppigen Fichten die Pagode gefunden hatte.

Es war offensichtlich, dass vor kurzem jemand ihr Dach abgenommen hatte. Unten war sie nämlich dick mit Moos bewachsen, oben aber war das Moos deutlich dünner und teilweise abgekratzt. Dafür fühlte sie sich unangenehm glitschig an und ich wünschte mir, ich hätte Handschuhe angezogen, als ich die Steinform anhob und neben die Pagode ins feuchte Laub legte. Ich ging in die Knie, schaute in die Pagode, aber da war nichts. Ein wenig Dreck, ein Steinchen, ein paar welke Fasern von einer Pflanze und sonst nichts. Kein USB-Stick, keine Diskette, kein Päckchen, nichts von dem, worauf ich gehofft hatte.

Ich war so fest überzeugt gewesen, dass Blandine ihr Geheimnis in der Pagode versteckt hatte! Ich ärgerte mich. Mir war, als wenn Blandine mich versetzt hätte, und ich war nahe dran, dem Oberteil der Pagode einen Fußtritt zu versetzen, zu meinem Boot zu marschieren und die unglückselige Insel mit dem dämlichen Kater-Grab zu verlassen. Doch das kam mir dann selbst albern vor und so nahm ich mit einem Seufzen den Deckel der Pagode wieder hoch. Meine linke Hand rutschte auf dem feuchten Moos nach innen und ich fühlte unter der Kuppe meines zweiten Fingers etwas Glattes, Weiches. Ich drehte den Deckel und stellte fest, dass jemand ein braunes Packband in die Spitze der Pagode geklebt hatte. Ich zupfte daran und entdeckte, dass das Klebeband ein kleines Päckchen – ein Samtfetzchen, mit Frischhaltefolie umwickelt – festgehalten hatte.

Ich wusste, dass ich das Päckchen eigentlich so, wie es war, der Polizei bringen sollte. Andererseits: Was sollte außer Blandines Fingerabdrücken schon daran sein? Und ich war so neugierig! Ich setzte das Dach wieder auf, lehnte mich an einen Baum und zupfte die Frischhaltefolie auf. Mir war klar, dass ich im Päckchen keinen USB-Stick finden würde. Dazu war es zu klein. Dennoch war ich enttäuscht, als ich schließlich nur einen kleinen Schlüssel und ein Zettelchen fand. Der Schlüssel sah aus, als ob er zu einem Vorhängeschloss gehören würde, und auf dem Zettel standen nur ein paar Zahlen: »6431-107«.

Eine Telefonnummer? Aber dann fehlte die Vorwahl. Aber in der Kombination war es vielleicht eine Durchwahl – vielleicht in Stuttgart und darum ohne Vorwahl? Ich probierte es kurzerhand und bekam zu hören: »Die gewählte Nummer ist nicht vergeben.«

Was nun? Es fing an zu dämmern und mir war kühl. Ich schaute noch einmal das Schlüsselchen an. Blandine wäre zuzutrauen gewesen, dass es zu einem dieser Liebesschlösser gehörte. Ich überlegte, ob ich Schlüssel und Zettelchen wieder einpacken sollte, hatte aber Sorge, dass mir der kleine Schlüssel verloren gehen würde. Also hängte ich ihn sicherheitshalber an meinen Schlüsselbund und wickelte den Zettel wieder in das Samtfetzchen und die Frischhaltefolie.

Der Ausflug an den See war wirklich für die Katz gewesen!

11. Mit Pauken und Trompeten

Eigentlich sollte man meinen, dass der Mord an meiner Ex-Freundin und der Mordversuch an mir mich in helle Panik versetzt hätten. Ich war alles andere als eine Heldin und für meinen Bedarf an Abenteuern reichte es vollauf, einmal im Jahr auf den Weihnachtsmarkt zu gehen. Dennoch war ich in den Wochen nach diesen Vorfällen recht ruhig. Man konnte sich offenkundig auch daran gewöhnen, mit einem ungeklärten Mord zwischen Baum und Borke zu sitzen – und das Leben ging trotzdem weiter.

In meinem speziellen Fall ging es mit einem Anruf von Anne Hoening weiter. Sie hatte eine gute Nachricht: Einer ihrer Klienten musste seine Frau auszahlen und deswegen ganz schnell seine Wohnung verkaufen. Die Gegend sei zwar nicht toll, erzählte die Anwältin, aber die Wohnung sei genau das, was wir gesucht hätten: Altbau, erster Stock, Parkett, Stuckdecken, vor drei Jahren renoviert und mit zwei Stellplätzen im Hof – in Stuttgart-Mitte ein wichtiges Argument.

Ich fand die Wohnung auf den ersten Blick überdimensioniert. Zwei Leute in sieben Zimmern mit zwei Bädern? Gleich der erste Raum war eine Halle mit gut 60 Quadratmetern! Mir kam sie vor wie ein Konzertsaal – und ich hatte nie vorgehabt, ein Kammerorchester im trauten Heim aufspielen zu lassen!

Doch Philipp stand in der Halle, sang und strahlte: »Der Raum klingt ja schon leer gut! Und endlich mal genug Platz für meine Flügel!«

»Flügel im Plural?«

»Nur zwei! Aber die brauchen halt Platz!« Er breitete die Arme aus, als ob er damit den Raum für seine Instrumente vermessen wollte.

»Wunderbar! Ich wollte schon immer zwei Flügel im Haus haben! Da weiß man doch wenigstens, was man abzustauben hat!« Ich musste lachen.

Als ich dann das Schlafzimmer mit dem Kamin und das künftige Arbeitszimmer mit Jugendstilfenstern sah, verliebte auch ich mich in die Wohnung.

Erst am Abend, als Philipp in meinem Bett schlief und ich auf meinem Fensterbrett auf die nächtliche Stadt hinausschaute, kamen mir Zweifel. Ob es wirklich eine gute Idee war, schon nach wenigen Wochen wieder mit Philipp zusammenzuziehen? Wir waren so lange voneinander getrennt gewesen. Kannte ich ihn noch? War er noch der Mann, in den ich mich einst verliebt hatte? Würden wir es dieses Mal besser machen als beim ersten Versuch? Sicher, seit Philipp aus dem Gefängnis entlassen worden war, waren wir glücklich miteinander gewesen.

Aber in dieser Nacht irritierte mich genau das.

Hatten wir uns in dieser Zeit je richtig miteinander auseinandergesetzt? Wir hatten beide so viel Nachholbedarf in Sachen Zärtlichkeit und Leidenschaft. Wenn wir miteinander alleine waren, lagen wir einander in den Armen und dann dauerte es nie lange, bis wir uns aneinander entzündeten. Nun meinte ich, meine immer skeptische Mutter zu hören: »Sex ist keine Basis für eine Beziehung.« Aber ich wusste ja, dass es bei uns mehr war. Wir liebten uns. Wir waren Freunde. Und so verbuchte ich meine Zweifel schließlich unter dem Unbehagen, mit dem ich ein Leben lang größeren Veränderungen begegnet bin. Außerdem hatte ich in den nächsten Tagen entschieden anderes zu tun, als über meinen Seelenzustand nachzugrübeln.

Philipp wollte natürlich so schnell wie möglich umziehen und da er im Dezember vorwiegend in Baden-Baden beschäftigt sein würde, Weihnachten aber unbedingt schon in der Wohnung feiern wollte, zogen wir Ende November um. Die Farbe an den Wänden unseres neuen Heims war kaum trocken, in der Küche fehlten die Abdeckungen für Kühlschrank und Waschmaschine und wir hatten nicht mehr Möbel als die, die ich mitbrachte, aber das war okay. Wir konnten mein Arbeitszimmer, ein Schlaf- und ein künftiges Gästezimmer einrichten und darin erst einmal »hausen«, wie Philipp es nannte.

Nachdem meine gesamten Sachen in der Wohnung waren, fuhren Philipp und ich nach Cannstatt zu dem Lagerhaus, in dem seine Besitztümer lagerten. Seine Möbel und die schweren Bücherkisten würde die Spedition bringen, aber weil er da schon in Baden-Baden sein würde und es im Schwarzwald oft kalt ist, wollten wir seine Winterkleidung holen.

Das Lagerhaus gehörte zu einer Kette, die inzwischen in ganz Deutschland Stellflächen anbot. Ich hatte gar nicht gewusst, dass es so etwas gab – und Philipp auch nicht, wie er mir erzählte, als er am Rosensteinpark entlangfuhr.

»Blandine hat mir damals den Tipp gegeben. Ich hatte auf der Probe erwähnt, dass ich meine Flügel in die Werkstatt gegeben hatte und überlegte, was ich mit dem Rest von meinem Zeug machen solle, worauf Blandine mir diese Einlagerungsmöglichkeit empfahl.« Er stand an der Ampel und hatte den Blinker gesetzt, um wenden zu können »Guckst du bitte mal in meiner Tasche nach meinem Notizbuch? Im hinteren Teil klebt ein gelber Zettel, auf dem ich mir den Code für die Einfahrt und die Nummer meines Abteils aufgeschrieben habe. Der Schlüssel müsste auch dranhängen.«

Ich fand Notizbuch, Schlüssel und Zettel – und das erinnerte mich an einen anderen Zettel und Blandines Schlüssel. Ich zog meinen Schlüsselbund aus der Tasche und schaute ihn genauer an. Er sah Philipps Schlüssel ähnlich.

Philipp stand inzwischen an der Schranke an der Einfahrt zum Lagerhaus. »Julchen, hast du den Code?«

»Moment bitte!« Meine Stimme klang flach. Ich sah auf Philipps Zettel. »1028-224« stand da.

Eine siebenstellige Kombination mit einem Bindestrich zwischen der vierten und der fünften Stelle. Genau so sah die Zahl auf Blandines Zettel, den ich zuhause unter mein Maus-Pad geschoben hatte, auch aus. Und Blandine war es gewesen, die Philipp den Tipp mit dem Lagerhaus gegeben hatte!

Wie war die Nummer gewesen? Ich grub in meinem Gedächtnis – und ich erinnerte mich, dass ich versucht hatte, die Nummer anzurufen! Wenn ich Glück hatte, war sie immer noch in meinem Handy gespeichert.

»Julchen, den Code!«, erinnerte Philipp mich.

»Gib mir noch einen Moment, bitte.«

Ich musste unbedingt ausprobieren, ob Blandines Nummer auch zum Lagerhaus gehört hatte, zog mein Handy aus der Tasche und suchte. Da war die Nummer: 6431-107. Ich atmete noch einmal tief durch, dann sagte ich: »Probier mal 6431.«

Philipp schaute mich kurz verwundert an, dann tippte er die Nummer auf der Tastatur ein, die an einer Säule angebracht war. Ich starrte auf die Schranke und dachte schon, ich hätte mit meiner Vermutung falsch gelegen.

Doch dann hob sich die Schranke.

»Ich werd verrückt!«, sagte ich.

»Was ist denn?« Philipp ließ den Wagen auf einen Parkplatz rollen.

Ich hielt Blandines Schlüssel in der Hand. »Philipp, hier kann man doch einzelne Abteile mieten, oder? Wie werden die verschlossen?«

»Mit einem Vorhängeschloss. Warum?« Er hatte schon den Türgriff in der Hand.

»Du hast Abteil 224«, stellte ich fest.

»Ja. Das hinterste rechts im zweiten Stock. Können wir jetzt?« Er öffnete die Tür.

»Moment, bitte. Wenn 224 im zweiten Stock ist, ist dann 107 im ersten?«

»Vermutlich.« Jetzt wandte er sich mir zu. »Was ist los?«

»Ich glaube, dass das Abteil 107 Blandine gehört hat – und nun ist die Frage, ob es das noch gibt.« Ich hielt ihm den Schlüssel hin. »Ich war vor einiger Zeit an dem See, an dem Blandine ihren Kater begraben hatte. Im Grabmal habe ich diesen Schlüssel und einen Zettel mit der Kombination 6431-107 gefunden«, erklärte ich.

»Warum hast du mir nichts davon erzählt?«, wollte er wissen.

Ich zuckte mit den Schultern. »Weil nichts dabei herausgekommen ist – dachte ich. Aber jetzt lass uns doch mal gucken, ob es ein Abteil 107 gibt und ob der Schlüssel passt!«

Wir rannten fast ins Lagerhaus. Ein großer Aufzug brachte uns in den ersten Stock, wo wir dann an mehreren Türen mit Vorhängeschlössern vorbeigingen.

»Hier ist 107!«, verkündete Philipp.

Ich hatte recht gehabt: Der Schlüssel gehörte zu einem dieser Liebesschlösser. Nur hing es nicht an einer Brücke, sondern – in Rot mit Herzchen darauf – an der Tür im Lagerhaus.

Philipp musste aufschließen – mir zitterten die Hände. Hinter der Tür kam ein sehr kleines Abteil zum Vorschein – gerade mal einen Meter Grundfläche bei ungefähr drei Metern Höhe. Mit dem Platz war Blandine sehr großzügig umgegangen: Sie hatte drei große Breuninger-Tüten darin gestapelt. In der ersten waren Kleider. Während ich sie durchsuchte, griff Philipp nach der zweiten Tüte. Er zog ein zerknülltes rotes Abendkleid heraus, fasste tiefer hinein und sagte erfreut: »Ich glaube, ich hab etwas!« Er brachte eine hellgrüne Neoprenhülle in der Größe einer Studienpartitur zum Vorschein, zog den Reißverschluss auf und zeigte mir den Inhalt: schweinchenrosa Kunststoff – Blandines vermisstes Notebook.

* * *

Man sollte niemals an einem Freitagnachmittag ein potenzielles Beweisstück in einem Mordfall finden. Als brave Bürgerin ruft man dann nämlich bei der Kripo an und muss feststellen, dass die Kommissarin schon ins Wochenende verschwunden ist.

Ich gönnte Martina Jelinek die freien Tage, aber mich plagte die Neugierde und jedes Mal, wenn ich an meinen Schreibtisch kam und Blandines Notebook sah, juckte es mich wieder in den Fingern. Am Samstagnachmittag war es dann so weit. Philipp war, obgleich es etwas nieselte, zu einem Spaziergang aufgebrochen, ich hatte Unterlagen geordnet und dabei immer wieder nach dem Notebook geschielt.

Was konnte es denn schaden, wenn ich es einmal einschaltete und schaute, was darauf war? Ich würde ja nichts kaputtmachen oder löschen und außerdem – außer Blandines Fingerabdrücken war sicher nichts darauf zu finden. Sie hatte das Notebook ja wohl selbst ins Lagerhaus gebracht.

Ich packte das Notebook aus, stellte fest, dass in der Hülle kein Stromkabel war, und ging zum Schrank, in dem mein eigenes Notebook samt Zubehör lag.

Ich schloss Kabel und Maus an und startete das Notebook. Als es nach einer WLAN-Verbindung suchte, fütterte ich ihm das Passwort meines Routers – und fluchte, denn es fing erst einmal an, Dutzende von Upgrades zu holen.

Als der Computer so weit war, klickte ich auf den Ordner unten in der Leiste und der Dateimanager öffnete sich. Die Festplatte war in zwei Sektoren aufgeteilt, dennoch war das Verzeichnis »Windows« leicht zu finden. Darunter dann der Ordner »System« – aber das Verzeichnis war leer.

Darunter war ein Ordner namens »System 32« aufgelistet. Ich klickte darauf und dann rutschte mir ein »Ach du Sch…« heraus. Der Ordner enthielt 3852 Elemente.

Aber ich tröstete mich schnell wieder. Ich hatte ein wenig Ahnung von Computern – in der Redaktion hatte ich von Anfang an am Bildschirm gearbeitet und mir für zuhause auch recht schnell einen Computer angeschafft. Ich hatte schon immer viel über das System wissen wollen und mir viel selbst beigebracht.

Die meisten Dateien schienen sehr klein zu sein – und alles, was nicht mindestens 300 Kilobyte hatte, konnte wohl kein Foto sein. Alle Dateien, die größer waren, kopierte ich auf einen Stick. Mir fiel auf, dass es in der Liste mit den 3852 Files tatsächlich nicht viele Dateien gab, die groß genug waren, um Bilder zu sein, und ließ kurzerhand die Liste neu nach Dateigröße sortieren. Danach landeten nur noch die großen Dateien – mindestens 300 Kilobyte und darüber – auf meinem Stick.

Ich hatte zwei Fenster auf dem Monitor offen: links die Liste mit den Files auf der Festplatte, rechts die, die ich auf meinen Stick kopiert hatte. Als es nach einer halben Stunde ungefähr zehn Dateien waren und ich mich einen Augenblick zurücklehnte, um meinen Rücken zu strecken, fiel mir etwas auf. Die erste Datei, die ich erwischt hatte, hieß »arxflo.dll«. Die zweite hieß »barolf.dll« und dann ging es »brlof«, »cfeol«, »cofxxl«, »daflo« und »flexlcrro« weiter. Sie enthielten alle die Buchstaben o, l und f. Aus jedem Dateinamen ließ sich ein »Flo« basteln – Flo für Florestan!

Es dauerte fast zwei Stunden, bis ich endlich alle großen Dateien auf dem Stick hatte. Der nächste Schritt war, sie alle mit der Endung »jpg« zu versehen.

Dann wurde es spannend. Ich versuchte die erste Datei zu öffnen. Der Bildbetrachter ging auf, das grüne Licht am Stick flackerte – und dann erschien ein Smiley mit herausgestreckter Zunge auf dem Monitor. Grimmig benannte ich die nächste Datei um und öffnete sie. Dieses Mal bekam ich ein Grinsegesicht mit der Aufschrift: »Dumm gelaufen!«

Dateien Nummer drei und vier waren ebenfalls mehr oder minder witzige Smileys. Ich beschloss, die nächsten zwanzig erst einmal umzutaufen, und dann effizient am Stück zu öffnen. Tatsächlich: Datei fünf, sechs und sieben waren auch Grinsegesichter und ich gab schon fast die Hoffnung auf. Das achte Bild: ein Foto – und ich wusste, dass das ein Treffer war.

Das Foto zeigte einen schmalen, dunkelhäutigen Jungen, der ungefähr acht Jahre alt war. Er lag nackt in einem zerwühlten, großen Bett, Arme und Beine gespreizt und mit schwarzen Schals ans Bettgestell gefesselt.

»Dieses Schwein!«, sagte ich laut in die leere Wohnung.

Mir war übel und ich wünschte mir, das Notebook nicht angefasst zu haben. Aber jetzt war es zu spät. Ich ging schweigend daran, die nächsten Dateien anzusehen. Am Ende waren es 72, die Bilder zeigten.

Dasselbe Bett, vermutlich auch derselbe Junge, nur in einer anderen Position. Ein anderes Zimmer, ein anderer, aber bestimmt auch nicht viel älterer Junge, doch dieses Mal mit Partner – einem eindeutig älteren Europäer, der zwar das Gesicht weggedreht hatte, aber sein nackter Körper mit der dunkel behaarten Brust und dem Bauch waren klar erkennbar, ebenso wie das, was er gerade mit dem Kind anstellte. Dann wieder der andere Junge. Eindeutige Szenen, wieder mit nicht erkennbarem Gesicht des erwachsenen Täters. Aber die Hand, die den Jungen hielt, erkannte ich. Ich hatte sie oft genug mit einem Taktstock gesehen und ich erkannte vor allem den breiten, goldenen Ehering.

»Das ist es!«, sagte ich. »Das kann er nicht abstreiten!«

* * *

Am Montagmorgen holte ich mir einen Anpfiff erster Klasse ab. Ich hatte noch am Samstagabend eine Nachricht auf Martina Jelineks Mailbox hinterlassen, sie hatte sich gleich am Montagmorgen gemeldet. Als ich ihr vom Notebook erzählt hatte, war sie sehr eifrig geworden: »Mein Kollege und ich kommen zu Ihnen. Sie halten unterdessen schön die Füße still, bis wir da sind!«

Danach hätte ich ja gerne die Klappe gehalten und den Kopf eingezogen. Aber ich musste erst die ganze Geschichte – angefangen von meinem Ausflug zur Pagode über den Besuch im Lagerhaus bis zur Aktion mit dem Notebook – erzählen. Dabei kam Martina Jelinek aus dem Kopfschütteln nicht mehr heraus und als ich schließlich fertig war, schimpfte sie wie ein Rohrspatz.

»Ihnen ist klar, dass ich Sie wegen Behinderung von Ermittlungsarbeit durch den Wolf drehen könnte, nicht? Aber was mich, ehrlich gesagt, noch mehr aufregt: Sind Sie eigentlich lebensmüde? In diesem verdammten Fall hat es schon zwei Tote gegeben – wollen Sie unbedingt die dritte Leiche werden? Bitte spielen Sie nicht länger auf eigene Faust Detektiv – es ist gefährlich! Rufen Sie mich an, wenn Ihnen etwas einfällt; arbeiten Sie mit mir zusammen. Ich verspreche Ihnen, dass ich Sie informiert halte, soweit es mir möglich ist. Aber bitte, bitte keine eigenmächtigen Aktionen mehr!«

Ich glaube, mich schützte nur die Tatsache, dass sie nun auch die Bilder sehen wollte, vor einer Fortsetzung der Predigt. Aber dann reichte Martina Jelinek ein kurzer Blick und sie rief nach ihrem Assistenten.

»Wir haben ihn, Patrick. Frau Doktor Pfeiffer hat Bilder, die eindeutig beweisen, dass Müller-Rehling Kinder missbraucht hat. Bringst du bitte dieses Notebook und den Stick schnellstens in die Kriminaltechnische Untersuchung? Die sollen alles andere stehen und liegen lassen – das hat oberste Priorität.«

Anschließend durfte ich dann mit dem zuständigen Techniker von der kriminaltechnischen Untersuchung telefonieren und ihm erklären, wie er die Dateien auf dem Notebook finden konnte.

Danach bekam ich immerhin ein Lächeln von der Kommissarin. »Ich bin mit Ihrer Methode alles andere als glücklich, aber ich glaube, wir haben den Herrn jetzt.«

»Reichen die Bilder? Ich meine, er ist nirgends ganz drauf und sein Gesicht ist auch nicht zu erkennen. Da ist nur mal seine Hand – daran habe ich ihn erkannt. Aber wer ihn nicht so gut kennt …«

Mir verursachte der Gedanke Magendrücken, dass Müller-Rehling frei herumlief und vielleicht schon seinen nächsten Thailand-Urlaub plante.

»Sie haben keine Ahnung, was die Spezialermittler heute alles aus einem Foto rausziehen können!« Martina Jelinek klang sehr wütend. »Die finden raus, wann und wo das Bild gemacht wurde.« Sie beugte sich zum Monitor. »Für mich sieht das nach einem Hotelzimmer aus. Wenn es das ist, kriegen wir raus, wo es ist und wer darin gewohnt hat. Den Mann kaufe ich mir!«

»Ich scheuche jetzt meinen Staatsanwalt und den Kollegen von der Sitte los. Aber erst mal schicke ich eine Zivilstreife zu seinem Haus – nicht dass der Vogel im letzten Moment ausfliegt.«

Ich schaute auf die Uhr. Es war kurz vor zehn Uhr morgens.

»Der müsste in der Oper sein – Sitzprobe für den ›Don Giovanni‹.«

»Auch recht! Dann sollen ihn die Kollegen dort abholen.«

Die nächsten zehn Minuten hörte ich staunend zu, wie Martina Jelinek den Staatsanwalt, die Bereitschaftspolizei und ihre Kollegen von der Sitte verständigte.

So schnell kam also der große Polizeiapparat ins Rollen – und Müller-Rehling stand jetzt in der Oper am Pult und ahnte nicht, dass das seine letzte Probe sein würde.

»Wie lange gibt es eigentlich für Kindesmissbrauch?«, fragte ich, als die Kommissarin ihre Telefonate beendet hatte.

»Schwerer Fall – und den haben wir hier – zehn Jahre. Aber ich würde ihn natürlich auch gerne wegen der Anstiftung zum Mord drankriegen. Dafür gibt's nämlich lebenslänglich. Er ist ja nicht mehr der Jüngste – die fünfzehn Jahre, die er bei guter Führung absitzen müsste, reichen aus, dass er erst wieder zum Sterben rauskommt.«

»Wissen Sie, was ich nicht verstehe? Die Bilder sind wohl mit einem Selbstauslöser gemacht, aber warum, um Himmels willen, dokumentiert man es, wenn man eine Straftat begeht? Ist der denn ganz bekloppt?«

»Das kommt öfter vor, als man glauben sollte. Es gibt im Internet ein paar gut geschützte Foren und Chaträume, in die man nur reinkommt, wenn man entsprechende Bilder vorweisen kann. Das stellt sicher, dass kein Spitzel von uns reinkommt. Wir dürfen ja bei unserer Arbeit keine Straftaten begehen und da schon der Besitz von solchen Bildern eine ist, sind uns die Hände gebunden.« Martina Jelinek schaute auf die Uhr. »Ich muss weg, Frau Doktor Pfeiffer.« Sie reichte mir die Hand. »Danke, Sie haben mir sehr geholfen. Dafür erspare ich Ihnen, dass Sie der Staatsanwalt wegen Unterdrückung von Beweismitteln zur Brust nimmt.« Sie grinste, um ihre harten Worte abzuschwächen. »Wenn Sie Detektivarbeit allerdings so unwiderstehlich finden – kommen Sie zu uns! Sie sind begabt.«

»Bloß nicht! Ich möchte diese Bilder ganz schnell wieder vergessen und das alles hinter mir lassen. Aber ich wünsche Ihnen viel Glück. Ich werde ja wohl in der Zeitung lesen, wie es ausgegangen ist.«

»Es kann sein, dass Sie als Zeugin für die Auffindung des Notebooks und der Bilder geladen werden.« Die Kommissarin lächelte mich an. »Alles Gute noch für den Rest Ihres Umzugs und Ihren neuen Job! Und grüßen Sie Herrn Boch von mir.«

* * *

So erleichtert ich war, dass der Mord an Blandine wohl endlich vollends abgeschlossen war, fand ich es fast schade, dass die Zusammenarbeit mit der Polizei wohl vorbei war. Ich fand die Kommissarin mittlerweile sympathisch.

Dafür aber wusste ich wirklich nicht mehr, was ich von Blandine zu halten hatte. Ich hatte beim Auspacken gestern ein Bild von ihr in der Hand gehabt und mich nicht entscheiden können, was ich damit anfangen sollte. In der Kernerstraße hatte es, zusammen mit Fotos meiner Familie und anderer Freunde über dem Bett gehängt. Nun hatte ich die anderen Bilder über dem Schreibtisch angebracht, aber Blandine – ich war mir nicht mehr sicher.

Mirja hatte ihre Entscheidung bezüglich Blandine schon vor Jahren getroffen. Ich erinnerte mich, wie Blandine sich einige Monate nach ihrer Hochzeit bei mir einmal darüber beklagt hatte, dass Mirja sich nie bei ihr melde. Als ich Mirja darauf angesprochen hatte, hatte sie mich aus ihren klaren, blauen Augen angeschaut und sehr entschieden gesagt: »Blandine ist eine Kollegin, eine Bekannte, aber keine Freundin. Du weißt, ich war ihr gegenüber immer skeptisch. Jetzt ist es mir endgültig zu viel. Nenn mich spießig, aber ich finde es nicht in Ordnung, jemanden nur um seines Geldes und Status willen zu heiraten. Es ist selbstverständlich Blandines Leben und sie kann damit tun, was sie für richtig hält, aber ich muss das nicht durch meine Freundschaft unterstützen.«

Ich hatte Mirjas Reaktion damals hart gefunden. Die Geschichte von der großen Liebe kaufte ich Blandine allerdings auch nicht ab. Mir war klar, dass sie an Müller-Rehling vor allem sein Geld reizte. Doch ich fand Entschuldigungen für sie: Ihre schwere Kindheit, die Erziehung durch eine Mutter, die sie überfordert hatte – war es denn so verwerflich, dass Blandine jetzt in der Ehe mit einem wohlhabenden, älteren Mann Geborgenheit und Sicherheit suchte? Was wäre denn ihre Alternative gewesen? Gesangslehrerin an einer mittelklassigen Musikhochschule und ab und zu mal Auftritte in einem Kirchenkonzert mit dem Schulchor?

Ich war, nachdem ich als Fagottistin aufgeben musste, in die Musikwissenschaft geflüchtet und hatte im Schreiben meine Erfüllung gefunden. Aber ich hatte Blandine gegenüber den Vorteil, anders erzogen worden zu sein. Wenn ich zu meiner Mutter kam und ihr erzählte, dass ich einen tollen Mann kennen gelernt hatte, wollte die wissen, ob er mich glücklich machen würde. Blandines Mutter dagegen wollte wissen, was er ihrer Tochter schenkte und wohin er mit ihr zum Essen ging, und für sie war nur das Beste und Teuerste gut genug. Vom eigenen Leben enttäuscht und verbittert, hatte Waldgunde-Adolfine Keller-Heidemann laut sehr oft wiederholter Aussage nur dafür gelebt, dass ihre Tochter »es einmal besser« haben würde – und das »besser« bemaß sich bei ihr in Geld und Status. War es da ein Wunder, dass Blandine sich auch in diese Richtung orientiert hatte? Konnte man ihr das wirklich vorwerfen?

Aber nun hatte ich Probleme. Die Geschichte mit Christopher – Blandine hatte den Jungen zur Befriedigung ihrer emotionalen Bedürfnisse ausgenutzt. Seine Anbetung hatte ihr geschmeichelt, seine Jugend und Leidenschaft hatten ihr wohl geholfen, ihre Angst vor dem Älterwerden zu vertreiben. Aber sie hatte sich keinen Deut um seine Gefühle geschert. Dann hatte sie mit dem Lover ihres Gesangslehrers herumgespielt – warum? Um Katmandis zu zeigen, dass sie ihm diesbezüglich überlegen war?

Das alles hätte ich vielleicht noch entschuldigen können. Ich bin kein Moralapostel und ich habe mir auch den einen oder anderen One-Night-Stand geleistet. Aber die Bilder auf dem Notebook konnte ich nicht verzeihen. Sie waren für mich der Beweis, dass Blandine bereit gewesen war, um ihres eigenen Komforts willen den sexuellen Missbrauch von Kindern zu übersehen. Und das war für mich – nein, nicht der Tropfen, der das Fass zum Überlaufen brachte, sondern die Flut, die alles davonriss. Ich zweifelte an allem, was ich meinte, über Blandine gewusst zu haben. Und ich war froh, als Philipp nach Hause kam und ich mit ihm reden konnte.

* * *

Drei Tage später saß ich wieder einmal auf einer Probenbühne, doch dieses Mal nicht in Stuttgart, sondern in Baden-Baden, wo Philipp die »Fledermaus« mit den Texten, die ich geschrieben hatte, einstudierte. Mirja gab den Prinzen Orlowski – burschikos und dabei doch aufregend androgyn, vor allem dabei, wie sie den Marquis Renard alias Gabriel von Eisenstein alias Philipp unter den Tisch trank.

Der brauchte danach erst einmal eine Kaffeepause und in die hinein platzte der aufgeregte Ole Magnusson, der den Doktor Falke sang. »Wisst ihr schon das Neueste? Müller-Rehling ist verhaftet worden …«

»Das ist nicht das Neueste, sondern kalter Kaffee«, unterbrach Mirja. »Den haben sie ja schon vor drei Tagen bei der Probe eingesammelt.«

»Ja, aber jetzt heißt es, dass er nicht nur in den Mord an seiner Frau verwickelt gewesen sei, sondern er soll irgendwelche Knaben belästigt haben! In Berlin soll's schon vor Jahren mal Ärger gegeben haben, weil er von einem drogenabhängigen Stricher erpresst wurde, und in Stuttgart sei er ebenfalls im Milieu bekannt.« In seinen Augen funkelte die Sensationslust. »Die ganze Szene kocht und da kommen Geschichten hoch – Geschichten, sag ich euch!«

Philipp schaute angewidert, kam zu mir und fasste nach meiner Hand. »Und jetzt haben alle schon immer gewusst, was für ein widerlicher Kerl er ist …«

»Aber niemand hat was gesagt, solange er noch groß und mächtig war.«

Mir war plötzlich kalt.

Philipp streichelte über meine Wange und schenkte mir ein zärtliches Lächeln. Dann räusperte er sich: »Ihr Lieben, lasst uns wieder ein bisschen proben. Nachdem wir jetzt vollständig sind, würde ich gerne den ersten Akt machen.«

»Oh, fein, da werde ich nicht gebraucht.« Mirja öffnete die Schleife, die ihre Haare zusammenhielt, und schüttelte die blonde Mähne aus. »Philipp, bin ich bis nach der Mittagspause entschuldigt? Und darf ich Juliane mitnehmen?«

»Finde ich euch wieder? Ich würde gerne mit euch essen gehen!«

»Ristorante Paganini, gegenüber vom Bayerischen Hof!«, schlug Mirja vor und hakte sich bei mir unter.

Wir hatten kaum das Festspielhaus verlassen, als sie schon herausplatzte: »Julchen, was ist los? Du bist ganz schön neben der Spur. Hast du Probleme mit Philipp?«

»Nein«, antwortete ich entschieden. »Aber diese ganze Müller-Rehling-Geschichte treibt mich um. Lass uns ein paar Schritte gehen, dann erzähle ich dir davon.«

»Gut, ich brauche sowieso ein wenig frische Luft«, sagte Mirja.

Sie war zwar Sängerin, aber sie hatte noch nie zu den empfindlichen Pflänzchen gehört, die sich vor jedem kalten Luftzug fürchten. Aber sie ist auch die liebende Mutter zweier kleiner Jungen und nachdem ich ihr von Müller-Rehlings thailändischer »Freizeitbeschäftigung« erzählt hatte, wurden ihre blauen Augen kalt und in ihrer Stimme klirrte Eis.

»Ich hoffe, dass er zu einer langen Strafe verurteilt wird und dass die anderen Gefangenen ihm täglich zeigen, was sie von Männern halten, die sich an Kindern vergreifen! Und Blandine …«

Sie ließ es offen, was sie Blandine posthum wünschte.

»Dass sie das gedeckt hat, schockiert mich furchtbar. Sie hat die Bilder irgendwie in die Finger bekommen und Müller-Rehling damit erpresst.«

Ich schaute in die kahlen Baumwipfel hinauf, die sich wie Scherenschnitte gegen den blauen Himmel abhoben.

»Ich mag mir gar nicht vorstellen, was in dieser Ehe vorgegangen ist. Wie lebt man mit einem Menschen, von dem man weiß, dass er sich an Kindern vergreift?«

»Ich weiß es nicht.« Mirja seufzte. »Blandine war schon ein Fall für sich.«

Ich nickte. »Du warst klüger als ich. Du hast sie schon früher durchschaut.«

»Man könnte es auch anders sehen: Du bist gütiger als ich.« Mirja legte den Arm um meine Schulter. »Du bist bereit, den Menschen, die dir am Herzen liegen, einiges zu vergeben und sie über Enttäuschungen hinweg zu lieben. Das habe ich immer bewundert und gemocht.«

Ich war etwas verlegen. »Ach, Mirja, eines habe ich schon lange begriffen: Wenn ich von meinen Freunden Perfektion erwarte, finde ich nur sehr wenige. Und denen fühle ich mich dann sehr unterlegen, weil ich so verdammt weit von Perfektion entfernt bin.«

Mirja lachte. »Lass das nicht Philipp hören. Der guckt dich an, als ob er dich für das Beste seit der Erfindung von schnell trocknendem Nagellack halten würde.«

Ich breitete die Arme aus und atmete tief ein. »Ich bin glücklich, Mirja. Es ist so schräg! Ich war doch kein unglücklicher Single! Ich hatte meinen Beruf, ich hatte Freunde und wenn du mich gefragt hättest, ob mir was fehlt, hätte ich das verneint. Aber mit Philipp – das ist, als ob ich jetzt erst komplett wäre.«

* * *

Philipp saß schon an einem Ecktisch, als wir eine Stunde später in die Pizzeria kamen. Er stand auf, half uns aus den Jacken und küsste meine Wange, bevor er Mirja und mir die Stühle zurechtrückte.

»Wo hast du denn den Rest der Meute gelassen?«, fragte Mirja.

»Die habe ich auf die andere Seite zum Chinesen geschickt«, grinste Philipp. »Ich werde mir doch die Chance nicht entgehen lassen, alleine mit zwei schönen Frauen zu speisen!«

Mirja schaute mich an. »Julchen, sei vorsichtig. Wenn Philipp seinen Charme so strahlen lässt, will er üblicherweise was.«

»Ach – und was?«, erkundigte ich mich.

Philipp schaute mir in die Augen und senkte die Stimme. »Willst du das wirklich vor Mirja diskutieren?«

Sein Lausbubengrinsen löste ein Flattern in meinem Magen aus und ich wäre so gerne mit ihm allein gewesen! Stattdessen musste ich mich mit der Karte beschäftigen und mein Essen bestellen.

Philipp hatte gerade Fisch geordert, als sein Handy klingelte.

Er verzog das Gesicht, zog es aus der Hosentasche, guckte aufs Display und nahm ab. »Kleinen Moment bitte, Frau Orthmann!« Er lächelte Mirja und mich an. »Entschuldigt ihr mich bitte einen Augenblick?« Er stand auf und ging mit dem Handy am Ohr zur Tür.

Mirja schaute ihm nach. »Holla, in Stuttgart ist die Kacke am Dampfen! Wenn die Orthmann deinen Kerl in der Mittagspause stört, hat sie ein Problem.«

»Wer ist diese Frau Orthmann?«, wollte ich wissen.

»Die arme, geplagte Sekretärin des Stuttgarter Noch-Intendanten, die jetzt wohl wegen des Ausfalls von Müller-Rehling den ganzen Spielplan umarbeiten muss. Vermutlich machen die jetzt erst mal Mozart rauf und runter – das kann der erste Kapellmeister gut und damit können sie Zeit überbrücken, bis sie einen neuen Dirigenten haben.«

Ich seufzte. »Toll – und für den ›Figaro‹ und den ›Don Giovanni‹ wollen sie wahrscheinlich Philipp, der wiederum nach der ›Fledermaus‹ Urlaub machen wollte.«

Mirja verdrehte die Augen. »Philipp? Urlaub? Weiß er, wie das geht?«

Philipp kam zurück und setzte sich wieder. »Ich habe gerade zugesagt, im Januar noch viermal den Don Giovanni zu singen und die ›Figaro‹-Produktion vorzuziehen. Das bedeutet aber, dass ich im Januar das Konzept und die Skizzen für den neuen ›Figaro‹ so weit fertig kriegen muss, dass der in die Werkstatt kann. Mädels, das wird lustig!«

»Wäre es nicht einfacher, wenn sich die Spaßvögel ganz schnell einen neuen Dirigenten suchen würden?«, fragte ich.

Philipp lächelte. »Es gibt nicht so schrecklich viele gute Dirigenten, die das ganze Stuttgarter Programm im Repertoire haben – und die, die es können, sind meist für Jahre im Voraus verplant. In der Intendanz ist gerade der Teufel los – der Ausfall von Müller-Rehling ist für die eine Katastrophe. Aber es gibt kein großes Bedauern und vor allem scheint es niemand zu geben, der daran zweifelt, das Müller-Rehling schuldig ist. Der Werkstattleiter meinte nur, er wolle wissen, was Müller-Rehling dem Ölert gezahlt habe, dass er den Mord an Blandine durchgezogen hat.«

»Das wüsste ich auch gerne!«, sagte Mirja, die sich durch eine Calzone im Format eines Kopfkissens kämpfte.

»Was mich an der Geschichte so irritiert«, sagte ich, »ist die Art, wie Ölert den Mord durchgeführt hat. Wenn ich so gierig und skrupellos wäre, mich als Auftragskiller anheuern zu lassen, würde ich doch versuchen, die Geschichte so bequem und risikolos wie möglich – für mich – durchzuziehen.«

»Naja, diesbezüglich war Ölert nicht sonderlich begabt«, fand Philipp. »Bei seinem zweiten Mordversuch – dem an dir – hat er sich den Hals gebrochen.«

»Trotzdem fand ich den eigentlich besser geplant und eingefädelt als den ersten«, sagte ich. »Überlegt doch mal: Wenn es gelungen wäre, hätte es wie ein Unfall ausgesehen. Im übelsten Fall wäre man von den Spuren her draufgekommen, dass mich jemand abgedrängt hatte – aber wie groß wäre die Wahrscheinlichkeit gewesen, dass der je gefasst worden wäre? Auf der Strecke ist nachts nichts los. Und nun überlegt mal, wie das in Ölerts Planung ausgesehen hat: eine einsame Landstraße auf der Alb, also eine gute Chance, dass es keine Zeugen gibt, dafür zwei Spitzkehren, neben denen es steil bergab geht.«

»Ist trotzdem schiefgelaufen.« Mirja kaute mit nachdenklichem Gesicht.

»Ja, weil zwei Faktoren aufgetaucht sind, die Ölert nicht einkalkuliert hatte. Das Erste war, dass ich nicht mit meinem alten, lahmen Passat unterwegs war. Mit dem hätte ich mich nicht so auf dem Parkplatz verstecken können. Das hat nur funktioniert, weil der Jaguar so schnell ist und eine tolle Straßenlage hat. Und der zweite Faktor, den Ölert nicht einkalkuliert hat, ist, dass ich die Strecke so gut kenne. Das hat mir wohl das Leben gerettet und ihn in Folge das seine gekostet.«

»Aber ich verstehe, worauf du hinauswillst«, sagte Philipp. »Beim zweiten Mord hätte er eine gute Chance gehabt, dass er gar nicht als solcher erkannt wird. Den ersten dagegen hat er so demonstrativ veranstaltet, dass jeder, selbst Leute, die absolut keine Ahnung von Kriminalistik haben, sofort wussten, dass es ein Mord war.«

»Eigentlich völlig idiotisch«, sagte ich. »Und wenn man dann noch darüber nachdenkt, wie riskant diese Autogeschichte war!« Ich beschäftigte mich wieder mit meinen Spaghetti.

Philipp sagte: »Wenn ich jemanden beseitigen müsste, würde ich mir bestimmt eine unauffälligere und vor allem weniger aufwändige Methode einfallen lassen.«

»Wenn ich Blandine hätte umbringen wollen, hätte ich sie vergiftet«, sagte Mirja. »Blandine umzubringen wäre einfach gewesen, wenn man sie und ihre Leidenschaft für belgische Pralinen kannte. Also eine schöne Packung kaufen, die mit einer Spitze präparieren, mit einer Karte – Fanpost – in die Oper schicken. Dann hätte man sich zurücklehnen und abwarten können. Blandine hat üblicherweise die ganze Packung auf einen Satz gefuttert – da hätte man eine gute Dosis auf einmal loswerden können.«

Philipp hob eine Augenbraue. »Schätzchen, ich sehe da ein Problem: Tödliche Gifte gibt es ja nicht im Supermarkt. Und ich war in Chemie nicht so gut, dass ich in der Küche Strychnin oder Zyankali zusammenrühren könnte.«

Mirja grinste, klaute Philipps Weinglas und gönnte sich einen Schluck. »Danke!« Sie gab das Glas zurück. »Da bin ich im Vorteil: Ich bin die Tochter eines Pharmakologen, der an pflanzlichen Wirkstoffen geforscht hat. Ich weiß, wie man eine Substanz destillieren kann.«

»Aber wie kommt man an das Ausgangsmaterial?«, fragte Philipp.

»Dazu muss man nur einen kleinen Spaziergang machen!«, antwortete Mirja. »Im Frühjahr blüht der Goldregen in Nachbars Garten – das Zeug ist ziemlich giftig. Im

Wonnemonat Mai könnte man Maiglöckchen pflücken gehen, im Sommer gibt es Tollkirschen oder blauen Eisenhut. Drei bis sechs Gramm und schon ist einem das Herzkäsperchen samt Atemlähmung sicher. Und wenn man keinen blauen Eisenhut findet – der gelbe ist nicht ganz so giftig, aber dafür häufiger. Und von Juni bis September findet man Bilsenkraut. Im Herbst kommen dann die Herbstzeitlosen und diverse Pilze und für Giftmischers Winterversorgung empfiehlt sich die Eibe, in allen Teilen schön giftig.«

Philipp zog schaudernd die Schultern hoch. »Julchen, würdest du mich, falls ich je in Gefahr bin, Mirja zu ärgern, daran erinnern, wie gefährlich sie ist?«

»Ich glaube, bis jetzt hält sich die Zahl der von ihr gemeuchelten Regisseure in Grenzen!«, tröstete ich.

»Ich vermute, dass ich nicht mit dir anfangen würde«, kicherte Mirja. »Abgesehen davon, dass Jule dann traurig wäre, würden mir das zu viele Kollegen verübeln. Was denkst du, wie klasse wir es finden, endlich einmal einen Regisseur zu haben, der nicht nur Noten lesen kann, sondern sogar weiß, dass es nicht unbedingt einfach ist, zu singen und gleichzeitig einen Handstand-Überschlag mit doppelter Schraube zu turnen.«

Ich hörte meinen Lieben nur auf einem Ohr zu. Ich knabberte an der Frage herum, warum Ölert so kompliziert gemordet hatte.

Philipp war nun aber auch wieder beim Thema angekommen. »Wenn ich an Ölerts Stelle gewesen wäre und den Auftrag bekommen hätte, Blandine umzubringen, wäre sie vermutlich zuhause umgekommen: Fön in die Badewanne gefallen, beim Gardinenaufhängen von der Leiter gefallen …«

»Blandine und Gardinen aufhängen?« Mirja schaute Philipp kopfschüttelnd an. »Du hast Ideen!«

»Okay, dann wäre sie eben im Pool ertrunken, vom Einbrecher erschlagen worden oder hätte Selbstmord begangen, weil sie einen Pickel hatte! Jedenfalls hätte ich nicht in der Oper Kopf und Kragen riskiert, um sie umzubringen«, sagte Philipp.

»Das ist ja der springende Punkt!«, rief ich. »Ölert hätte sich ohne Probleme Zutritt zum Haus in Sillenbuch verschaffen können! Müller-Rehling hätte ihm sicher den Schlüssel gegeben – wenn er ihn nicht schon hatte! Und nun nimm mal den Donnerstag vor dem Tag, an dem Blandine umgebracht wurde: Müller-Rehling hätte sich für den Tag ein Alibi besorgen können – es hätte ja gereicht, irgendwo essen zu gehen, wo man ihn kennt. Ölert hätte die Züricher Nummer vorziehen können – Blandine war am Abend vor der Premiere sicher zu Hause. Warum also die Veranstaltung in der Oper? Überleg doch mal: Erst musste Ölert das Wickelgarn klauen. Nun kannte er sich zwar in den Orchestergarderoben aus, aber ich vermute, wenn da auch nur einer von den Bläsern unten in den Garderoben gewesen wäre, hätte der sich schon gewundert, was Ölert da sucht – und Bingo, Alibi geplatzt. Aber es geht noch weiter: Er schleicht sich hinter die Bühne – und da muss er dann erst mal den Requisiteur aus dem Weg räumen. Was, wenn der Widerstand geleistet hätte? Was, wenn du, Philipp, genau in diesem Augenblick um die Ecke gebogen wärest? Und dann hatte er höchstens zwei, drei Minuten, um den Mord auszuführen! Warum?«

»Die Frage wirst du wahrscheinlich nie mehr beantwortet bekommen«, sagte Philipp. Er trank sein Glas aus und winkte dem Kellner zu. »Die Rechnung bitte. Ich darf die Damen doch einladen?«

Nachdem er bezahlt hatte, lehnte Philipp sich zurück. »Ich denke gerade daran, wie ich diesen Abend erlebt habe, an dem Blandine ermordet wurde. Als Paolo den Sack geöffnet hatte, dämmerte mir schon, dass da was nicht stimmt. Und dann, als mir klar wurde, was da passiert ist – ich habe die Order für den Vorhang gegeben und bin rausgelaufen zu Paolo, denn der war natürlich vollkommen von der Rolle. Und als ich Blandine sah …« Er brach ab und schluckte. »Ich habe mein Jackett ausgezogen und über sie gelegt – ich dachte, die drehen alle durch, wenn sie das weiter angucken müssen.« Wieder schwieg er einen Augenblick, dann sprach er weiter: »Um ehrlich zu sein: Ich konnte den Anblick auch nicht ertragen. Und dann haben die Inspizientin und ich versucht, den durchgedrehten Intendanten rauszuschicken, damit er das Publikum beruhigt und nach Hause scheucht. Aber der hing zitternd in der Ecke, rang die Hände und war zu nichts zu gebrauchen. Also bin ich vor den Vorhang gegangen …«

Ich erinnerte mich natürlich auch daran. »Du hast furchtbar ausgesehen – totenbleich und sehr erschüttert. Und danach hat es dich dann umgehauen?«

Philipp überlegte kurz und sagte: »Der Mord war nur der Auslöser. Mir ging es schon den ganzen Abend nicht gut. Müller-Rehling hatte mir in der Generalprobe noch ein richtiges Problem beschert: Er fand, dass ein Dekorationsstück nicht nur seine Sicht behindert, sondern auch akustisch problematisch ist. Also mussten wir noch mal umbauen und das hat die Werkstatt und mich die halbe Nacht gekostet. Es war Schikane – er wollte mir mal wieder vorführen, wer der Chef im Ring ist. Ich habe mich jedenfalls so darüber geärgert, dass ich in der Nacht nicht mehr zum Schlafen gekommen bin. Und dann ein langer, hektischer Tag, an dem ich vor Nervosität nichts gegessen habe – da hat es mich eben umgehauen. Aber, als ich dann flachlag, habe ich über den Mord nachgedacht – und war eigentlich überzeugt, dass wir es mit einer Tat im Affekt zu tun haben. Für mich sah es aus, als ob der, der Blandine umgebracht hat, sie gehasst hat und dass in dieser Zurschaustellung der Leiche eine Art Machtdemonstration – ein ›schaut alle her, ich bin ihr überlegen‹ – beabsichtigt war. Ich wäre nicht auf die Idee gekommen, dass das ein Auftragsmord ist.«

»Naja«, sagte Mirja, »in dem Fall war ja kein Profikiller am Werk, sondern ein Amateur. Und der hatte ja nun schon einige Jahre für Müller-Rehling gearbeitet und damit auch mit Blandine Kontakt gehabt. Und sie war – verzeih, Jule, wenn ich das über deine tote Freundin so unverblümt sage –

nicht unbedingt jemand, der mit Untergebenen immer fair und angemessen umgegangen wäre. Ich hatte mal in Wien eine Garderobiere, die davor vier Wochen Blandine angezogen hat – und die war alles andere als begeistert von ihr, sondern beklagte sich, wie übel sie behandelt worden sei.«

»Da war sie nicht die Einzige.«

Philipp stand auf und holte unsere Jacken.

Während er mir in die meine half, sagte er: »In Düsseldorf hat die ganze Schneiderei wegen Blandine geschimpft wie Rohrspatzen, in Stuttgart hat sie mehr als einmal in der Garderobe rumgebrüllt.«

»Da hatte sie die Mägerle – die kann einen ganz schön nerven!«, wusste Mirja.

»Dabei liebt sie dich doch!« Philipp grinste.

»Nicht so sehr wie deine Ex!«, feuerte Mirja zurück.

»Die nie ganz verstanden hat, wie ihr die Ehre zuteil wurde, Mutter Mägerles Favoritin zu sein!« Philipp half Mirja in ihre Jacke und hielt uns die Tür auf.

»Sie ist schön«, fiel mir ein.

»Und eine Dame!«, wusste Mirja.

»Eine treu-liebende Ehefrau …«

»… die den Gatten immer unterstützte, auch wenn er es nicht verdient hatte«, vollendete Mirja für mich.

Philipp griff nach meiner Hand und verschränkte seine Finger mit den meinen. »Ich weiß. Frau Mägerle wird mir wohl nie verzeihen, dass ich meine perfekte Ehefrau verlassen habe.«

12. Wer einmal lügt …

Ich versuchte gerade, einen Adventskranz an unsere Wohnungstür zu pinnen, als ich aus dem Arbeitszimmer die ersten Takte des dritten Brandenburgischen Konzertes hörte. Das war der Rufton meines Handys, das auf dem Schreibtisch lag.

Zu meinem Erstaunen stand auf dem Display »M. Jelinek«.

Ich nahm ab und hatte die dunkle Stimme der Kommissarin am Ohr: »Guten Morgen, Frau Doktor Pfeiffer. Ich muss Sie leider noch mal belästigen. Ich habe eine große Bitte an Sie – und ich hätte übrigens vollstes Verständnis, wenn Sie ablehnen würden. Sie werden in der Weihnachtszeit sicher einiges zu tun haben.«

»Jetzt bin ich aber gespannt!«, sagte ich.

Martina Jelinek seufzte. »Wir haben ein Problem mit Müller-Rehling. Nachdem wir ihn verhaftet haben, hat er erst mal drei Tage lang seine Unschuld beteuert. Er habe von nichts gewusst, er habe nichts Gesetzwidriges getan, er habe keine Ahnung, wie die Bilder auf das Notebook seiner Frau gekommen seien, er habe nichts damit zu tun und nicht die geringste Vorstellung, warum sein Assistent einen Feldzug gegen Sie und seine Frau geführt habe. Danach hat er sich dann anscheinend mit seinem Anwalt darauf verständigt, jegliche Aussage zu verweigern – was sein gutes Recht als Verdächtiger ist, uns aber natürlich nicht weiterhilft.«

Ich erschrak. Die Vorstellung, dass Müller-Rehling frei und ungestraft davonkommen würde, gefiel mir gar nicht. »Haben Sie nicht genug Beweise gegen ihn? Seine Hand war doch auf den Fotos!«

»Das reicht auch, was den Missbrauch angeht. Aber wir würden ihn natürlich auch gerne wegen Anstiftung drankriegen. Und diesbezüglich hat sich nun etwas getan. Müller-Rehling möchte reden – aber dummerweise weder mit mir noch dem Staatsanwalt, sondern mit Ihnen. Er hat sich in den Kopf gesetzt, dass Sie der einzige Mensch sind, dessen – ich zitiere ihn – ›Meinung noch zählt‹. Er habe Sie immer geschätzt, Sie seien immer anständig mit ihm umgegangen …«

»Puh!« Ich setzte mich auf mein blaues Sofa. »Ich weiß nicht, ob ich das als Ehre betrachten soll.« Ich war ein wenig verlegen, als ich mich erinnerte, wie ich zu der Sympathiebekundung kam. Ich hatte mich, als es um seine Berufung als Generalmusikdirektor in Stuttgart gegangen war und einige Hintertreppenintrigen gegen ihn gelaufen waren, für ihn ausgesprochen. Allerdings hatte das nichts mit Sympathie zu tun gehabt, sondern war zum einen meinem Gerechtigkeitssinn und zum anderen meinem Glauben, dass er von allen Kandidaten der Beste war, entsprungen. Er aber hatte das wohl als eine Art »Freundschaftsbeweis« gesehen.

»Das verstehe ich. Wie gesagt: Ich wäre Ihnen nicht böse, wenn Sie entscheiden würden, dass Sie mit der ganzen Angelegenheit nichts mehr zu tun haben wollen. Andererseits hätte ich die Sache natürlich gerne vom Tisch.«

Ich atmete tief durch. »Wann soll ich wohin kommen?«

»Würde es Ihnen heute Nachmittag im Präsidium im alten Bosch-Krankenhaus auf der Prag passen? Bis 14 Uhr könnte ich Müller-Rehling herbringen lassen.«

* * *

Ich wurde im alten Robert-Bosch-Krankenhaus geboren und meine Mutter hat mir oft erzählt, wie sie in der Nacht stundenlang über die Gänge und treppauf, treppab marschiert ist und dabei immer wieder zusammenzuckte, wenn auf dem Pragsattel, über den der Verkehr vierspurig rollte, wieder einmal ein Lastwagen mit quietschenden Bremsen angehalten hatte.

Vor ein paar Jahren ist das Krankenhaus dann in einen modernen Neubau oben auf dem Hügel umgezogen. Der Altbau wurde umgebaut und von der Polizei übernommen.

Schöner ist er davon nicht geworden, und als ich über den langen, mit abgetretenem PVC belegten Boden im zweiten Stock marschierte, dachte ich an meine Mutter und ihre Nachtwanderung. Da hatte es wahrscheinlich nicht viel anders ausgesehen und vermutlich noch nicht einmal viel anders gerochen.

Auf der Fahrt zur Polizei hatte ich an ein Gespräch gedacht, das ich am Morgen nach Müller-Rehlings Verhaftung mit Philipp geführt hatte. Arvid Schönert hatte sich bei ihm gemeldet: Müller-Rehling hatte ihn gefragt, ob er ihn verteidigen würde. Er hatte das abgelehnt, weil es für ihn nach Philipps Verteidigung standesrechtlich bedenklich werden könnte. Dafür hatte er Müller-Rehling seine Partnerin Alexandra Blau empfohlen. Die Kanzlei brauchte aber eine schriftliche Einverständniserklärung von Philipp, um Müller-Rehling als Mandant anzunehmen. Philipp hatte die natürlich erteilt. Auch wenn ihm Müller-Rehling nie sonderlich sympathisch gewesen war und er ihn jetzt vollends abscheulich fand, gönnte er ihm einen guten Verteidiger.

Ich allerdings hatte mich darüber gewundert, dass die Anwälte sich dieses Mandat antun wollten. »Ich weiß ja auch, dass ein Strafverteidiger nicht nur Unschuldige vertreten kann. Aber Kindesmissbrauch ist so ein scheußliches Verbrechen! Wie verteidigt man das denn?«, hatte ich überlegt.

»Vermutlich, indem man es als eine Störung sieht und versucht, dahinterzukommen, was sie ausgelöst hat.« Philipp hatte sehr ernst geklungen. »Ich kann mir nicht vorstellen, dass ein Päderast mit seinem Leben zufrieden ist. Natürlich bauen die sich Rechtfertigungen zusammen, aber die ändern alle nichts an der Tatsache, dass jede Ausübung dieser Sexualität kriminell ist. Ein Päderast muss immer Angst vor Entdeckung und Erpressung haben, er muss das Gefühl haben, sich niemandem anvertrauen zu können, und er wird sich sicher auch bewusst sein, dass die meisten Menschen ihn verachten.«

Ich hatte tief durchgeatmet. »Du erwartest jetzt aber nicht, dass ich Mitleid für Müller-Rehling aufbringe? Das spare ich mir lieber für seine Opfer auf.«

»Liebling, mir geht es nicht anders. Ich bin bekanntlich Vater einer Tochter und wenn ich mir vorstelle, jemand hätte sich an meinem kleinen Mädchen vergriffen – da wäre ich zum Mord fähig gewesen!«, hatte Philipp erwidert. »Aber ich bin dankbar, dass der liebe Gott mich heterosexuell gemacht hat. Ich habe das weder verdient noch mir ausgesucht – und Müller-Rehling wird sich seine Präferenz auch nicht ausgesucht haben.«

»Wenn ich je entdecken würde, dass kleine Jungs mich reizen, würde ich sofort zum Psychiater gehen!«

»Die Frage wäre nicht nur, ob du einen finden würdest, sondern auch, ob er dir helfen könnte. Sexualität ist eine sehr starke Kraft im Leben eines Menschen. Sie auf Dauer zu unterdrücken ist wahrscheinlich unmöglich. Damit will ich Müller-Rehling nicht verteidigen oder entschuldigen – aber ich beneide ihn bestimmt nicht um sein Schicksal. Wie geht man damit um, dass das, was einen anmacht, verboten ist? Ich gucke garantiert mindestens einmal am Tag mit einem gewissen Wohlgefallen einer wohlgeformten Frau nach und genieße das durchaus. Wie wäre es, wenn ich dabei wüsste, dass ich das nicht darf? Ich vermute, da bleibt einem nichts anderes übrig, als sich ein Rechtfertigungskonzept zusammenzubasteln und sich als Opfer einer Gesellschaft zu definieren, die einen nicht versteht und akzeptiert.«

Ich war vor Zimmer 228 angekommen. Das Schild daneben sagte: »Dez. Gewaltdelikte, KHK Jelinek, KOM Mohr, KHI Fischer, Sek. Meinert.«

Als ich klopfen wollte, wurde die Tür von innen geöffnet. Eine heftig geschminkte Blondine in verwegenem Minirock und roten High Heels stand darin und meckerte in den Raum: »Kann ich doch nichts dafür, wenn die in Stammheim mal wieder nichts gebacken kriegen!«

Dann stöckelte sie grußlos und kaugummikauend an mir vorbei.

Ich klopfte, bekam aber keine Antwort. Dennoch trat ich ein, um mich in einem kleinen Büro mit zwei abgestoßenen Schreibtischen und einem ziemlich kahlen Ficus Benjamini auf dem Fensterbrett wiederzufinden. Auf einem der sich gegenüberstehenden Tische waren Akten und Ordner gestapelt, auf dem anderen war der Monitor über und über mit Plastikschlümpfen dekoriert und neben der Tastatur standen eine Flasche schwarzer Nagellack und der dazugehörige Nagellackentferner samt Feile und Wattebäuschchen.

Das Telefon klingelte. Beim dritten Ton hörte ich aus dem Nebenraum rechts eine Männerstimme, die sich meldete, kurz zuhörte und dann schimpfte: »Stau, Stau – wenn ich das schon höre! Ihr tut ja, als ob die Baustelle an der Friedrichswahl das Allerneueste wäre! Jetzt seht eben zu, dass ihr herkommt! Wir haben doch unsere Zeit auch nicht gestohlen!« Er knallte den Hörer offenkundig mit reichlich Schwung auf die Gabel.

»Hallo?«, rief ich – und aus dem Büro links kam Martina Jelinek.

Die Kommissarin sah müde aus, aber lächelte mich an. »Hallo, Frau Doktor Pfeiffer – schön, dass Sie da sind! Wir haben nur ein kleines Problem: Der bestellte Gefangenentransport mit Müller-Rehling steht in Zuffenhausen im Stau. Das kann noch eine Weile dauern. Aber kommen Sie erst mal rein – ich habe Ihnen sowieso noch einiges zu erzählen.«

Das Büro der Kommissarin entsprach in der Ausstattung dem Vorzimmer, nur gab es darin weder Schlümpfe noch eine kränkelnde Topfpflanze, dafür aber das Foto von zwei Jungen und einem Mädchen – die Jungs ungefähr zwölf und vierzehn, das Mädchen etwa acht – auf dem Schreibtisch. Martina Jelinek fing den Blick auf, mit dem ich auf das Bild schaute, und lächelte. »Mein Nachwuchs – inzwischen allerdings deutlich größer. Der Älteste studiert in Bielefeld Jura, Nummer zwei studiert Informatik und ist momentan im

Praktikum in Toronto und meine Kleine ist seit kurzem im Gestüt in Marbach. Die macht eine Lehre als Pferdewirtin, Fachrichtung Zucht und Haltung.«

»Hui, klingt ja alles sehr begabt!«, lobte ich. »Aber ich hätte nicht gedacht, dass Sie schon erwachsene Kinder haben.«

»Ich bin ein bisschen älter als Sie«, sagte die Kommissarin und bot mir an dem kleinen Besprechungstisch in der Ecke einen Stuhl an. »Mögen Sie einen Kaffee oder was Kaltes?«

»Danke. Aber ich komme gerade vom Essen.«

»Ja, dann also zu unserem Freund Müller-Rehling.« Martina Jelinek seufzte. »Unsere Techniker haben das Notebook auseinandergenommen und übrigens: Das Faible dafür, ihr Liebesleben fotografisch zu dokumentieren, haben die Eheleute geteilt. Wir haben eine ganze Kollektion mehr oder minder bekleideter junger Männer gefunden. Frau Keller hatte offenkundig ein sehr bewegtes Liebesleben. Dazu hat sie, was ihren Mann angeht, nicht nur die Fotos von seinen Thailand-Ausflügen gesammelt, sondern außerdem auch noch Daten über seine Finanzen und Auslandskonten, die wir mittlerweile zum Finanzamt weitergeleitet haben. Da wird einiges auf ihn zukommen.«

»Ich könnte mir vorstellen, dass das momentan sein kleinstes Problem ist.«

»Nicht unbedingt. Die Forderung, die da auf ihn zukommen könnte, wird erheblich sein – und er hofft darauf, irgendwann wieder aus dem Gefängnis herauszukommen.«

»Hat er Chancen?«, fragte ich.

Martina Jelinek zuckte mit den Schultern. »Das hängt von seiner Gesundheit und seinem Verhalten ab.«

»Würde es sich strafmildernd auswirken, wenn er jetzt gesteht?«, wollte ich wissen.

»Das kann man schwer sagen. Ich könnte mir vorstellen, dass es ihm was bringen würde, wenn es um den Mord an seiner Frau geht. Wenn er glaubhaft machen könnte, dass er mit der Durchführung nichts zu tun hatte, würde er vielleicht eine Chance kriegen. Aber der Mordversuch an Ihnen durch Ölert wird ihm reinhängen – das sollte ja wohl der Verschleierung weiterer Straftaten dienen.«

Ich seufzte schließlich. »Was für ein verpfuschtes Leben und was für ein Absturz! Dabei ist der Mann ein wirklich guter Musiker. Ich fand ihn zwar immer etwas unausstehlich, aber sein Talent kann man nicht abstreiten.«

»Tja, in Zukunft kann er dann den Gefangenenchor in Bruchsal dirigieren«, sagte Martina Jelinek ungerührt. »Auf seinem Computer haben wir noch mehr Kinderpornographie gefunden.«

Von unten drang der Lärm von Sirenen herauf. Martina Jelinek verzog das Gesicht. »Die Kollegen von der Schutzpolizei – dass die sich nicht angewöhnen können, ihren Krach erst anzuschalten, wenn sie vom Hof sind!«

»Es ist wirklich nicht der ruhigste Arbeitsplatz hier«, sagte ich.

»Nein, bestimmt nicht. Aber immerhin kann man in der Mittagspause nach hinten raus in den Weinbergen spazieren gehen.«

»Frau Jelinek, bevor ich mit Herrn Müller-Rehling rede: Was erwarten Sie von mir? Soll ich irgendwas Konkretes fragen?«

Sie lächelte, sah aber dabei müde aus. »Ich weiß nicht, ob er auf konkrete Fragen antwortet. Ich denke, wir sehen, was sich ergibt und was er Ihnen erzählt.« Sie schaute auf ihre Armbanduhr. »Zehn nach zwei – die Stammheimer scheinen wirklich zu glauben, wir hätten nichts zu tun!«

Patrick Mohr steckte den Kopf durch die Tür. »Tine, Müller-Rehling ist da. Wir können runtergehen.« Er winkte in meine Richtung. »Hallo, Frau Doktor Pfeiffer!«

»Grüß Sie, Herr Mohr!«

Ich stand auf, denn Martina Jelinek hatte sich erhoben.

Sie streckte den Arm aus. »Also los – und hoffen wir, dass der Vogel wirklich singt.« Sie führte mich über den Flur zum Aufzug und erklärte dabei: »Unsere Verhörräume sind im vierten Stock. Das verhindert selbst bei unseren wirklich harten Jungs Fluchtgedanken – sie müssten ja entweder durchs ganze Haus oder Fassaden runterklettern – was bei unserer Fassade ziemlich schwierig sein dürfte.«

Der vierte Stock sah auch nicht viel anders aus als der zweite, nur dass neben einigen Türen Stühle standen. Auf ein paar von ihnen saßen uniformierte Beamte. Ein Junger tippte auf seinem Handy, ein Älterer las Zeitung.

Martina Jelinek steuerte eine Tür am Ende des Flures an, öffnete sie für mich und ließ mich eintreten. Wir traten in einen kleinen Raum, in dem in der Mitte ein einfacher Tisch mit vier Stühlen stand. Auf einem saß Müller-Rehling in einem blauen, entschieden zu großen Anzug und einem weißen Hemd, das verschwitzt und zerdrückt aussah. An der Wand neben der Tür lehnte ein uniformierter Beamter.

Müller-Rehling stand auf, als wir eintraten. Seine braunen Augen musterten mich und ich meinte, darin fast etwas wie Angst zu sehen. Doch seine Manieren hatten ihn auch im Gefängnis nicht verlassen.

Er deutete eine Verbeugung an. »Frau Jelinek, Juliane – guten Tag.«

»Hallo, Armin.« Mir fiel auf, dass er mir nicht die Hand reichte.

Martina Jelinek deutete auf den Tisch. »Setzen wir uns.«

Sie nahm sich den Stuhl links von Müller-Rehling, legte ein Diktiergerät vor sich auf den Tisch und schaltete es ein. Ich setzte mich gegenüber und war froh, den Tisch zwischen ihm und mir zu haben. Ich musste an die Fotos denken, die ich gesehen hatte, und die Erinnerung machte mich wütend.

Der Polizist an der Tür meldete sich. »Ich warte draußen!«, sagte er, wartete keine Antwort ab und verzog sich.

Das Klicken, mit dem er die Tür schloss, erschien mir in der Stille des Raumes übermäßig laut.

Ich schaute auf Müller-Rehling, der die Hände vor sich auf den Tisch gelegt hatte und sie schweigend betrachtete. Mir fiel auf, dass er im Gefängnis zugenommen zu haben schien. Sein Gesicht wirkte aufgeschwemmt, die Augen lagen tiefer in den Höhlen und die Wangen waren abgesunken.

Martina Jelinek brach das Schweigen. »Sie wollten mit Frau Doktor Pfeiffer reden.«

»Ja.« Müller-Rehling schaute weiter auf seine Hände, an denen der breite Ehering fehlte. Ich wartete, bis er schließlich, ohne aufzuschauen, sagte: »Danke, dass Sie gekommen sind, Juliane. Ich will meine Geschichte jetzt loswerden – und Sie waren immer fair zu mir.«

»Ich war dennoch überrascht von Ihrem Ansinnen«, antwortete ich. »Wenn Ihre Planung aufgegangen wäre, hätte ich mich ja zu Ihrer Frau auf den Pragfriedhof gesellt.«

Mir war selbst klar, dass das keine gute Gesprächseröffnung gewesen war, aber mir war nicht nach Diplomatie.

Das Resultat war, dass Müller-Rehling wieder in Schweigen verfiel. Es war für eine ganze Weile so still im Raum, dass man das Ticken der Uhr über der Tür und das entfernte Rauschen der Straße hörte.

Und dann ein tiefer, fast rasselnder Atemzug von Müller-Rehling. »Ich habe Blandines Tod nicht gewollt«, sagte er leise.

»Ach ja? Und wie war das mit mir? Sollte Ölert mich nur ein bisschen erschrecken?«

Ich war plötzlich so wütend, dass ich mich zusammennehmen musste, um nicht auf ihn loszugehen.

Wieder atmete er tief durch. »Glauben Sie mir, wenn ich jetzt sage, dass es mir leidtut? Ich war in Panik und Ölert – es war seine Idee. Er hatte Sie in Zürich gesehen, als Sie auf dem Parkplatz vor dem Club standen, und er sagte, dass er Ihretwegen nicht in den Knast geht. Vorher bringe er Sie zum Schweigen. Und dann kam er damit, dass Sie am Wochenende in Heidenheim sein und nachts über die Alb fahren würden. Die Strecke führe in einem Teil über mehrere S-Kurven steil bergab. Da könne im Dunkeln leicht was passieren, vor allem mit dem Jaguar, den Sie ja nicht kennen und daher nicht beherrschen.«

Ich schnaubte. Das war typisch Ölert gewesen! Einer Frau hatte er natürlich nicht zugetraut, ordentlich Auto fahren zu können. Nun, diese Fehleinschätzung hatte er teuer bezahlt.

»Aber das Auto, mit dem er unterwegs war …«, sagte ich.

»Gehörte mir«, vollendete Müller-Rehling. »Wir hatten es für unsere Haushälterin zum Einkaufen angeschafft. Ölert hatte mich darum gebeten. Er wollte nicht mit seinem Wagen fahren, weil Sie den ja kannten. Er vermutete, dass Sie anhalten würden, wenn Sie merken, wer da hinter Ihnen ist.«

»Richtig vermutet«, bestätigte ich. »Ich hätte im nächsten Ort angehalten und die Polizei gerufen.«

Wieder schwieg Müller-Rehling, dann sagte er: »Ich fand den Plan verrückt und habe nicht damit gerechnet, dass er funktioniert. Ich ging davon aus, dass er Sie ein bisschen erschreckt. Aber als er sich dann nicht mehr gemeldet hat …« Er ließ den Satz offen, legte den Kopf in den Nacken und studierte die Decke. »Ich bin froh, dass Sie leben und gesund sind.«

»Auch wenn das zu Ihrer Verhaftung geführt hat?«

Schweigen – ein sehr langes Schweigen, das er schließlich mit einem Seufzen beendete. »Ich will reinen Tisch machen. Sie sollen die ganze Geschichte erfahren. Blandine kann ich sie ja nicht mehr erzählen. Und Sie waren ihre Freundin – die einzige, die sie hatte, und wahrscheinlich auch der einzige Mensch, den sie wirklich liebgehabt hat. Mich hat sie nie sonderlich gemocht – und wahrscheinlich hätte ich ihr meine Geschichte nicht erzählen können, weil sie sich nicht dafür interessiert hätte. Es ging ihr immer nur um mein Geld.«

»Und worum ging es Ihnen? Um die Verschleierung Ihrer perversen Neigungen?«

Meine Aggressivität entsprang meiner Verwirrung über meine eigene Gefühlsgemengelage. Auf der einen Seite waren da Wut und Verachtung und auf der anderen doch so etwas wie Mitleid. Ich fühlte, dass mir ein zutiefst unglücklicher Mensch gegenübersaß und dass sein Unglück nicht erst mit der Verhaftung angefangen hatte.

Er hatte wieder seine Hände vor sich gelegt – und wieder einmal fiel mir auf, dass es schöne, schlanke Hände mit wohlgeformten, feinen, langen Fingern waren. Seine Hände waren das Schönste an ihm und ich erinnerte mich, wie ausdrucksvoll ich sie immer gefunden hatte, wenn er dirigiert hatte.

Er schüttelte langsam den Kopf und sagte: »Sie werden es mir vielleicht nicht glauben, aber ich habe Blandine geliebt. Zumindest am Anfang. Sie können sich wahrscheinlich nicht vorstellen, was das für mich bedeutet hat. Ich habe mir wirklich eingebildet, dass jetzt alles gut wird, dass ich endlich ein normales Leben führen kann – eine Frau, ein Zuhause. Ich hatte nie ein Zuhause. Wissen Sie, wie sich das anfühlt? Nirgends ein Ort, an den man hingehört; nirgends ein Mensch, den es kümmert, wie es einem geht und für den man in irgendeiner Form wichtig ist. Andere haben Eltern – wenigstens für die ersten Jahre ihres Lebens. Ich war drei, als meine ums Leben gekommen sind. Es war ein Unfall. Sie hatten mich dabei, als sie auf einer Landstraße abgedrängt wurden. Ich habe überlebt. Meine Eltern nicht.«

Er schwieg eine Weile, während Martina Jelinek und ich warteten.

Endlich sprach er weiter: »Wir lebten in Frankreich. Meine Mutter war Französin. Mein Vater hatte sie während des Kriegs kennen gelernt und geheiratet – gegen den Widerstand beider Familien. Ihre wollte mit dem Deutschen nichts zu tun haben, seine sah sie als jemanden, der nur sein Geld wollte. Sie lebten in einem kleinen Dorf in der Auvergne, wo es den Leuten egal war, dass mein Vater ein ›Boche‹ war. Er war der einzige Arzt im Umkreis von fünfzig Kilometern und bei jedem Wetter unterwegs, wofür er dann noch nicht mal immer ein Honorar bekam. Meine Mutter hatte Klavier studiert, aber hatte sich in den letzten Kriegstagen die Hand gebrochen. Sie konnte nicht mehr spielen, aber sie hat gesungen – das ist meine einzige Erinnerung an sie.«

»Sie scheinen die Musikalität von ihr geerbt zu haben«, sagte ich, nachdem er wieder einmal schwieg.

»Was geschah nach dem Unfall? Sie sind bei einem Onkel aufgewachsen, nicht?«, fragte Martina Jelinek.

»Erst kam ich in ein Kinderheim. In Frankreich hatte man 1949 Besseres zu tun, als nach der Verwandtschaft eines Waisenjungen zu suchen. Erst 1951 – da war ich fünf und schon zwei Jahre im Heim – hat man meinen Onkel in Deutschland aufgetrieben. Er war der sehr viel ältere Halbbruder meines Vaters aus der ersten Ehe meiner Großmutter. Mein Vater und er hatten sich kaum gekannt. Dieser Onkel, ein alter Junggeselle, lebte in Hamburg und er hatte keine Lust auf ein Kind in seiner Nähe. Die Villa war aber groß und der Onkel vermögend. Also hat er eine Kinderschwester engagiert, die sich um mich kümmerte. Immerhin durfte ich Klavier lernen. Ein Flügel war im Haus, obwohl er nie genutzt wurde.« Er leckte sich über die Lippen und schaute Martina Jelinek an. »Könnte ich ein Glas Wasser haben? Es ist warm hier.« Er holte ein großes, kariertes Tuch aus seiner Jackentasche und wischte sich den Schweiß von der Stirn.

»Selbstverständlich. Sie auch, Frau Doktor Pfeiffer? Oder jetzt doch einen Kaffee?« Martina Jelinek war aufgestanden.

Ich war ein wenig müde – ich hatte in der Nacht davor lange an einem Text gearbeitet. »Danke, ein Kaffee wäre fein.«

Martina Jelinek ging zur Tür, öffnete sie und bat den Polizisten, der draußen wartete, um eine Kanne Kaffee, Milch, Zucker, drei Becher sowie eine Flasche Mineralwasser und Gläser. Danach kam sie zum Tisch zurück, setzte sich und kreuzte beim Zurücklehnen die Arme über der Brust.

Sie sah, dass Müller-Rehling sich noch einmal den Schweiß von der Stirn wischte. »Sie können das Jackett ausziehen, Herr Müller-Rehling«, bot sie an.

»Danke.«

Er stand auf und schälte sich aus der Jacke. Das weiße Hemd darunter spannte über dem Bauch und zeigte Schweißflecken unter den Armen. Er setzte sich wieder und ich sah, wie sich sein Adamsapfel bewegte, als er trocken schluckte.

»Soll ich weitererzählen?«, fragte er.

Martina Jelinek nickte. »Wäre kein Schaden.«

»Sind Sie noch nicht gelangweilt?« Er klang ironisch.

»Ich sitze hier nicht unbedingt, weil ich mir gute Unterhaltung erhofft hatte«, gab die Kommissarin zurück. »Mir ist eher an Aufklärung gelegen.«

»Ich denke, die bekommen wir«, sagte ich in der Hoffnung, Müller-Rehling damit zum Weiterreden ermutigen zu können.

Er hatte bei mir gerade ein paar kleine Sympathiepunkt gewonnen. Darin, wie er von seiner Kindheit erzählte, waren weder Larmoyanz noch Selbstmitleid gewesen.

»Ich versuche, es kurz zu machen. Ich war acht, als mein Onkel in Pension ging. Er war um die siebzig und hatte gesundheitliche Probleme. Er wollte seine Ruhe, also schickte er mich – wie es bei vielen Hamburger Familien damals üblich war – nach England in eine so genannte Prep School. In denen werden Jungen ab dem Alter von acht für den Eintritt in eines der Nobelinternate vorbereitet. Mein Onkel, der mich mittlerweile adoptiert hatte – weniger aus Zuneigung, sondern weil ich sein einziger lebender Verwandter war – meinte es gut und die Schule, in die er mich geschickt hat, hatte einen makellosen Ruf. Ich war dann auch glücklich dort. Ich fand einen Lehrer, der sich um mich gekümmert hat. Er spielte Bratsche und ich durfte ihn am Klavier begleiten. Außerdem hat er mir Bücher geliehen und er hat mich vor den anderen Jungen beschützt. Ich war zu dick, unsportlich und deswegen der Prügelknabe für alle. Es war schön, dass da jemand war, der sich um mich kümmerte und mir sagte, dass er mich mag und dass ich begabt bin …«

Müller-Rehling schaute zu, wie Martina Jelinek die Kassette im Diktiergerät austauschte.

Als sie fertig war, schaute sie ihn an und fragte: »Wurden Sie von diesem Lehrer damals missbraucht?«

Müller-Rehling senkte den Kopf.

Nach einem kurzen Zögern antwortete er: »Ich habe es nicht so empfunden, aber Sie nennen es wohl so, wenn ein Mann Mitte dreißig mit einem achtjährigen Jungen ins Bett geht. Das ist für Sie Missbrauch. Für mich nicht!« Er hatte den Kopf und die Stimme gehoben. »Es war nicht nur Sex. Er war sanft und zärtlich, er hat sich wirklich für mich interessiert und ich habe es genossen! Ich fand es nicht falsch! Für mich fühlte es sich richtig an und ich war stolz darauf, dass ich meinem Freund etwas geben konnte. Ich fühlte mich geliebt!« Er schaute die Kommissarin an. »Ja, für Sie ist es Missbrauch und ein Verbrechen und vermutlich rechnen Sie gerade nach, ob dieser Lehrer noch leben könnte und ob Sie ihn verhaften und sein Leben ruinieren können! Aber Sie kommen zu spät! Einige Jahre, nachdem ich die Schule verlassen hatte, hat er sich mit einem anderen Jungen eingelassen, der ihn verraten hat. Als die Polizei ihn holen wollte, ist er vom Turm der Schule gesprungen.«

»Ich würde das weder als Schuld der englischen Kollegen noch des Jungen sehen«, sagte die Kommissarin kühl.

»Ich habe auch nicht auf Ihr Verständnis gehofft!« Da war wieder etwas von dem energischen Dirigenten, den ich gekannt hatte. »Aber ist Ihnen eigentlich klar, dass der Paragraph 175, der Sex zwischen erwachsenen Männern unter Strafe stellte, erst nach dem Krieg gefallen ist? Dass er bis dahin unsagbares Unglück über tausende von schwulen Männern gebracht hat? Dieselben Schwulen, die man heute nicht mehr diskriminieren darf, sind früher genau da gesessen, wo ich jetzt sitze! Wer sagt Ihnen eigentlich, dass man über Pädophilie nicht in ein paar Jahren auch anders denken wird?«

Martina Jelinek bekam schmale Augen. »Die Tatsache, dass Kinderpsychologen – jedenfalls die, die nicht selbst sexuell an Kindern interessiert sind und daher Rechtfertigungen suchen – überzeugt sind, dass Sex zwischen Erwachsenen und Kindern den Kindern schadet?«

Müller-Rehling wandte sich mir zu. »Wie sehen Sie das, Juliane?«

»Genauso!«, antwortete ich energisch. »Ich toleriere jede Form der Sexualität – solange sie unter Erwachsenen in allseitigem Einverständnis stattfindet. Erwachsene können nämlich normalerweise die Konsequenzen ihrer Handlungen übersehen. Kinder können das noch nicht.«

»Ich habe meine Partner nie schlecht behandelt und es ging mir nie nur um meine Befriedigung!«, verteidigte sich Müller-Rehling. »Ich habe dafür gesorgt, dass sie nicht mehr hungern mussten, medizinisch versorgt wurden und in die Schule gehen konnten! Können Sie sich vorstellen, was das in Thailand bedeutet? In einem Land, in dem Kinder verhungern und auf den Strich geschickt werden, um ihre Familien zu versorgen?«

»Man kann diesen Kindern auch helfen, ohne mit ihnen ins Bett zu gehen!«

Ich fand die ganze Situation bizarr. Wie kam ich denn dazu, in einem stickigen Verhörraum zu sitzen und mit dem Witwer einer Frau, die ich nicht mehr als Freundin bezeichnen konnte, über Kindesmissbrauch zu diskutieren?

»Ich denke, die Bewertung dieses Themas überlassen wir dem Gericht«, sagte Martina Jelinek in das Schweigen hinein. »Sie haben in England Ihren Schulabschluss gemacht?«

»Ja. Mein Onkel war mittlerweile gestorben, ich hatte ihn beerbt und war dadurch unabhängig geworden. Allerdings hatte ich da schon bemerkt, dass ich anders bin als die anderen Jungen. Die interessierten sich für Sport und Mädchen, sie hörten Rockmusik und gingen, wenn wir Ausgang hatten, in die Disco.« Er sank wieder in sich zusammen und seine Stimme klang fast monoton, als er weitersprach: »Ich hasste Sport, Mädchen ließen mich kalt, Rockmusik ging mir auf die Nerven und wenn ich am Wochenende Ausgang hatte, fuhr ich nach London in die Oper. Ansonsten wollte ich Pianist werden wie meine Mutter – oder ein Orchester leiten. Also habe ich Musik studiert – erst am Royal College in London, dann ein Jahr an der Juilliard in New York, danach ging ich nach Berlin und von dort aus als Kapellmeister ins erste Engagement. Dazwischen habe ich bei Benjamin Britten hospitiert.« Er schaute mich herausfordernd an.

Als ich nicht reagierte, schüttelte er den Kopf. »Er war auch pädophil, aber das bucht ihr Musikwissenschaftler als eine Art ›Betriebsunfall‹ ab.«

»Soviel ich weiß, kam es bei ihm nicht zur praktischen Ausübung seiner pädophilen Neigung.« Ich fand selbst, dass das lahm klang.

»Mangels Gelegenheit!« Müller-Rehling klang spöttisch.

Sein Ton ärgerte mich. »Ja, man konnte damals nicht so einfach nach Thailand fliegen und sich einen armen Jungen kaufen.«

»Machen Sie es sich immer so einfach, Frau Doktor Pfeiffer?« Er betonte meinen akademischen Titel und schaffte es dadurch, ihn verächtlich klingen zu lassen. »Britten hat sich um seine Jungen gekümmert. Haben Sie mal seine Briefe gelesen? Oder haben Sie Angst, dass das Ihr Weltbild und Ihre Vorstellung vom Kinderschänder erschüttert?«

Martina Jelinek rettete mich. »Wir haben hier weder Frau Doktor Pfeiffers Weltbild noch die Beziehungen des Herrn Britten zu beurteilen«, warf sie ein. »Es geht um Sie, Herr Müller-Rehling. Sie wollten mit Frau Pfeiffer reden und Sie waren gerade dabei, Ihren Lebenslauf zu erzählen. Also – wie ging es weiter?«

Müller-Rehling räusperte sich. »Ich hatte nichts anderes als meine Arbeit und das hat sich ausgezahlt. Ich habe Karriere gemacht und bekam immer bessere Engagements. Und mit denen kamen auch immer wieder Angebote von Frauen und ich habe es auch ein paar Mal probiert. Ich wollte ja ein ganz normales Leben. Aber wann immer ich mit einer meiner Freundinnen ins Bett ging …« Er brach ab, hob den Kopf und betrachtete die Decke.

Ich schaute Martina Jelinek an, die mit über der Brust gekreuzten Armen auf ihrem Stuhl lehnte, ihre Miene undurchdringlich.

Müller-Rehling räusperte sich. »Ich muss das nicht ausführen, oder? Es war unersprießlich. Aber dann lernte ich Blandine kennen. Ich fand sie wunderschön, ich mochte ihre Stimme und ich genoss es, dass ich stundenlang mit ihr reden konnte. Aber am meisten mochte ich ihren Witz. Blandine brachte mich zum Lachen. Sie nahm viele Dinge nicht so ernst, sie schien so viel leichter zu leben als ich – und damals habe ich nicht begriffen, dass sie leichter lebte, weil bei ihr fast alles an der Oberfläche blieb.«

Ich konnte ihm nicht widersprechen. Ja, Blandine war sehr unterhaltsam gewesen. Sie hatte einen wachen Verstand und Witz gehabt – es war nie langweilig mit ihr gewesen. Aber in letzter Zeit hatte es mich zunehmend gestört, dass ihre Witze sich immer auf andere bezogen und sie an jedem was auszusetzen hatte, aber keine Kritik an sich akzeptierte.

Müller-Rehling hatte sich zurückgelehnt. »Bis ich das gemerkt habe, waren wir schon eine ganze Weile verheiratet. Am Anfang meinte ich, die perfekte Frau für mich gefunden zu haben. Ich hatte Freude daran, sie zu verwöhnen. Endlich war das viele Geld, das ich von meinem Onkel geerbt hatte, für etwas gut. Und damals war Blandine noch nicht so anspruchsvoll. Sie konnte sich über Kleinigkeiten – eine Schachtel Pralinen, eine Flasche Parfüm, einen hübschen Schal – freuen und sie genoss es, wenn ich sie in ein schickes Restaurant ausführte oder mit ihr einkaufen ging. Und da war noch etwas …« Nun studierte er die Deckenlampe. »Sie war eine wundervolle Geliebte. Sie hatte Verständnis, wenn ich mal Anlaufschwierigkeiten hatte, sie hatte Phantasie, sie ergriff die Initiative – und mit ihr fühlte ich mich wie ein richtiger Mann.«

Ich hatte Sorge zu erröten. Blandine war immer sehr freizügig mit Informationen gewesen und hatte mir damals erzählt, dass sie sich mit ihrem neuen Lover einiges einfallen lassen müsse, aber »dem werde ich schon noch beibringen, wie ich es mag«. Nachdem ich Müller-Rehling kennengelernt hatte und er als Generalmusikdirektor nach Stuttgart gekommen war, bin ich solchen Gesprächen ausgewichen. Es war mir peinlich, so viele Details aus seiner Intimsphäre zu wissen.

Aber immerhin waren wir jetzt über die peinliche Stelle weg.

Müller-Rehling beugte sich wieder nach vorne und fragte mich: »Erinnern Sie sich an unsere Hochzeit?«

»Oh ja!«, nickte ich, verkniff mir aber jeden weiteren Kommentar.

»Ich fand die ganze Veranstaltung ebenso überzogen und kitschig wie Sie«, sagte Müller-Rehling. »Wenn es nach mir gegangen wäre, hätten wir im kleinen Kreis geheiratet. Aber Blandine war bei der Planung so glücklich und ich hätte ihr damals sogar die Sterne vom Himmel geholt, wenn sie mich darum gebeten hätte.« Wieder machte er eine kleine Pause.

»Als wir geheiratet haben, hat sie mit dem Singen aufgehört. Es war ihre Idee. Sie wollte nicht so oft getrennt sein und sie wünschte sich ein Kind. Ich war unsicher – ich habe Thomas Manns Tagebücher gelesen und mochte die Vorstellung nicht, meinen eigenen Sohn erotisch anziehend zu finden. Aber andererseits hätte ich alles für Blandine getan und hoffte, dass wir eine Tochter bekommen. Als sich nach zwei Jahren immer noch nichts getan hatte, wurde Blandine immer unglücklicher. Ich schlug ihr schließlich vor, wieder zu singen, und schickte sie zu Katmandis. Er hat ihre Stimme neu aufgebaut – und ich war erstaunt und begeistert, wie gut sie klang. Ich verschaffte ihr neue Engagements und einen guten Agenten. Ich dachte, das sei es, was sie brauche, um wieder zufrieden zu werden.« Er lachte bitter auf. »Das geschah dann auch – nur anders, als ich es mir vorgestellt hatte. Sie hat angefangen, mich zu betrügen.« Er schaute mich an. »Haben Sie davon gewusst?«

Ich schüttelte den Kopf. »Nein. Ich denke, sie hat mich gut genug gekannt, um zu wissen, dass ich das nicht gut gefunden hätte.«

»Sie hätten es mir gesagt?«

»Nein. Ganz sicher nicht. Was man mir im Vertrauen erzählt, gebe ich nicht weiter. Außerdem war sie meine Freundin und ich hätte mich ihr gegenüber zur Loyalität verpflichtet gefühlt. Ich hätte ihr gesagt, dass ich das nicht richtig finde, aber das wäre es gewesen.«

Er sah mich einen Augenblick prüfend an, dann fragte er: »Und wenn Sie mich mit einer anderen Frau gesehen hätten – hätten Sie es Blandine gesagt?«

»Nicht sofort. Ich hätte Sie darauf angesprochen und Ihnen empfohlen, Ihre Verhältnisse zu regeln.«

Er nickte. »Ich bekam erzählt, dass Blandine mich mit einem Jüngling aus dem Chor hintergeht. Mit Genugtuung – man hat es genossen, mich demütigen zu können. Zudem hat sich meine Frau nicht um Diskretion bemüht. Ich versuchte, die Sache unter den Teppich zu kehren. Ich redete mir ein, dass es nur ein Ausrutscher war, dass es nicht viel zu bedeuten hatte, dass ich mich nicht genug um sie gekümmert hatte. Ich wollte kein Drama daraus machen und ich wollte sie nicht verlieren. Aber dann – keine drei Monate später – ist es wieder passiert und dieses Mal hatte ich sie bestimmt nicht vernachlässigt. Sie war mit mir im Engagement und während ich in der Orchesterprobe war, hat sie mich mit dem Tenor betrogen. Ich habe sie zur Rede gestellt und sie hat es nicht abgestritten. Ganz im Gegenteil. Sie hat mir ins Gesicht gesagt, dass ich damit doch hätte rechnen müssen. Oder ob ich mir wirklich eingebildet hätte, dass ihr ein alter Mann mit Potenzproblemen genügt?«

Martina Jelinek und ich schauten uns an und in ihrem Blick lag eine Frage. Ich atmete tief durch und antwortete mit einem Senken der Augenlider. Ja, ich glaubte Müller-Rehling. Blandine war zu einer solchen Grausamkeit fähig gewesen.

»Ich habe über Scheidung nachgedacht, aber ich hing an ihr und ich hoffte, dass unsere Ehe wieder in Ordnung kommen würde«, erzählte Müller-Rehling weiter. »Aber es wurde immer schlimmer. Sie hatte eine Affäre nach der anderen – immer junge Männer, kaum dreißig, gutaussehend und muskulös. Meist fand sie ihre Liebhaber in der Oper, aber einmal war es auch ihr Fitnesstrainer – und mit dem habe ich sie, als ich nach einer Erkrankung früher als geplant nach Hause gekommen bin, in unserem Haus und unserem Bett erwischt. Da waren wir sechs Jahre verheiratet – ich erinnere mich darum noch so gut daran, weil ich das Geschenk zum sechsten Hochzeitstag schon gekauft hatte.« Er schwieg.

»Warum sind Sie nicht gegangen?«, fragte Martina Jelinek.

Müller-Rehling atmete tief durch. »Ich war krank und müde. Blandine hat mich in den nächsten Tagen sehr lieb gepflegt – und ich habe beschlossen, die ganze Sache zu vergessen. Ich redete mir ein, dass man ja auch eine ›offene Ehe‹ führen kann, dass sexuelle Treue nicht so wichtig ist und dass Blandine ja recht hatte: Sie war eine Frau Mitte dreißig und ich ein älterer Mann mit einem Sack voller Probleme. Es war kein Wunder, dass sie sich junge Liebhaber nahm ...«

»Ihre Frau hat von Anfang an gewusst, dass sie einen älteren Mann heiratet«, sagte die Kommissarin missbilligend.

Müller-Rehling verzog das Gesicht zu etwas, was wohl ein schräges Lächeln werden sollte, aber mehr einer Grimasse glich. »Fragen wir jemand, der in einer solchen Situation ist. Juliane – Boch ist doch einiges älter als Sie. Denken Sie darüber nach, dass er Ihren Ansprüchen vielleicht einmal nicht mehr gewachsen sein könnte, oder gehen Sie davon aus, dass der Supermann immer so fit sein wird wie heute?«

»Philipp ist sechzehn Jahre älter als ich«, sagte ich. »Und ich denke, es ist ein Unterschied zwischen sechzehn und den fünfundzwanzig Jahren, die zwischen Ihnen und Blandine standen. Aber ja, ich bin mir bewusst, dass ich ihn vielleicht einmal pflegen muss. Andererseits weiß ich aber auch, dass man diesbezüglich nicht planen kann. Meine Eltern waren neunzehn Jahre auseinander und mein Vater war zweiundvierzig Jahre lang fest überzeugt, dass er vor meiner Mutter sterben würde. Es kam anders. Sie ist mit vierundsechzig an einem Gehirntumor gestorben und mein Vater musste noch ein Jahr ohne sie leben.«

Müller-Rehling schien nicht richtig zugehört zu haben. »Potenzprobleme kriegt Boch wahrscheinlich nicht. Der gilt ja als wahres Wunder in Sachen Virilität …« Er ignorierte meine hochgezogenen Augenbrauen und sprach weiter. »Der schöne, charmante und ach so charismatische Philipp Boch – ich glaube, er war der einzige Mann über dreißig, in den meine Frau je verliebt war.« Er hob abwehrend die Hände, obwohl ich gar nichts gesagt hatte. »Ich weiß, ich weiß – er ist nie auf ihre Angebote eingegangen. Boch ist so von seiner Unwiderstehlichkeit überzeugt – er muss sich nichts beweisen.«

»Ich sehe das nicht als Arroganz, sondern als Anstand!«, sagte ich spitz.

»Ja, ich weiß – er ist ein Ausbund an Tugend. Wir sollten uns alle ein Beispiel an ihm nehmen.« Aus seiner Stimme tropfte der pure Sarkasmus.

Martina Jelinek schaltete sich ein. »Herr Boch ist zum Glück nicht mehr unser Thema«, erinnerte sie ihren Verdächtigen und wohl auch mich.

»Gut. Nur eines noch«, antwortete Müller-Rehling. »Ich habe Boch nie sonderlich gemocht, aber ich streite nicht ab, dass er vermutlich der beste Bariton seiner Generation ist.« Er kratzte sich am Ohr. »Aber zurück zu meiner missglückten Ehe: Im Sommer unseres siebten Jahres – man kann da wohl wirklich von einem verflixten siebten Jahr sprechen – teilte mir Blandine mit, dass sie mit Freunden …« – aus der Betonung des Wortes wurde eindeutig klar, dass er es ironisch meinte – »… im Mittelmeer tauchen gehen wollte. Und so flog sie nach Nizza und ich nach Thailand. Ich hatte nicht vor, dort irgendwelche Beziehungen einzugehen. Ich wollte wirklich nur tauchen gehen.«

Martina Jelinek und ich schauten uns an, geeint in der Überlegung, ob Müller-Rehling sich das wohl selbst glaubte.

Doch er bemerkte unseren Blickwechsel nicht und erzählte weiter. »Es war an meinem dritten Tag dort. Ich habe einen Tempel besichtigt, als Somchai sich näherte. Er sprach recht gut Englisch und er sagte mir, dass er hungrig sei und auf der Straße schlafe. Außerdem hatte er einen sehr hässlichen Ausschlag am Arm. Ich habe ihm etwas zu essen gekauft, ich war mit ihm beim Arzt und dann nahm ich ihn mit in mein Strandhaus …«

Wieder traf mich Martina Jelineks Blick. Ich glaube, wir waren uns darüber einig, dass das Strandhaus gegen seine Aussage sprach, er habe keine sexuellen Erwartungen an seinen Thailand-Besuch gehabt.

»Am Abend kam er in mein Bett. Er sagte, er sei sechzehn und ich sei nicht sein erster Freund …«, berichtete Müller-Rehling.

Die Kommissarin unterbrach ihn. »Ich habe die Bilder gesehen, Herr Müller-Rehling. Sie strapazieren unsere Bereitwilligkeit, Ihnen Glauben zu schenken, wenn Sie behaupten, Ihnen wäre nicht die Idee gekommen, dass der Junge über sein Alter lügt.«

Müller-Rehling schaute auf seine Hände, die er wieder vor sich auf den Tisch gelegt hatte. »Manchmal glaubt man, was man glauben möchte. Ich wollte die Misere zuhause vergessen und einige Tage mit einem Menschen genießen, der mir zugetan war …«

»Man könnte aber auch sagen: dessen Zuneigung Sie gekauft haben!« Martina Jelineks dunkle Stimme klang kalt und hart.

»Ich wusste, dass Sie das nicht verstehen würden!«, gab Müller-Rehling zurück.

»Ich verstehe es auch nicht«, mischte ich mich ein. »Und wissen Sie, was ich noch weniger verstehe? Warum, zum Teufel, haben Sie davon Fotos gemacht?«

»Machen Sie keine Urlaubsfotos? Als Erinnerung?«

Ich glaube, ich starrte ihn dreißig Sekunden lang an, bevor ich meine Stimme wiederfand. »Nicht solche! Mensch, Armin! Es hätte Ihnen doch bewusst sein müssen, dass Sie sich mit solchen Fotos erpressbar machen!«

»Ich habe nicht gedacht, dass diese Bilder je jemand außer mir sehen würde – und schon gar nicht hätte ich gedacht, dass meine Frau die Karte aus meiner Kamera nehmen und kopieren würde. Ich hatte lange keine Ahnung davon und verstand nicht, weswegen sich Blandines Verhalten mir gegenüber änderte. Sie bemühte sich nicht mehr im Mindesten um Diskretion. Sie brachte das Geld mit vollen Händen unter die Leute und sie ließ mich deutlich spüren, dass sie mich verachtete. Die Situation wurde immer unerträglicher und schließlich bat ich sie um die Scheidung. Sie lachte mich aus und sagte, sie habe vor, eine ebenso reiche wie lustige Witwe zu werden – und wenn ich nicht aufhören würde, sie zu nerven, würde sie dafür sorgen, dass ich ins Gefängnis komme und dort verrotte. Sie offenbarte mir, dass sie die Bilder hatte.«

»Worauf Sie beschlossen, ein lustiger Witwer zu werden?«, fragte Martina Jelinek.

»Nein.« Er schüttelte den Kopf. »Nein!«, wiederholte er lauter. »Ich habe nie daran gedacht. Ich wollte ihr Notebook zerstören. Aber das hat sie natürlich nie mehr mit nach Hause gebracht. Also habe ich versucht, auf anderen Wegen daranzukommen. Katmandis kam zu mir, weil er Geld brauchte – er spielt und hat Schulden. Ich habe ihm 50 000 gegeben und weitere 100 000 geboten, wenn er das Notebook besorgt. Er war ja regelmäßig mit Blandine auf Reisen und ich hoffte, dass er dabei eine Gelegenheit finden würde, ihr den Computer zu stehlen. Er schaffte es dann tatsächlich und ich habe das Notebook zerstört. Ich fuhr zweimal mit dem Auto darüber – nur war es leider das falsche Notebook, wie mir meine Frau dann bei der Auseinandersetzung im Schlossgarten mitteilte. Katmandis habe nur den Ersatz für das Notebook, auf dem die Bilder seien und das sie natürlich in Sicherheit gebracht habe, geklaut.

Sie sei doch nicht so dumm, mit dem, auf dem die Fotos seien, zu reisen.«

»Wie kam Ihr Assistent in diese Geschichte? Diese ganze Zürich-Sache?«, fragte Martina Jelinek. »Wozu war das gut, wenn nicht dafür, ihm für den Mord ein Alibi zu verschaffen?«

»Ich habe nicht geplant, dass Ölert Blandine umbringt! Ich wollte nur das Notebook!« Müller-Rehling schrie fast. »Verdammt, denken Sie doch mal logisch! Blandines Tod hat doch mein Problem nicht gelöst! Ganz im Gegenteil! Ich bin zu Tode erschrocken, weil mir klar war, dass im Zuge der Ermittlungen das Unterste nach oben gekehrt wird. Ich habe nur darauf gewartet, dass das richtige Notebook und die Bilder gefunden werden, und ich wusste, dass Blandine nicht viel Ahnung von Technik hat. Also ging ich davon aus, dass die Polizei mit dem Notebook und den Bildern keine große Mühe haben würde.«

»Naja, ganz so einfach war's nicht«, sagte die Kommissarin. »Zum einen hätten wir das Notebook ohne Frau Doktor Pfeiffer noch lange nicht gefunden. Ihre Frau hatte nämlich bei dem Lagerhaus für ein Jahr im Voraus bezahlt. Das bedeutet, dass die Firma erst im August nächsten Jahres versucht hätte, Ihre Frau zu kontaktieren. Das hätten wir vermutlich nicht mehr mitbekommen. Aber selbst wenn wir das Notebook gefunden hätten – ich bin nicht sicher, ob unsere Techniker ohne den Tipp von Frau Doktor Pfeiffer so genau hingeschaut hätten. Welchen Anlass für die ganz große Untersuchung hätten wir gehabt? Sie hätten eine gute Chance gehabt, ungeschoren davonzukommen.«

»Das wusste ich nicht!«, rief Müller-Rehling.

»Wie kam Ölert in die Sache?«, wiederholte die Kommissarin. »Wenn er für Sie das Notebook besorgt hätte, wären Sie doch in Gefahr gewesen, dass er die Bilder findet und Sie erpresst.«

»Er hatte keine Ahnung von Computern, zudem habe ich ihm erzählt, dass Blandine mich mit meinen Steuergeschichten erpresst. Ölert war an einigen meiner Transaktionen beteiligt. Wenn ich damit aufgeflogen wäre, hätte er auch Schwierigkeiten bekommen. Er hatte also durchaus selbst Interesse daran, das Notebook zu finden und bei mir abzuliefern. Dementsprechend hat er sich dahintergeklemmt. Er hat Blandine beobachtet und herausgefunden, dass sie in der Nähe des Bethesda-Krankenhauses eine Wohnung gemietet hatte, in der sie sich mit ihren Liebhabern getroffen hat.«

»Stitzenburgstraße«, warf ich ein.

Müller-Rehling nickte. »Zuerst dachten wir übrigens, sie habe es doch geschafft, Boch rumzukriegen. Es ist ja auch ein verrückter Zufall, dass er auch eine Wohnung dort gemietet hat. Jedenfalls kamen Ölert und ich zur Überzeugung, dass Blandine ihr Notebook in ihrem Liebesnest versteckt. An den Schlüssel zu kommen, war für Ölert kein Problem: Er hat gewartet, bis Blandine und ihre Garderobiere in der Schneiderei bei der Anprobe waren. Das hat bei Blandine immer eine halbe Ewigkeit gedauert. Ölert ging in die Garderobe, holte den Schlüssel, rannte zu einem Schnelldienst auf der Königstraße und brachte den Originalschlüssel dann zurück.«

Martina Jelinek runzelte die Stirn. »Diese Schlüsseldienste dürfen Sicherheitsschlüssel nur nachmachen, wenn sie einen gültigen Personalausweis oder Pass vorliegen haben, und sie müssen Adresse und Namen in eine Liste eintragen.«

Müller-Rehling verzog das Gesicht. »Und manchmal wird so etwas vergessen – wobei solche Vergesslichkeit verstärkt auftritt, wenn statt eines Ausweises ein Schein präsentiert wird.«

Martina Jelinek machte sich eine Notiz. »Darüber unterhalten wir uns noch«, sagte sie grimmig. »Dem Schlüsseldienst werden die Kollegen aufs Dach steigen.«

Müller-Rehling seufzte. »Wenn Sie sonst keine Sorgen haben …«

»Wir sind vielseitig. Weiter mit Ihrer Geschichte. Ihr Genosse Ölert hat dann also unrechtmäßig die Wohnung Ihrer Frau durchsucht ...«

»Da hatten wir allerdings ein kleines Problem«, erzählte Müller-Rehling. »Um die Wohnung auseinanderzunehmen, brauchte Ölert ja mehr Zeit als für die Kopie vom Schlüssel. Und natürlich hätte Blandine gemerkt, dass das Notebook fehlt, und vielleicht die Polizei gerufen, daher haben wir beschlossen, einen Einbruch zu simulieren. Dafür war aber Voraussetzung, dass Ölert und ich ein Alibi haben und dass Blandine und Boch uns nicht dazwischenkommen konnten. Daher erschien uns der Premierenabend am besten. Ich hatte da ein Alibi und Ölert konnte sich eines besorgen.«

»Nur dass er das nicht genutzt hat, um in die Wohnung Ihrer Frau einzubrechen, sondern um Ihre Frau umzubringen!«, sagte die Kommissarin.

»Davon habe ich nichts gewusst!«, betonte Müller-Rehling. »Ölert hat es mir gegenüber auch immer abgestritten. Er sagte, er war nur in der Wohnung und nicht in der Oper.«

»Und bei seinem Besuch in der Wohnung hat er Philipp Bochs Kamm deponiert, um ihm den Einbruch in die Schuhe zu schieben?«, fragte ich.

Müller-Rehling wand sich auf seinem Stuhl. »Eine Woche vor der Premiere hatte ich eine Auseinandersetzung mit Boch. Er stürmte wie ein wütender Bulle aus meiner Garderobe und hat dabei seinen Taschenkamm verloren.« Er wirkte verlegen. »Ölert hat ihn aufgehoben – und er mochte Boch auch nie.«

»Das ist ein guter Grund, jemanden in den Knast zu bringen!«, schimpfte ich. »Gehe ich recht in der Annahme, dass auch der anonyme Brief auf Ölerts Mist gewachsen war? Oder haben Sie da Beihilfe geleistet?«

»Davon wusste ich nichts.« Müller-Rehling schaute Martina Jelinek fast hilfesuchend an. »Ich mag Philipp Boch nicht, aber ich wäre nicht auf solche Ideen gekommen. Ich war wie gelähmt. Ich hatte die Scheidung gewollt, aber doch nicht Blandines Tod! Und ich hatte Angst, dass ich verhaftet werde, und dann mischte sich auch noch Juliane ein! Ölert hat fast durchgedreht, als er mitbekam, dass sie ihn in Zürich verfolgt hat. Man müsse ihr klarmachen, dass sie sich raushalten solle – oder sie müsse weg!«

»Reizend, wie da über Menschenleben verfügt wurde!«, kommentierte ich bitterböse. »Kann es sein, dass Ölert skrupellos war und Sie sich auch einen Scheißdreck – verzeihen Sie den rustikalen Ausdruck – um andere gekümmert haben? Philipp hätte lebenslang für einen Mord gekriegt, den er nicht begangen hat, ich wäre tot gewesen – ja, doch, klasse. Und jetzt erzählen Sie mir, dass Ihnen an meiner Meinung gelegen ist?«

»Ich war völlig neben der Spur nach Blandines Tod. Ich konnte nicht mehr klar denken!«, verteidigte sich Müller-Rehling.

»Nun, wir werden sehen, wie das Gericht das bewertet«, sagte Martina Jelinek. »Haben Sie sonst noch etwas zu sagen?«

Müller-Rehling schaute mich an und seufzte. »Mir bleibt wohl nur, mich zu entschuldigen. Ich wollte nicht, dass Ihnen etwas geschieht, und bin sehr froh, dass Sie mit heiler Haut aus der Sache herausgekommen sind. Wir werden uns wohl nicht wiedersehen.«

»Da wäre ich mir nicht so sicher«, sagte Martina Jelinek trocken. »Ich gehe davon aus, dass Frau Doktor Pfeiffer als Zeugin in Ihrem Verfahren aussagen wird.«

Müller-Rehling ignorierte die Beamtin. Sein Blick hielt sich an mir fest.

»Ich wünsche Ihnen alles Gute für die Zukunft, Juliane. Leben Sie wohl und werden Sie glücklich.«

Ich wusste nicht, was ich erwidern sollte. Für mich war klar, dass er weder wohl noch glücklich leben würde. Aber das war wohl der Abschied und er tat mir trotz allem leid. Ich reichte ihm die Hand. »Alles Gute, Armin.«

»Danke!«

Martina Jelinek hatte ihr Diktiergerät vom Tisch genommen und ausgeschaltet. Sie stand auf. »Okay, Herr Müller-Rehling. Ich lasse Sie jetzt nach Stammheim zurückbringen. Ihr Anwalt bekommt eine Kopie vom Protokoll, er wird sich dann mit Ihnen in Verbindung setzen. Wenn wir noch etwas von Ihnen wollen, melden wir uns.«

Sie ging zur Tür und öffnete sie. »Abführen, bitte.«

13. Jauchzet, frohlocket

»Ich glaube, du bist der einzige Sänger in Stuttgart, der am ersten Weihnachtsfeiertag nichts zu tun hat!« Ich lächelte meinen Liebsten über das Dach seines Autos hinweg an, nahm meine Handtasche vom Rücksitz und schloss die Tür.

»Und was mache ich am freien Weihnachtstag? Ich gehe ins Konzert!« Philipp stellte seinen Hemdkragen hoch und legte seine Krawatte um.

»Es war in meiner Familie Tradition. Meine Mutter und ich sind jedes Jahr zum Weihnachtsoratorium mit dem Hymnus in die Liederhalle gegangen.«

Philipp schlang geschickt seinen Krawattenknoten, zog ihn hoch und richtete seinen Kragen. »Ich habe elf Jahre im Hymnus gesungen – und war übrigens sehr stolz darauf! Obwohl ich da im Sopran war ...«

Ich musste lachen und hakte mich bei ihm unter. »Liebster, das tut deiner Männlichkeit keinen Abbruch!«

»Julischka, schönste aller Musikwissenschaftlerinnen!«, ertönte hinter mir eine vertraute Stimme.

Zwei Hände landeten auf meiner Schulter und ein etwas kratziger Bart schabte über meine Wange, als Mischa mich küsste.

»Ich weiß nicht, ob ›schönste aller Musikwissenschaftlerinnen‹ wirklich ein Kompliment ist«, feixte Philipp und reichte Mischa die Hand.

Die beiden hatten sich in den letzten Wochen mehr und mehr angefreundet, was sich vor allem darin zeigte, dass sie mich durch den Kakao zogen.

»Die meisten weiblichen Musikwissenschaftlerinnen, die mir bisher begegnet sind, waren Besen oder ... Spinatwachteln«, sagte Mischa grinsend.

Christopher Mägerle stieß zu uns. Er deutete eine Verbeugung an. »Guten Abend, Frau Doktor Pfeiffer, guten Abend, Herr Kammersänger.«

Er sah deutlich besser aus als bei unserer letzten Begegnung. Er hatte wieder etwas zugenommen, die dunklen Schatten unter seinen Augen waren verschwunden und seine blonden Locken fielen ihm weich und glänzend in die Stirn.

Ich stellte mich auf die Zehenspitzen und küsste Mischas Wange, dann reichte ich Christopher die Hand. Aber ich kam nicht dazu, etwas zu sagen, weil etwas Blondes auf mich zuwirbelte und mich stürmisch umarmte.

»Mensch, Juliane, ich wollte dich schon so lange anrufen, aber ich habe deine Handynummer verlegt und unter deiner Festnetznummer kriege ich ›kein Anschluss unter dieser Nummer‹. Dabei habe ich dir so viel zu erzählen!« Clärchen strahlte mich und dann die drei Herren an, die um mich herumstanden.

Sie streckte Philipp die Hand hin. »Und Sie sind Philipp Boch! Ich habe Sie als Don Giovanni sehr bewundert!«

»Danke. Das freut mich.«

»Ich bin Clarisse de Gratacarp, Clärchen genannt, und arbeite bei Ihrer Scheidungsanwältin. Ich bin die Praktikantin – ich will nämlich auch Jura studieren. Außerdem singe ich …«

Ein Klingeln unterbrach sie, woraufhin Philipp nach meinem Arm fasste.

»Ich schlage vor, dass Sie uns das nach dem Weihnachtsoratorium erzählen. Meine Damen, meine Herren, was halten Sie davon, dass ich Sie nachher ins *El Greco* in der Leuschnerstraße einlade?«

»Ich würde gerne, aber ich bin in Begleitung einer Freundin!« Clärchen winkte zu einer etwas drallen Brünetten hinüber, die schüchtern ein paar Schritte entfernt stand.

»Bringen Sie Ihre Freundin doch einfach mit!«, schlug Philipp vor.

* * *

Ich hatte das Konzert sehr genossen. Es war schön, einfach Musik hören zu dürfen, ohne dabei darüber nachdenken zu müssen, wie ich nachher darüber schreiben würde. Und am schönsten war es natürlich, dass Philipp neben mir saß und ich bei meinen Lieblingsstellen nach seiner Hand fassen konnte. In den letzten Jahren war ich beim Weihnachtsoratorium immer traurig gewesen, weil ich meine Mutter vermisst hatte.

Als wir nach dem Konzert aus der Liederhalle traten und Richtung Leuschnerstraße bummelten, bedauerte ich nur, dass um uns herum so viel Betrieb war und wir immer wieder Bekannte grüßen mussten. Mir wäre nämlich danach gewesen, mit meinem Liebsten zu knutschen. Andererseits freute ich mich darauf, Mischa, Christopher, Clarisse und ihre Freundin zu treffen.

Mischa hatte ich in den letzten Wochen wenig gesehen. Er hatte mit seinem Orchester eine CD produziert und außerdem immer wieder in der Oper ausgeholfen, denn noch waren weder ein neuer Intendant noch ein neuer Generalmusikdirektor berufen. Allerdings hatten Mischa und ich drei-, viermal telefoniert und er hatte mir gesagt, dass Christopher sich als sein Assistent wacker schlage. Die Anfänge seien hart gewesen – der Junge sei sehr still und gedrückt gewesen und obwohl er unzweifelhaft Talent habe, sei er noch so in seiner Trauer gefangen gewesen, dass ihm die Konzentration immer wieder schwergefallen sei.

»Aber er scheint sich zu berappeln«, hatte Mischa bei unserem letzten Telefonat erzählt. »Ich glaube, er hat begriffen, dass seine ganze Lovestory mit Blandine sehr dramatisiert war – wohl auch durch den extremen Widerstand seiner Mutter, die ihn in so eine richtige Romeo-und-Julia-Attitüde hineingetrieben hat.«

»Und inzwischen ist mit seiner Mutter wieder alles in Ordnung?«, hatte ich gefragt.

»Nein, aber er kommt immer besser damit klar, sie auf Abstand zu halten. Er hat ihr neulich in der Oper noch einmal auseinandergesetzt, dass er nichts mehr mit ihr zu tun haben will.«

Mischa und Christopher waren offenkundig schneller als wir aus der Liederhalle zum Griechen gekommen und hatten sich schon an dem Ecktisch eingefunden, den Philipp in der Pause telefonisch reserviert hatte. Mischa hatte auch schon die Karte in der Hand.

Philipp rückte mir den Stuhl zurecht, setzte sich und wollte nach der Karte greifen, musste aber zusammen mit Mischa und Christopher wieder aufstehen, weil Clärchen und ihre Freundin gekommen waren.

Clarisse strahlte in die Runde. »War ein tolles Konzert, nicht?« Sie nahm ihre Freundin, die im Hintergrund stehen geblieben war, am Arm. »Darf ich vorstellen? Meine Freundin Lena Schönhaas, ebenfalls künftige Juristin und großer Klassikfan. Lena, das ist Frau Doktor Pfeiffer, Musikwissenschaftlerin. Den Herrn Kammersänger hast du ja oft genug in der Oper bewundert, Herrn Leonowsky haben wir vor zwei Wochen im Sinfoniekonzert mit Bruckners Vierter ganz toll gefunden.« Sie lächelte Christopher an. »Ich wette, Sie sind auch mächtig begabt.«

»Ist er!«, bestätigte Mischa. »Darf ich vorstellen? Christopher Mägerle, mein Assistent, den Sie künftig sicher am Pult toll finden werden.«

»Hallo, Christopher!« Clarisse musterte den jungen Mann mit erkennbarem Wohlgefallen und schaffte es tatsächlich, ihm ein Lächeln zu entlocken.

Philipp offerierte den Mädchen zwei Stühle.

Wir bestellten und während des Essens ergab sich eine fröhliche Unterhaltung, an der sich auch Christopher beteiligte. Ich beobachtete aus dem Augenwinkel Clarisse, die für ihre Verhältnisse auffallend still war, was wohl daran lag, dass sie und Christopher mit einem sehr intensiven Blickwechsel beschäftigt waren.

Ich wusste nicht, ob ich mich darüber freuen sollte. Ich war mir nicht sicher, ob und wie Christopher seine Trauer überstanden hatte. Mir war nicht erst beim Gespräch mit Müller-Rehling klar geworden, dass meine ermordete Freundin ein erhebliches destruktives Potenzial gehabt hatte.

Das Ende des Abends schien meine Befürchtungen zu bestätigen.

Mischa gähnte, drückte Christopher seine Autoschlüssel und sein Parkticket in die Hand und sagte: »Erstens habe ich was getrunken, zweitens muss ich morgen Abend in der Oper rumturnen und gehöre deswegen ins Bett. Ergo nehme ich ein Taxi, während du, lieber Christopher, die jungen Damen nach Hause fährst und mich dann morgen um sechs zuhause abholst.«

»Mich müssen Sie nicht fahren!« Lena schlüpfte in den Mantel, den Philipp ihr präsentierte. »Ich wohne in der Schloßstraße. Bis Sie in der Liederhalle in der Tiefgarage sind, bin ich schon fast zuhause.«

»Und ich marschiere zum Rotebühlplatz und nehme die S-Bahn«, meldete Clarisse an. »Ich wohne bei meinem Onkel in Korntal und das ist doch ein gutes Stück von hier.«

Christopher schaute auf die Uhr. »Fährt jetzt noch eine S-Bahn? Es ist halb eins.«

»Ups, dann ist die letzte raus. Macht nix. Ich warte auf die erste. Habe ich schon öfter gemacht.«

»Nein.« Christopher schüttelte den Kopf. »Ich wohne in Botnang. Von da aus ist es nur ein Katzensprung nach Korntal. Ich fahr dich heim.«

»Na also, dann sind ja alle versorgt!« Philipp wickelte sich seinen Schal um den Hals und setzte seinen Hut auf. »Den Maestro Mischa nehmen wir mit. Die Kernerstraße ist für uns ja kein großer Umweg.« Er grinste. »Außerdem profitiere ich davon, wenn er morgen einigermaßen ausgeschlafen ist. Sonst rast er nämlich wieder durch die Champagnerarie, dass ich mir fast einen Knoten in die Zunge singe!«

* * *

»Kann ich dir helfen, mein Julchen?« Philipp war in die Küche gekommen und küsste mich auf die Wange. »Hallo, was ist das denn?« Sein Blick war auf mein Notebook gefallen, auf dem Professor Brinkmann gerade mit Schwester Christa schäkerte.

»Schwarzwaldklinik – Youtube macht's möglich!« Ich tauchte den nächsten Champignon in die Schüssel, die vor mir stand, rieb ihn mit einem Küchentuch vorsichtig trocken, schnitt ihn in zwei Teile und warf ihn in eine Stahlschlüssel, die schon halb voll war. »Beim Champignonputzen kann ich nichts Anspruchsvolles angucken! Und wenn du wirklich helfen willst, könntest du mir zwei Knoblauchzehen in ganz feine Würfelchen zerlegen.«

»Mache ich gern, Süße!« Philipp zog sich den zweiten Stuhl an den Schreibtisch, nahm Schneidebrett, Messer und Knoblauch und begann zu schneiden.

Ich schaltete das Video aus. Mir war etwas eingefallen. Ich rief Google auf und tippte »Laxoberal«. Google zeigte mir die entsprechenden Seiten und die gewünschte Information.

»Hör mal, Philipp: ›Laxoberal Abführ-Tropfen. Zur Anwendung bei Verstopfung sowie bei Erkrankungen, die eine erleichterte Stuhlentleerung erfordern. Wie andere Abführmittel sollte Laxoberal ohne ärztliche Abklärung nicht täglich oder über einen längeren Zeitraum eingenommen werden.‹« Ich schaute ihn an. »Das Zeug ist bei Laktoseintoleranz kontraindiziert.«

»Ich kann dir gerade nicht folgen.« Philipp schaute mich etwas verwundert an.

»Erinnerst du dich daran, wie du die Garderobe wechseln musstest, weil der Tenor die ›Vibrations‹ in Blandines ehemaligem Raum nicht vertrug? Und dass du in einer Schublade eine Flasche Laxoberal gefunden hast? Die Flasche war fast leer. Jetzt erklär mir: Warum soll jemand, der unter einer Laktoseintoleranz litt, wie Blandine, Laxoberal griffbereit gehabt haben?«

»Das war ja nicht nur Blandines Garderobe«, antwortete Philipp. »Meine Ex hat oft darüber geschimpft, dass viel zu viele Frauen dauernd Abführmittel nehmen, weil sie sich verstopft fühlen und weil sie sich einbilden, davon abzunehmen. Also gehen wir mal davon aus, dass die Garderobe vor Blandine von einer Dame bewohnt wurde, die unter Verstopfung und Gewichtsproblemen litt – das ist bei meinen Kolleginnen ja nicht selten.«

»Goldstück, ich weiß, was in der Saison gegeben wurde: ›Fliegender Holländer‹, Donizettis ›Anna Bolena‹, ›Zauberflöte‹ und ›Freischütz‹. Blandine war gut beschäftigt. Sie hat die Königin der Nacht und die Anna Bolena gesungen. Ergo hat sie direkt nach der Sommerpause die Garderobe bezogen – und soviel ich weiß, wird in der Sommerpause Großreinemachen veranstaltet. Glaubst du, dass dabei eine Schublade in einem Container übersehen wurde?«

»Eher nicht. Aber warum beschäftigt dich dieses Laxoberal so sehr?«, fragte Philipp.

Ich begann wieder Champignons zu putzen.

»Hast du mitgekriegt, dass am Abend deiner ›Rigoletto‹-Premiere die Portiersloge am Künstlereingang vor der Pause nicht besetzt war? Der Portier, der da Spätdienst gemacht hat, litt unter Durchfall und saß auf dem Klo.«

»Das erklärt, wie Ölert ungesehen ins Haus kommen konnte!«

»Und wie wäre er wieder rausgekommen?«, fragte ich. »Nach der Pause war die Loge mit einem der Bühnenarbeiter besetzt.«

Philipp schaute auf. »Raus geht in einem Opernhaus einfacher als rein. Es gibt hinter der Bühne einige Notausgänge und die müssen offen sein. Und wer sich im Laden ein wenig auskennt, weiß, wo die sind. Wenn ich groggy bin und keine Lust mehr habe, Autogramme zu geben, nehme ich zum Beispiel den Ausgang am Ende des Garderobengangs. Der führt in den Hof der Intendanz und von da aus ist es näher zum Parkplatz, als wenn ich um das Haus herumgehen muss – wozu ich, wenn ich den ganzen Tag auf einer Probe war und abends auch noch über die Bühne gehüpft bin, meist keine Lust mehr habe.«

»Ist es nicht ein bemerkenswerter Zufall, dass der Portier an dem Abend, an dem in der Oper jemand umgebracht wird, unter Verdauungsproblemen leidet und dass wir in Blandines Garderobe Laxoberal gefunden haben?«

»Eher kein Zufall«, sagte Philipp. »Ich denke eher, dass Ölert dem Portier ein paar Tröpfchen in den Kaffee geschüttet hat und das Fläschchen danach irgendwie in Blandines Garderobe versteckt hat.«

»Hmm.« Ich griff nach dem Telefon.

»Was hast du vor?«, fragte Philipp.

»Ich rufe meinen Apotheker an. Ich will wissen, wie lange Laxoberal braucht, bis es wirkt.«

Die Auskunft kam prompt: Bei einer Überdosis müsse man ungefähr mit zwei bis drei Stunden rechnen, bis die Wirkung einsetze.

Ich dankte, legte auf und schaute meinen Liebsten an. »Weißt du, wann der Portier vom Spätdienst anfängt?«

»Nein – aber das kann man ausrechnen. Der Künstlereingang wird morgens um 7.30 Uhr geöffnet und um 23.30 Uhr wieder geschlossen. Das sind sechzehn Stunden, die auf zwei Schichten verteilt werden. Macht also glatte acht Stunden pro Nase. Passt – die üblichen Tagesarbeitszeit eines Mitarbeiters in der Oper sind siebeneinhalb Stunden. Soviel ich weiß, haben die Portiers jeweils eine halbe Stunde Pause, in denen dann ein Bühnenarbeiter oder jemand von der Verwaltung übernimmt.«

»Wenn der Erste um 7.30 Uhr anfängt, kommt der zweite um halb vier. Die Premiere hat um halb acht angefangen, also muss man dem Portier das Abführmittel irgendwann zwischen halb fünf und halb sechs verpasst haben. Und damit ist Ölert nachgewiesenermaßen aus dem Rennen. Um die Zeit war er definitiv in Zürich. Doch abgesehen davon wäre das Wahnsinn gewesen: Wie hätte er denn, um später ungesehen ins Haus zu kommen, zwischen halb fünf und halb sechs dem Portier ein Abführmittel verpassen können? Um die Zeit kommen die ersten Leute, die bei der Aufführung gebraucht werden, und dazu ...« Ich schnappte mir noch einmal meine Tastatur. »Am 11. Oktober war um 18.36 Uhr Sonnenuntergang. Ölert müsste also – nachdem er vermutlich im Parkhaus der Staatsgalerie seinen Wagen abgestellt hat – bei vollem Tageslicht über die Konrad-Adenauer-Straße geflitzt und dann ins Haus gegangen sein – und dabei soll ihn niemand gesehen haben? Weder der Portier noch die Bühnenarbeiter, Garderobieren, Maskenbildner noch das sonstige Personal, das um die Zeit seinen Dienst antritt? Inzwischen war es in der Zeitung, dass Ölert Blandine umgebracht haben soll. Glaubst du nicht, dass sich da jemand gemeldet und gesagt hätte, dass er schon gegen fünf ins Haus gekommen ist? Ich halte es für möglich, dass man dem Portier unauffällig Laxoberal in ein Getränk schüttet – selbst wenn er keinen Durchfall hat, muss er mal pinkeln gehen oder er hält für jemanden, der beide Hände voll hat, die Aufzugtüren auf. Aber ich glaube nicht mehr, dass es Ölert war.«

Philipp nickte. »Deine Logik ist makellos, Juliane. Es ist definitiv nicht wahrscheinlich, dass Ölert dem Portier das Laxoberal gegeben hat. Aber wir wissen beide, wer es für ihn getan haben kann – ganz unauffällig: dein Freund Müller-Rehling. Der kam immer recht früh in die Oper, er kannte sich im Haus sogar noch besser aus als Ölert. Andererseits«, er nagte an seiner Unterlippe, »sagt er, er habe nichts von Ölerts Plänen bezüglich Blandine gewusst.«

Ich atmete tief durch und futterte einen halben Pilz. »Ach, Philipp – ich bin so unsicher. Manchmal denke ich, dass Müller-Rehling mir die Hucke vollgelogen hat. Aber dann – er hat den Kindesmissbrauch zugegeben!«

»Ja, den konnte er auch nicht mehr abstreiten, das ist ja zweifelsfrei bewiesen! Ich vermute, seine Anwältin hat ihm dasselbe geraten wie ihr Kollege mir: Wenn ich schuld sei, solle ich die Karten auf den Tisch legen, bevor man es mir vollends nachweist. Volle Kooperation und ein Geständnis wirke sich nicht nur strafmildernd aus, sondern spiele nachher auch eine Rolle, wenn es um die vorzeitige Haftentlassung gehe. Gute Führung und damit die Verkürzung der Haft gebe es nämlich nur, wenn man die Tat bereue.«

»Liebling, er hat zugegeben, dass er mit kleinen Jungen Sex hatte und dass er Ölert nicht aufgehalten hat, als er mich umbringen wollte. Aber er streitet ab, von dem Mord an Blandine gewusst zu haben. Und er meint sogar, Blandines Abgang wäre ihm sehr ungelegen gekommen. Er habe Sorge gehabt, dass im Zuge der Ermittlungen Blandines Notebook gefunden wird und er damit auffliegt – und das ist ein verdammt stichhaltiges Argument gegen seine Beteiligung.«

»Aber die logische Konsequenz daraus wäre, dass Ölert entweder noch einen Helfer in der Oper hatte oder …« Philipp ließ den Rest des Satzes offen und schaute mich sehr ernst an.

»Dass Ölert Blandine nicht umgebracht hat – und dafür spricht meiner Ansicht nach auch noch …«

»Halt, stopp!« Philipp hob die Hände. »Juliane, ich verstehe, dass du wissen möchtest, wer Blandine getötet hat. Aber was mich angeht, so kann ich sehr gut damit leben, es nie zu erfahren. Ich weiß, dass ich es nicht war. Aber wenn du jetzt den Ermittlungsapparat wieder anwirfst und Staatsanwalt und Polizei davon überzeugst, dass Ölert nicht der Mörder war, bin ich wieder der, der eine stürmische Auseinandersetzung mit Blandine und kein Alibi hatte. Ich hätte außerdem in Müller-Rehlings Büro eindringen und das verdammte Wickelgarn in den Schrank stellen können. Ich hätte dem Portier das Abführmittel verpassen und das Laxoberal in Blandines Garderobe verstecken können. Ich war nämlich am Premierentag schon morgens im Haus.«

»Philipp! Du hast kein Motiv und außerdem war morgens ja wohl noch ein anderer Portier im Dienst!«

Philipp hob eine Augenbraue. »Warum fragst du mich eigentlich nicht, wann ich am Premierenabend ins Haus gekommen bin?«

»Philipp! Ich liebe dich. Und ich vertraue dir!«

Ich verstand seine Reaktion. Die Untersuchungshaft war ihm mehr unter die Haut gegangen, als er selbst mir gegenüber eingestehen wollte. Dennoch verletzte mich die Aggressivität, mit der er mir begegnete.

Er stand auf und ging zum Erker. Mit dem Rücken zu mir sagte er: »Ich bin übrigens erst um halb acht in der Oper aufgetaucht. Ich war nervös, wusste aber, dass ich in den letzten Stunden sowieso nichts mehr tun kann. Darum habe ich einen Spaziergang am Max-Eyth-See gemacht.« Er drehte sich um und schaute mich herausfordernd an. »Beschissenes Alibi, nicht? Ich sollte mir vielleicht zwei Bodyguards anschaffen, die mich auf Schritt und Tritt begleiten und dann aussagen können, wo ich wann war. Aber die Nummer am Max-Eyth-See – ganz mies! Wie wir wissen, war ja an diesem Tag um halb sieben Sonnenuntergang. Außerdem war das Wetter nicht toll. Am See war nichts los. Man könnte natürlich die Enten und Schwäne fragen, ob sie sich an den einsamen Spaziergänger erinnern, aber ich hab dummerweise verabsäumt, ihnen Brotkrümel mitzubringen, also wissen sie vermutlich nichts mehr davon.«

»Philipp, ich habe zum einen nicht vor, die Polizei anzurufen, und zum anderen glaube ich nicht, dass man dich noch einmal verdächtigen würde!«

Ich hätte ihn gerne umarmt. Doch seine Haltung mit den über der Brust gekreuzten Armen und den angespannten Schultern war abweisend.

»Auch nicht, wenn denen jemand erzählt, dass ich mich schon immer gerne in den Werkstätten herumgetrieben habe? Ich kenne mich in dem Bereich der Oper ziemlich gut aus.«

»Und das bedeutet?« Ich verstand nicht, was er mir damit sagen wollte.

»Weißt du, wo die Werkstätten sind?« Seine Stimme klang beherrscht, aber dahinter war etwas, was mich frösteln ließ.

»Ja – im Verwaltungsbau, ziemlich weit hinten in Richtung Kleines Haus. Der Malersaal ist im ersten Stock, zieht sich aber bis in den dritten und hat eine Galerie«, erinnerte ich mich.

»Die Kandidatin hat 100 Punkte – wie immer perfekt, Frau Doktor Pfeiffer!« Aus Philipps Stimme triefte Sarkasmus. »Du weißt aber offenkundig nicht, dass im Malersaal ein großer Lastenaufzug endet, der im Erdgeschoss einen Zugang von außen hat. Den braucht man, wenn große Prospekte ins Lager oder aus dem Lager wieder in die Werkstätten müssen. Schlüssel zu diesem Aufzug gibt es an mehreren Stellen: Zwei davon sind in den Lkws, die zwischen Haus und Lager unterwegs sind. Einer hängt in der Portiersloge am Schlüsselbrett. Einer hängt am Inspizientenpult seitlich links. Und einer steckt meist oben im Malersaal. Du siehst: Für mich wäre es kein Problem, an einen dieser Schlüssel zu kommen.«

»Philipp …«

Er ließ mich nicht zu Wort kommen, sondern hob die Hand. »Lass mich doch ausreden, mein Liebling!«

Selten hatte der Kosename so kalt geklungen.

»Mit dem Aufzug könnte ich jederzeit ungesehen ins Haus und wieder rauskommen. Und weil ich so oft in den Werkstätten unterwegs bin und die Handwerker mich mögen, habe ich sogar nach meiner ersten Stuttgarter Premiere als Regisseur einen schwarzen Overall geschenkt bekommen. Mit dem habe ich eine interessante Erfahrung gemacht: In dem Ding ist man praktisch unsichtbar. Jeder, dem man begegnet, registriert nur den Overall, denkt, da ist irgendein Bühnenarbeiter unterwegs, und guckt nicht genauer hin. Das Ding ist wie eine Tarnkappe …«

»Philipp!«, probierte ich es noch einmal.

»Dein Knoblauch ist fertig. Du gestattest, dass ich mich für eine Weile verabschiede? Ich werde mit den Enten am

Max-Eyth-See darüber diskutieren, ob sie mir vielleicht doch ein Alibi geben. Was meinst du, womit man die lieben Tiere am besten besticht? Brotkrümel oder etwas Apfel?«

»Philipp, bitte!«

Es war zu spät. Er war schon auf dem Weg zur Tür. Ich eilte ihm nach, sah noch, wie er Schal, Mütze und Daunenanorak schnappte und die Tür mit einem Knall hinter sich zuschlug.

* * *

Die Szene hatte mir den Appetit verschlagen. Mit hängenden Schultern schlich ich in mein Arbeitszimmer und setzte mich an meinen Schreibtisch. Ich sorgte mich um Philipp, war traurig und ein wenig verärgert. Warum vertraute er mir so wenig? Warum lief er weg, anstatt mit mir zu reden? Warum verstand er nicht, dass ich auch um seinetwillen Blandines wahren Mörder hinter Schloss und Riegel sehen wollte? Sobald jemand – Martina Jelinek, der Staatsanwalt, der Richter – Müller-Rehlings Geschichte glaubte, wäre Ölert als Täter im Zweifel. Damit rückte dann aber wieder Philipp ins Fadenkreuz.

Andererseits fehlten Martina Jelinek die Informationen, die ich über das Abführmittel und den Portier hatte. Insofern war das Risiko, dass sie noch einmal ermitteln würde, relativ gering. Und ich würde ihr bestimmt nicht verraten, dass Ölert nicht als Täter in Frage kam.

Daraus resultierte aber, dass in der Oper – und ich war ganz sicher, dass der Täter nur dort zu finden sein konnte – ein Mörder frei herumlief. Und was würde diesen Menschen, der viel Mühe darauf verwendet hatte, den Mord an Blandine zu planen und durchzuführen, daran hindern, irgendwann noch einmal zuzuschlagen? Der Täter hatte Blandine offenkundig gehasst – aber warum? Was schützte Mirja davor, ebenfalls die Abneigung dieses Menschen zu erregen? Was meinen Liebsten? Und da waren auch noch andere! Verflixt, ich würde mich bei jedem, dem in der Oper etwas zustieß, schuldig fühlen und überlegen, ob Blandines Mörder wieder zugeschlagen hatte.

Es dauerte mindestens eine Stunde, bis ich mich einigermaßen beruhigt hatte.

»Juliane?«

Philipp war wieder da. Er lehnte im Türrahmen, immer noch im Anorak, den Schal locker um den Hals und die Mütze in der Hand. Mit der anderen strich er eine weiße Strähne zurück.

»Hast du eine halbe Stunde Zeit?« Sein Gesicht war undurchschaubar und seine Augen distanziert.

»Ja, natürlich!«

»Dann zieh dich an und komm bitte!«

Er ging vor mir zur Eingangstür, wartete, bis ich aus meinen leichten Mokassins in die Stiefel geschlüpft war und hielt mir meine Jacke hin. Schweigend eilte er vor mir die Treppe hinunter und durch die Hintertür zu seinem Auto. Ich stieg ein, froh, dass er wieder da war, aber auch irritiert durch sein Verhalten.

Als wir an der Musikhochschule vorbeifuhren, ertrug ich das Schweigen nicht mehr. »Verrätst du mir, wo du hinwillst?«

»Ins Theater.« Philipp klang fast kühl. »Ich habe vorhin im Personalbüro angerufen. Am 11. Oktober abends hatte Angelo Catani den Spätdienst in der Pförtnerloge. Nun ist er wieder da – und ich denke, wir sollten ein paar Takte mit ihm reden.«

Ich starrte ihn an, schluckte und sagte vorsichtig: »Schon, aber …«

Philipp hielt an der Ampel an der Kreuzung zur Hohenheimer Straße an und wandte sich mir zu. »Entschuldige, dass ich so überzogen reagiert habe. Beim Gedanken daran, noch einmal in Stammheim zu landen, überkam mich Panik. Aber ich hätte das nicht an dir auslassen sollen und es sollte vor allem nicht verhindern, dass diese scheußliche Geschichte aufgeklärt wird.«

Ich legte meine Hand auf seinen Arm. »Es war schlimm im Gefängnis, nicht?«

Philipp nickte schweigend und bog auf die Konrad-Adenauer-Straße ein. Abwärts an der Oper vorbei, an der alten Staatsgalerie wenden und wieder aufwärts.

»Willst du am Landtag parken?«, fragte ich.

Er nickte. »Zwischen den Jahren und um die Zeit ist da nichts los und wir müssen bei der Kälte nicht ums ganze Haus herum.« Ein kleines Lächeln. »Ich habe mir am Max-Eyth-See fast den Hintern abgefroren.«

Philipp bog am Staatstheater rechts ab und steuerte den Wagen auf den Parkplatz vor dem Landtag. Als er den Motor abstellte, griff ich nach der Tür.

Philipp stoppte mich, indem er eine Hand auf meine Schulter legte. »Warte bitte.«

Ich wandte mich ihm zu. »Was ist los?«

Er schluckte, runzelte die Stirn, schaute mich aber nicht an. »Wenn du nicht gewesen wärst, hätte ich in Stammheim einen Schaden abbekommen. Die Geräusche dort – tagsüber hörst du dauernd das Klappern von Schlüsseln und das Krachen, wenn wieder eine Tür zugeknallt wird. Und nachts hörst du die Verzweiflung – da weint jemand, ein anderer stöhnt im Schlaf und einer dreht immer durch und schreit und tobt. Du liegst auf deiner Pritsche mit der viel zu weichen, durchgelegenen Matratze und siehst das Licht, das durchs Fenster scheint. Du kannst nicht schlafen und hast das Gefühl, dass die Wände näher rücken und die Zelle immer enger wird. Manchmal habe ich mir überlegt, ob ich gestehen soll, was ich nicht getan habe – nur damit etwas passiert und ich weiß, wann ich wieder rauskomme. Das – nicht zu wissen, wie lange das geht und was draußen vorgeht – war fast das Schlimmste.«

»Philipp …« Mir fiel nicht mehr ein, als seinen Arm zu streicheln.

»Nach einer Woche bekam ich einen Job in der Bibliothek. Du ahnst nicht, wie froh ich war. Ich hatte nichts anderes zu tun, als Bücher einzusortieren und ab und zu mal ein total zerfleddertes zusammenzukleben, aber damit war ich ein paar Stunden beschäftigt und abgelenkt. Ansonsten habe ich mich an deinen Briefen festgehalten und an dich gedacht. Wenn es wieder einmal ganz schlimm war, habe ich die Augen geschlossen und mir vorgestellt, wie es sein wird, wenn ich wieder bei dir bin. Ich habe mir vorgestellt, was ich alles mit dir unternehmen will – und sentimentaler Narr, der ich bin, habe ich dann oft genug Rotz und Wasser geheult. Der Gedanke daran, verurteilt zu werden – ich hätte von dir doch nicht erwarten können, dass du fünfzehn Jahre auf mich wartest!«

»Ich hätte es aber getan, Philipp. Ich liebe dich.« Ich beugte mich zu ihm und umarmte ihn.

14. Mit bitterem Nachgeschmack

Angelo Catani sah mit seinen schwarzen Ringellocken, der dunklen Haut und den kaffeebraunen Augen zwar aus, als ob er direkt aus Sizilien kommen würde, reagierte aber auf Philipps »Buon giorno« mit einem sehr schwäbisch eingefärbten »Grüß Gott, Herr Kammersänger!«. Und als Nachsatz: »Ich vermute, Ihr Italienisch ist besser als meines. Ich bin in Stuttgart geboren und aufgewachsen – als Sohn eines Italieners und einer Deutschen. Italien kenne ich nur aus dem Urlaub und da haben sich meine Verwandten immer darüber beschwert, dass mein Italienisch lausig ist.«

Philipp lächelte ihn an. »Juliane, darf ich dir Herrn Catani vorstellen? Herr Catani, das ist Frau Doktor Pfeiffer. Sie wissen, warum wir mit Ihnen reden wollen?«

»Moment bitte!« Angelo Catani nahm das Telefon ab, wählte eine kurze Nummer und sprach in den Hörer hinein. »Hier Angelo. Kann einer von euch mal für eine halbe Stunde übernehmen? Ich muss geschwind was erledigen.« Mit einem »Alles klar!« legte er wieder auf und lächelte uns an. »Jetzt müssen wir nur noch warten, bis meine Ablösung kommt.«

In dem Moment kam der Aufzug. Ein wohlbeleibter, älterer Mann im schwarzen Overall der Bühnenarbeiter kam zur Portiersloge und nickte Angelo Catani zu.

Angelo Catani lud uns mit einer Handbewegung ein, ihm zu folgen, öffnete eine Glastür, die in einen finsteren Flur führte, und bog da um eine Ecke. Vor uns lag eine Küche mit einem altertümlichen, blau gestrichenen Schrank, einem Herd mit vier Platten, einer Eckbank mit einem Tisch davor, drei Stühlen, einem großen Kühlschrank und einer chromblitzenden, modernen Kaffeemaschine. »Das ist unser Aufenthaltsraum«, erklärte er. »Mögen Sie einen Kaffee? Die Maschine haben wir erst vor einem Vierteljahr gekauft. Wir haben gesammelt und wir sind genug Leute, so dass wir was Anständiges anschaffen konnten.«

»Dann nehme ich einen Cappuccino und …«, Philipp stand auf, zog einen Schein aus der Hosentasche und steckte ihn in ein Sparschwein, das mit der Aufschrift »Kaffeetasse« neben der Maschine stand, »… leiste meinen Beitrag.«

»Das wäre aber nicht nötig gewesen!« Der Portier lächelte mich an. »Und was mögen Sie?«

»Danke, aber ich hatte heute schon mehr als genug Kaffee.«

Ich schaute zu, wie Catani Philipp einen Cappuccino aufbrühte und sich dann einen Espresso zubereitete, in den er reichlich Zucker rührte und den er mit einem Schluck noch sehr heiß trank. »Herr Catani, trinken Sie immer Espresso?«, fragte ich.

»Ja. Diesbezüglich bin ich Italiener. Ich mag keinen Filterkaffee und vor allem mag ich es nicht, wenn der Kaffee abkühlt. Man sagt zwar, kalter Kaffee mache schön, aber meiner Frau bin ich hübsch genug.« Er lächelte und zeigte dabei eine ganze Reihe blitzend weißer Zähne.

Ich schaute Philipp an. Unsere These, dass jemand Catanis Kaffee mit Abführmitteln versetzt hatte, war damit erledigt. Aber was war es dann gewesen? Der Apotheker hatte mir gesagt, dass Laxoberal als geschmacksneutral gelte, er allerdings finde, dass es einen etwas bitteren Nachgeschmack habe.

Philipp rührte ebenfalls Zucker in seinen Cappuccino. »Herr Catani, erinnern Sie sich noch an den 11. Oktober? Die ›Rigoletto‹-Premiere?«

»Den Abend werde ich bestimmt nicht vergessen! Erst ging es mir so dreckig und dann war ich kaum zuhause im Bett, als ein Kollege anrief und mir erzählte, dass Frau Keller umgebracht worden ist und dass es Ihnen ebenfalls nicht gut geht.« Er schob sich auf die Eckbank, stützte den Kopf auf seinen Ellbogen und senkte die Stimme. »Wissen Sie was, Herr Kammersänger? Ich habe mir schon überlegt, ob mich an dem Abend jemand ausgeschaltet hat, um ins Haus zu kommen, ohne dass ich ihn sehe.«

»Ah ja. Heißt das, Sie haben normalerweise kein Problem mit Ihrer Verdauung?«, fragte Philipp.

»Bestimmt nicht. Ich bin zwar angeschlagen, aber nicht wegen meiner Verdauung, sondern wegen der Bandscheibe. Ich war früher Schreiner hier im Haus, aber da muss man richtig anpacken. Das kann ich seit der Operation nicht mehr. Da ist was schiefgelaufen und seitdem sitze ich eben an der Pforte. Den Job könnte ich aber nicht machen, wenn ich was mit der Verdauung hätte. Das Klo – ich meine das, das der Pförtnerloge am nächsten ist – ist hier neben der Küche.«

»Und wie war das am 11. Oktober? Kann es vielleicht sein, dass Sie was Falsches gegessen oder sich einen Darmvirus eingefangen haben? So was geht ja manchmal rum.«

Catani schüttelte den Kopf. »Kann ich mir eigentlich nicht vorstellen. Ich hab zuhause gegessen und meine Frau kocht hervorragend. Sie ist Schwäbin, aber sie kann prima Pasta. Und ihr Sugo!« Er formte einen Kreis aus Daumen und Zeigefinger und küsste seine Fingerspitzen. »Ein Gedicht!«

Philipp grinste mich aus dem Augenwinkel an. »Jetzt wird mir klar, warum Sie so blühend aussehen, Herr Catani. Wenn Ihre Frau Sie selbst bekocht! Beneidenswert! Sie hatten also damals, am 11. Oktober, keine Probleme, als Sie zum Dienst kamen? Wann hat es Sie dann überkommen? Erzählen Sie doch mal – was ist an diesem Tag so gelaufen?« Philipp lehnte sich bequem zurück, auf einen längeren Wortschwall eingestellt, der auch prompt kam.

»Also, ich kam pünktlich und habe den Friedel abgelöst – den kennen Sie doch, Herr Kammersänger? So ein älterer, dicker, der früher mal in der Technik gearbeitet hat? Jetzt ist er Rentner, aber weil er alleinstehend ist und sich zuhause so langweilt, macht er noch drei Dienste in der Woche. Aber kaum saß ich in meiner Loge, kam der Kotzbro…« Er korrigierte sich mit einem kleinen Erröten. »Ich meine, unser gewesener Herr Generalmusikdirektor, obwohl …« Er grinste. »Jetzt darf man wohl sagen, dass er ein Kotzbrocken ist. Also, den haben wir ja alle gemocht wie Zahnschmerzen! Der hat einen noch nicht mal gegrüßt und wenn man ihm die Tür aufgemacht hat oder so was – glauben Sie, der hätte wenigstens danke sagen können? Nee, für den war unsereins doch nur Fußvolk!«

»Sind Sie sicher, dass Müller-Rehling schon kurz nach Ihrem Dienstantritt gekommen ist?«, fragte Philipp.

»Ha ja! Ich hab doch da mal wieder mit seinem Fahrer Krach gehabt. Ein paar Tage vorher ist er mal in der Konrad-Adenauer-Straße vorgefahren und wollte die Karre dort stehen lassen – nur ganz kurz, weil er dem Alten eine schwere Notenkiste hinterherschleppen musste. Ich habe ihm gesagt, dass er da auf keinen Fall stehen bleiben kann – neben dem Landtag fährt doch alle drei Minuten die Polizei durch. Also habe ich ihm erlaubt, dass er zum Ausladen hinten auf den Hof fährt. Den kennen Sie doch, oder? Am Schicksalsbrunnen runter, da wo der große Kulissenaufzug vom Malersaal runterkommt. Also, am 11. Oktober war da das Tor offen, weil wir auf unseren Lkw gewartet haben. Da fährt dieser Kerle doch in den Hof und parkt sein Auto rotzfrech links, wo der Lieferwagen hingehört!« Catani schaute Philipp erwartungsvoll an.

Der lieferte wunschgemäß seinen Kommentar ab. »Das geht doch wirklich nicht!«

»Gell? Also bin ich nach hinten gerannt, um dem klar zu machen, dass er da nicht stehen bleiben kann. Und dann kommt der mir damit, dass der Kotzbrocken es ihm so angewiesen hätte, weil es später regnen tät und er dann nicht um den ganzen Laden herumgehen will. Ich habe ihm dann erklärt, dass in dem Hof nur der Intendant, unsere Bibliothekarin, die Frau Clausner – Sie wissen ja, die sitzt im Rollstuhl und käme anders gar nicht rein – und der Arzt vom Dienst reinfahren darf.«

»Und ansonsten stehen da die Lkws, oder?«, fragte Philipp.

»Ja, natürlich – und deswegen darf man den Hof auch nicht zuparken, sonst können die ja nicht mehr rangieren. Aber ich habe mindestens eine Viertelstunde gebraucht, bis ich den Typen mit dem dicken Mercedes wieder draußen gehabt habe.«

»War in der Zeit jemand an der Pforte?«, wollte Philipp wissen.

»Nein, blöderweise nicht. Ich habe ja nicht damit gerechnet, dass ich mit dem Vogel so eine Ewigkeit rumdiskutieren muss! Ich rufe nur dann eine Vertretung, wenn ich weiß, dass ich für länger als zehn Minuten weg bin – ich meine, das hier ist kein Hochsicherheitstrakt.«

»Stimmt. Zudem würde jeder Fremde sich hier verirren«, lachte Philipp. »Aber als Sie mit dem Fahrer von Müller-Rehling gesprochen haben, ging es Ihnen noch gut?«

Der Portier stand auf, ging zum Kühlschrank, nahm eine Flasche Bitter Lemon heraus, holte sich ein Glas und kam zum Tisch zurück. »Ja, da war ich noch in Ordnung. Das Bauchweh hat erst gegen halb sieben, sieben angefangen.« Er schenkte sich ein und trank einen Schluck. »Da kamen gerade die Musiker und der Intendant hat angerufen und gefragt, ob Sie schon da sind. Als ich ihm gerade erklärt habe, dass ich Sie noch nicht gesehen habe und dass Ihr Wagen auch noch nicht auf dem Parkplatz steht, spüre ich ein Reißen im Bauch – ich hab gedacht, mein Darm explodiert! Dann musste ich auch schon springen und hab's gerade noch aufs Klo geschafft. Und dann … das war wirklich eine Sauerei. Und von da an bin ich alle fünf Minuten gerannt! Ich habe dann die Vera angerufen – Sie kennen doch die Vera Leonhardt, unsere Inspizientin?«

»Ja, natürlich«, lächelte Philipp. »Da fällt mir ein: Ist Vera im Haus?«

Catani schaute auf die Uhr. »Also, wenn ich es richtig weiß, hat sie heute Dienst. Dann wird sie wohl bald kommen. Meist ist sie ab fünf im Haus.«

»Prima. Julchen, wenn wir schon mal da sind, sollten wir uns auch mal mit Vera unterhalten.«

»Gerne. Aber ich habe noch eine Frage an Herrn Catani.« Ich probierte mein charmantestes Lächeln und deutete dabei mit dem Kinn auf sein leeres Glas. »Sie mögen gerne Bitter Lemon. Trinken Sie das öfter?«

»Eigentlich immer«, antwortete der Portier. »Warum wollen Sie das wissen?«

»Wir vermuten, dass Ihnen am 11. Oktober jemand ein Abführmittel verpasst hat. Bitter Lemon wäre natürlich eine gute Möglichkeit, Ihnen so was unauffällig zu verabreichen«, erklärte Philipp. »Nehmen Sie Ihre Flasche oder Ihr Glas mit nach vorne in die Loge?«

»Aber nein, Herr Kammersänger! Wie tät denn das aussehen?« Angelo Cantini klang fast empört. »Wir haben hier keine italienischen Verhältnisse und wir sind auch nicht in der Provinz. In unserer Portiersloge ist Ordnung!«

»Was wir Sänger auch sehr zu schätzen wissen!«, lobte Philipp.

»Gell? Da haben wir auch Ehrgeiz! Wissen Sie, die meisten Leute hier wissen gar nicht, was wir alles tun, aber ohne uns würde es hier nicht so gut funktionieren!«

Ich verkniff mir ein Grinsen und deutete stattdessen auf vier Flaschen Bitter Lemon, die neben dem Kühlschrank auf dem Boden standen. »Sind das Ihre, Herr Catani?«

»Ja, ja – außer mir mag das Zeug niemand. Ich kaufe immer beim Rewe einen Sixpack und bringe den mit. Und dann stelle ich mir immer ein Fläschchen in den Kühlschrank und wenn ich aufs Klo gehe oder eine Pause mache, trinke ich hier ein Glas. Wissen Sie, bei uns vorne muss man ja immer gut heizen, denn wenn da immer wieder die Tür aufgeht, wird's schnell kalt. Da kriegt man leicht einen trockenen Mund. Also, so ein, zwei Liter am Abend trinke ich schon.«

»Und vermutlich hätten Sie es nicht bemerkt, wenn Ihnen jemand Abführtropfen in die Flasche im Kühlschrank gegeben hätte«, mutmaßte Philipp.

»Ja, schon.« Angelo Catani zupfte an seinem linken Ohr. »Aber das wäre schon eine rechte Gemeinheit gewesen!«

»Nun, der, der Ihnen das angetan hat, war am Mord an Blandine Keller zumindest beteiligt – wenn nicht mehr«, sagte Philipp. »Das war eindeutig kein netter Mensch.« Er legte die Hand auf meinen Arm und lächelte. »Übrigens, Herr Catani, ich vermute – oder besser gesagt, ich hoffe, dass Frau Doktor Pfeiffer künftig öfter einen Besuch hier machen wird, wenn ich im Haus bin. Sie müssen dann nicht extra bei mir anrufen. Sie ist mir immer willkommen.«

Zwei dunkle Augen flitzten zwischen uns hin und her, musterten mich neugierig und blieben dann an Philipps rechter Hand auf meinem Arm hängen. Catani bemerkte offenkundig den fehlenden Ehering und lächelte.

»Sie sehen glücklich aus, Herr Kammersänger, wenn ich mir die Bemerkung erlauben darf. Und das freut mich. Ganz ehrlich!« Er stand auf und räumte sein Glas und Philipps Tasse in die Spülmaschine. »Ich muss weitermachen – Post sortieren, bevor unsere Sänger kommen. Oder brauchen Sie mich noch?«

»Nein, aber ich danke Ihnen, Herr Catani.«

Philipp und ich standen ebenfalls auf und Philipp gab dem Portier die Hand.

»Wir schauen noch, dass wir Vera finden. Schönen Abend noch!«

Nachdem wir uns verabschiedet hatten, führte mich Philipp durch ein wahres Labyrinth von Fluren, wobei er immer wieder Bekannte zu grüßen hatte. Schließlich öffnete er eine Stahltür, auf der »Zutritt für Unbefugte verboten« stand, und grinste mich an.

»Sagen wir mal, dass die Suche nach der Inspizientin uns befugt.«

»Und wo suchen wir nach der Lady?«, fragte ich.

»Da, wo sie üblicherweise arbeitet – am Inspizientenpult.«

Die nächste Tür war rot gestrichen und hatte eine Aufschrift »Ruhe bitte! Bühne!« Darüber leuchtete ein grünes Licht. Philipp öffnete und ließ mich eintreten. Der Raum dahinter war spärlich beleuchtet und ich erschrak, denn seitlich stand ein überdimensionaler goldener Adlerkopf. An der

Wand links von mir waren mehrere grüne Konsolen mit diversen Lichtern, Schaltern, Tastaturen und Telefonen, davor standen drei Drehstühle.

Philipp deutete auf die andere Seite der Bühne, die sich jetzt vor uns öffnete. »Das Inspizientenpult ist auf der anderen Seite.«

Auf der Bühne, die durch einige große Scheinwerfer von oben beleuchtet wurde, waren einige Bühnenarbeiter an einer großen Leinwand, die eine Hauswand darstellte, beschäftigt. Einer versuchte, ein Fenster einzupassen, und fluchte dabei in breitestem Schwäbisch.

Philipp winkte zu den Arbeitern hinüber: »Guten Tag, die Herren!«

»Grüß Gott!«, erschallte im Chor.

»Wissen Sie zufällig, wo ich Vera finde?«, fragte Philipp den Bühnenarbeiter.

»Hier, bei der Arbeit!«, antwortete eine fröhliche Frauenstimme von oben.

Philipp nahm mich an der Hand, trat mit mir auf die Bühne und wir schauten nach oben. Gute vier Meter über uns turnte auf einem Steg, der mir sehr schmal erschien, eine schlanke, dunkle Gestalt herum.

»Vera – was machst du da oben?«, fragte Philipp.

»Sänger erschrecken! Warte, ich komme runter.«

Mir wurde schon vom Blick nach oben schwindelig und so schaute ich stattdessen lieber über den dunklen Orchestergraben in den spärlich beleuchteten Zuschauerraum und erinnerte mich daran, wie ich einst, noch keine sechs Jahre alt, an der Hand meiner Mutter, zum ersten Mal dieses Haus betreten hatte – und wie enttäuscht ich damals gewesen war. Nach der prunkvollen Fassade mit der großen Freitreppe und den Säulen hatte ich erwartet, dahinter etwas Prächtiges mit Marmor, Gold und Stuck zu finden, doch stattdessen fand ich einen nüchternen Raum, der viel zu sehr dem Kino ähnelte, in dem ich kurz davor gewesen war. Das war die Nachkriegs-Version der Oper gewesen. Inzwischen war sie restauriert und strahlte in ihrer ursprünglichen Gründerzeit-Pracht.

»Grüß dich, Philipp! Was verschafft uns denn die Ehre deiner Visite an einem freien Tag?«

Eine Frau Mitte vierzig, die dunklen Haare zu einem Pferdeschwanz zusammengebunden, die beneidenswert langen Beine in einer schwarzen Hose und weichen, schwarzen Wildlederstiefeln stellte sich auf die Zehenspitzen und küsste Philipps Wange.

»Du riechst so gut, wo schläfst du denn, wo steht dein Bett?«

»Viel zu weit weg von dem deinen!«, schäkerte Philipp zurück, erwiderte die Umarmung und fragte: »Vera-Schatz, hast du viel zu tun oder kannst du dir auf einen Kaffee Zeit nehmen?«

Die Inspizientin schob die Ärmel ihres schwarzen Rollkragenpullovers nach oben und schaute auf die Uhr.

»Wenn es dich nicht stört, dass ich zu dem Kaffee ein Brötchen reinstopfe ...« Sie sah fragend in meine Richtung.

Ich war ein paar Schritte von ihr und Philipp entfernt stehen geblieben, setzte mich jetzt in Bewegung und streckte ihr die Hand hin. »Hallo. Ich bin Juliane Pfeiffer.«

»Und ich bin Vera Leonhardt.«

Philipp schaltete sich ein. »Verzeiht meinen Fauxpas! Ich hätte die Damen einander vorstellen sollen! Juliane, Vera ist die gute Seele der Bühne hier. Und Juliane habe ich zu verdanken, dass ich so schnell wieder aus Stammheim rausgekommen bin – und einiges mehr.«

»Wie nett, Sie kennen zu lernen!« Die Inspizientin lächelte mich an.

Sie war mir sympathisch und es störte mich nicht, dass sie so unverhohlen mit meinem Liebsten flirtete. Ich kannte Philipp. Sein Charme gehörte zu ihm wie die braunen Augen und die Tatsache, dass er Frauen mag. Er schätzt ihre Gesellschaft, er unterhält sich gerne mit ihnen, er ist zu inniger Freundschaft mit Frauen fähig – und er kennt seine Grenzen.

Dennoch schien er Sorge zu haben, ich könnte eifersüchtig werden. Er legte die Hand zwischen meine Schulterblätter und schaute lächelnd auf mich herunter. »Warst du schon mal in der Kantine?«

»Aber ja doch – Nina Neidhardt hat mir dort schon mal ein Eis gekauft!«, flachste ich.

Vera Leonhardt hatte ein paar Knöpfe auf ihrer Konsole gedrückt und winkte zur Bühne hinüber. »Jungs, ich geh in die Kantine. Ihr kommt eine halbe Stunde ohne mich klar? Falls Ronny auftaucht, sagt ihm bitte, dass der Verfolger auf der Vier wieder in Ordnung ist!« Sie lächelte uns an. »Wir müssen schnell machen. Ich muss nachher noch den Aufbau für den Onegin abnehmen – wir sind heute spät dran.«

Sie marschierte energisch durch eine Tür in den Garderobengang, führte uns eine Treppe hinauf und dann wieder einen Flur hinunter. Dann ging es durch eine Tür, die Philipp für uns aufhielt.

Zu mir gewandt sagte Vera Leonhardt: »In diesem Irrenhaus ist man wenigstens vor Langeweile sicher. Andererseits ist es nicht ganz einfach, mit den Dienstzeiten hier das Privatleben geregelt zu kriegen. Mein Mann ist bei der Polizei und hat bis vor drei Jahren auch im Schichtdienst gearbeitet. Aber jetzt hat er zum Glück normale Dienstzeiten, wenn nicht gerade ein Sondereinsatz wegen einer Demo oder einem Fußballspiel angesagt ist.«

Wir waren in der Cafeteria angekommen, einem großen, mit hellen Tischen und Plastikstühlen ausgestatteten Raum. Am Fenster, das in den Schlossgarten hinaus zeigte, kümmerten einige Topfpflanzen, gegenüber der Fensterfront stand eine lange Theke, in der unter Glas belegte Brötchen und mit Plastikhauben abgedeckte Salatschüsseln auf Interessenten warteten. Eine rundliche Frau mit weißer Kittelschürze und Häubchen versorgte gerade einen Bühnenarbeiter mit Suppe.

Philipp steuerte einen Tisch am Fenster an, lächelte Vera und mich an und fragte: »Was darf ich den Damen servieren?«

»Kann ich bitte eine Limo bekommen?«, bat ich.

Vera marschierte schon zur Theke. »So viele Hände, dass du alles tragen kannst, hast du nicht!«

Sie schnappte sich ein Tablett, suchte sich ein Brötchen und einen Salat aus, nahm Besteck und eine Serviette aus einem Regal und ließ sich von der Bedienung einen Becher Kaffee reichen.

Philipp unterdessen konnte einem Stück Apfelkuchen nicht widerstehen, holte sich ebenfalls einen Kaffee, füllte an einem Automaten einen Becher mit Limonade und kam damit zum Tisch.

»Zu schade. Bitter Lemon gibt's hier nicht!«, stellte er fest, als er sich neben mich setzte. »Ich hätte jetzt Lust darauf gehabt.«

Vera schluckte. »Musst du an der Pforte den Catani fragen. Der trinkt das Zeug eimerweise und hat immer einen Vorrat in der oberen Küche.«

»Da waren wir gerade – nachdem ich vorher gar nicht gewusst hatte, dass in dem Teil des Baus eine Küche ist.« Philipp stach in seinen Apfelkuchen. »Ich wundere mich nur, dass Müller-Rehling es gewusst hat.« Er wandte sich an die Inspizientin, die ihn neugierig anschaute. »Vera, hast du mitgekriegt, dass am 11. Oktober die Pförtnerloge nicht durchgehend besetzt war?«

»Klar. Ich war mehr oder weniger schuld daran!« Vera kaute und schluckte. »Catani hat bei mir angerufen und gesagt, dass er mörderisch Durchfall hat. Ich konnte ihn aber nicht ablösen lassen, weil sich unser Rigoletto-Regisseur ein verflixt kompliziertes Bühnenbild ausgedacht hat, in dem andauernd die Bühne gedreht, was umgebaut, eingespielt oder sonst was gemacht werden muss. Da wollte ich bei der Premiere nicht riskieren, dass ich zu wenig Leute habe, und habe keinen rübergeschickt.«

»Verzeih, aber der ›Rigoletto‹ verlangt nun mal dauernd verschiedene Settings!«, protestierte Philipp.

»Armes Schnucki!«, kicherte die Inspizientin. »Aber zurück zur Premiere: Ich habe wirklich alle Bühnenarbeiter gebraucht und bevor irgendein Umbau hängt, lasse ich lieber die Pförtnerloge eine Weile unbesetzt.« Sie schob Mais auf ihre Gabel. »Aber nun erklär mir mal, was ihr beide hier veranstaltet.«

»Wir versuchen, rauszukriegen, ob Müller-Rehling lügt«, antwortete Philipp.

»Ohne zu wissen, worum es konkret geht: Dem traue ich alles zu – nur nix Anständiges. Allerdings gebe ich zu, dass ich fast auf den Hintern gefallen bin, als ich gehört habe, dass Ölert die Keller erwürgt hat. Auf den wäre ich zuletzt verfallen.«

»Warum?«, erkundigte ich mich gespannt.

»Wenn ich mir vorstelle, dass der da auf der dunklen Hinterbühne erst den Rosner – den Requisiteur – ausgetrickst und weggesperrt und dann die Keller erwischt und in den Sack gesteckt hat ... Das erfordert doch eine Menge Kaltblütigkeit und auch Mut. Und dann dieser kleine Schleimer, der sich in die Hose gemacht hat, wenn sein großer Herr und Meister ihn angepampt hat? Außerdem habe ich die ganze Zeit gedacht, dass der, der die Keller umgebracht hat, sich hier im Laden wirklich ausgekannt haben muss. Aber der Ölert hat doch Karte und Kompass gebraucht, um vom Büro seines großen Maestros zum Klo zu finden! Und weißt du, was ich ebenfalls schräg fand?«

»Hmm?«, machte Philipp.

»Ölert gehörte zu den wenigen Leuten, die mit der Keller eigentlich nicht schlecht ausgekommen sind. Klar, sie hat ihn teilweise auch fies und von oben herunter angemacht, aber das war er ja gewohnt. Aber sonst waren die recht nett miteinander.«

* * *

Den Jahreswechsel hatten wir ganz ruhig absolviert, dafür war dann die Premiere vor vollem Haus in Baden-Baden aufregend gewesen – und ein großer Erfolg. Die Kritiken waren geradezu euphorisch, wobei meine Kollegen nicht nur den Regisseur, sondern auch den Sänger Philipp Boch gepriesen hatten. Und nun war es Samstag und wir steuerten schon die dritte Vorstellung an.

Philipp hatte sich allerdings ein wenig erkältet, weswegen er beschlossen hatte, nach dem Essen ein ausführliches Bad zu nehmen und sich dann für eine Weile in die Horizontale zu begeben. Mir war nicht nach Schlafen und ich wollte ihn nicht stören, weswegen ich beschloss, mir in der Halle des Hotels am Festspielhaus, in dem wir uns für die Woche einquartiert hatten, ein paar Zeitschriften zu kaufen und einen Kaffee zu trinken.

Als ich beim Portier am Tresen stand, sah ich Christopher aus dem Aufzug kommen. Wir waren die letzten Tage immer nur aneinander vorbeigerannt – er war damit beschäftigt gewesen, Mischa zu helfen, ich hatte mit Philipp und einem Fachartikel, den ich in den letzten Tagen vollendet hatte, genug zu tun gehabt.

Christopher hatte sich mit Daunenjacke, Handschuhen, Mütze und Schal eingemummelt, dennoch war nicht zu übersehen, dass er blass und abgekämpft aussah.

»Christopher!«

Er erschrak fast, als ich ihn ansprach, zwang sich dann aber ein Lächeln ab. »Hallo, Frau Doktor Pfeiffer!«

»Du bist jetzt nicht mehr mein Student, sondern der Assi meines besten Freundes. Also wird's Zeit, dass wir uns duzen und jetzt zusammen Kaffee trinken.«

Ich nahm seinen Arm und führte ihn zu einer gemütlichen Sitzecke mit Blick auf die wie verzuckert aussehenden Hügel des Schwarzwalds.

»Ich wollte eigentlich eine Runde spazieren gehen …« Christopher schaute hinaus, dann lächelte er, zog Handschuhe, Schal und Mütze aus, schlüpfte aus seiner dicken Jacke, legte alles auf einen freien Sessel und setzte sich. »Aber es ist eh zu kalt.« Er schaute einem der Ober entgegen, der auf uns zukam.

Wir bestellten beide Latte macchiato und Christopher dazu noch Petits Fours.

»Ich darf Sie ...« Er korrigierte sich sofort. »Ich darf dich doch einladen? Ich verdiene jetzt nämlich richtig gut!«

»Du darfst – wenn du mir erzählst, warum du gerade so unglücklich aussiehst! Was ist los? Stress mit Mischa?«

»Nein, um Himmels willen! Ganz im Gegenteil!« Jetzt kam sogar ein bisschen Farbe in sein schmales Gesicht. »Er ist das Beste, was mir seit langem passiert ist. Wissen Sie ...«, wieder korrigierte er sich sofort. »Weißt du – sorry, ist noch ein bisschen ungewohnt –, ich habe mir lange überlegt, was ich nach dem Studium machen soll, und ich habe mich auch schon um zwei Kapellmeisterstellen beworben.« Ein Schatten zog über sein Gesicht. »Ich meine, außer dem saudummen Fehlversuch in Stuttgart, bei dem eigentlich von Anfang an klar war, dass das nicht funktionieren kann!«

Er nestelte an der Manschette seines schwarzen Hemdes und ich grinste in mich hinein: Offenkundig richtete er sich neuerdings auch modisch nach seinem Chef. Sein schwarzes Hemd mit Stehkrägelchen sah aus, als wenn er es bei Mischa ausgeliehen hätte.

»Ich hoffe, du bist Herrn Boch nicht mehr böse deswegen.«

»War ich nie. Ich sollte ihm vielleicht sogar mal danken – er hat mich da vor etwas bewahrt.« Christopher probierte sein erzwungenes Lächeln. »Ich dachte eigentlich, es wäre gut für mich, ein bisschen von Stuttgart wegzukommen. Andererseits: Wo kriege ich so viel Musik geboten wie in Stuttgart? Und alle meine Freunde sind da. Und dazu kommt, dass ich mich nicht auf Oper festlegen möchte.«

Der Ober kam und brachte uns zwei Gläser mit schaumgekröntem Latte macchiato und eine große Platte mit Petits Fours. Während ich vorsichtig zwei Zuckerstückchen in meinem Latte versenkte und umrührte und dann in ein Petit Four biss, erzählte Christopher mit leuchtenden Augen: »Dass Mischa ein toller Dirigent ist, habe ich schon an der

Hochschule gewusst, aber was ich wirklich nicht erwartet hätte, ist seine Fairness. Ich weiß es von Studienkollegen und von meinen Praktika, dass man als Assi normalerweise ganz unten in der Futterkette steht. Und als ich die Stelle angetreten habe, bin ich davon ausgegangen, dass ich jetzt erst mal zwei Jahre lang den Bleistift und die Klappe halte, meinem Chef die Koffer und den Hintern hinterhertrage und bei Proben hauptsächlich dafür verantwortlich bin, genug Kaffee zu beschaffen. Und das wäre auch okay gewesen – Lehrjahre sind nun mal keine Herrenjahre.« Er verstummte, um auch ein Petit Four zu essen.

Ich lachte und trank einen Schluck Kaffee. »Dafür darf man dann später auch mal seine Assistenten herumscheuchen.«

»Darf ich dann nicht, weil mein Chef mich nicht scheucht. Er trägt seine Koffer selbst und ich darf regelmäßig ans Pult – und das nicht nur, wenn er mal keine Lust hat oder anderweitig beschäftigt ist. Er ist fast immer in der Nähe, guckt mir zu und sagt mir hinterher, woran ich noch zu arbeiten habe.«

»Du hast also den perfekten Chef erwischt und bist im Job zufrieden. Verrätst du mir jetzt, warum du trotzdem aussiehst, als ob du mindestens eine Woche nicht geschlafen hättest?«

»Naja ...« Christopher schaute über mich hinweg hinaus in den verschneiten Garten. »Altlasten ...«

»Ich finde die Bezeichnung ›Altlast‹ für eine so charmante junge Dame wie Clarisse de Gratacarp nicht sehr galant«, grinste ich.

Christopher errötete und schluckte. Ohne mich anzuschauen, sagte er: »Ich habe Clarisse nicht wiedergesehen und auch keinen Kontakt zu ihr gehabt.«

»Ich dachte, sie gefällt dir.«

Christopher beschäftigte sich angelegentlich mit seiner Manschette. »Natürlich gefällt sie mir. Sie ist gescheit, witzig, musikalisch und wunderschön. Und bevor du danach fragst: Mir ist inzwischen, was Blandine angeht, einiges klar geworden und …« Der Faden an seinem Ärmel war offenkundig sehr interessant, denn er war voll darauf konzentriert. »Du musst mich für einen absoluten Idioten halten – so, wie ich mich aufgeführt habe.«

»Du warst verliebt und das soll dem klaren Denken nicht unbedingt zuträglich sein.« Ich lächelte ihn aufmunternd an, erzielte damit aber keine Wirkung.

Sein Gesicht wurde noch düsterer. »Ich war wirklich blöd genug, von einer Zukunft mit Blandine zu träumen! Ich wollte ihr die Welt zu Füßen legen …«

»Ich kenne jemand, der ihr die Sterne vom Himmel holen wollte«, fiel mir ein.

Christopher zog die Augenbrauen zusammen. »Keith?«

»Nein. Ihr Ehemann.«

Einen Augenblick schaute er mich an, dann zupfte er wieder am Fädchen. »Tja … der war wohl mal genauso beknackt wie ich.«

»Was hat dich zu der Erkenntnis gebracht?«, fragte ich.

»Ein Gespräch mit Keith. Es ist ein tolles Gefühl, wenn man gesagt bekommt, dass die Frau, die man verehrt und geliebt hat, eine Schlampe war, die mit allem geschlafen hat, was bei drei nicht auf dem Baum war. Keith hat mir klar gemacht, dass wir Mitglieder eines nicht sonderlich exklusiven Clubs waren. Blandine hatte überall Affären – und mir hat sie vorgespielt, dass sie trotz allem Gewissensbisse wegen des Ehebruchs hätte. Bei Keith gab sie dafür die Abgebrühte, die Superemanze, die nur sich selbst gegenüber verantwortlich ist und sich nimmt, wonach ihr ist.«

Ich wunderte mich über nichts mehr.

»Blandine war eine Frau mit vielen Gesichtern«, sagte ich.

Christopher nickte. »Ich frage mich, ob ich sie überhaupt gekannt habe. Aber auf jeden Fall weiß ich inzwischen, dass ich mich in diese Affäre total hineingesteigert habe. Das, was ich geliebt habe, gab es nicht. Es war ein Produkt meiner

Phantasie, eine Schimäre – und wenn man eine solche durchschaut, merkt man, dass sich ein Monster dahinter versteckt hat. Aber dennoch …« Er verstummte.

»Aber warum hast du dich nicht wieder bei Clarisse gemeldet? Sag mir jetzt nicht, du hättest keine Zeit gehabt! Das war die Männerausrede, bei der ich schon früher einen dicken Hals bekommen habe – und da gab's noch keine Handys! Heute kann mir keiner mehr erzählen, dass er in den zwölf Stunden zwischen neun Uhr morgens und abends keine fünf Minuten Zeit für einen Anruf findet!«

Christopher studierte den Teppichboden. »Die Zeit hätte ich schon gefunden und ich habe ja auch öfter mal an sie gedacht«, gab er zu. »Aber …« Er kam nicht weiter.

»Was aber? Du hast ihr doch offenkundig auch gefallen.«

Auf der einen Seite kam es mir komisch vor, den Jungen zu drängen. Sein Privatleben ging mich schließlich nichts an. Auf der anderen Seite hatte ich das Gefühl, dass er sich festgefahren hatte und Hilfe brauchte.

»Als ich sie nach dem Weihnachtsoratorium heimgefahren habe, haben wir bis halb sechs im Auto gesessen und geredet. Wir haben uns schließlich fast den Hintern abgefroren und ich habe ihr den Fellmantel von Michail Pawlowitsch aus dem Kofferraum geholt. Die zarte Clarisse ist darin fast ersoffen, aber es hat so süß ausgesehen! Wir konnten einfach nicht aufhören, miteinander zu reden, und es war schön. Wir haben uns über Musik unterhalten und Literatur und sie hat mir von der Kanzlei erzählt und warum sie Jura studieren möchte. Sie ist ein großartiges Mädchen …«

»Du schwärmst ja!« Ich lächelte. »Und nun erklärst du mir, warum du die halbe Nacht mit diesem Mädchen redest und dir dabei nach eigener Aussage fast Frostbeulen an edlen Teilen holst und sie dann doch nicht anrufst! Hast du etwa ihre Telefonnummer verbaselt?«

»Nee. Sie hat sie mir selbst ins Handy gespeichert und sie hat mich inzwischen auch mal angerufen, aber da war ich in der Probe und hatte das Handy nicht an.«

»Und warum, zum Geier, hast du dann nicht zurückgerufen? Es wäre ein Gebot der Höflichkeit gewesen!«, schimpfte ich.

Christopher schüttelte den Kopf. »Sie wird mich schnell vergessen haben. Ein Mädchen wie sie bekommt jede Menge Angebote.«

Ich verdrehte die Augen. »Christopher, warum sagst du mir nicht endlich, warum du ihr keines machst?«

»Weil es keine Zukunft hat!« Er schrie fast. Und leiser ergänzte er: »Ich bin noch nicht so weit. Ich muss mich auf meinen Job konzentrieren. Das darf Michail Pawlowitsch für die Chance, die er mir gegeben hat, erwarten.«

»Ich wusste gar nicht, dass der Job mit einer Zölibatsverpflichtung verbunden ist! Meinst du etwa immer noch, du müsstest Blandine über den Tod hinaus die Treue halten, obwohl du mittlerweile weißt, wie sie war?«

»Nein, bestimmt nicht.« Er senkte den Kopf und dachte nach. Endlich schaute er wieder auf, einen sehr entschlossenen Zug um den Mund, der ihn älter und reifer erscheinen ließ. »Juliane, könnten wir ein paar Schritte gehen?«

Mir war klar, dass die Bitte weniger einem Bedürfnis nach frischer Luft als der Tatsache geschuldet war, dass inzwischen zwei ältere Damen am Nebentisch Platz genommen hatten und immer wieder neugierig zu uns herüberschielten.

»Ich hole mir meinen Mantel!«, kündigte ich an und sauste Richtung Aufzug.

15. Cherchez la femme

Philipp lag auf dem Bauch, den linken Arm über dem Kopf, das Gesicht zur Seite gedreht. Die Decke war nach unten gerutscht und ich zog sie wieder nach oben über seine Schultern und beugte mich über ihn, um seine Stirn zu küssen. Er brummelte im Schlaf und ich musste lächeln.

Dann ging ich in den Wohnbereich unserer Suite und schrieb auf einen Zettel: »Bin mit Christopher spazieren. Komme spätestens um fünf wieder zurück. Kuss, Jule.«

Ich nahm meinen Mantel, Schal und Handschuhe, schlüpfte in die dicken Winterstiefel und fuhr hinunter in die Hotelhalle. Christopher erwartete mich vor dem Lift.

»Ich hoffe, ich halte dich jetzt nicht von was ab. Ich meine, du bist schließlich nicht nach Baden-Baden gekommen, um dir schon wieder meine Probleme anzuhören.«

»Ich werde aber auch nicht anderweitig gebraucht. Philipp schläft – und ich bin froh, weil er leicht erkältet ist und das so am besten loswird.«

»Naja – Regie und den Eisenstein singen – das ist ein Brocken!« Christopher zeigte Verständnis. »Ich war die letzten Tage schwer beeindruckt, wie er das stemmt.«

»Er tut auch einiges dafür«, lobte ich meinen Liebsten. »Philipp ist sagenhaft diszipliniert – solange es nicht um Apfelkuchen und Meeresfrüchte geht«, sagte ich lächelnd und folgte Christopher aus dem Hotel hinaus auf die verschneite Straße.

Unsere Schritte knirschten im angefrorenen Schnee, als wir durch ein Villenviertel hinter dem Hotel einen Hügel hinaufgingen.

Ich merkte, dass Christopher sehr nachdenklich war, und wartete geduldig, bis er nach längerem Schweigen sagte: »Wegen Clarisse …« Er atmete tief durch und mit einem Seufzen wieder aus. »Ich habe Angst, Juliane. Ich bin in Clarisse verknallt und ich habe Angst.«

»Das muss ich jetzt nicht verstehen, oder?«

»Du kannst das nicht verstehen.« Wieder fiel er in ein langes Schweigen, dann blieb er vor mir stehen. »Versprichst du mir, dass das, was ich dir jetzt erzähle, unter uns bleibt? Ich möchte nicht, dass jemand davon weiß – weder Michail Pawlowitsch noch Herr Boch. Und noch weniger möchte ich, dass irgendwelche offiziellen Stellen davon erfahren.«

Ich schaute zu ihm hinauf und studierte sein schmales, blasses Gesicht. »Christopher, reden wir über den Mord an Blandine?«

Mir war, als wenn die Puzzlestücke, die mir gefehlt hatten, plötzlich an ihren Platz fielen, und das Bild, das ich jetzt erkennen konnte, gefiel mir überhaupt nicht.

»Christopher, wenn es das ist, was ich fürchte, musst du zur Polizei gehen!«

Ich hörte mir zu und wusste dabei, dass ich an Christophers Stelle keine Aussage machen würde.

»Das kann ich nicht«, sagte er leise – und dann schlug er mit der Faust gegen den Baumstamm, neben dem er stand. »Das kann ich nicht!«, wiederholte er lauter und schlug noch einmal gegen die raue Rinde. »Verdammt noch mal, Juliane, ich renne seit Wochen rum wie ein Huhn ohne Kopf! Ich kann nicht schlafen, wenn ich daran denke. Weißt du, als Boch verhaftet wurde, habe ich mir eingebildet, dass ich falsch liege, dass er Blandine umgebracht hat, weil sie ihn nicht rangelassen hat – aber ich hab doch selbst gewusst, wie sie hinter ihm her war! Und dann hieß es, Ölert habe Blandine im Auftrag von Müller-Rehling umgebracht, und ich war so froh! Ich sagte mir, dass ich mir alles nur eingebildet und verrückt gespielt habe.«

»Aber jetzt glaubst du nicht mehr dran, dass es Ölert war?«

»Glaubst du es?«, fragte er zurück.

Eine Frau, die auf der anderen Straßenseite ihren Hund spazieren führte, sah zu uns herüber.

Ich nahm Christophers Arm und sagte: »Komm. Lass uns weitergehen. Und dabei erzählst du mir die Geschichte von Anfang an.«

Wir gingen ein Stück die Straße hinauf, wobei Christopher nach Worten zu suchen schien. »Von Anfang an ...« wiederholte er. »Das wird eine lange Geschichte!«

Ich schaute auf die Uhr. »Es ist halb vier. Wir haben also noch jede Menge Zeit, bevor dein Boss und mein Anhang uns brauchen.«

»Okay, dann von Anfang an. Meine Mutter kommt von der Schwäbischen Alb von einem Bauernhof. Mit fünfzehn ist sie von zuhause abgehauen und nach Stuttgart gekommen, wo sie eine Schneiderlehre gemacht hat. Dabei hat sie immer von der großen, weiten Welt geträumt – und sie meinte, die im Theater zu finden. Drei Jahre, nachdem sie mit ihrer Lehre fertig war, hat sie sich im Theater beworben und die haben sie genommen. Ein Jahr saß sie in der Schneiderei, dann wurde sie Garderobiere im Schauspiel. Dort begegnete ihr mein Erzeuger. Er war Schauspieler, mehr als zehn Jahre älter als sie. Für sie war es die große Liebe, für ihn wohl nur ein Abenteuer. Als sie ihm sagte, dass sie schwanger ist, hat er ihr Geld und eine Adresse in Holland gegeben. Meine Mutter ist tatsächlich hingefahren – sie hatte kein Geld, nur eine kleine Wohnung, und sie wusste, dass ihre Eltern toben würden, wenn sie mit einem unehelichen Kind heimkommt.«

Wir waren am Waldrand angekommen und ich drehte mich um, um auf die verschneite Stadt hinunterzuschauen.

In Christophers erneutes Schweigen hinein sagte ich: »Aus der Tatsache, dass du neben mir stehst, nehme ich an, dass sie nicht abtreiben ließ.«

»Sie hat es nicht übers Herz gebracht. Also fuhr sie wieder heim und sagte meinem Erzeuger, dass sie das Geld als Anzahlung auf den Unterhalt sehe und das Kind kriegen werde. Danach hat sie darum gebeten, in die Oper versetzt zu werden. Sieben Monate später wurde ich geboren. Von da an war ich der Mittelpunkt ihres Lebens und als sie entdeckte, dass ich musikalisch bin, hat sie sich weiß wie krummgelegt, dass sie mir Klavierstunden und eine Geige und später eine Flöte und einen Flügel und die ganzen Stunden zahlen konnte. Sie ging neben ihrem Job in der Oper sogar noch putzen. Und nach dem Flop mit meinem Erzeuger hat sie nie wieder einen Mann angeguckt. Sie meinte, dass wir beide einander genügen und sie niemanden außer mir brauche.«

»Ach, du Sch…ande!«, rutschte mir raus. »Das ist ein hoher Anspruch an ein Kind.«

Wir gingen langsam am Waldrand entlang.

»Als Kind habe ich das noch nicht so empfunden«, sagte Christopher. »Da war es toll, dass ich meine Mutter ganz für mich hatte und sie alles für mich tat. Aber als ich dann älter wurde, war es weniger schön. Ich hatte in der Schule schon genug Probleme, weil ich klassische Musik mochte und nicht auf irgendwelche Popgruppen stand. Und dann habe ich mir mit elf beim Sport den Arm gebrochen. Meine Mutter bekam fast die Krise und wollte mich vom Sport befreien lassen. Da hatten wir den ersten großen Krach. Ich mochte Sport und außerdem hatte ich keine Lust, noch mehr zum Außenseiter zu werden. Es war nervig genug, dass ich immer wieder wegen irgendwelchen Musikwettbewerben von der Schule befreit wurde. Ich habe einige gewonnen und schon mit zwölf Konzerte gegeben. Meine Mutter platzte fast vor Stolz. Aber dann sprach Professor Kerth, meine Klavierlehrerin, ein Machtwort. Sie hielt gar nichts davon, dass ich so quasi als ›Wunderkind‹ durch den internationalen Musikzirkus gejagt werden sollte.«

»Adina Kerth ist eine gescheite Frau!«, lobte ich.

»Ich war ihr dankbar. Zum einen hatte ich mittlerweile die erste Freundin und wollte deswegen nicht dauernd weg und zum anderen hatte ich damals schon darüber nachgedacht, ob ich wirklich Pianist werden oder lieber dirigieren wollte.«

»Und die Freundin?«, erkundigte ich mich. »Wie fand deine Mutter das?«

»Die wusste von nichts. Sie hat mir immer erzählt, dass nichts und niemand zwischen uns kommen solle, also habe ich ihr das nicht erzählt.«

»Aber es hätte ihr doch klar sein müssen, dass du dich irgendwann für Mädchen interessieren und verlieben wirst!«, warf ich ein. »Das ist doch normal!«

»Normal! Was ist normal? Normal wäre es wohl auch, dass eine junge Frau sich irgendwann von einer Enttäuschung erholt und sich wieder verliebt. Aber meine Mutter war total auf mich fixiert. Sie meinte wirklich, sie müsse für mich auch genug sein – und als die Geschichte mit Sophie herauskam, war die Hölle los! Sie hat getobt – sie lasse nicht zu, dass eine kleine Schlampe ihr den Sohn wegnehme. Dieses Mädchen würde meine Karriere kaputtmachen und unsere Gemeinsamkeit zerstören und ich müsste mich sofort von ihr trennen. Ich weigerte mich, aber sie hat tagelang geheult – bis ich nachgegeben habe. Ich hing an meiner Mutter und wollte sie nicht unglücklich machen.«

»Und dir ist damals nicht aufgefallen, dass sie dich unglücklich gemacht und in einen Bereich deines Lebens eingegriffen hat, in dem Mütter keine Rechte haben?«, fragte ich, obwohl ich die Antwort eigentlich schon wusste.

Christopher lehnte sich an einen Baum. »Ich hatte eine ordentliche Gehirnwäsche abbekommen. Aber die hat nicht verhindert, dass ich mich wieder verliebt habe. Da war ich dann allerdings gescheiter und habe dafür gesorgt, dass meine Mutter wirklich nichts mitkriegt. Das ging einmal gut, aber bei der nächsten Freundin hatte ich dann wieder Stress. Die hatte überhaupt keine Lust, von mir geheim gehalten zu werden, mich nicht zuhause anrufen oder besuchen zu können und mich so selten zu sehen. Zudem wollte sie – wir waren inzwischen achtzehn – mit mir in den Sommerferien eine Tour nach England machen. Sie war ein Opernfan und wollte unbedingt nach Glyndebourne. Also habe ich meiner

Mutter davon erzählt – Neuauflage des Dramas, das wir damals wegen Sophie hatten. Nur habe ich dieses Mal nicht nachgegeben, obwohl sie sogar mit Selbstmord gedroht hat. Ich fuhr nach Glyndebourne – und meine Mutter heulte Rotz und Wasser. Trotzdem bildete ich mir ein, dass ich jetzt endlich für immer durchgekämpft hätte, dass ich ein Liebesleben habe und meine Mutter sich schon daran gewöhnen wird.«

»Hat sie aber nicht, oder?«

Er zuckte mit den Schultern. »Eine Weile hat sie getan, als ob nichts wäre. Also habe ich Julia – so hieß meine Freundin – zu uns eingeladen. War eine ganz schlechte Idee! Meine Mutter hat sich unmöglich benommen. Sie ist auf Julia losgegangen und hat sie übelst beschimpft. Julia war natürlich stinksauer, wir bekamen Streit und das war es dann. Ich habe danach natürlich meiner Mutter eine Riesenszene gemacht, aber das nützte auch nichts mehr. Kurz danach haben Julia und ich Abi gemacht und sie ging zum Studium in die USA.«

»Und du?«, fragte ich, weil er wieder schwieg.

»Verzeih – ich war kurz in Gedanken. Ich fuhr nach dem Abi mit meiner Mutter nach Bayreuth – ihr Geschenk zum Abschluss. Danach habe ich mit dem Studium angefangen. Ich wollte eigentlich nach Salzburg ans Mozarteum, aber meine Mutter hätte das nicht verkraftet, darum bin ich in Stuttgart geblieben. Alles war fein, bis Blandine auftauchte. Ich hatte schon lange für sie geschwärmt und als ich sie dann kennenlernte, war ich hingerissen. Aber dann ging es rund: Blandine hat mir klar gemacht, dass ich mit dem Studium nicht weiterkomme, wenn ich mich nicht endlich entscheide. Ich habe ja die ganze Zeit Klavier und Orchesterleitung parallel gemacht. Aber das hat nicht wirklich funktioniert. Ich wäre bei Schott nicht in die Meisterklasse gekommen, wenn ich mich nicht endgültig und eindeutig für Orchesterleitung entschieden hätte.«

»Lass mich raten: Deine Mutter war darüber nicht glücklich?«

»Sie hat mich immer als Pianisten gesehen und fand, dass Orchesterleitung viel zu hart ist. Darin würden es nur die wenigsten schaffen, während man mit dem Klavier immer sein Geld verdienen könne. Also hatten wir wieder einmal eine Auseinandersetzung und in deren Verlauf habe ich dummerweise erwähnt, dass ich mit Blandine darüber geredet hatte. Meine Mutter rastete total aus – sie hat für Blandine gearbeitet und mochte sie nicht.«

»Na ja, Blandine hatte kein glückliches Händchen im Umgang mit Garderobieren«, erwähnte ich.

»Ganz sicher nicht. Dennoch ist meine Mutter da weit übers Ziel hinausgeschossen. Am Tag nach unserem Krach hat sie einen mit Blandine angefangen. Sie hat Blandine gefragt, wie sie dazu komme, sich einzumischen. Blandine wurde dann auch sauer und hat meiner Mutter empfohlen, endlich aufzuhören, in mein Leben reinzupfuschen. Es muss heftig gewesen sein.«

»Oh je«, seufzte ich.

Christopher nickte. »Das war aber noch nicht alles. Danach kam die Geschichte mit der Bewerbung. Die Oper suchte einen zweiten Kapellmeister und meine Mutter fand, dass das ein Job für mich sei. Da wäre ich wenigstens in ihrer Nähe. Dafür war sie sogar bereit, sich wieder bei Blandine einzuschmeicheln. Sie meinte, wenn die schon Interesse an mir hätte – wobei ihr da noch nicht die Idee gekommen ist, wie weit das reichte –, sollte sie ihren Einfluss für mich nutzen. Aber dann – so sah es jedenfalls meine Mutter – haben Müller-Rehling und Boch mich fertig gemacht. Ich habe ihr erklärt, dass denen gar nichts anderes übrig geblieben ist, weil ich nicht genug Erfahrung und noch nicht mal meinen Abschluss hatte, aber sie hat sich in den Kopf gesetzt, dass Blandine die Finger im Spiel hatte. Blandine habe verhindert, dass ich engagiert werde, um meine Mutter zu ärgern.«

Ich fasste mir an den Kopf. »Okay, bei Müller-Rehling hätte ich das nachvollziehen können. Aber bei Philipp? Wie um Himmels willen hätte sie den beeinflussen sollen?«

Christopher lachte bitter auf. »Wusstest du nicht, dass Blandine und Philipp was miteinander hatten?«

»Ich dachte, das Thema wäre durch!«, seufzte ich.

Christopher verdrehte die Augen. »Du und ich sind damit durch. Meine Mutter offensichtlich nicht. Boch war immer eines ihrer speziellen Hassobjekte. Sie fand seine Frau toll – so eine schöne, immer freundliche Person, eine richtige Dame – und sie sei so geschlagen mit diesem Mistkerl von einem Ehemann, der sie dauernd nach Strich und Faden und mit jeder seiner Partnerinnen betrüge.«

»Wie bitte?« Ich konnte es nicht fassen. »Deine Mutter ist die Erste, die ihm so was nachsagt!«

»Die Erste und Einzige!« Christopher lächelte ein wenig schräg. »Außer meiner Mutter und seiner …«, er suchte nach einem Wort, »… Noch-Ehefrau glaubt wahrscheinlich niemand, dass Boch seinen Don Giovanni so verinnerlicht hat! Und schon gar nicht mit Blandine!«

»Deine Mutter sollte eigentlich wissen, dass Opernsänger, wenn sie einigermaßen begabte Schauspieler sind, kein Problem damit haben, auf der Bühne dem Partner, den sie hinter den Kulissen am liebsten erschlagen würden, ihre Liebe zu gestehen!«, sagte ich.

Christopher seufzte wieder einmal. »Es ist blöd gelaufen. Meine Mutter hat jemand im Bethesda-Krankenhaus besucht. Dabei hat sie Blandine gesehen, die in der Gegend unterwegs war. Neugierig, wie sie ist, ist sie Blandine in die Stitzenburgstraße hinterhergefahren. Da stand Bochs Jaguar auf dem Parkplatz …«

»Ach, du Sch…!«, entfuhr es mir.

»Die Geschichte kochte hoch: Mutter war sowieso stinkesauer wegen der Kapellmeister-Geschichte. Dann bekam sie noch mit, dass Boch seine Frau verlassen hatte, damit war für sie vollends klar, dass er was mit Blandine hat. Sie hat Blandine angemacht – und die ging hoch wie eine Rakete! Sie hat meiner Mutter gedroht: Wenn sie nicht endlich aufhöre, Terz zu machen, sorge sie dafür, dass meine Mutter ihren Job loswerde. Von da an war Krieg.« Er atmete tief durch. »Du weißt, wie Blandine war. Sie hat auf mich eingewirkt, dass ich mich auf meine eigenen Füße stelle. Sie bot mir sogar an, mich als Korrepetitor zu engagieren, damit ich was verdiene – aber ich wollte nicht von Müller-Rehlings Geld leben. Und dann kam es noch dicker ...«

»War das noch nicht genug?« Ich kam mir vor, als wenn ich gerade in einer Seifenoper gelandet wäre.

»Nee, leider nicht. Blandine hat – ganz aus Versehen, sagte sie – ein Bild von mir in der Garderobe ›verloren‹ ...«

»Oh nein!«

Martina Jelinek hatte erzählt, dass Blandine auch »Erinnerungsfotos« gesammelt habe. Dementsprechend war ihr Bild von Christopher wahrscheinlich nicht fürs Programmheft eines Kirchenkonzertes geeignet gewesen.

»Oh doch!«, sagte Christopher. »Und du ahnst nicht, was danach zuhause abging! Mutter hob fast ab und ich bin auch laut geworden. Jedenfalls endete die Szene damit, dass ich bei Nacht und Nebel abgehauen bin, und sie schwor, dass sie Blandine ...«

Ich schluckte und stellte mir vor, wie sich Mutter Mägerle wohl gefühlt hatte. Im Gegensatz zu ihrem Sohn, der zu der Zeit noch unter Verblendung in Sachen Blandine litt, hatte die Garderobiere ja gewusst, wes Geistes Kind die Geliebte ihres Sohnes war. Und da war noch etwas.

»Christopher, hat deine Mutter mitgekriegt, dass Blandine mit Keith van Dyck zugange war?«

»Natürlich«, bestätigte Christopher. »Das und vieles mehr – nach dem, wie meine Mutter es dargestellt hat, war Messalina im Vergleich zu Blandine eine müde Anfängerin. Aber das habe ich damals natürlich nicht geglaubt. Ich habe Blandine mit Zähnen und Klauen verteidigt – und damit wahrscheinlich ...« Er blieb wieder stehen und schwieg. Nach einer Weile sagte er: »Und da unten liegt die Stadt und sieht so friedlich aus. Von hier aus ist es schwer, sich vorzustellen, dass es unter diesen Dächern Streit, Eifersucht und Hass geben soll ...«

»Ich glaube, davon bleibt niemand verschont. Es gehört zum Menschsein.«

Mir war kalt und ich war nicht sicher, ob das Frösteln von außen oder von innen kam. Mir tat der Junge leid, der neben mir stand, die Arme um den mageren Körper geschlungen. Ich schämte mich, weil ich ihn für larmoyant gehalten hatte. Er hatte dieses Päckchen seit Wochen mit sich herumgetragen, er hatte es geschafft, trotzdem seine Prüfung abzulegen und sich auf seinen Job zu konzentrieren. Das bewies mehr Format, als ich ihm zugetraut hatte.

»Wann hast du das erste Mal gedacht, dass deine Mutter …?« Ebenso wie er vorher schaffte ich es nicht, den Satz zu Ende zu bringen.

»Das erste Mal?« Christopher drehte sich zu mir und ich sah, dass seine Lippen fast blau vor Kälte waren. »Als Blandine beim ›Rigoletto‹ tot auf der Bühne lag.«

Er hatte Tränen in den Augen und ich nahm ihn in die Arme. »Oh, Christopher …«

Er hielt sich an mir fest, den Kopf an meiner Schulter. Ich fühlte sein feines Haar unter meinen kalten Händen und streichelte beruhigend seinen Rücken.

»Danke.« Er löste sich von mir, nahm meine Hände und hob sie zum Mund. »Du solltest deine Handschuhe wieder anziehen und wir sollten zurückgehen. Philipp Boch reißt mir den Kopf ab, wenn du dir meinetwegen was einfängst.«

»Du bist auch eiskalt.« Ich zögerte dennoch. »Christopher, weißt du eigentlich, wie Philipp in Verdacht gekommen ist, Blandine ermordet zu haben?«

»Er hatte kein Alibi und man hatte irgendwelche Hinweise – hab ich gehört«, antwortete der Junge.

»Die Kripo bekam einen anonymen Brief, in dem es hieß, er sei Blandines Liebhaber gewesen und sie habe ihn mit irgendwelchen Fotos erpresst.«

Dieses Mal war es Christopher, dem ein »Ach du Scheiße!« herausrutschte. »Anonymer Brief – das riecht auf drei Meilen nach meiner Mutter.«

»Ich fürchte ja.« Ich stellte meinen Kragen hoch und zog meine Handschuhe an. »Komm – wir drehen um.« Eine Weile gingen wir schweigend nebeneinander her, dann fragte ich: »Hast du sie mit deinem Verdacht konfrontiert?«

Christopher schüttelte den Kopf. »Nein. Ich war zu feige. Ich hoffte, ich hätte mich getäuscht, und es wären tatsächlich Boch oder Ölert gewesen. Aber ihr Verhalten …«

»Wie war das denn? Hattest du das Gefühl, es treibt sie um?«

Ein bitteres Auflachen. »In Form von Reue vielleicht? Wenn es das gewesen wäre, hätte ich vielleicht …« Er brach ab. »Nein, ich glaube nicht. Blandine war noch nicht unter der Erde, als Mutter mich anrief und meinte, ich könne jetzt ja wieder heimkommen. Als ich ihr sagte, dass ich mit ihr nie mehr unter einem Dach leben würde, fing sie an zu schreien. Ich sei ein ›undankbarer Balg‹ und genauso ein mieser Kerl wie mein Vater. Ich habe schließlich aufgelegt.«

»Aber sie lässt dich nicht in Ruhe?«, fragte ich.

Christopher atmete tief durch. »Eine Weile dachte ich, sie hätte es begriffen. Aber dann habe ich ihr Auto in der Straße vor meinem Haus gesehen und zwei Tage später stand es dann vor der Hochschule. Schließlich hat sie mich auf dem Pragfriedhof gestellt – da hat sie behauptet, sie wäre am Grab einer Freundin gewesen. Die liegt aber in einer anderen Abteilung. Also habe ich ihr gedroht. Sie soll mich in Ruhe lassen oder ich gehe zur Polizei und erzähle, was ich über Blandines Tod weiß. Ich habe gehofft, dass sie alles abstreitet und sagt, sie habe nichts damit zu tun gehabt. Aber sie hat erwidert, sie glaube nicht, dass ich sie verrate. Ich sei ja immer noch ihr ›Bubele‹.« Es war deutlich zu hören, wie sehr er den Kosenamen inzwischen hasste. »Seitdem gehe ich ihr aus dem Weg.«

»Geht das? Du bist doch mit Mischa öfter mal in der Oper!«

»Da geht sie mir aus dem Weg. Ich habe gehört, sie sei gerade unter Beschuss. Die Sängerin, die sie nach Blandine betreut hat, hat sich beschwert. Außerdem weiß sie, dass Michail Pawlowitsch kein Fan von ihr ist und einschreiten würde, wenn sie mir blöd kommt. Allerdings ist sie im Moment recht friedlich. Ich habe das Gefühl, dass sie sich zunehmend mit der Situation abfindet …«

»Oder sie brütet etwas aus«, sagte ich langsam.

Christopher schüttelte den Kopf. »Nein, das glaube ich nicht«, widersprach er sofort.

Ich überlegte fieberhaft, wie es nun weitergehen sollte.

»Aber du traust dich wegen deiner Mutter nicht an Clarisse ran?«

»Hmm.« Er nickte. »Ich habe das Gefühl, dass meine Mutter friedlich bleibt, solange ich nichts am Status quo ändere. Also halte ich mich von Clarisse fern. Ich könnte nicht damit leben, wenn ihr etwas passieren würde.«

»Oh, Christopher – was für eine furchtbare Situation!«

»Was soll ich tun? Ich kann doch meine Mutter nicht anzeigen! Und du kannst es auch nicht – du hast mir versprochen …« Er schaute mich flehend an.

»Okay. Aber du kannst sie doch auch nicht mit dem Mord an Blandine davonkommen lassen! Du musst sie überreden, sich selbst zu stellen.« Ich fand selbst, dass das lahm klang.

Christopher lachte bitter auf. »Dazu müsste sie einsehen, dass sie Unrecht getan hat. Sieht sie aber bestimmt nicht so. Blandine war ein schlechter Mensch, die Welt hat nicht viel an ihr verloren. Und dass Müller-Rehling bei der Nummer im Gefängnis gelandet ist, bestätigt sie noch.«

»Christopher, du kannst nicht von mir erwarten, dass ich jetzt einfach so weitermache …«

»Juliane, du hast mir versprochen …«, erinnerte er mich.

Ja. Ich hatte es ihm versprochen und ich gehe nicht leichtfertig mit Versprechen um. Zudem verstand ich seinen Konflikt. Sie war trotz allem seine Mutter. Andererseits war sie eine Mörderin.

Ich fror – und dieses Mal war ich sicher, dass es von innen kam. Ich stellte mir die Szene auf der Hinterbühne vor:

Blandine, die nichtsahnend nach hinten kam, an nichts anderes dachte als an das, was sie noch zu singen hatte – sie hatte keine Chance gehabt.

Jetzt passte endlich alles. Als Garderobiere kannte sich Hannelore Mägerle in der Oper aus und fiel nirgends auf. Für sie war es kein Problem gewesen, Wickelgarn zu besorgen. Und nach fünfundzwanzig Jahren in der Oper wusste sie bestimmt auch, wo die Pförtner Pause machten. Herauszufinden, dass Catani Dienst hatte und Bitter Lemon mochte, war bei seiner Gesprächigkeit auch kein Problem. Laxoberal gab es rezeptfrei in jeder Apotheke und dass die Flasche hinten in den Container gerutscht war, war auch zu erklären: In der mittleren Schublade war üblicherweise die »Notfallausrüstung« der Garderobieren, zu der neben dem Nähzeug eben auch Aspirin, Kreislauftropfen und Reisetabletten gehörten. Die, so hatte Philipp berichtet, sollten bei einigen seiner Kollegen den nervösen Magen beruhigen. In einer solchen Sammlung würde ein Fläschchen Laxoberal nicht auffallen. Dazu kam, dass der Wirkungskreis einer Garderobiere nicht auf den Umkleideraum beschränkt war. Wenn es bei einem Umzug schnell gehen musste, erwarteten sie ihre Sänger auf der Hinterbühne. Mehr noch: Philipps Umkleider stand meist ab dem zweiten Akt mit einem Handtuch und der Wasserflasche hinten, damit sich sein Schützling sofort den Schweiß abwischen und etwas trinken konnte.

Also waren Garderobieren und Ankleider auf der Hinterbühne ein vertrauter Anblick. Kein Bühnenarbeiter wunderte sich darüber, wenn sie hinten auf ihren »Star« warteten – wahrscheinlich registrierten sie es noch nicht einmal.

Wir hatten uns den Kopf zerbrochen, wie Ölert oder Katmandis es geschafft haben konnten, den Mord zu organisieren. Bei Hannelore Mägerle dagegen war es kein Problem gewesen. Sie kannte sich aus, sie fiel nirgends auf und für sie war es natürlich auch ein Leichtes gewesen, Ölert das Wickelgarn in den Schrank zu schmuggeln. Das Schloss, das

Ölert am Spind hatte, hätte selbst ich mit einer Haarnadel aufmachen können.

Und mit all dem sollte sie durchkommen? Alles in mir wehrte sich dagegen. Aber ich hatte Christopher versprochen, den Mund zu halten.

Wir waren inzwischen wieder im Villenviertel hinter dem Hotel angekommen. Christopher ging schweigend neben mir her, die Hände in den Jackentaschen, den Kopf gesenkt.

»Christopher, wie soll das weitergehen?«, fragte ich. »Du kannst doch nicht bis zum Ableben deiner Mutter allen Frauen aus dem Weg gehen!«

»Nein, das wohl nicht. Aber die nächsten zwei Jahre schaffe ich das.«

»Und dann?«

Er seufzte und kickte gegen eine Schneewechte, die am Rand des Gehweges aufgetürmt war. »Dann werde ich Stuttgart verlassen. Mein Boss meint, er könne mich bei einem amerikanischen Orchester unterbringen, und Auslandserfahrung täte mir gut. Wir gastieren ja im Frühling sechs Wochen in den USA, da kann ich schon einige Kontakte knüpfen. Und im Sommer sind wir sechs Wochen in Sydney. Ich meine, mit einem Ozean zwischen meiner Mutter und mir kann ich vielleicht endlich ein normales Leben leben.«

Ich atmete tief durch. »Christopher, ich möchte, dass du über eine Alternative nachdenkst. Ich verstehe, dass du ein Problem damit hast, gegen deine Mutter vorzugehen. Aber andererseits ist ihre obsessive Liebe zu dir nicht normal. Vielleicht braucht sie Hilfe? Wenn du mit der Polizei sprechen würdest, würde sie die bekommen.«

Christopher kickte ein Stück Eis vor sich her. »Sei mir nicht böse, Juliane, aber darüber muss ich nachdenken. Schau, im Augenblick ist doch alles friedlich. Wir haben keinen Druck, dass wir jetzt gleich was unternehmen müssten. Und ich muss das einfach erst verkraften und mir was einfallen lassen.«

Ich nahm seinen Arm. »Komm, wir gehen zurück ins Hotel, bevor Mischa und Philipp einen Suchtrupp losschicken. Du weißt, dass ich immer da bin, wenn du jemand zum Reden brauchst?«

Er drückte meine Hand ein wenig an sich. »Ich weiß, Juliane – und ich bin dir dankbar.«

16. Das blaue Cembalo

Philipp war nicht nur wach, sondern schon wieder angezogen und saß vor seinem Notebook. Er empfing mich mit einem Blick auf die Uhr und einer hochgezogenen Augenbraue. »Muss ich eifersüchtig werden?«

Als ich meinen Mantel öffnete, stand er auf und half.

Ich lachte, während ich aus meinen Stiefeln schlüpfte, und stellte mich auf die Zehenspitzen, um Philipp zu küssen. »Bestimmt nicht.«

»Wenn ich das richtig sehe, ist Mischas Assistent nicht nur ein sehr begabter, sondern auch ein hübscher junger Mann. Und er soll ja schon einmal eine Dame in deinem Alter verführt haben.«

Obwohl mir das Gespräch mit Christopher schwer auf der Seele lag, musste ich lachen. Ich umarmte Philipp und legte den Kopf an seine Schulter.

»Bei mir hat er es nicht probiert und wohl noch nicht mal dran gedacht. Aber selbst wenn, hätte er keine Chance. Abgesehen davon, dass ich noch nie auf kleine Jungs geflogen bin, sondern schon immer gestandene Männer wollte, liebe ich dich nämlich, Herr Kammersänger!«

Philipp umschloss mich mit seinen langen Armen, ließ sich aufs Sofa sinken und zog mich auf seinen Schoß.

»Auch wenn ich wegen Lampenfieber eine Nervensäge bin und dich stundenlang anschweige, weil ich sonst abends meine Tenorpartie nicht stemmen kann?«

»Sogar dann, mein Lieblingsphilipp.«

»Du musst einen Hang zum Masochismus haben!«, seufzte er. »Aber ich profitiere davon – ich liebe dich nämlich auch.«

Der Kuss, der sanft und innig gestartet hatte, wurde so leidenschaftlich, dass ich ihn – im Gedanken daran, dass Philipp in nicht allzu ferner Zeit auftreten musste – mit Bedauern abbrach.

Ich ging ins Schlafzimmer, um mich umzuziehen. Ich hatte mir eine neue, schwarze Marlene-Hose und einen edlen, schwarzen Pullover gekauft. Dazu ein Herz aus Amethyst, das mir Philipp vor langer Zeit geschenkt hatte – und in der Box lag immer noch der Zettel, mit dem es damals gekommen war und auf dem in seiner eleganten Schrift stand: »Ich wollte Dir etwas schenken, was Du bestimmt nicht hast: ein Herz aus Stein.«

Ich wechselte gerade von den dicken Socken in Seidenstrümpfe, als mein Handy klingelte. Es war immer noch in der Tasche meiner Jeans. Ich schüttelte es heraus und fühlte beim Blick aufs Display ein unangenehmes Prickeln im Magen, denn da stand »M. Jelinek«.

Ich nahm ab und fand selbst, dass meine Stimme gepresst klang, als ich mich mit einem aufgesetzt fröhlichen »Gutes neues Jahr, Frau Jelinek!« meldete.

»Ihnen auch, Frau Doktor Pfeiffer!«, sagte die Kommissarin. »Und entschuldigen Sie die Störung, aber ich wollte nicht, dass Sie es aus der Zeitung erfahren. Bei uns hat das Jahr leider nicht gut angefangen. Ich habe heute Morgen aus Stammheim die Nachricht bekommen, dass Müller-Rehling sich das Leben genommen hat.«

Ich schluckte und setzte mich aufs Bett. »Wie konnte das denn passieren?«

Martina Jelinek seufzte. »Feiertage – da ist auch in Stammheim die Besetzung wegen Urlaub vermindert. Und so hat man wohl nicht gut genug aufgepasst. Er galt ja nicht als selbstmordgefährdet. Jedenfalls hat er sich mit dem Leintuch am Gitter seines Fensters aufgehängt.«

Ich schloss die Augen, atmete tief durch und sagte: »Das ist also der dritte Tote in dieser scheußlichen Geschichte.«

»Womit sie wohl endgültig ausgestanden sein dürfte«, antwortete die Kommissarin und mir war klar, dass sie Müller-Rehlings Ableben als ärgerlichen Fehler des Gefängnisses sah, aber bestimmt nicht als einen Grund zur Trauer.

Ich biss mir auf die Zunge und gab mir einen Ruck. »Haben Sie eine Ahnung, wann er beerdigt wird? Ich würde gerne hingehen.«

»Naja, er muss obduziert werden. Ist bei einem unnatürlichen Tod Vorschrift, wobei da sicher nichts rauskommen wird. Wie es dann weitergeht und wie lange das dauert, kann ich Ihnen noch nicht genau sagen. Wir vermuten aber, dass es einen Abschiedsbrief mit entsprechenden Verfügungen gibt. Müller-Rehling habe in den letzten Tagen sehr viel geschrieben, sagen die Beamten. Und gestern Morgen hat er einen Brief an seine Anwältin abgeschickt. Die können wir aber nicht erreichen – muss bis Montag warten. Dann kann die Verteidigerin von Müller-Rehling vielleicht was sagen und Ihnen Bescheid geben. Okay?«

»Danke, das wäre sehr freundlich.«

Martina Jelinek zögerte einen Augenblick, dann sagte sie: »Sie sind trotz allem traurig, nicht?«

»Ja«, nickte ich. »Ich habe ihn nicht sonderlich gemocht und ich könnte nicht behaupten, dass er mir durch die Offenbarungen in den letzten Wochen sympathischer geworden wäre, aber ich bin traurig. Drei Menschen sind tot – und warum?«

Ich musste mir wieder auf die Zunge beißen, denn in einem Fall zumindest war mir das nur zu klar.

»Ich denke, Müller-Rehling hat sich durch den Suizid eine Menge erspart. Er wäre mit Sicherheit verurteilt worden und für jemanden wie ihn wäre die Haft schwer erträglich gewesen.«

»Da haben Sie wahrscheinlich Recht. Danke, dass Sie mich informiert haben.«

Ich wollte nicht länger mit ihr reden. Ich musste erst über Müller-Rehlings Tod nachdenken – und ich hatte Angst, mich im Gespräch mit Martina Jelinek zu verraten. Mir war, als ob sie schon jetzt ahnen würde, dass ich etwas verschwieg.

* * *

Der Anruf von Müller-Rehlings Anwältin kam am Montag. Philipp und ich waren gerade aus Baden-Baden zurück, um seine freien Tage vor der nächsten Vorstellung zuhause zu genießen.

Die Anwältin klang sehr ernst: »Frau Doktor Pfeiffer, Sie haben meinen Anruf wahrscheinlich schon erwartet. Frau Jelinek sagte mir, dass Sie gerne zur Beerdigung gehen würden.«

»Gerne nicht, aber ich möchte hingehen«, antwortete ich und setzte mich an meinen Schreibtisch. »Wann ist sie denn?«

»Nächsten Dienstag um elf auf dem Waldfriedhof. Aber ich denke, wir sollten vorher noch miteinander reden. Herr Müller-Rehling hat nämlich ein Testament hinterlassen, das ich zwar nun ans Nachlassgericht weitergereicht habe, über das ich Sie aber dennoch gerne vor der offiziellen Eröffnung informieren würde.«

»Ich bin etwas verwirrt – was habe ich damit zu tun?«, fragte ich.

Die Anwältin atmete tief durch. »Er hat Sie in diesem Testament bedacht. Der größte Teil seines Vermögens – das erheblich war – geht an eine Organisation in Thailand, die Straßenkinder versorgt und Schulen baut. Aber es gibt da noch ein paar Legate – und eines davon betrifft Sie. Er hat Ihnen sein Haus mit allem Inventar vermacht.«

»Wie bitte? Wie kam er denn dazu?« Ich war fast entsetzt.

»Er schrieb in seinem Abschiedsbrief, dass er Sie immer respektiert habe und dass Sie der einzige Mensch gewesen seien, an dessen Wertschätzung ihm noch gelegen war. Er wollte, dass Sie abgesichert sind – aber das würde ich Ihnen gerne vorlesen. Können Sie zu mir kommen?«

»Ja, natürlich.« Ich war immer noch sehr verwirrt. »Wann würde es Ihnen passen? Heute noch?«

»Ja – das passt. 15 Uhr?«

Nachdem ich aufgelegt hatte, fühlte ich mich überwältigt. Was hatte Müller-Rehling auf die Idee gebracht, mir sein Haus zu vermachen? Wir hatten uns doch nicht nahe gestanden! Und mir graute vor diesem Haus! Darin wollte ich bestimmt nicht leben. Es hätte mich immer an Blandines und Müller-Rehlings Unglück erinnert.

Ich glaube nicht, dass ich übermäßig sentimental war. Blandine hatte mich sogar mal »kaltschnäuzig« gefunden, weil es mich nicht gestört hatte, in einer Pension neben einem Friedhof zu wohnen. Dennoch: Die ehemalige Residenz der Familie Keller-Müller-Rehling wollte ich nicht bewohnen. Ich war für mein Gefühl schon viel zu weit in das Leben dieser beiden Menschen hineingezogen worden.

Philipp steckte den Kopf zur Tür herein, sah mein Gesicht und zog eine Augenbraue hoch. »Was ist los? Schlechte Nachrichten?«

»Wie man es nimmt. Müller-Rehlings Anwältin hat mir gerade gesagt, dass er am nächsten Dienstag um elf beerdigt wird.«

Ich hatte Philipp in Baden-Baden nach der Vorstellung erzählt, das Müller-Rehling sich umgebracht hatte – und lief seitdem mit einem schlechten Gewissen herum, weil er meine Nachdenklichkeit alleine darauf zurückführte. Ich mochte es nicht, ihm etwas zu verschweigen, aber auch Philipp gegenüber galt das Versprechen, das ich Christopher gegeben hatte.

Allerdings wusste ich, dass Philipp mich darin verstehen und unterstützen würde. Zu den Dingen, mit denen Blandine ihn geärgert hatte, gehörte, dass sie Vertrauliches weitergab. Sie hatte ihm immer mal wieder mit der Einleitung »Aber sag es nicht weiter …« etwas erzählen wollen, worauf er sie jedes Mal unterbrochen hatte. Er hatte ihr gesagt: »Wieso erwartest du von mir etwas, wozu du selbst nicht fähig und willens bist? Wenn man es dir im Vertrauen erzählt hat, solltest du es nicht weitertratschen und dann von mir erwarten, dass ich den Mund halte!«

Nun kam er vollends in mein Arbeitszimmer und lehnte sich mit dem Rücken gegen meinen Schreibtisch. »Wo?«

»Auf dem Waldfriedhof«, antwortete ich.

»Wenn es dir recht ist, begleite ich dich.«

Ich fasste nach seiner Hand, legte sie an meine Wange und schmiegte mein Gesicht hinein. »Danke, Liebling. Beerdigungen gehen mir immer an die Nieren und in dem Fall dürfte es besonders übel werden. Ich würde mich nicht wundern, wenn wir da die Einzigen wären, die hinter dem Pfarrer hergehen – wenn da überhaupt ein Pfarrer ist.«

»Ich wünschte fast, wir wären die Einzigen. Ich fürchte aber, dass es Schaulustige geben wird«, sagte Philipp mit schmalem Mund. »Wenn Kindesmissbrauch nicht so ekelhaft wäre, hätte Müller-Rehling einem leidtun können.«

»Er hat sein Vermögen einer Hilfsorganisation für Kinder in Thailand gestiftet und …«, ich schluckte und fand es immer noch unfassbar, »er hat mir sein Haus vermacht.«

Philipp hob die Augenbraue. »Du denkst aber nicht daran …?«

Er ließ den Satz offen, doch ich verstand ihn trotzdem.

»Nur wenn du darauf bestehen würdest!«

»Ich kenne diese Hütte zwar nicht, aber ich kann mir nicht vorstellen, dass ich dort Heimatgefühle entwickle. Zudem ist die doch ziemlich außerhalb, nicht?«

»Nicht so sehr – Sillenbuch«, antwortete ich.

»Dankeschön – mir hat Degerloch gereicht. Hast du dich schon mal morgens gegen acht von Degerloch in die Innenstadt gekämpft?«

Ich schüttelte den Kopf. »Nein, aber viele Jahre lang von Zuffenhausen aus – und das hat mir gereicht! Aber sag, was hat dich dazu gebracht, um die Zeit morgens in die Stadt zu fahren? So früh fangen Proben doch nicht an!«

»Goldkind, ich unterrichte ab und zu an der Hochschule – und da fange ich ungnädigerweise um neun an.« Er lachte.

Mir war gerade etwas eingefallen. »Du, Philipp – die Anwältin sagte, ich würde das Haus mit Inventar erben. Heißt das, dass ich es ausräumen muss?«

Seine Hand streichelte durch mein Haar. »Nein, das musst du nicht selbst machen. Dafür gibt's Profis. Aber du musst keine Angst haben. Die Polizei hat den Laden schon auseinandergenommen. Wenn da was drin war, womit du nicht auch noch konfrontiert werden wolltest, haben die es schon gefunden und mitgenommen.«

Er hatte wie immer verstanden, was ich nicht ausgesprochen hatte. Aber da war noch etwas. »Ach, Philipp – ich glaube nicht, dass die alles interessant fanden, was ich nicht unbedingt so genau wissen will. Wäre es pietätlos, wenn ich das Haus verkaufen würde?«

Philipp stand auf und ging zum Sessel hinüber, wobei er mich an der Hand mitzog. Er setzte sich und nahm mich auf den Schoß. »Liebling, ich glaube nicht, dass Müller-Rehling von dir erwartet hätte, dass du einziehst und ein Müller-Rehling-Museum daraus machst. Du kannst das Haus verkaufen oder vermieten – es ist, wenn die Sache abgewickelt ist, dein Haus.«

Ich kuschelte mich an ihn, froh, in seiner Nähe und Wärme geborgen zu sein.

* * *

Warum erwartete man bei Beerdigungen eigentlich immer schlechtes Wetter? Der Himmel scherte sich offenbar wenig um die passende Stimmung. Andererseits war ich für Philipp und seine Stimme froh, dass der Dienstag ein klarer Wintertag war.

Die Anwältin hatte mir vor einer Woche einen langen Brief vorgelesen, den Müller-Rehling in seinen letzten Tagen in Stammheim geschrieben hatte. Seinen Selbstmord hatte er damit begründet, dass sein Leben ohne Musik den Sinn verloren habe und er die Haft nicht ertragen könne. Gleichzeitig sei ihm aber bewusst, dass er Strafe verdient habe. Daher sei der Suizid die logische Konsequenz in dieser Situation.

Die Begründung, mit der er mir sein Haus vererbt hatte, war, dass ich der letzte Mensch war, der ihm zugehört und ihn nicht nur mit Verachtung gestraft hatte. »Ich hoffe«, hatte er geschrieben, »dass der Erlös des Hauses und meiner Sammlung Ihnen das Leben ein wenig erleichtert und finanzielle Sicherheit gibt.«

Unter der »Sammlung« konnte ich mir nichts vorstellen und die Anwältin wusste auch nichts darüber. »Irgendwelche Bücher und Noten«, sagte sie.

Was mich in dem Brief am meisten berührt hatte, waren die Anordnungen für die Beerdigung. Er habe Blandine auf dem Pragfriedhof beisetzen lassen, weil sie da gerne gewesen war. Er sei aber sicher, dass sie keinen Wert darauf gelegt hätte, ein Grab mit ihm zu teilen. Darum wollte er alleine auf dem Waldfriedhof beigesetzt werden. Ansonsten wollte er keine Anzeige und keinen Grabstein. Es gäbe keinen Menschen, der sich an ihn erinnern wolle.

Es war nun nicht mehr an den Menschen, über ihn zu richten. Mir blieb es nur, das Meine dazu zu tun, dass er einigermaßen würdig unter die Erde kam und man sich bei der Gelegenheit daran erinnerte, dass er ein Mensch und ein begnadeter Musiker gewesen war. Deswegen saß ich mit einem Strauß gelber Rosen in der Kapelle auf dem Waldfriedhof neben Philipp – und wie er vermutet hatte: Die Trauergemeinde war groß, aber nicht sehr traurig.

Der Pfarrer, klein und dünn in seinem schwarzen Talar, hatte sich nicht gut vorbereitet. Seine Predigt klang, als wenn er sie bei jeder Beerdigung mit leichten Abwandlungen aufsagen würde.

Und dann standen wir am Grab – ein kleines Loch, in dem ein Friedhofsbeamter mit einer Zange, die mich an die erinnert, mit der man Steaks auf dem Grill umdreht, die Urne versenkte und ich hörte, wie hinter mir drei ältere Damen überlegten, ob Müller-Rehling jetzt wohl auf die Frau treffe, die er »misshandelt und umgebracht« habe. Mir wäre fast danach gewesen, mich umzudrehen und ihnen mit dem Hinweis, dass man einen Toten nicht auch noch verleumden müsste, die Mäuler zu stopfen. Stattdessen warf ich eine Handvoll Erde in das Loch, legte meine Blumen daneben und sprach ein Gebet. Mehr war nun nicht mehr zu tun und so verließ ich an Philipps Arm diese Beerdigung, die ich noch schlimmer und deprimierender als Blandines gefunden hatte.

* * *

Zwei Wochen später hatte ich die Einladung zur Testamentseröffnung im Briefkasten. Ich hatte, wie schon angekündigt worden war, das Haus mit allem Inventar geerbt und bekam einen Erbschein, mit dem ich die Übertragung ins Grundbuch und alles weitere vornehmen lassen konnte. Anne Hoening, die sich auf Philipps Bitte hin eingeschaltet hatte, kümmerte sich um den Papierkram und so bekam ich Ende Januar einen ganzen Ordner voll Unterlagen und die Schlüssel zum Haus.

Müller-Rehlings Haushälterin, Erbin eines großzügigen Legats, hatte mir angeboten, sich so lange um Haus und Garten zu kümmern, bis es verkauft werde. Ich war nur einmal dort, beschloss dabei, dass Mirja den Flügel bekommen würde und ich das wunderschöne blaue Cembalo. Seine Notensammlung gab ich an die Musikhochschule weiter, danach ließ ich das Haus räumen und zum Verkauf ausschreiben.

17. Der letzte Vorhang

Nach Baden-Baden kam ich ganz schnell zu einem neuen Job: Philipps Regieassistentin hatte sich wegen einer komplizierten Schwangerschaft abgemeldet und er fragte mich.

»Du kannst eine Partitur lesen; du weißt, wie eine Bühne funktioniert; du hörst sehr gut; du kannst organisieren und du lernst sehr schnell. Du bist genau das, was ich brauche«, hatte er gesagt.

Ich hatte gezögert, dagegengehalten, dass ich an der Hochschule genug zu tun hätte, aber es hatte mich doch zu sehr gereizt. Also ließ ich mich beurlauben und fand mich am Regiepult der Oper wieder. Und ich hatte, obwohl es ziemlich stressig war, ausgesprochen Spaß daran.

Ich freute mich jeden Tag darauf, in die Probe zu gehen, mit Philipp zu arbeiten, das Geschehen auf der Bühne zu verfolgen und meinen Teil zum reibungslosen Ablauf beizutragen. Und ich mochte die Zusammenarbeit mit Mischa, der die Produktion dirigierte.

Allerdings hatte ich ein Problem mit Christopher. Je länger ich darüber nachdachte, desto mehr kam ich zur Überzeugung, dass er wegen seiner Mutter etwas unternehmen musste. Sie hatte Blandine umgebracht – und was, wenn sie sich nun in den Kopf setzte, dass Mischa an ihrer Entfremdung von Christopher schuld war? Was, wenn Philipp in ihr Visier geriet? Ich hatte ein paar Mal bei den Proben auf der Seitenbühne gesehen, wie sie Philipp beobachtet hatte.

Natürlich verstand ich, dass es Christopher davor graute, seine Mutter anzuzeigen. Das konnte man wohl wirklich nicht von ihm verlangen. Aber es musste trotzdem etwas geschehen.

Drei Tage vor der Premiere bereiteten wir die Generalprobe vor. Ich war schon morgens da – es gab noch die eine oder andere Kleinigkeit in der Schneiderei und bei den Beleuchtern, außerdem wollte ich beim ersten großen Bühnenaufbau dabei sein – und ich hatte mir nach einer schlaflosen Nacht vorgenommen, noch einmal mit Christopher zu reden und ihn zu bitten, mich von meinem Versprechen zu entbinden.

Doch erst einmal war »Figaro« dran. Nach einiger Zeit ordneten Philipp und Mischa eine Pause an und verzogen sich in Philipps Garderobe, um ihr weiteres Vorgehen zu besprechen. Also waren Christopher und ich alleine auf dem Weg in die Kantine – und auf halber Strecke im Treppenhaus begegneten wir seiner Mutter, die mit dem Kostüm der Gräfin auf dem Weg nach unten war.

Mir wäre die Begegnung in jedem Fall unangenehm gewesen. Seit Baden-Baden versuchte ich, ihr aus dem Weg zu gehen. Aber nun stand sie vor uns, betrachtete mich missbilligend und sah aus, als ob sie ihren Sohn am liebsten in die Arme reißen und aus meiner verderblichen Gesellschaft entführen wollte.

Mit bebender Stimme sagte sie: »Bubele!«

»Nenn mich nicht Bubele!« Christopher trat einen Schritt zurück und kreuzte abwehrend die Arme über der Brust.

»Aber du bist doch …«, sagte sie weinerlich, und wenn ich nicht gewusst hätte, warum Christopher so abweisend war, hätte sie mir vermutlich leidgetan.

Christopher unterbrach sie schroff: »Mutter, lass mich doch einfach in Ruhe!« Er griff nach meinem Ellbogen. »Komm, Juliane, wir gehen.«

In Hannelore Mägerles dunklen Augen funkelte es und einen Augenblick dachte ich, sie würde auf mich losgehen. Doch dann schluckte sie und eilte die Treppe hinunter.

Mir zitterten dennoch Knie und Hände. Was ging hinter ihrer Stirn vor?

Christopher war fahl geworden, und als wir unten die Tür ins Schloss fallen hörten, sagte er leise: »Entschuldige!«

»Du kannst doch nichts dafür!«

Er antwortete nicht. Erst, als wir in der Kantine an einem Tisch am Fenster saßen, sprach er wieder. »Bei der Scottish Opera in Glasgow suchen sie einen Kapellmeister. Ich werde mich bewerben. Mischa hat gute Kontakte dort …«

»Du spinnst wohl!«, schimpfte ich. »Du kannst doch nicht für die nächsten Jahre dauernd vor ihr weglaufen und deine Karriere danach ausrichten, dass du ihr nicht in die Nähe kommst! Du musst etwas unternehmen, Christopher!«

Er nagte an seiner Unterlippe. »Was soll ich denn machen?«, fragte er leise und verzweifelt. Er senkte die Stimme noch mehr und es klang wie ein Zischen, als er flüsterte: »Ich kann doch meine Mutter nicht anzeigen!«

Ich legte die Hand auf seinen Arm und beugte mich ein bisschen mehr zu ihm. »Dann lass mich das machen! Du kannst sie einfach nicht länger frei herumlaufen lassen! Sie ist wie eine Bombe, die jederzeit hochgehen kann!«

Christopher schüttelte den Kopf. »Juliane, jetzt übertreibst du. Sie ist doch kein Amokläufer, der wahllos irgendwelche Leute umbringt!«

»Aber du glaubst doch auch, dass sie Blandine erwürgt hat!«

Christopher senkte den Kopf und schaute auf seine Hände, die er vor sich auf den Tisch gelegt hatte. Nach ein paar Sekunden nickte er. »Ja«, sagte er sehr leise. »Ich glaube das auch. Aber …« Er suchte nach Worten, trank einen Schluck von seinem Kaffee und setzte neu an. »Sie muss einen Aussetzer gehabt haben! Sie ist eigentlich kein böser Mensch. Ich denke, Blandine hat sie bis zur Weißglut gereizt und es war zu viel für sie …«

Ich legte meine Hand über seine. »Chris, ich verstehe, dass dir das schwerfällt. Aber sieh es doch mal aus dieser Perspektive: Deine Mutter hat Probleme – sehr schlimme sogar. Sie braucht Hilfe …«

Christopher schnaubte und hob den Kopf. »Das würde sie nie eingestehen.«

»Also muss man sie dazu zwingen!«, sagte ich. »Sorg dafür, dass sie Hilfe bekommt – oder lass mich es tun!«

Wieder senkte er den Kopf und kaute an seiner Unterlippe – und dieses Mal brauchte er deutlich länger zum Nachdenken als beim ersten Anlauf. Doch schließlich schaute er mich wieder an. »Ich rede mit ihr«, sagte er schließlich. »Ich werde ihr sagen, dass sie sich entweder stellen muss oder dass ich zur Polizei gehe und erzähle, was ich weiß. Aber …«, er schluckte und ich sah, wie sein Adamsapfel dabei hüpfte, »… gib mir noch drei Tage. Ich will wenigstens die Premiere hinter mich bringen, ja?«

* * *

Wir waren an diesem Abend früh ins Bett gegangen – weniger aus Müdigkeit, sondern weil Philipp, der den ganzen Tag auf den Beinen gewesen war, die Füße hochlegen und seinen Rücken entspannen wollte. Ich massierte seine verspannten Schultern und legte mich mit einem Buch neben ihn, während er mit geschlossenen Augen der Vierten von Schumann lauschte. Nach einem Tag in der Oper, so hatte er mir vor kurzem erklärt, wolle er keinen Gesang mehr hören, freue sich aber an Instrumentalmusik zum »Abschalten«.

Offenkundig war sein Hirn aber immer noch auf Touren, denn im zweiten Satz drehte er sich auf die Seite, stützte den Kopf in die Hand und fragte: »Darf ich dich stören?«

»Immer!« Ich legte das Buch auf den Nachttisch und kämmte mit gespreizten Fingern durch sein Haar.

»Mischa hat heute beim Essen einen Treffer gelandet.«

»Hm?«

»Ich denke wirklich seit Tagen darüber nach, dass du einen nicht unwichtigen Teil meines Jobs für mich erledigst, und dass es nicht fair ist, dass du das umsonst machst. Ich hätte ohne dich mit dieser Produktion ein echtes Problem gehabt.«

»Philipp, ich sitze in der Oper, weil ich dir helfen will und weil es mir Freude macht! Komm bloß nicht auf die Idee, mich dafür bezahlen zu wollen!«

Ich rollte mich auf die Seite, stützte den Kopf in die linke Hand und begann, mit dem Zeigefinger der rechten Kringel auf seinen Bauch zu malen.

»Es wäre wirklich nur fair. Aber das ist es gar nicht, was mich so sehr beschäftigt. Ich habe mir was anderes überlegt.« Er sah fast etwas verlegen aus und ich sah, wie er die Augenbrauen zusammen zog und nach Worten suchte. »Bitte, versteh mich nicht falsch! Ich möchte deine Unabhängigkeit bestimmt nicht untergraben und vielleicht ist die Idee auch völlig daneben. Also – wenn sie dir nicht gefällt – sag einfach nein und wir vergessen das Thema und reden nie wieder darüber.«

»Ui – das klingt ja aufregend. Erzähl – was geht dir im Kopf herum?« Ich versuchte, die Furche zwischen seinen Augenbrauen mit einem Finger zu glätten.

»Ich habe heute kurz mit der Dame telefoniert, die du vertrittst. Sie wird nicht zurückkommen. Also brauche ich eine neue Assistentin.« Er küsste meine Hand.

»Denkst du darüber nach, ob du es jetzt mit einer Musikwissenschaftlerin versuchen sollst, die dir dauernd widerspricht? Der Haken ist nur, dass die Dame, an die du denkst, visuell eher unbelichtet ist, keinen geraden Strich ziehen kann und nicht sehr viel Ahnung von Bühnentechnik hat. Als Aushilfe geht das vielleicht mit der, aber langfristig?«

»Wie gut, dass ich zum einen visuell nicht ganz unbegabt bin und dass wir zum anderen einen Bühnenbildner haben, der den Bereich übernimmt. Da könnte man sicher damit leben, dass die Nummer zwei im Team da schwächelt. Und das, was sie über Bühnentechnik nicht weiß, wird sie als intelligente Frau in kürzester Zeit lernen.«

»Hm.« Ich streckte mich und kreuzte die Arme über dem Kopf. »Es ist nur – verzeih, wenn ich es so direkt sage: Ich möchte nicht von dir abhängig werden. Ich habe nicht vor, dich noch einmal zu verlassen, aber ich will, dass es immer ein ›ich bin bei dir, weil ich das will‹ und nie ein ›ich muss, weil ich von dir abhängig bin‹ sein wird.«

»Du müsstest und solltest den Job ja nicht in Vollzeit machen.« Philipp bewies wieder einmal, dass er mich verstand. »Schau, ich bin ja in erster Linie Sänger und gedenke es zu bleiben. Mehr als zwei oder drei Produktionen pro Jahr mache ich nicht. Und dann wäre es für dich mit deinem Job ja vereinbar, oder?«

Die einzige Antwort, die mir darauf einfiel, war ein langer, inniger Kuss.

* * *

Mittwochnachmittag, Generalprobe – und ich kam zu spät. Ich war auf dem Weg zur Oper durch strömenden Regen an der Hochschule vorbeigegangen und Rektor Vorwegh in die Finger gefallen, der direkt aus dem Ministerium kam und mir etwas wegen der neuesten Sparpläne vorjammerte. Dabei standen wir im Regen auf der Treppe vor der Hochschule – und die Feuchtigkeit inspirierte meine Blase. Also ging noch einmal Zeit drauf für den unvermeidlichen Boxenstopp. Als ich schließlich triefend an Catani vorbei ins Haus stürmte, war es schon zehn nach drei und ich hörte die letzten Takte der Ouvertüre. Natürlich erwischte ich dann auch noch die falsche Tür und landete nicht in dem schmalen Flur, der eine Treppe hinunter und durch eine Tapetentür seitlich neben den Orchestergraben ins Haus führte, sondern auf der Hinterbühne, wo Philipp im Kostüm – Pantoffeln, Nachthemd und Schlafrock – vom Beleuchterpult aus zuschaute, wie Figaro und Susanne ihr zukünftiges Schlafzimmer vermaßen und ihr Bett aufbauten.

Ein Blick auf mich, gefolgt von einem Kopfschütteln. »Du bist ja völlig durchgeweicht. Ab in meine Garderobe! Rico soll dir Klamotten von mir geben!«

Ich klapperte mit den Zähnen und hielt es darum für wenig sinnvoll, seiner Order zu widersprechen. Also einmal hinten um die Bühne herum und in den Garderobengang. Mein Pech war nur, dass Philipps Ankleider nicht da war. Aber mittlerweile kannte ich mich ja schon einigermaßen aus, schlüpfte also aus meinem durchgeweichten Mantel und stellte dann fest, dass die Schultern und der Rücken meines Sweatshirts ebenso nass waren wie meine Jeans und Socken.

Philipps rot-blau kariertes Flanellhemd hing auf einem Bügel an der Kleiderstange. Ich schlüpfte hinein und genoss, wie weich und warm es sich anfühlte. Natürlich war es entschieden zu lang und auch reichlich zu weit, aber mit aufgekrempelten Ärmeln würde es gehen, bis mein Pulli, den ich über der Heizung aufhängte, wieder trocken sein würde.

Blieb das Problem Hose. Philipp war nicht nur sechzehn Jahre älter, sondern auch sechzehn Zentimeter größer als ich und da er nicht gerade als schlaksig bezeichnet werden konnte, waren Hosen aus seinem Schrank für mich sicher keine Option. Und nur im Hemd wollte ich nicht in der Probe erscheinen. Aber Mirja hatte üblicherweise eine großzügig geschnittene Jogginghose in ihrer Garderobe, und ich war sicher, dass ich die auch ohne Rückfrage – sie war ja als Cherubino auf der Bühne beschäftigt – ausleihen durfte. Also stieg ich wieder in meine nassen Mokassins und wanderte auf den Flur hinaus. Die Leute, die da unterwegs waren, hatten schon ganz anderes gesehen als eine Musikwissenschaftlerin im Hemd, dachte ich.

Das schien aber nicht für Hannelore Mägerle zu gelten, die mit dem ausladenden Hut, den die Gräfin im dritten Akt tragen würde, die Treppe herunterkam und mich anschaute, als wenn sie mich eben dabei ertappt hätte, wie ich aus dem falschen Bett gekrochen kam.

Ohne zu grüßen, fauchte sie: »Was machen Sie denn hier?«

Ich hatte überhaupt keine Lust, mich auf eine Debatte mit ihr einzulassen. Ich erwiderte sehr kühl: »Das geht Sie, mit Verlaub, nichts an.«

Wieder wollte ich einfach an ihr vorbeigehen und wieder vertrat sie mir den Weg.

Ihre Augen waren schmal, als sie sagte: »Sie glauben wohl, Sie haben es geschafft? Sie haben einer anständigen Frau, die Ihnen bestimmt nie was getan hat, den Mann ausgespannt. Nicht, dass Frau von Weßling an dem viel verloren hätte, aber es zeigt doch, dass Sie nicht besser sind als Ihre verstorbene Busenfreundin Blandine Keller.«

»Frau Mägerle, es ist nicht nur so, dass Sie mein Privatleben nichts angeht. Es kommt noch dazu, dass mich Ihre Meinung darüber nicht interessiert.«

Ich schob sie energisch zur Seite und steuerte die Garderobe Nummer neun an, die schräg gegenüber von Philipps Garderobe lag. An ihrer Tür hing das Schild »Damen Solo III« und darunter handgeschrieben »Mirja Elström«.

Hinter mir hörte ich Hannelore Mägerles merkwürdig tiefe, böse Stimme: »Man wird doch wohl eine Hure noch eine Hure nennen dürfen! Und die Elström ist auch keinen Deut besser!«

Ich drehte mich um. »Frau Mägerle, es ist besser, wenn Sie jetzt kein Wort mehr sagen! Sonst führt mein nächster Weg nämlich ins Personalbüro!«

Ich stürmte, ohne anzuklopfen, in Mirjas Garderobe, warf die Tür hinter mir zu und lehnte mich von innen dagegen.

»Ja, Frau Pfeiffer, was ist Ihnen denn widerfahren?« Andrea Baumann, Mirjas Garderobiere, saß am Tisch und nähte die Spitze an einem weißen Hemd nach.

»Ich bin mit einer Ihrer Kolleginnen zusammengerasselt, die mir offenkundig nicht sehr geneigt ist.«

»Oh je, das war wohl die Lore Mägerle! Die dreht langsam total durch! Komisch war sie ja schon immer, aber in den letzten Wochen hält man es kaum noch mit ihr aus.« Andrea Baumann seufzte.

»Oh ja!« Ich krempelte den linken Ärmel von Philipps Hemd auf. »Und mich scheint Frau Mägerle besonders auf dem Kieker zu haben. Sie glaubt, ich hätte Frau von Weßling-Boch den Ehemann ausgespannt.«

Mirjas Garderobiere legte ihr Nähzeug auf den Schminktisch, stand auf und half mir, den rechten Ärmel zu verkürzen. »Oh je – da haben Sie natürlich schlechte Karten! Frau von Weßling-Boch ist so was wie das Idol von Lore Mägerle. Sie schwärmt regelrecht von ihr. Da darf man sich nicht wirklich wundern, dass sie …« Sie zog die Schultern hoch.

»Mich für die Schlampe hält, die der engelsgleichen Amelie Boch den Mann ausgespannt hat?«, seufzte ich und schaute an mir herunter. »Aber warum ich eigentlich gekommen bin: Ich wollte mir Mirjas Jogginghose ausleihen. Ich bin in den Regen gekommen.«

»Oh, das könnte aber ein bisschen eng werden! Frau Elström ist doch ein wenig schmaler als Sie.«

Die Garderobiere betrachtete mich mit ihrem Kennerblick. Dann legte sie die weiße Bluse beiseite und stand auf. »Geben Sie mir eine Minute. Ich hole Ihnen was aus dem Fundus.«

Während sie nach draußen eilte, setzte ich mich in den Sessel, der vor dem Schminktisch stand.

* * *

Zum Glück lief die Generalprobe ohne größere Probleme durch. Zwar fiel im zweiten Akt, als Philipp energisch gegen die Tür zum Ankleidezimmer der Gräfin trat, gleich die halbe Wand um, aber solche Pannen sehen abergläubische Theaterleute als gutes Vorzeichen für die Premiere. Und mein Kollege bei der *Stuttgarter Allgemeinen*, den Nina Neidhard eingeladen hatte, war hingerissen.

Dennoch fühlte ich mich nicht wohl. Ich konnte mich nicht von dem Gedanken an Christophers Mutter und dem Gespräch mit Christopher losmachen. Ich beneidete ihn bestimmt nicht um das, was ihm nach der Premiere bevorstehen würde. Ein wenig hatte ich sogar Angst und ich musste mich selbst immer wieder daran erinnern, dass Christopher doch ihr heißgeliebtes »Bubele« war und sie ihm sicher nichts tun würde.

* * *

Der Premierentag lehrte mich, wie relativ Zeit ist: Der Vormittag zog sich wie Kaugummi, der Nachmittag – mit einem sehr nervösen Philipp, der sich immer wieder einen Ton an seinem Flügel holte, ein paar leise Takte sang und ganz offenkundig nichts mit sich anzufangen wusste – verging kaum. Doch dann, als wir in die Oper aufbrachen, wurde es plötzlich hektisch und die Zeit schien zu fliegen. Die drei Stunden, die »Figaro« inklusive Pause braucht, erschienen mir dann wie zwei Wimpernschläge.

Und dann war es vorbei – und mir dröhnten fast die Ohren, als ich aus dem ersten Rang gegen den Strom der Zuschauer zur Bühnentür eilte. Selbst mein in solchen Dingen so pessimistischer Philipp würde nicht bezweifeln können, dass die Stuttgarter ihn in der Doppelrolle als singender Regisseur liebten. Normalerweise sind es beim »Figaro« die Damen, die den meisten Applaus bekommen. Sie waren auch an diesem Abend gefeiert worden, wobei vor allem Mirja als ebenso hübscher wie charmant frecher Page Ovationen bekam. Aber ich hatte das Stuttgarter Publikum selten so enthusiastisch erlebt wie in dem Moment, in dem Philipp vor den Vorhang trat. Ich sah ihm an, dass er geschafft war, aber als die »Bravos« und der Beifall aufbrandeten, wurde aus dem etwas müden Lächeln ein Strahlen und aus der zweiten Verbeugung eine große Geste.

Als ich am Garderobengang ankam, herrschte dort der übliche Nachpremieren-Rummel: Familie, Freunde und Fans umlagerten die Garderoben ihrer Stars.

Ich drückte mich durch die Menge und verschwand schnell in Philipps Raum.

Er sah schon wieder so aus wie mein Philipp, wenn auch noch mit des Grafen weißer Kniehose und dem Spitzenhemd. Er schminkte sich gerade ab, seine Haare klebten dabei schweißfeucht am Kopf – unter Perücke und Hut war es wohl sehr warm gewesen – und um seinen Hals hing ein Handtuch.

Als er mich sah, streckte er die Hand aus und zog mich auf seinen Schoß. »Und?«

Ich küsste seine Nasenspitze. »Goldstück, wenn du gelobt werden willst, musst du nur die Tür aufmachen. Da lauert ein ganzes Rudel von Damen darauf, dir zu versichern, dass niemand so wunderschön und einzigartig Mozart singt wie du.«

Ich bekam einen Kuss, dann stand er auf. »Dann gehe ich wohl mal raus und fertige die Leute ab.«

»Willst du nicht erst duschen?«

»Nein.« Er grinste und strubbelte durch seine Haare: »Ich kann mich mit dem Argument, dass ich noch nicht mal geduscht habe, ganz schnell wieder verdrücken.«

* * *

Philipp hatte eindeutig mehr Energie als ich. Kurz nach eins war bei mir der Dampf endgültig raus. Die Stimmung auf der Premierenparty im Malersaal war toll. Nur ich war in dem Zustand, den Mischa als »platt wie eine Flunder« beschrieb.

Aber ich wollte nicht als Spaßbremse fungieren und so schnappte ich mir Christopher, der mit der blonden Malerpraktikantin am Klavier lehnte. »Tust du mir einen Gefallen? In zehn Minuten gehst du zu Philipp und sagst ihm, dass ich abgehauen bin und er bitte ein Taxi nehmen soll. Ich bin hundemüde, aber ich will nicht, dass er meint, er müsste mit mir nach Hause.«

»Okay, ich bringe dich zum Parkplatz!«, offerierte Christopher.

»Musst du nicht. Ich habe das Auto am Landtag.«

Ich musste demnach nur an der Portierloge raus, ein paar Schritte an der hellerleuchteten, vielbefahrenen Konrad-Adenauer-Straße entlang und rüber zum Landtag, wo mein alter Passat stand. In der Gegend konnte einem nichts passieren. Da waren immer jede Menge uniformierter Freunde und Helfer zu Fuß, zu Pferd und mit ihren Autos unterwegs, um dafür zu sorgen, dass Baden-Württembergs Politiker nicht von ihrem begeisterten Volk zu Tode geknutscht wurden.

Also küsste ich Christophers Wange. »Sei tapfer, Großer – und wenn du Hilfe oder jemand zum Reden brauchst, weißt du, wo ich bin, ja?«

Ich verdrückte mich unauffällig und holte Jacke und Tasche aus Philipps Garderobe. Auf dem Flur überlegte ich mir gähnend, wie ich jetzt am schnellsten zum Ausgang kam. Eine Möglichkeit wäre gewesen, den Hinterausgang zu nehmen, aber dann musste ich am Schicksalsbrunnen vorbei durch den dunklen Schlossgarten. Wenn ich vorne, wie bei Christopher angekündigt, am Pförtner vorbeiwollte, gab es zwei Möglichkeiten: kurz und direkt über die Bühne, offiziell und umständlich den langen Flur hinunter, drei Treppen rauf, an der Schneiderei vorbei, drei Treppen wieder runter.

Als ich an der Bühnentür vorbeiging, sah ich, dass die Bühne abgeräumt war. Die Arbeitsbeleuchtung war noch an, ein Arbeiter im schwarzen Overall kam mir mit einem Besen entgegen. Als ich auf die Spielfläche hinaustrat, fiel mir mein Spruch ein, von wegen, ich würde mich nicht auf der dunklen Hinterbühne herumtreiben. Aber das war ja nicht die Hinterbühne und es war auch nicht dunkel und solange die Arbeitsbeleuchtung brannte, war auch noch jemand beschäftigt. Mein Unbehagen – nein, davon würde ich mich jetzt nicht ausbremsen lassen.

Hatte da nicht eben eine Tür gequietscht? Und das komische Rascheln und der Luftzug?

Ich gähnte, warf einen letzten Blick ins Haus – ich liebte den Sternenhimmel an der Decke des Zuschauerraumes –

und setzte mich auf der Bühne Richtung Ausgang auf der anderen Seite in Bewegung.

Drei Schritte – und dann erloschen die Lampen. Ich erstarrte in der Bewegung, mein Magen krampfte sich zusammen und mein Herz schlug so schwer, dass ich meinte, man müsste es hören. Ich wusste, dass ich in Schwierigkeiten war – ernsthaften Schwierigkeiten.

Panik stieg in mir auf. Ich erwartete, jeden Augenblick eine Schlinge um meinen Hals zu fühlen. Wie war das? Rückwärts fallen lassen, das eigene Gewicht ausnutzen?

Etwas in mir sagte: »Hau ab! Geh einfach geradeaus weiter!« Aber ich war wie gelähmt. Ideen wirbelten durch meinen Kopf. Nach vorne in den Orchestergraben? Da unten kannte ich mich aus. Da würde ich mich selbst im Dunkeln zurechtfinden. Aber wie in den Graben kommen? Ich würde mir beim Sprung hinunter den Hals oder sonst etwas brechen. Also einfach geradeaus. Aber da war nur Dunkelheit und ich war mir plötzlich nicht mal mehr sicher, wo auf der Bühne ich eigentlich stand.

Ich lauschte, doch da war nichts. Es war, als wenn ich allein auf der Welt wäre. Auf der Party im Malersaal war es mir zu laut gewesen, doch hier, auf der dunklen Bühne, war kein Ton zu hören. Nur bedrohliches Schweigen, das tonnenschwer auf mir zu lasten schien.

»Ist da wer?«, fragte ich schließlich und hörte meine Stimme – merkwürdig hoch und zitternd – ins Dunkle schallen.

Stille. Oder hatte da etwas geknackt? Ich hielt die Luft an, konzentrierte mich auf mein Gehör. Nein, da war nichts. Überhaupt war es völlig blödsinnig, dass ich mich hier weiß wie graulte, nur weil jemand das Licht ausgeschaltet hatte. Das bedeutete nur, dass die Arbeiter fertig waren und Feierabend gemacht hatten.

»Stell dich nicht an, Jule!«, schimpfte ich leise mit mir und machte einen Schritt vorwärts in die Richtung, in der ich den Ausgang vermutete.

Wieder ein Knacken, dann eine höhnische Stimme von oben: »Eben, Jule, du solltest dich nicht so anstellen! Nimm dir ein Beispiel an deiner Busenfreundin Blandine. Die ist doch mit Haltung gestorben, findest du nicht?«

Ich erkannte die Stimme sofort. Hannelore Mägerle – und offenkundig sprach sie durch ein Mikrophon, denn der Ton kam von einem Lautsprecher über mir. Ich atmete tief durch und bemühte mich, der Panik Herr zu werden.

»Frau Mägerle – wollen Sie mich auch umbringen?«

»Warum nicht?«, höhnte die körperlose Stimme. »Man könnte bei dir zwar meinen, du habest sieben Leben wie eine Katze, aber ich denke, deinen nächsten Unfall – den, den du gleich hier erleiden wirst – überstehst du nicht.«

Ich atmete tief durch und zwang mich, ruhig zu sprechen. »Ihr Sohn weiß, dass Sie Blandine erwürgt haben. Er wird nicht mehr lange stillhalten!«

Ich wollte Zeit gewinnen. Es waren doch noch so viele Leute im Haus! Warum kam denn keiner und half mir?

»Mein Bub tut seiner Mutter nichts – wenn du Schlampe und deine Stecher endlich aufhören, ihn gegen mich einzunehmen! Dafür sorge ich jetzt! Dieses Mal erwische ich dich. Bei Ölert hast du Glück gehabt. Aber jetzt bist du fällig!«

In mir gewann die Wut die Oberhand. »Verdammt, was glauben Sie eigentlich, wer Sie sind? Hören Sie mit diesen Drohungen auf und machen Sie das Licht an!«

Mir fiel ein, dass ich mein Handy in der Hosentasche hatte. Ich angelte es heraus und versuchte, sein Display mit der einen Hand abzudecken, während ich es mit der anderen aktivieren wollte.

»Goethes letzte Worte sollen ›mehr Licht‹ gewesen sein.« Hannelore Mägerle kicherte und mir lief ein kalter Schauder über den Rücken. »Diesen letzten Wunsch erfülle ich dir gerne, du kleine Nutte. Einmal im Leben sollst du im vollen Licht stehen!«

Oben sprang eine ganze Scheinwerfer-Batterie an, dazu flammte das Rampenlicht auf. Ich taumelte geblendet zwei

Schritte zurück, hob die Hand vor die Augen und fluchte. Ich sah wirklich überhaupt nichts mehr, dafür tanzten Funken vor meinen geschlossenen Augen.

Frau Mägerle musste am Inspizientenpult stehen, ihre Stimme kam aus der Richtung. Und von da aus konnte sie noch mehr Knöpfe bedienen! Ich musste sie hinhalten, bevor ihr Schlimmeres einfiel.

»Sie glauben doch nicht, dass Sie damit durchkommen!«, rief ich ihr zu, ohne etwas zu sehen.

»Du wirst keine Gelegenheit mehr haben, mir Probleme zu machen! Also grüß deine Freundin Blandine in der Hölle!«

Ein Klicken – und dann zog es mir den linken Fuß weg und bevor ich wusste, wie mir geschah, stürzte ich, rutschte seitlich weg, suchte Halt, sah im gleißenden Licht nichts, fühlte aber eine Kante unter meiner Hand und hielt mich verzweifelt fest. Und dann war da wieder Dunkelheit und die schräge Platte unter mir sank und sank und die Kante schnitt in meine Handfläche.

Schließlich musste ich loslassen. Ich rutschte ab und fiel. Ich landete auf der Seite, bekam keine Luft mehr und japste verzweifelt gegen einen Schmerz an, der von der linken Seite meiner Brust aus durch meinen Körper zu explodieren schien. Ich wollte die Augen schließen und in Ohnmacht fallen, aber dazu hatte ich wohl zu viel Adrenalin im Blut. Gleichzeitig befahl mir etwas, mich in Sicherheit zu bringen, wobei ich nicht einmal wusste, wo in der mich umgebenden Dunkelheit Sicherheit sein könnte. Ich krabbelte einfach von dem Licht weg, in dessen Schein Staubflocken tanzten. Um mich herum war alles schwarz, der Boden schien aus Beton zu bestehen, kalt und rau. Und es roch nach Maschinenöl und etwas moderig nach Keller und abgestandener Luft. Mir taten die Rippen weh, ich bekam kaum Luft, und ich hatte Angst und wusste, dass ich aufstehen und wegrennen müsste, aber ich kam nicht auf die Beine.

Plötzlich waren da Stimmen über mir.

Jemand rief nach mir, dann: »Nein! Nicht, Philipp!«

»Philipp?« Hatte ich geflüstert oder gebrüllt?

Mein Verstand setzte wieder ein. Hannelore Mägerle hatte eine Versenkung geöffnet, also war ich unter der Bühne gelandet. Nur nützte mir die Erkenntnis nichts, denn ich hatte keine Ahnung, wie ich da wieder rauskommen sollte.

Im Lichtkegel, der durch das Loch im Bühnenboden fiel, sah ich, wie sich eine dunkle Gestalt über den Rand beugte.

»Juliane?« Das war Philipps Stimme. »Verdammt, Juliane? Bist du da?«

Ich schluckte. »Ja!« Ich konnte nur piepsen und kämpfte gegen Tränen in meinen Augen und den Schmerz in meiner Brust. »Philipp?«

»Sie lebt!« Mischa klang erleichtert.

»Ich komme, Liebling!«

Ich sah, wie Philipp sich über den Rand der Versenkung schwang und wollte ihn stoppen.

Mischa hatte anscheinend denselben Gedanken.

»Nein, Philipp, lass den Quatsch! Du brichst dir den Hals!«

Jetzt Philipps Stimme: »Ich geh über die Treppe …«

Mischa beugte sich über die Öffnung. »Jule, halt durch – Philipp ist gleich bei dir!«

Ein Lichtschein und das Quietschen einer schweren Metalltür ein paar Meter von mir entfernt, dann schnelle Schritte. Philipp war angekommen und ging neben mir in die Knie.

»Juliane …«

Ich versuchte, mich aufzusetzen, aber dabei blieb mir die Luft weg. Dennoch bemühte ich mich um ein Lächeln.

»Philipp! Ich war so blöd! Ich hätte doch wissen müssen, dass sie hinter mir her ist!«

»Ist gut, mein Julchen, alles ist gut!« Er streichelte mit einem Finger über meine Wange. »Bist du verletzt?«

»Rippen tun weh.« Ich griff nach seiner Hand.

Zwei dunkle Schatten tauchten hinter ihm auf. »Dr Notarzt isch unterwegs!«, sagte einer davon.

Der andere beugte sich zu mir. »Können wir was für Sie tun, bis der Doktor kommt?«

»Ja, könnt ihr«, antwortete Philipp statt meiner.

Er schob den rechten Arm unter meine Knie und den linken unter meine Schultern. »Leg den Arm um meinen Hals, ja? Ich bringe dich nach oben – hier unten ist es zu kalt und zu dunkel!«

Obwohl er mich anhob, als ob ich zerbrechlich wäre, musste ich die Zähne zusammenbeißen, um nicht aufzuschreien. Mir blieb die Luft weg, ich musste kämpfen, um den Kopf oben zu behalten. Ich drückte die Wange an seine Schulter und versuchte, flach zu atmen, während er mich zum Lichtkegel hinübertrug. Einer der Bühnenarbeiter lief an uns vorbei. »Ich fahr die Platte glei vollends runter!«

Einen Moment später trat Philipp mit mir auf das Stück Bühnenboden, das ganz unten war. »Halt dich fest – ich setze mich hin. Ist stabiler, wenn die uns hochkurbeln.«

Ich war plötzlich so müde. Ich lehnte mich an ihn und schloss die Augen. Jetzt einschlafen dürfen, einfach wegnicken und den Schmerz vergessen und wenn ich wieder aufwachte, sah die Welt bestimmt viel freundlicher aus …

»Jule! Bleib bei mir!« Philipp klang sehr energisch. »Tief durchatmen, langsam ausatmen!«, kommandierte er und dann in Richtung der Bühnenarbeiter: »Aufwärts!«

Langsam fuhr die Platte wieder nach oben. Ich blinzelte ins Licht, sah Mischa und einige Bühnenarbeiter, hörte von irgendwo Mirja und dann war da Mirjas Mann Arne, der freundlich sagte: »Philipp, leg sie einfach mal hin.« Und dann beugte er sich über mich: »Jule? Schau mich an!« Er fasste nach meinem Handgelenk und fühlte den Puls, gleichzeitig fragte er: »Was tut dir weh?«

»Ich glaube, ich habe mir eine Rippe angeknackst. Atmen tut weh …« Meine Stimme klang zittrig.

Er schaute auf die Uhr und auf seiner Stirn bildete sich eine steile Falte. »Verdammt – Puls wie ein gejagter Hase! Schock …« Er stand auf und schaute sich um. »Habt ihr mir mal was, womit ich ihr die Beine hochlagern kann? Und eine warme Decke – sie kühlt mir zu sehr aus!« Er trat zwei Schritte zur Seite, auf die wartenden Bühnenarbeiter zu.

Ich wollte etwas sagen, aber mir war kalt und ich war so furchtbar müde. Eigentlich wollte ich nur noch die Augen schließen und schlafen.

Aber da war etwas über uns auf der Beleuchterbrücke. Es sah aus, als ob ein großer, schwarzer Vogel darüberhusche. Ich folgte ihm mit den Augen, während ich versuchte, meinen Verstand auf Touren zu bringen. Was konnte das da oben sein?

Philipp würde es wissen. Philipp kannte sich im Theater aus. Und er hatte versprochen, mir die Bühnentechnik zu erklären.

»Philipp?«

Ich musste meine Frage gar nicht aussprechen. Er folgte meinem Blick nach oben.

»Weg!« Philipps Stimmte dröhnte in meinen Ohren.

Er stieß Arne zur Seite, warf sich über mich und knallte mit vollem Gewicht auf meine angeschlagene Brust. Alles löste sich in einem rotglühenden Wirbel aus Schmerz auf.

* * *

Das Nächste, was ich mitbekam, war, dass jemand an meinem Arm hantierte und dabei schimpfte. Und da war jemand, der mir etwas in den Mund schob. Ich hustete und es fühlte sich an, als ob in meiner Brust etwas explodierte. »Verflixt – die Vene taugt nix! Da krieg ich nix rein!«, hörte ich eine Frauenstimme sagen.

»Nehmen Sie die Hand! Die Armvenen sind bei ihr alle nix!« Das war Arne.

Er kniete hinter mir und hielt meinen Kopf, während eine junge Frau, in eine orangefarbene Jacke gekleidet, ein Instrument in meinen Hals gesteckt hatte und nun einen Schlauch einfädelte.

Arne sah, dass ich die Augen offen hatte und lächelte. »Hallo, Juliane – wieder bei uns?«

Ich konnte mit dem Schlauch im Hals nicht antworten. Doch mein Blick wanderte nach oben.

Das Licht auf dem Schnürboden war jetzt abgeschaltet, aber ich erkannte einen Schatten auf der Beleuchterbrücke, die sich aber nun deutlich weiter weg befand als vorher. Aber Hannelore Mägerle lauerte bestimmt immer noch da oben!

Ich deutete mit meiner freien Hand dorthin und zerrte panisch an Arnes Jacke.

Er folgte meinem Blick, dann strich er über meine Wange. »Alles gut, Jule – wir haben alles im Griff! Die Beleuchterbrücken wurden vom Bühnenpersonal gerade ein Stück weggefahren, da kann jetzt nichts mehr herunterfallen!«

»Ganz ruhig, Frau Pfeiffer!«, schaltete sich jetzt die Frau in der orangenen Jacke ein. »Ich bin die Notärztin, Doktor Jauner. Ich habe Sie intubiert, damit wir Sie ordentlich beatmen können. Sie haben wahrscheinlich Rippenbrüche und vielleicht auch eine innere Verletzung. Aber das wird wieder! Sobald Ihre Werte stabil sind, werden wir mit Ihnen ins Krankenhaus fahren. Aber jetzt überlasse ich Sie für einen Moment meinem Kollegen und gucke nach dem anderen Patienten. Okay?«

Mischas Gesicht tauchte auf – bleich, die dunklen Augen erschienen riesig. »Mensch, Juliane …«

Wo war Philipp? Ich drehte den Kopf und sah die Notärztin in ihrer grellen Jacke neben einer anderen Gestalt knien.

»Mann, haben Sie ein Glück gehabt! Das Ding hat Sie knapp verfehlt, sonst würden wir uns nicht mehr unterhalten! Scheint nur eine Platzwunde zu sein, aber nähen müssen wir das. Charly, mach mal einen Druckverband drauf und leg einen Zugang! Haben Sie Kreislaufprobleme?«

Philipps Stimme, ziemlich leise: »Bisschen schwindelig …«

Arne schaltete sich ein: »Morphin, Nitro, Sauerstoff – er ist erst vor ein paar Wochen schon mal kollabiert!«

»Danke, Herr Kollege – ich seh schon. Blutdruck im Keller, Puls flattert. Aber wenigstens hat der Mann perfekte Venen …« Die Ärztin schaute zu uns herüber. »Herr Kollege, ist Ihre Patientin stabil?« Sie klang etwas genervt – zwei Notfälle fand sie offenkundig zu viel. Und dann meldete sie: »Charly, wir brauchen einen zweiten Wagen.«

Der Sanitäter hatte Philipps Hemd aufgemacht und ihm einige Elektroden auf die Brust geklebt. »Und wo fahren wir wen hin?«

»Er geht auf jeden Fall ins Karl-Olga, sie …« Sie schaute kurz zu mir. »Chirurgische Notaufnahme, wer immer ein Bett hat.«

Arne streichelte über meine Wange und fummelte in seiner Hosentasche nach dem Handy. »Frau Kollegin, bringen Sie beide ins Katharinenhospital. Ich rufe an – ich bin Oberarzt auf der Unfallchirurgie. Die Patientin kriege ich bei uns irgendwo …«

Er kam nicht weiter. Da war ein schriller Schrei, dann Getrampel und plötzlich schien ein ganzes Dutzend Männer in Schwarz mit Helmen um uns herum zu sein. Ein Mann rief energisch: »Polizei! Räumen Sie sofort die Bühne!«

Die Notärztin, die gerade den Bildschirm ihres transportablen EKGs studiert hatte, schaute auf und schnauzte: »Was meinen Sie, was wir hier machen? Picknick? Ich habe zwei Patienten zu versorgen!«

»Mama …« Das war Christophers Stimme, von Angst erfüllt und fast flehend. »Mama, das bringt doch nix! Lass dich runterholen. Bitte – für mich!«

»Für dich?«, tönte es von oben – und ich konnte nicht fassen, wie ruhig Hannelore Mägerles Stimme klang. »Ich habe alles für dich getan, ich habe nur für dich gelebt. Und wie hast du es mir gedankt?«

Ich sah wieder nach oben. Jemand hatte von einer anderen Beleuchterbrücke aus einen Verfolger auf die Beleuchterbrücke gerichtet, unter der Christopher stand, im Begriff, die Leiter hochzusteigen. Für alle sichtbar stand dort Hannelore Mägerle einige Meter weit oben im Lichtkegel und hielt sich mit beiden Händen am Geländer fest. Das Licht hielt sie gefangen und es blendete sie.

Und da war Christopher, der hochschaute und verzweifelt rief: »Mama, wir können doch über alles reden! Lass dich herunterholen! Die Polizisten wollen dir doch nur helfen! Ich habe ihnen alles erklärt!«

»Die hast du nur geholt, damit du mich einsperren lassen kannst!«, gab sie zurück. »Das würde dir so passen! Du willst mich aus dem Weg haben, damit du mit deinen Weibern rummachen kannst! Gut, das kannst du haben – aber auf meine Art!« Sie zog sich am Geländer hoch und dann kniete sie darauf.

»Mama, nicht!«, schrie Christopher.

Sie drehte den Kopf und schaute ihn an – ein langer Blick. Und dann richtete sie sich auf und stand für einen endlos langen Moment auf dem Geländer, die Arme ausgestreckt wie eine Seiltänzerin. Doch das Geländer war nicht für ein solches Gewicht ausgelegt. Es schwankte und Hannelore Mägerle – es war nicht zu entscheiden, ob sie abstürzte oder sprang. Ich sah nur, wie sie fiel, wie ihr Arbeitskittel um sie herumflatterte, wie sie sich überschlug und dann mit einem Krachen vorne auf der Rampe aufschlug, sich drehte und wie eine Marionette, deren Fäden jemand durchschnitten hatte, in den Orchestergraben abrutschte, wo sie mit einem Klirren im Schlagwerk landete.

Während ihres Sturzes schien alles auf der Bühne erstarrt und verstummt gewesen zu sein. Nun kam Bewegung in die Szene.

Arne sprang auf. »Scheiße!«, schimpfte er und rannte nach vorne, gefolgt von der Notärztin.

Der Sanitäter rief: »Wie kommt man da runter?«

Ein Polizist, der links an der Rampe stand, schaute in den Graben und meinte: »Die braucht keinen Arzt mehr!«

Arne und seine Kollegin sahen das offenkundig anders. Arne jedenfalls kletterte über die Rampe in den Graben –

und in die gespannte Stille hinein kam seine leise Stimme: »Exitus.«

* * *

Dank Arne waren wir im Katharinenhospital in einem Zimmer auf der Unfallchirurgie gelandet. Ich hatte tatsächlich zwei gebrochene Rippen und einen Bänderriss im linken Knöchel – wie ich zu dem gekommen war, wusste ich gar nicht. Philipp war schlechter weggekommen. Nachdem Hannelore Mägerle es nicht geschafft hatte, mich durch den Sturz in die Versenkung umzubringen – sie war doch nicht so gut im Bedienen der Hydraulik, wie sie wohl gedacht hatte, darum war die Platte nicht unter mir weggeglitten, sondern hatte sich schräg gestellt und mir dadurch die Chance gegeben, mich festzuhalten –, hatte sie einen der großen Verfolger-Scheinwerfer auf der Beleuchterbrücke gelöst und versucht, ihn auf mich fallen zu lassen. Wenn Philipp mich nicht ein Stück zur Seite geschoben und mit seinem Körper geschützt hätte, wäre das sicher nicht gut für mich ausgegangen. So aber hatte die Halterung des Scheinwerfers seinen Kopf gestreift und dabei eine Platzwunde und eine Gehirnerschütterung hinterlassen. Die Wunde war mit vier Stichen genäht worden, die Gehirnerschütterung musste er aber – was ihm sehr schwer fiel – durch Ruhe auskurieren.

Aber immerhin hatte der Krankenhausaufenthalt in seinem Fall einen Vorteil: Arne sorgte dafür, dass die Kardiologen Philipp einen Tag lang untersuchten – wobei sie eine vermutlich schon seit Geburt verengte Arterie am Herz fanden. Die war wohl der Grund dafür gewesen, warum sein Kreislauf unter Belastung immer wieder kollabiert war. Sobald seine Gehirnerschütterung auskuriert war, würden die Kardiologen einen Stent in die Arterie einpflanzen, um sie offen zu halten. Bis dahin aber waren wir beide damit beschäftigt, wieder gesund zu werden.

In der Ruhe des Krankenzimmers erzählte Philipp mir, wie Mischa und er mich auf der Bühne gefunden hatten. Als ich mich von Christopher verabschiedet hatte, war der davon ausgegangen, dass seine Mutter nicht mehr im Haus war. Doch dann hatte er sie doch gesehen – und daraufhin Mischa und Philipp gesucht und ihnen gesagt, dass ich alleine unterwegs und womöglich in Gefahr sei.

»Wir sind sofort losgerannt – wir hatten alle drei ein ganz schlechtes Gefühl«, erzählte Philipp. »Und wir hatten wohl leider recht damit.«

Am dritten Tag unseres Krankenhausaufenthaltes besuchte uns Martina Jelinek. Sie hatte inzwischen Hannelore Mägerles Wohnung auseinandergenommen. »War eine echte Fundgrube«, sagte sie. »Wir haben das Papier und die Schreibmaschine gefunden, auf der jener anonyme Brief geschrieben wurde, mit dem Sie des Mordes bezichtigt wurden, Herr Boch«, erzählte sie. »Und es gab ein sehr ausführliches Tagebuch.« Martina Jelinek schlug die langen Beine übereinander und schaute Philipp mitleidig an. »Die Mägerle hat Ihre Noch-Ehefrau wirklich angebetet und die war ihr gegenüber anscheinend auch immer sehr zugewandt …«

»Ja.« Philipp atmete tief durch. »Amelie tat sie etwas leid, weil sie ja nur ihren Sohn hatte.« Er zupfte wieder einmal an seinem kratzenden Kopfverband. »Aber ich kann mir nicht vorstellen, dass Amelie bei ihr über mich geschimpft hat. Das ist nicht ihr Stil.«

»Hat sie auch nicht«, bestätigte Martina Jelinek. »Den Tagebüchern nach hat Ihre Frau Sie immer in Schutz genommen, wenn Frau Mägerle irgendwelche Andeutungen gemacht hat. Dennoch war Frau Mägerle überzeugt, dass Ihre Frau leidet.«

»Aber verdammt, warum denn?«, fragte Philipp.

»Don Giovanni!«, antwortete Martina Jelinek. »Sie waren wohl sehr überzeugend. Außerdem haben Sie anscheinend mal in einem Interview geäußert, dass Sie sich Don

Giovanni verbunden fühlen. Er sei ein Teil von Ihnen.« Martina Jelinek lächelte müde. »Das Interview hatte Frau Mägerle in ihr Tagebuch geklebt und sie führte dann auf zwei Seiten aus, dass Sie mit diesem Interview Ihre Frau gedemütigt und Ihr wahres Ich gezeigt hätten.«

»Das darf ja nicht wahr sein!«, schimpfte Philipp. »Ich kann doch zwischen einer Rolle und mir trennen! Das eine ist Fiktion, das andere ist meine Realität. Außerdem hätte Frau Mägerle mal bedenken sollen, dass ich nicht nur weiß, was Don Giovanni treibt, sondern auch, wie es endet!« Er schob seine Hand zu mir und legte sie über meine. »Was in manchen Köpfen vorgeht …«

Am nächsten Morgen kam Mischa, der nicht nur frische Wäsche und die Mitteilung brachte, dass er mein »Frischgemüse« zuhause – die Zimmerpflanzen – gegossen habe, sondern uns auch berichtete, dass die Polizei die Leiche von Hannelore Mägerle schon freigegeben hatte.

»Sie wird kremiert und Mitte nächster Woche auf der Schwäbischen Alb im Grab ihrer Eltern beigesetzt. Ich gehe mit Christopher hin. Ihr müsst nicht. Ist vielleicht sogar besser, wenn wir den Ball da ganz flach halten.«

»Und wie kommt der Junge klar?«, wollte Philipp wissen.

»Tja …« Mischa strich durch seinen Bart. »Nach außen ist er sehr tapfer und rational. Aber es hilft ihm nix.« Er grinste. »Erinnerst du dich an Mona? Rothaarig, temperamentvoll?«

»Oh ja!« Ich erinnerte mich sehr wohl an die Exfreundin, die Mischa irgendwann so lautstark den Marsch geblasen hatte, dass die ganze Nachbarschaft etwas davon gehabt hatte. »Sie ist Psychologin, nicht?«, fiel mir ein.

»Richtig. Und sie ist sehr gut – und darum habe ich ihr Chris umgehängt. Das wird ihm guttun. Er hat zwar noch ein bisschen gezickt, aber inzwischen war er schon mal bei ihr und gibt zu, dass es gut sei, mit jemandem reden zu können. Und außerdem hat er jemand, der ihm danach das

Händchen hält. Clarisse hat sich gemeldet, nachdem sie in der Zeitung von seiner Mutter gelesen hat.«

Philipp knuffte seine Schulter. »Gefällt mir! Und du gefällst mir als fürsorglicher Chef ...«

»Naja – mein Fürsorgetrieb darf sich ja nicht mehr an Juliane austoben.«

Philipp schaute zu mir herüber, dann sagte er sehr bestimmt. »Richtig. Juliane gehört zu mir – und ich werde sie bestimmt nicht noch einmal gehen lassen!«

ISBN 978-3-8425-1396-9